KNAUR

BORIS KOCH

MOOR
IM REICH DES LETZTEN DRACHEN
LÄUFER

Roman

KNAUR

Besuchen Sie uns im Internet:
www.knaur.de
Facebook: https://www.facebook.com/KnaurFantasy/
Instagram: @KnaurFantasy

Aus Verantwortung für die Umwelt hat sich die Verlagsgruppe Droemer Knaur zu einer nachhaltigen Buchproduktion verpflichtet. Der bewusste Umgang mit unseren Ressourcen, der Schutz unseres Klimas und der Natur gehören zu unseren obersten Unternehmenszielen. Gemeinsam mit unseren Partnern und Lieferanten setzen wir uns für eine klimaneutrale Buchproduktion ein, die den Erwerb von Klimazertifikaten zur Kompensation des CO_2-Ausstoßes einschließt. Weitere Informationen finden Sie unter: www.klimaneutralerverlag.de

FSC www.fsc.org MIX Papier | Fördert gute Waldnutzung FSC® C083411

Originalausgabe Mai 2023
Knaur Taschenbuch

Ein Imprint der Verlagsgruppe
Droemer Knaur GmbH & Co. KG, München

Redaktion: Susanne Wallbaum
Covergestaltung: Guter Punkt, München / Christl
Coverabbildung: Collage unter Verwendung von Motiven von iStock und Adobe Stock
Karte im Innenteil: Kristin Pang
Satz: Adobe InDesign im Verlag
Druck und Bindung: CPI books GmbH, Leck
ISBN 978-3-426-52910-2

2 4 5 3 1

Für Sandra und Sven,
die man gern an der Seite hätte, müsste man ins Moor.
Oder auch in den Biergarten …

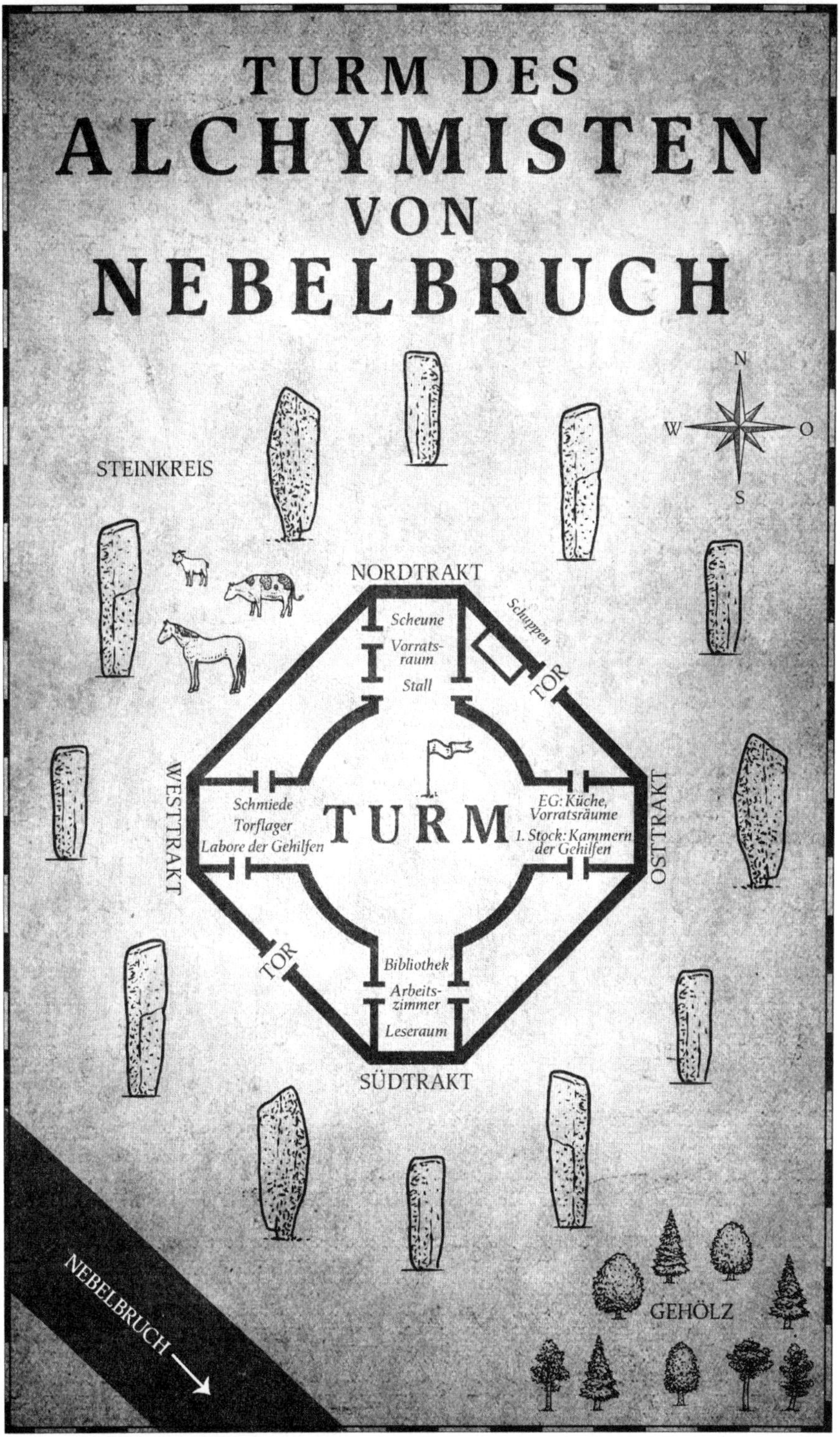

TURM DES
ALCHYMISTEN
VON
NEBELBRUCH
N
W
O
S
STEINKREIS
NORDTRAKT
Schuppen
Scheune
Vorrats-
raum
Stall
TOR
WESTTRAKT
Schmiede
Torflager
Labore der Gehilfen
TURM
EG: Küche,
Vorratsräume
1. Stock: Kammern
der Gehilfen
OSTTRAKT
TOR
Bibliothek
Arbeits-
zimmer
Leseraum
SÜDTRAKT
GEHÖLZ
NEBELBRUCH

PROLOG

Nebel kroch über das nächtliche Moor und ballte sich dichter und dichter zwischen den Bäumen. Mit schweren Schritten kehrten die Torfstecher aus den Abbaugruben zurück, viel später, als Milan gedacht hatte. Als er sie hörte, trat er hinter den nächsten Baum, um nicht bemerkt zu werden. Er drückte sich in den Schatten, die Hand um die kleine Schnitzerei in seiner Tasche gelegt, und lugte vorsichtig auf den Weg hinaus.

Im Fackelschein sah er hängende Köpfe und vertraute Gesichter, erschöpft und verdreckt, und nirgendwo ein Lächeln – er hatte nach den Befehlen der Freifrau auch keins erwartet. Viele schwiegen, manche murmelten vor sich hin, doch niemand erwähnte den Nachtwyrm. Es musste ihn niemand erwähnen, sie alle hatten ihn im Kopf; die Dunkelheit war seine Zeit.

»Geh schneller«, murrte jemand, »der Nebel drückt mir schon das Herz zusammen.«

»Sei doch ruhig«, motzte ein anderer, aber alle schritten aus, niemand wollte bei Nacht noch im Moor sein.

Auch Milan nicht, aber er musste, denn er wollte sie unbedingt finden, auch wenn er nicht wusste, wie. Die Schwarzmoore waren unermesslich weit und tückisch, er musste einfach auf sein Glück vertrauen, auch wenn es verrückt war. Noch einmal berührte er sanft die Schnitzerei in seiner Tasche, dann trat er auf den Pfad hinaus. Die letzten Torfstecher und Fackeln waren in Richtung Nebelbruch verschwunden, und Milan lauschte ihnen nach, bis er nichts mehr hörte. Dann drehte er sich um, hin zum Moor, zur Nacht, zum Nebel. Zum Reich des Nachtwyrms.

Langsam setzte er sich wieder in Bewegung. Er dachte zurück an die Tage vor fünfeinhalb Jahren, als dies alles begonnen hatte. Damals war er noch ein Kind gewesen, gerade mal elf Jahre alt, und es hatte sich alles geändert.

I
SCHULD

Fünfeinhalb Jahre zuvor

Mai
im Jahre 1607 des Drachentöters

1

Es würde noch knapp fünf Jahre dauern, bis Milan einem Irrlicht folgen durfte, um ein königlicher Torfstecher zu werden. Fünf lange Jahre, bis er endlich alt genug wäre, um im Moor nach Nachttorf zu graben. Doch noch blieb er zurück, wenn seine Eltern und seine Schwester Elyn im Morgengrauen aufbrachen, und sah ihnen und den anderen Torfstechern aus der Nachbarschaft nach. Sie hatten die Spaten geschultert, und ihr Schritt war schleppend, weil es niemand eilig hatte, zur Arbeit zu kommen. Durch die verwinkelten Gassen des alten Pfahlviertels verließen sie die Stadt, um auf den nur anfangs befestigten Wegen hinaus ins Moor zu ziehen, wo Sumpfkriecher, Giftschlangen, Mücken und tückische Moorlöcher warteten und immer wieder auch der dichte, lichtverschlingende Nebel, der vielen eine Gänsehaut verursachte, selbst an heißen Sommertagen. Anderen, wie Milans Mutter, kroch er tief in die Knochen und ließ die Gelenke an Fingern und Füßen rot anschwellen, sodass jede Bewegung schmerzte. Trotzdem gruben sie wie alle, denn der Nachttorf musste ohne Unterlass abgebaut werden. Der König duldete keine Verzögerungen, und die Freifrau Jade von Nebelbruch achtete darauf, dass es keine gab.

Kurz nach den anderen verließ auch Milan das schmale Holzhaus mit den Schindeln aus gehärteter Sumpfzypressenrinde und holte nebenan seinen besten Freund Pjer ab, der drei Monate älter, einen halben Kopf größer und um einiges kräftiger war. Gemeinsam gingen sie zur Arbeit in den königlichen Torfwerken am nordwestlichen Rand Nebelbruchs, ein gutes Stück vom Pfahlviertel entfernt. Dort schufteten sie zusammen mit weiteren Torfstecherkindern, die noch nicht ins Moor durften, und Alten und Versehrten, die ihre Zeit in den Abbaugebieten hinter sich hatten und hier nun nützlicher waren.

Weil die beiden Sorten Torf bei Licht nicht recht zu unterscheiden waren, teilten sie ihn im Dunkel einer fensterlosen Außenhalle auf. Der gute Nachttorf, der von einem kaum erkennbaren silbernen Schimmer durchzogen war, wanderte in die glockenförmigen Öfen im Herzen der Torfwerke. Dort wurde er erhitzt und zu nachtschwarzer Torfkohle gepresst, die von den Alchymisten für ihre Kunst verwendet wurde. Silbern schimmerte sie nur noch im Schein des Vollmonds oder eines Irrlichts. *Sternenstaub* wurde der Schimmer in der Alchymie genannt, obwohl jeder Torfstecher wusste, dass er nichts mit den Sternen zu tun hatte.

Der minderwertige Torf, der sich kaum von dem aus anderen Mooren unterschied, wurde aussortiert, auf lange Pferdewagen verladen und an die drei Brennereien der Stadt verkauft, deren rauchiger Branntwein namens Nachtbrannt stark und im ganzen Land beliebt war. Doch zahlreiche Fässer verließen Nebelbruch gar nicht erst, denn hier, am Rand von Königreich und Schwarzmooren, wurde viel gesoffen, insbesondere in den Nächten, wenn der Nebel sich schwer und dicht auf die Stadt legte.

Abends war Milan regelmäßig erschöpft von der harten Arbeit, wie alle, und er stank nach Feuer, Rauch und Schweiß.

Auf dem Heimweg wurden die Torfstecherkinder immer wieder von den älteren Kindern ehrbarer Familien gehänselt, von den Handwerkersöhnen und Bauerntöchtern und allen anderen, die sich für etwas Besseres hielten. Trotz Erschöpfung und Unterzahl blieben Milan und seine Freunde keine Beleidigung schuldig, sondern stürzten sich mit geballten Fäusten in jeden Kampf. So hatte sein Vater es ihm von klein auf eingebläut: »Auch wenn die anderen uns Torfstecher für Dreck halten, haben wir mehr Mut und Ehre im Leib, als sie sich vorstellen können. Diese selbstgefälligen Feiglinge, die noch nie einen Fuß ins Moor gesetzt haben und zitternd ins Bett pissen, wenn sich ein Irrlicht mal in die Stadt verirrt.«

Und wie viel Mut und Ehre sie im Leib hatten, bewiesen Milan und seine Freunde in jedem Kampf aufs Neue. Kam Milan mit Schrammen oder blutend nach Hause, fragten seine Eltern nicht: »Was ist passiert?«, sondern immer nur: »Habt ihr gewonnen?«

Bestätigte Milan das, waren sie zufrieden.

»Deine Schwester hat sich damals auch nie was gefallen lassen.«

»Das tu ich auch heute nicht«, sagte Elyn darauf jedes Mal und grinste.

Milan war stolz auf sie und seine Eltern und darauf, dass er irgendwann selbst einer der Torfstecher von Nebelbruch sein würde. Nur die wagten sich freiwillig in die gewaltigen menschenfeindlichen Schwarzmoore. Hungrige Sumpfkriecher, Giftschlangen und andere wilde Tiere lauerten dort im Morast, im Wasser oder zwischen den verschlungenen Wurzeln nachtgrauer Sumpfzypressen, hochgewachsener Knotenahorne und anderer Bäume. Nachts lockten Irrlichter die Menschen auf falsche Pfade und tief in die Moore hinein, wo die eine Kreatur hauste, die auch die Torfstecher fürchteten: der Nachtwyrm.

»Der letzte der alten Drachen«, hatte der Vater ihn mit Ehrfurcht in der Stimme gewarnt, noch bevor Milan zwei Jahre alt geworden war und auch nur die Hälfte der Worte kannte. »Der einzige, der dem Drachentöter damals entgangen ist, gnadenlos und schrecklich. Und heutzutage gibt es niemanden mehr, der sich einer solchen Kreatur entgegenstellen könnte.«

Trotz des Nachwyrms und aller Gefahren wagten sich die Torfstecher in die Schwarzmoore hinaus, denn nur dort gab es den Nachttorf, der – erhitzt und gepresst – die dunkelherzigen Flammen mit den silbernen Funken hervorbrachte, die die Alchymisten für ihre gefeierten Werke benötigten. Fluchmedaillons und Heiltränke für alle einfachen Leute, die sich das leisten konnten, auch Feuerwerk, Liebestränke, gewaltige Waffen und anderes mehr. Die Alchymie machte den König von Juwaren zum mächtigsten König des Kontinents, machte sein Königreich zum mächtigsten Land des Kontinents, vielleicht der Welt, doch auf die Torfstecher, ohne die das alles nicht möglich gewesen wäre, sahen alle herab.

»Warum ist das so?«, fragte Milan wieder einmal, nachdem einer der Ihren im Moor geblieben war.

»Wir sind einfach ersetzbar«, meinte seine Schwester verbittert. »Und noch haben wir mehr Kinder fürs Moor als Tote.«

Obwohl das sicherlich der Wahrheit entsprach, war es Milan als Antwort nicht genug. Auch Bauern und Handwerker hatten Kinder, die in ihre Fußstapfen traten.

Also fragte er eines Tages in der Mittagspause auch die einarmige Fajenna, die mit ihnen in den Torfwerken arbeitete. Sie hatte viel erlebt und gesehen, ihr einfach geknotetes Haar leuchtete silbern in der Sonne.

»Sie fürchten den Nachtwyrm und das Moor, und weil wir uns, anders als sie, hinauswagen, machen sie uns und unsere Arbeit klein, um uns nicht bewundern zu müssen«, erklärte sie kauend.

Milan, der dem Gedankengang nur halb folgen konnte,

schnaubte. »Wenn sie das Moor fürchten, sollten sie lieber dankbar sein, dass wir unsere Arbeit machen! Sonst müssten sie selbst hinaus, denn der König wird auf den Torf für seine Alchymisten nicht verzichten.« Wie jedes Torfstecherkind sprach er in der *Wir*-Form von den Torfstechern, auch wenn er noch keiner war. Schließlich würde er einer werden so wie jedes Torfstecherkind.

»Das wird der König nicht«, bestätigte Fajenna. »Aber statt uns würden sie Verbrecher hinausschicken, Verschuldete und Verurteilte. Das sind die, die uns ersetzen oder ergänzen, und weil sie die fürchten, sehen die Leute auch auf uns herab.«

»Das ergibt doch keinen Sinn!«

»Wie vieles im Leben.« Schmunzelnd deutete sie auf ihren vernarbten Armstumpf. »Weißt du, wie ich den verloren habe?«

Milan schüttelte den Kopf, und Pjer, der ihnen zugehört hatte, rückte neugierig näher.

»Nun, es ist über zehn Jahre her. Nur wenige Wochen zuvor hatten wir die Arbeit in einem neuen Abbaugebiet aufgenommen, tief drinnen im Moor, und der Nachttorf war dunkel und schwer, sein Silberschimmer so klar, wie ich es noch nie gesehen hatte. Wir waren stolz darauf, dass wir die Stelle entdeckt hatten, auch wenn uns auf dem Heimweg des Öfteren die Dämmerung überraschte und wir so weit draußen manchmal das Fauchen des Nachtwyrms im Nebel hörten. Also achteten wir auf jedes Geräusch in der Ferne, damit er uns nicht überraschte, aber ich hätte besser mal mehr auf die Nähe achten sollen. Durstig und erschöpft vom Graben, ging ich zum Flussarm hinüber, der ganz in der Nähe vorbeifloss, um zu trinken. Dabei habe ich den jungen Sumpfkriecher übersehen, der wie ein Baumstamm im Wasser trieb. Er war zwei, höchstens drei Schritt lang, aber sein

Maul war groß genug, meinen Arm im Ganzen zu verschlingen. Plötzlich schnellte er aus dem Wasser und schnappte zu. Und mit einem einzigen Happs biss er mir den Arm ab.« Schnaubend schüttelte sie den Kopf, als könne sie es noch immer nicht fassen. »Ich schrie und fiel, der Schwanz der Bestie traf mich wuchtig an der Schläfe, und dann waren auch schon meine Kumpane da, allen voran mein Cousin Yiv. Schreiend prügelten sie mit den Spaten auf das Biest ein, vertrieben es, verbanden meine Wunde und schleppten mich sofort zurück in die Stadt – gerade noch rechtzeitig. Tagelang lag ich mit Wundfieber im Bett und schon halb im Grab, aber ich habe überlebt; sie haben mir das Leben gerettet. Yiv grub nun auch da den Torf aus dem Boden, wo ich vor der Verwundung gegraben hatte, und ratet, was passiert ist?«

Milan zuckte mit den Schultern, aber Pjer schien etwas zu ahnen. Er stöhnte auf: »Nein!«

»Doch.« Sie lächelte schief.

»Was denn?«, rief Milan.

»Er hat einen Moordiamanten gefunden.«

»Ich wusste es!« Fluchend schlug sich Pjer die Hand gegen die Stirn.

»Deinen Moordiamanten?«, wiederholte Milan mit schwacher Stimme. Bei dem Gedanken wurde ihm schwummrig. Moordiamanten waren äußerst selten, und ein solcher Fund, der Traum aller Torfstecher, änderte alles. Damit erlangte man in der ganzen Stadt und darüber hinaus Ansehen, nicht nur bei den anderen Torfstechern. Der Stein selbst gehörte natürlich dem König, doch der Finder wurde reich belohnt, und es wurde groß gefeiert, einen Tag lang getanzt und gelacht bis in die Nacht, gesoffen und geschlemmt, und die Freifrau von Nebelbruch bezahlte im Namen des Königs alles.

»Seinen«, korrigierte ihn Fajenna. »Er hat ihn gefunden, es war seiner.«

»Aber hätte das Biest dir nicht den Arm abgerissen …?«

»… wäre es wohl meiner gewesen, ja.«

»Du hast deinen Arm und den Stein verloren, weil du im falschen Moment durstig warst?«, fasste Pjer kopfschüttelnd zusammen.

»So könnte man das sehen, ja. Man könnte aber auch sagen, ich hätte einfach besser aufpassen sollen.«

»Hat dein Cousin dir von dem Geld abgegeben?«, wollte Milan wissen.

»Er hat es versucht. Aber er hatte mir schon das Leben gerettet, Geld habe ich nicht angenommen. Ich hatte den Arm verloren, nicht meinen Stolz und meine Ehre. Was soll ich mit Almosen?«

Pjer schüttelte noch immer den Kopf, während Milan die Worte sacken ließ. Er wäre nicht auf die Idee gekommen, das Geld als Almosen zu betrachten, er hätte das Teilen als gerecht empfunden, aber sie wusste eben mehr. In Zukunft würde er auf so etwas achten – auch wenn er natürlich nicht den Arm verlieren wollte. Doch auf keinen Fall wollte er Stolz und Ehre verlieren, ohne die wäre er kein richtiger Torfstecher. Schließlich fragte er: »Und was hat das damit zu tun, dass die anderen auf uns herabsehen?«

»Nichts«, gestand Fajenna. »Es sollte dir nur zeigen, dass vieles im Leben keinen Sinn ergibt und man es trotzdem hinnehmen muss. Es lohnt nicht, über etwas zu verzweifeln, das man nicht ändern kann.«

Milan nickte zögerlich, obwohl er ans Verzweifeln nie gedacht hatte.

»Vielleicht hast du das von deiner Schwester. Die hat am Anfang dieselben Fragen gestellt – und noch mehr. Aber sie hat ebenso fleißig gearbeitet, ich mochte sie. Wie geht es ihr?«

»Gut«, erwiderte Milan knapp. Er konnte sich nicht daran erinnern, dass Elyn zu Hause mit zehn oder elf auch so viel gefragt hatte. Aber damals war er auch noch sehr jung gewesen. Heute fragte sie wenig.

»Ich wette, sie hat viele Verehrer, sie war immer hübsch.«

»Ich weiß nicht, sie redet nie darüber«, wich er aus.

»Nie?« Fajenna schmunzelte. »Dann hat sie wohl die falschen.«

»Oder keinen.«

»Dann würde sie auch darüber reden«, behauptete Fajenna und erhob sich; die Pause war vorüber.

Milan, der während des Gesprächs vergessen hatte zu essen, schlang hastig seine letzten Happen herunter und eilte den anderen in die stickige Halle nach.

Bereits vor gut tausend Jahren hatten hier die ersten Torfstecher und Moorfischer gesiedelt, wusste Milan, am festen rechten Ufer des Yssypy, während sich am linken die unermessliche Weiten der wilden Schwarzmoore erstreckten. Schon bald war Enary gekommen, ein Freiherr ohne Land, aber mit dem Segen des Königs, und hatte im Jahr 643 den Grundstein seiner Burg auf den weißen Felsengrund neben der Torfstechersiedlung gesetzt. 643 galt fortan als Jahr der Stadtgründung, als wäre davor nichts gewesen, und Enary war nun kein Freiherr ohne Land mehr, sondern der von Nebelbruch.

Mit ihm kamen Soldaten und Handwerker, die seine Burg errichteten, samt ihren Familien. Bauern siedelten sich an und bestellten die fruchtbare Ebene jenseits des schmalen Felsplateaus auf der rechten Flussseite. Ohne zu murren, bezahlten sie ihre Abgaben, sie waren es nicht anders gewohnt.

Jeder, der auf dem Felsengrund und in der Ebene siedelte, musste Abgaben bezahlen, so legte es der Freiherr, der Herr der Stadt, fest und ließ es sich vom König in der fernen Hauptstadt bestätigen.

Die Armen dagegen stöhnten über die Abgaben, darunter auch die Torfstecher und Moorfischer, die die Stadt ursprünglich gegründet hatten. Zwar arbeiteten sie auf der linken Flussseite im Moor, doch wohnten sie in der Stadt. Bis einige von ihnen auf die Idee kamen, über dem Fluss und den Ausläufern des Moors Pfahlbauten zu errichten und somit vor dem Felsen zu leben, nicht auf ihm. Der Freiherr tobte, aber der König gab den Torfstechern und Moorfischern recht, und das Pfahlviertel wuchs ebenso wie die Treue der Torfstecher zum König und der Neid jener, die Abgaben zahlen mussten. Immer mehr Leute zogen ins Pfahlviertel, die Häuser wucherten eng aneinander und ohne Plan. Dann verschwanden die ersten Menschen, ins Moor gelockt von Irrlichtern, die den Fluss nur sehr selten überquerten, aber das Pfahlviertel nachts regelmäßig aufsuchten. Einige flohen zurück auf den Felsen, die anderen blieben, vor allem die Torfstecher. Sie wussten um die Gefährlichkeit der Irrlichter, und sie waren zu stolz, um zu fliehen.

Nach einigen Jahren kamen nur noch selten Irrlichter, und die Rivalität zwischen Pfahlviertel und dem Rest der Stadt nahm weiter zu. Drei, vier Generationen gingen dahin, und der Königsthron gewann an Macht. Nun erhob der König selbst überall Steuern, und davon war niemand befreit, denn ihm gehörte auch das Moor. Dennoch blieb die Rivalität zwischen den Vierteln bestehen, und irgendwann lebten nur noch Torfstecher und Moorfischer im Pfahlviertel. Ihnen waren die abschätzigen Bemerkungen über ihr Quartier egal; sie waren allein schon aufgrund ihrer Arbeit

Außenseiter, da machte das andere auch nichts mehr. Und die Pfahlbauten waren längst ihre Heimat geworden. Die Häuser mochten schief sein und kleiner als viele auf dem Felsen, aber sie zeugten davon, wie ihre Vorfahren sich vom damaligen Freiherrn unabhängig gemacht hatten, und diese Erinnerung würde immer Bestand haben.

Die Freiherren und Freifrauen unterstanden nun stärker dem König, sie waren sein verlängerter Arm, sein Sprachrohr und Richter in seinem Namen. Der König vereinte alle Macht auf sich, er war der absolute Herrscher, das ganze Land war ihm untertan. Sein Wille war Recht, und sein Wille wurde hier, so weit vom Hof entfernt, dieser Tage von der Freifrau Jade von Nebelbruch durchgesetzt. Auf dem Felsen ebenso wie im Pfahlviertel.

Auf dem Heimweg von der Arbeit ergingen sich Milan und Pjer in Träumen von gemeinsamen Moordiamantfunden, und sie teilten das erdachte Geld gerecht auf. Weil in ihren Träumen keiner einen Arm oder ein Bein verlor, waren es auch keine Almosen. Kopfschüttelnd bedauerten sie Fajennas Pech.

So sehr waren sie in ihr Gespräch vertieft, dass sie nicht bemerkten, wie sie immer weiter hinter die anderen Arbeiter der Torfwerke zurückfielen, und als sie in die verwinkelte Gasse hinter dem stets überfüllten *Roten Adler* bogen, waren sie allein. Aus dem Fenster des Wirtshauses drangen Flüche, Lachen und Lallen, der Boden unter ihren Füßen bestand aus Stein, so wie in einem großen Teil Nebelbruchs.

Das Pfahlviertel mit seinen kleinen, ausgebesserten Holzbauten begann drei, vier Straßen hinter dem *Roten Adler*. Hier dagegen standen Steinhäuser, viele davon breit, farbig verputzt und sauber. Die Sonne war längst hinter den Gebäuden verschwunden, bald würde sich der Himmel rötlich färben.

Milan und Pjer schritten schneller aus, um die anderen einzuholen, da trat unvermittelt ein halbes Dutzend Burschen aus den Schatten und versperrte ihnen den Weg. Fünf von ihnen waren größer und wohl auch ein, zwei Jahre älter als Milan und Pjer. Milan fluchte lautlos.

»Sieh an, wen haben wir denn da?«, sagte der Anführer mit gespielter Freundlichkeit. Er hatte ein blaues Auge und eine frisch verschorfte Schramme auf der Wange.

Milan schwieg, Pjer raunte ihm zu: »Haben? Noch haben die niemanden …«

»Ich höre, ihr betet den Nachtwyrm an«, fuhr der Anführer fort. Eine Hand hatte er auf den Dolch an seinem Gürtel gelegt, eine überflüssige Drohgebärde, denn Waffen wurden in solchen Prügeleien nicht gezogen. Es war ein Dolch, wie ihn Soldaten trugen, und wahrscheinlich wollte der Bursche so zeigen, dass er ein Krieger war.

Milan hatte ihn nie zuvor gesehen, doch drei der anderen kannte er von früheren Kämpfen. Sie starrten ihn hasserfüllt an, wahrscheinlich erinnerten sie sich auch.

»Das tun wir nicht«, presste Pjer hervor.

»Ich hab's aber gehört. Ihr auch, Jungs?«

»Ja, Thomma«, sagten die anderen im Chor. Sie grinsten, und es blitzte in ihren Augen. »Wieder und wieder.«

»Von wem?« Pjer hob das Kinn und machte sich breit. »Wer sagt das?«

»Meine Tante.«

»Die kenn ich nicht. Kennt sie uns?«, fragte Pjer.

»Warum sollten wir zwei das tun?«, ergänzte Milan. »Sagt sie dazu auch etwas?«

»Nicht ihr zwei. Ihr schweineschmutzigen Morastfresser alle!«

Milan ignorierte die Beleidigung, er kannte sie zur Genüge. »Das beantwortet nicht meine Frage! Warum, also?«

»Um ihn zu besänftigen, dass er euch nicht frisst! Er ist der letzte der Drachen, sein Herz besteht aus kaltem schwarzem Stein, und ihr streift durch sein Reich. Warum sollte er euch sonst verschonen?«

»Er verschont uns nicht!«, stieß Pjer hervor. »Unsere Leute sterben im Moor!«

Thomma grinste. »Nun, wenn er euch nicht verschont, ist es umso dümmer, ihm zu opfern!«

»Das tun wir nicht!«

»Dann nennst du meine Tante also eine Lügnerin?« Thomma hatte den Dolch losgelassen und brachte drohend die Fingerknöchel zum Knacken.

Pjer starrte ihn an und zitterte, aber Milan wusste nicht, ob aus Wut oder vor Angst. Sechs gegen zwei, es würde schmerzhaft werden.

Warum waren sie nur so dumm gewesen, die anderen aus den Augen zu verlieren? Kurz dachte Milan daran zu fliehen, aber das würde er nicht tun, er war ein Torfstecher. Lieber Schmerzen ertragen als feige sein.

Pjer dachte wohl ähnlich, denn er spuckte auf die Straße und hob das Kinn. »Wie gesagt, deine eselsköpfige Tante kenne ich nicht, und sie ist auch nicht hier. Der Einzige, der hier dumm rumsteht und Lügen erzählt, bist du.«

Verdammt, dachte Milan, das tut doppelt weh – und doppelt gut. Er lachte und tänzelte auf der Stelle, bereit zuzuschlagen.

Thomma lief rot an, und seine Augen quollen hervor, während seine Freunde die Fäuste ballten und auf den Befehl zum Angriff warteten. »Ich schlag dich zu Matsch!« Speichel regnete ihm aus dem Mund.

»Dann schlag endlich und laber nicht.« Pjer hob die Fäuste.

»Matsch«, wiederholte Thomma, »blutiger Matsch!« Und er riss, das Gesicht wutverzerrt, den Dolch aus dem Gürtel. »Ich zerschneid dir das Maul, dass nicht mal deine Mutter dich noch erkennt!«

Hell blitzte die Klinge auf, und für einen Augenblick erstarrten alle. Niemand sagte ein Wort, keiner seiner Spießgesellen hielt Thomma zurück, keiner unterstützte ihn. Sie warteten einfach ab, Entsetzen oder Neugier im Blick.

Thomma, das Gesicht noch immer verzerrt, trat auf Pjer zu. »Und jetzt, kleiner Morastfresser? Angst? Wo ist dein Stolz jetzt?«

Wie gebannt starrte Pjer auf die Waffe und rührte sich nicht.

»Hättest du besser mal mir geopfert als dem Nachtwyrm, was?«

»Thomma«, sagte der Küfersohn Eliks, als wollte er ihn aufhalten, aber er sprach leise, und zwei andere hielten ihn, den Blick gebannt auf die blitzende Klinge gerichtet, an der Schulter fest.

In dem Moment sprang Milan plötzlich vor, ob von Mut, Wut oder Verzweiflung getrieben, wusste er selbst nicht. Mit aller Wucht trat er dem überrumpelten Thomma zwischen die Beine und spuckte ihn an. »Elender Feigling!«

Schreiend sackte Thomma zusammen und krümmte sich, ritzte sich dabei selbst mit dem Dolch am Oberschenkel, ließ ihn jedoch nicht fallen.

»Scheiße«, jaulte er, »du bist tot! Tot! Packt sie!«

Aber seine Leute zögerten einen Moment, noch immer überrascht von Milans Angriff oder dem Dolch, und Milan griff Pjer an der Schulter und zerrte ihn fort. Und Pjer erwachte aus seiner Starre.

Sie rannten, so schnell sie konnten, und verschwendeten keine Zeit damit, sich umzusehen. Schon nach wenigen Augenblicken hörten sie lautes Rufen hinter sich und rannten noch schneller, rannten um zwei Ecken und bogen scharf in die schmale Fischergasse ein, hetzten durch einen verlassenen Hinterhof, über eine Mauer hinweg und weiter, bis sie den trägen Fluss erreichten. Ohne zu zögern, sprangen sie ins Wasser und wateten und schwammen weiter hinaus.

Milan drehte sich um, und er sah keine Verfolger, doch ihr Rufen hörte er noch immer. Jederzeit konnten sie zwischen zwei Häusern auftauchen. Milan und Pjer kämpften sich weiter, bald hatten sie keinen Grund mehr unter den Füßen. Ihre Kleidung sog sich voll und hing schwer an ihnen, nur mühsam konnten sie sich über Wasser halten. Die Strömung trieb sie unter die ersten Pfahlbauten, wo sie wieder stehen konnten und Freunde über sich wussten; hierhin würden ihnen die anderen nicht folgen, das wagten sie nicht.

Trotzdem glitten sie zur Sicherheit noch weiter flussabwärts und hielten nur die Köpfe über Wasser. Sie nahmen den nächsten Seitenarm, der weiter ins Moor hinausführte, und hangelten sich unter der Plattform von Pfahl zu Pfahl, fort vom festen Felsengrund, auf dem der andere Teil Nebelbruchs errichtet war. Die Viertel der Handwerker und Bauern, Maurer und Soldaten, Händler und Bäcker, Metzger und Geldverleiher, Gastwirte, Schneider, Barbiere, Schmiede, Diener, Ärzte, Hebammen und wer immer sonst noch in den Gebäuden aus Stein leben mochte. Dort fand der wöchentliche Markt statt, dort standen die beiden Tempel, die meisten Schreine, die Kaserne der königlichen Soldaten und das weiße, wehrhafte Schloss mit den fünf schlanken Türmen, das die alte Burg derer zu Nebelbruch als Herrschaftssitz abgelöst hatte.

Milan und Pjer passierten ein Fischerboot, das an einem kurzen Steg angebunden war, und versteckten sich hinter drei dicken Pfählen, die nebeneinander in den Boden gerammt waren. Mehrere Minuten hielten sie sich dort reglos verborgen, dann zogen sie sich am Rand der Plattform hinauf und setzten sich mit baumelnden Beinen nebeneinander. Erschöpft lehnten sie sich an die Rückseite eines schmalen verwitterten Wohnhauses mit kleinen Fenstern, wie es in dem Viertel viele gab. Sie bibberten, und die Gelenke waren steif vom Wasser, Milan atmete schwer. Nass hing die Kleidung an ihnen.

»Ein Dolch«, keuchte Pjer, der sich noch immer nicht beruhigt hatte. »Ein verdammter Dolch! Dem Drecksack sollte ein Sumpfkriecher den Arm abreißen, nicht Fajenna. Der wollte uns das Gesicht zerschneiden! Das Gesicht! Das sag ich allen, und dann gibt es Rache, und wir reißen ihm den Arm aus und das Gesicht ab und … Scheiße! Und dich wollte er töten!« Er atmete durch und starrte Milan an. Mit einem Mal sah er aus, als wäre ihm schlecht. »Danke. Ohne dich hätte er mich erwischt, ich konnte mich einfach nicht bewegen. Ich … Danke.«

Milan nickte. »Wir sind Freunde.«

»Ja, das sind wir.«

Damit war alles gesagt. In diesem Moment waren sie sicher, dass es eine Freundschaft für immer war. Sie würden sich ein Leben lang einer auf den anderen verlassen können.

Langsam trocknete die Kleidung in der untergehenden Sonne, und Pjer nieste.

»Was erzählst du zu Hause?«, fragte Milan, weil es spät war und sie nicht ewig hier sitzen konnten. »Dass wir geflohen sind?«

»Sie hatten einen Dolch! Was hätten wir tun sollen?«

»Ich hoffe, mein Vater sieht das auch so«, murmelte Milan, und zugleich zweifelte er daran. Vater hatte eine klare Vorstellung von Ehre, und davonzulaufen war kein ehrenhaftes Verhalten, auch nicht, wenn die anderen in der Überzahl waren. Was sollte ein einziger Dolch daran ändern?

»Ja, dein Vater.« Pjer schnaubte. »Dann sagen wir eben nur, dass du das Großmaul mit dem Messer niedergeschlagen hast, weil du schneller warst und dich nicht hast einschüchtern lassen. Und dass wir anschließend als Sieger aus dem Kampf fortgegangen sind – wir sagen gegangen, nicht geflohen.« Er lachte. »Und die anderen haben nur dumm geglotzt und sich nicht getraut, sich einzumischen.«

Milan nickte, dann grinste er. »Ja, das ist gut. Da kann er mich nicht mehr feige nennen.«

»Feige nennen? Feiern soll er dich dafür! Du hast mir das Leben gerettet, uns beiden, und das ist nicht gelogen.«

»Aber dieser Thomma darf damit nicht durchkommen. Niemand tötet beinahe einen von uns.«

Und so kehrten sie nicht sofort zurück, sondern schmiedeten gemeinsam Rachepläne, während die Kälte aus ihren Muskeln wich. Irgendwann halfen sie sich gegenseitig auf und machten sich auf den Heimweg.

2

Als Milan das Haus betrat, stand der Eintopf bereits auf dem Tisch. Er dampfte, und der Geruch des Kochfeuers hing noch in der Luft, seine Eltern und Elyn waren eben dabei, Platz zu nehmen. Neben den Krügen mit Wasser und Wein stand auch die Tonflasche mit Nachtbrannt.

»Du kommst spät«, raunzte der Vater ihn an, aber mehr kam nicht. Es folgten keine Fragen, wo er so lange gewesen sei und wie er aussähe, und auch sonst sagte niemand etwas.

Vater war ein durchschnittlich gebauter, stolzer Mann, der größer wirkte, als er war. Er war gesellig und bei vielen beliebt, und wenn er mit anderen trank und lachte, riss er sie mit. Doch auch seine Wut war laut und ansteckend, und so endeten seine Abende im Gasthof auch mal in Raufereien. Sein dunkles Haar war kurz, die Nase groß und mehrmals gebrochen. Er schwor beständig auf seine Ehre, und niemand zweifelte seine Schwüre an. Nicht mehr lange, und er würde zu einem der drei Grubensprecher seiner Gräberkompanie ernannt, nach dem Grubenmeister der zweithöchste Rang unter den Torfstechern, und auch seinen Kindern gegenüber war er oft mehr Anführer als Vater.

Hastig setzte sich Milan, und gemeinsam dankten sie den Göttern und dem Drachentöter für die Mahlzeit, bevor sie zum Löffel griffen. Milan hatte seinen selbst geschnitzt und den Griff mit Schuppen verziert, und weil Elyn den so gelobt hatte, hatte er auch ihr einen gemacht.

Sie aßen stumm. Vater stierte wütend vor sich hin und kaute, als wollte er die Suppe zermahlen. Seine Zähne knirschten, und niemand sah niemanden an. Streit lag in der Luft, aber Milan stellte keine Fragen. Der Streit hatte nichts mit ihm zu tun, das spürte er, wenngleich das nicht bedeutete, dass er sich nicht über ihm entladen konnte wie ein heftiges Gewitter. Er hoffte, die Wolken würden einfach weiterziehen, auch wenn sie das selten taten.

Schweigend löffelte er vor sich hin und behielt die zurechtgelegte Geschichte von dem Dolchangriff und seinem Sieg für sich.

Noch ehe der Teller geleert war, brach es – wie befürchtet – aus dem Vater heraus: »Wer ist es?«

»Niemand!«, giftete Elyn zurück. »Ich hab's dir jetzt hundertmal gesagt!«

»Und ich hab dir nicht ein einziges Mal geglaubt!«

»Dann glaubst du, ich lüge?«

»Du bist zu hübsch, um keine Verehrer zu haben! Wenn wir also von niemandem wissen, triffst du dich heimlich.«

»Das ist Unsinn!«

»Was ist es dann?«, fragte Mutter nachdrücklich. Sie war eine schlaue Frau mit einem ebenmäßigen rundlichen Gesicht und beinahe so groß wie ihr Mann. Manche nannten sie schön, wenn der Vater es nicht hörte, doch wenn Milan gefragt wurde, wie sie war, dachte er immer zuerst an Kartenspiele. Über viele Sonntage hinweg hatte sie selbst ein Blatt angefertigt, hatte jede einzelne Karte mit zahlreichen Details und Schnörkeln bemalt. Als sie dann die erste Partie mit den Karten spielte, verlor sie, und daraufhin verschenkte sie das Blatt und sagte, es bringe ihr Pech. Noch am selben Abend begann sie, ein neues Blatt zu fertigen, mit ebenso vielen Details in jedem Bild. Und auch mit dem verlor sie das erste Spiel und verschenkte es ungerührt, und so ging es weiter und weiter bis zum fünften Blatt, das ebenso schön war, vielleicht sogar schöner als die Vorgänger und das ihr endlich den Auftaktsieg brachte. Dieses Blatt behielt sie, und wenn sie später mit ihm verlor, lächelte sie nur und sagte, letzten Endes werde es ihr Glück bringen, das wisse sie, und später ebenso ihren Kindern.

Milan war überzeugt davon, dass diese Geschichte etwas über seine Mutter aussagte, er war sich nur nicht sicher, was. Trotzdem war er davon beeindruckt und spielte so oft mit den Karten wie möglich, auch wenn er häufig verlor. Das tat er jedoch mit jedem Blatt.

Nun sah Mutter Elyn mit derselben Sicherheit an, mit der sie verkündet hatte, das Blatt werde ihr Glück bringen, und sagte: »Du verschweigst uns etwas.«

»Wer sagt das?«

»Ich sage das. Ich bin deine Mutter, ich kenne dich.«

Elyn warf den Löffel auf den Tisch. »Hält mich hier noch jemand für eine Lügnerin?« Sie starrte Milan an, und er konnte ihren Blick nicht lesen, Wut sah er darin, Trotz, eine stumme Herausforderung, aber auch Angst.

Schweigend schüttelte er den Kopf. Seit ein paar Tagen verhielt sich Elyn tatsächlich anders, sie war aufgekratzt, die Augen glänzten, sie lachte viel und wirkte im nächsten Moment wieder auf der Hut. Irgendetwas war mit ihr, aber er erfasste nicht, was. Auch er hatte schon an eine geheime Liebelei gedacht, weil ihr Verhalten ihn ans vergangene Jahr erinnerte, als sie sich heimlich mit dem jungen Bäckergesellen Lobran getroffen hatte. Das hatte er nur durch Zufall herausgefunden, und er hatte den Eltern nichts gesagt – und niemandem sonst. Auch jetzt würde er ihr nicht in den Rücken fallen, falls es einen Mann gab.

»Mach dich bloß nicht zum Gerede«, verlangte Vater. »Und uns keine Schande.«

»Es gibt niemanden«, wiederholte sie trotzig, das Kinn erhoben.

»Wenn ich dich erwische, dann …« Der Vater sprach

nicht aus, was dann geschehen würde. Das tat er nie, denn so ließ er sich alle Möglichkeiten der Strafe offen, während er andernfalls als Mann von Ehre an seine Androhung gebunden wäre, selbst wenn er im Ärger eine zu harte Strafe ankündigte.

Anscheinend wollte Elyn ihn diesmal nicht damit durchkommen lassen. Zornig forderte sie ihn heraus. »Was ist dann? Was?«, spie sie ihm entgegen. »Ich bin siebzehn, es ist meine Entscheidung, ob ich jemanden treffe!«

Ihr Vater lief rot an, sprang auf und zeigte mit dem Finger auf sie. »Ich wusste es! Du … du …«

Während er wütend um Worte rang, erwiderte ihre Mutter scharf: »Deine Entscheidung oder nicht, solange du sie uns verheimlichst, ist es keine gute Entscheidung. Sonst könntest du es uns sagen.«

Elyn schnaubte. »Ich sagte: *Wenn ich jemanden treffe. Wenn!* Und zum hundertsten Mal: Ich tu es nicht!«

»Was verheimlichst du uns dann?«

»Wir Torfstecher sind Leute von Ehre!« Vater stand noch immer da, das Gesicht gerötet, und hielt den Finger auf sie gerichtet.

»Ehre! Was für eine Ehre denn?« Ihr Gesicht verzog sich vor Abscheu. »Das reden wir uns doch nur ein, weil wir sonst nichts haben! Ohne uns gäbe es keine Alchymie und keine Moordiamanten, der König wäre ein König unter vielen, sein legendärer Hof nur irgendein Hof. Und trotzdem hausen wir in Holzhütten über dem verfluchten Moor des Nachtwyrms und besitzen nichts, nicht einmal den Respekt der anderen!«

»Was gehen uns die anderen an? Wir haben uns und unsere Ehre!«

»Und was hilft uns die? Was ändert die an unserem Los, an unseren Toten im Moor?«

»Sie ändert alles! Und du bist immer noch zu jung, um das zu verstehen.« Er sprach nun ruhiger, doch nachdrücklich. »Wir haben Ehre und Stolz, und darum gehen wir aufrecht durchs Leben, nicht wie Knechte und Mägde. Also lass dein peinliches Jammern und Gerede von einem schlimmen Los. Es ändert nichts, du wirst immer eine Torfstecherin sein.«

»Nein, werde ich nicht!« Sie sprang auf, das Gesicht verzerrt wie vor Schmerz. Einen Augenblick lang stand sie mit zitternden Lippen einfach so da. Dann drehte sie sich um und lief aus dem Haus.

»Bleib hier!«, verlangte Vater, aber da schlug die Tür schon hinter ihr zu.

»Sie trifft also doch heimlich jemanden«, sagte Mutter. »Nur keinen Torfstecher. Irgendwer muss ihr diesen Unsinn in den Kopf setzen.«

»Auf, Junge, geh ihr nach!«, befahl Vater. »Behalt sie im Auge. Und erzähl mir von jedem Burschen, den sie trifft.«

Milan nickte und rannte los. Denn auch wenn er sie nicht verraten würde, offen würde er sich dem Vater nicht widersetzen. Während die Eltern wieder zu den Löffeln griffen, knurrte ihm der Magen, aber daran war jetzt nichts zu ändern.

Schon nach wenigen Schritten schien sich Elyn zu beruhigen, sie wurde langsamer und blieb schließlich ganz stehen, als dächte sie daran, umzukehren. Milan huschte hinter der nächsten Hausecke in Deckung, aber Elyn kehrte nicht um. Sie legte den Kopf in den Nacken und sah eine Weile in den dunkler werdenden Himmel hinauf, dann schritt sie wieder aus, weiter Richtung Stadtmitte. Milan folgte ihr mit Abstand und hoffte, sie würde sich nicht plötzlich umdrehen und ihn entdecken.

Sie verließ das verwinkelte Pfahlviertel und schlenderte durch Straßen aus Stein, bis sie den lang gezogenen Marktplatz erreichte. Vor den Gasthäusern saßen Erwachsene mit Wein oder Wasser beieinander, plauderten und lachten, würfelten oder spielten Karten. Andere kreuzten den Platz eilig auf dem Weg irgendwohin, wieder andere verfingen sich in zufälligen Begegnungen. Zwei streunende Hunde jagten bellend Vögel davon, Menschen blickten versonnen aus den umliegenden Fenstern, und Kinder spielten auf dem Boden mit Murmeln oder warfen einander einen Ball zu. Es war laut und friedlich zugleich.

Beherrscht wurde der Platz von der großen Bronzestatue König Cylhans XIII., die kurz vor Milans Geburt errichtet worden war. Mit erhobenem Degen saß der König auf einem Ross mit prächtiger Mähne und erinnerte alle daran, wer hier herrschte. Cylhan vereinte alle Macht Juwarens auf sich, und Nebelbruch, so abseits es auch lag, war Teil des Reichs, und sie alle hier waren Untertanen des Königs. Sein Wort galt unabdingbar, hier wie überall im Land.

So weit Milan zurückdenken konnte, hatte er sich vorgestellt, da hinaufzuklettern und sich zum König in den Sattel zu schwingen, aber letztlich hatte er sich nie getraut, es zu versuchen, und sich gesagt, die Statue sei sowieso zu hoch, um ohne Hilfe hinaufzugelangen.

Elyn hatte einmal spöttisch gefragt, ob der nächste Herrscher die ganze Statue austauschen würde, um sich selbst zu präsentieren, oder ob man nur den Namen ändern würde, schließlich wisse hier sowieso niemand, wie der König aussehe.

Als Elyn das Standbild nun passierte, hatte sie keinen Blick dafür übrig, nicht einmal einen abschätzigen. Ohne Zögern überquerte sie den Platz und trat auf der gegenüberliegenden Seite in eine Gasse, der sie ein Stück folgte. Der Lärm des Marktplatzes wurde leiser, Milan vorsichtiger.

Schließlich klopfte sie an die Tür einer Metzgerei, die so spät bereits geschlossen hatte. Trotzdem wurde Elyn eingelassen, und Milan fragte sich, ob er durch ein Fenster hineinspähen sollte. Bevor er eine Entscheidung gefällt hatte, kam Elyn jedoch wieder heraus und trug ein schmales Bündel im Arm. Anschließend suchte sie eine Bäckerei auf, aber nicht die von Lobrans Familie, und auch hier blieb sie nicht lange, und das Bündel in ihrem Arm wurde dicker. Nirgends traf sie sich mit einem Mann. Hier und dort wurde sie gegrüßt und grüßte zurück, blieb jedoch nie für ein Gespräch stehen.

Die Dämmerung zog herauf, und Milan war es leid, Elyn zu folgen. Er war müde und hungrig, sein Eintopf zu Hause wurde kalt. Seine Muskeln schmerzten, und er wollte endlich zurück, um sich über den Rest in seinem Teller herzumachen. Doch als er um die nächste Straßenecke bog, war Elyn plötzlich verschwunden. Er blickte in alle Richtungen, konnte sie aber nicht entdecken. Wie hatte er so ungeschickt sein können?

Und dann war sie mit einem Mal hinter ihm und fragte: »Hat Vater dich hinter mir hergeschickt?«

Überrumpelt wirbelte er herum und zuckte stumm mit den Schultern.

»Und, kleiner Spitzel, habe ich jemanden getroffen?«

»Nein.« Er schüttelte den Kopf. »Und ich bin kein Spitzel, ich würde dich nie verraten, und wenn du ein Dutzend Männer und Frauen triffst. Von Lobran habe ich ihm auch nie erzählt.«

Sie blinzelte überrascht. »Du weißt von Lobran?«

»Ich hab euch einmal gesehen.«

»Und du hast den Eltern nichts gesagt?«

»Ich werde dich nie verraten. Du hast mir Großvaters Schnitzmesser verschafft, als er gestorben ist, und du hast mit mir geschnitzt. Du hast dich vor mich gestellt, damals, als Vater so wütend und betrunken war, und … du bist immer da.« Er verstummte und zuckte erneut mit den Schultern. Er war es nicht gewohnt, solche Dinge auszusprechen, es war seltsam.

Sie lächelte, und dennoch wirkte sie traurig, fast als wollte sie losweinen, und das war ebenso seltsam. War sie etwa gerührt?

»Aber ich bin auch nicht blöd«, sagte er schnell, weil er sie nicht weinen sehen wollte, nicht einmal vor Rührung. »Irgendwas stimmt nicht, du bist komisch in letzter Zeit. Gut komisch, aber komisch. Und jetzt holst du irgendwelche Dinge ab und …« Er verstummte, sie hatte nichts mehr bei sich. »Wo ist das Bündel hin? Was ist los mit dir?«

Sie musterte ihn, noch immer sichtlich aufgewühlt, und setzte zweimal an, etwas zu sagen, tat es dann aber nicht. Stattdessen strich sie ihm übers Haar, wie sie es oft getan hatte, als er klein gewesen war. Mit zittriger Stimme sagte sie: »Kann ich nicht verraten, das wird eine Überraschung.«

»Für wen?«

»Für alle.« Sie lächelte vorsichtig, die Augen glänzten, aber sie hatte sich wieder im Griff. »Kannst du also Vater einfach sagen, dass ich niemanden getroffen habe? Und sag es ihm morgen und übermorgen erneut, weil er nicht aufhören wird zu denken, dass ich es doch tue, das weiß ich. Aber mir glaubt er nicht.«

»Schwörst du, dass du niemanden triffst? Bei deiner Ehre?«

Sie seufzte. »Bei meiner Ehre? Hast du mir vorhin zugehört?«

»Ja. Aber du weißt, dass mir die Ehre wichtig ist, und das reicht dann.«

Lächelnd schüttelte sie den Kopf. »Gut. Dann also bei der Ehre.« Dann umarmte sie ihn plötzlich und drückte ihn heftig an sich. »Ich hab dich lieb, Bruder. Ja?«

»Ich dich auch«, murmelte Milan. »Aber du bist in letzter Zeit wirklich komisch.«

»Ja, das kann sein. Es ist schließlich eine große Überraschung.«

Milan wollte noch weiter danach fragen, aber sie schnitt ihm das Wort ab und ließ ihn wieder los. »Komm, gehen wir zurück, es wird dunkel. Und vielleicht ist der Rest Eintopf noch nicht ganz kalt.«

Das erinnerte ihn an seinen Hunger, und er nickte. Gemeinsam schlenderten sie bis kurz vor die Tür, dann trennten sie sich. Sie trat zuerst ein und kurz darauf er, als wäre er ihr bis eben gefolgt.

Es war noch stockdunkel, als Milan aus dem Schlaf aufschreckte. Bodenbretter knarzten, irgendwer bewegte sich am Bett seiner Schwester; er konnte nur einen undeutlichen Schemen erahnen.

»Elyn?«, fragte er.

»Schlaf weiter, Kleiner.«

»Was tust du?« Plötzlich wurde Milan von Misstrauen gepackt. »Triffst du doch jemanden?«

»Unsinn. Ich hab es dir geschworen!«

»Was dann?«

»Ich hab nur schlecht geträumt und muss was trinken.«

Was trinken. Milan entspannte sich, die Müdigkeit griff wieder nach ihm.

Leise öffnete sich die Tür, dann erklang Elyns Stimme erneut. »Träum was Schönes, Bruder. Alles ist gut.«

Die Tür schloss sich wieder.

Alles ist gut.

Milan starrte in die Dunkelheit, fragte sich, was Elyn geträumt haben mochte, und dachte, dass es schlimm gewesen sein musste, wenn sie deswegen aufstand. Fast wollte er ihr folgen, um nach ihr zu sehen, aber was hätte das geändert? Sie brauchte nur ein wenig Wasser, und er war hundemüde, und seine Beine waren schwer, und so blieb er liegen. Dabei nahm er sich fest vor, bis zu ihrer Rückkehr wach zu bleiben. Trotzdem dämmerte er rasch wieder weg. Er schlief unruhig und träumte viel, woran er sich am Morgen nicht erinnern sollte.

3

Milan!« Grob rüttelte Mutter ihn aus allen Träumen. »Wo ist Elyn?«

»Elyn?«

»Sie ist weg!«

»Weg?«

»Ja, weg! Und du hast gesagt, sie trifft niemanden!«

Milan sprang auf, im Kopf noch verschlafen. »Sie wollte nur was trinken. Wegen der Albträume.«

»Was meinst du?«

Er wiederholte, was Elyn in der Nacht gesagt hatte, und Mutter schleifte ihn zum Vater, und da wiederholte er es erneut.

»Sie trifft jemanden«, war der sich sicher. »Wozu soll sie sich sonst nachts aus dem Haus schleichen?« Er bedachte Elyn mit einem Schwall Schimpfworte, und dann beschimpfte er Milan, weil der sie nicht aufgehalten hatte, und stieß ihn zur Seite. »Und nicht mal am Morgen ist sie zurück!« Zornig stapfte er im Zimmer auf und ab und murmelte verschiedene Namen und Verdächtigungen vor sich hin.

»Und wenn ihr etwas passiert ist?«, fragte Milan und folgte ihm. »Wollen wir nicht nach ihr suchen und herumfragen, wer sie …?«

»Damit alle von der Schande erfahren?«, spie sein Vater aus. »Nein. Sie wird bei ihrem Liebsten verschlafen haben und irgendwann auftauchen. Und dann …« Er sprach nicht weiter, aber seine Lippen bebten vor Zorn.

Doch bis alle zur Arbeit aufbrachen, war sie nicht aufgetaucht. Inzwischen war Milan auch wieder die Überraschung eingefallen, die Elyn am Vortag erwähnt hatte, aber er sagte nichts; das hatte er versprochen. Er hoffte, dass ihr Verschwinden damit zu tun hatte und geplant war, machte sich aber trotzdem Sorgen.

»Wenn du allein nach ihr herumfragst, dann …«, drohte Vater zum Abschied, und so verwarf Milan den Gedanken, der ihm tatsächlich gekommen war.

Bei der Arbeit erzählte Milan nichts von Elyns Verschwinden, während Pjer noch immer furchtbare Rache an Thomma plante, und Fajenna und alle anderen fluchten, als sie von dem Dolch und der Drohung erfuhren und jeden Rachegedanken lautstark befeuerten.

»Das müsst ihr ihm heimzahlen«, verlangten sie. »Niemand springt so mit einem Torfstecher um.«

»Das werden wir«, versicherte Pjer. »Das ist ausgemacht. Stimmt's?«

»Natürlich«, versprach Milan, und Fajenna und die anderen nickten ihm zu, und der Respekt in ihrem Blick tat ihm trotz wachsender Sorgen um Elyn gut. Wo war sie nur? Hatte sie gelogen, als sie geschworen hatte, dass sie niemanden traf? Und war dann auch die große Überraschung eine Lüge?

Mittags wurde er von seiner Mutter abgeholt: Elyn war noch immer nicht aufgetaucht, allen war ihr Fehlen aufgefallen. Doch es wurde kein anderer Torfstecher vermisst, niemand in der Torfgrube wusste etwas, niemand hatte sie gesehen.

»Alle machen sich Sorgen, und sie haben uns gehen lassen. Dein Vater sucht sie bei den Felsenmenschen«, erklärte seine Mutter. So nannte sie all jene, die nicht bei ihnen im Pfahlviertel lebten, sondern auf festem Felsengrund. Sie, die sonst so beherrscht war, weinte beinahe, und da packte Milan die Angst, und er erzählte von Elyns geplanter Überraschung und den Besuchen bei Bäcker und Metzger.

»Du Schwachkopf!«, rief Mutter und brachte ihn zum Vater. »Los, erzähl's auch ihm!«

Das tat er, und Vater versetzte ihm eine derart harte Maulschelle, dass er zurücktaumelte und vor Schmerz aufschrie. Seine Lippe war aufgeplatzt, und er schmeckte Blut. Nur mühsam konnte er die Tränen niederkämpfen, aber er protestierte nicht.

In der Bäckerei erfuhren sie, dass Elyn einen Laib haltbares Dunkelbrot gekauft hatte, beim Metzger hieß es, sie habe ein großes Stück Trockenfleisch genommen, das für eine mehrtägige Reise ausreiche. Von bösen Ahnungen erfüllt, eilten sie nach Hause, wo sie feststellten, dass mehr Kleidung von ihr fehlte, als sie am Leib trug. Die Ahnungen wurden Gewissheit: Elyn war fortgegangen. Nur wohin und für wie lange?

Vater verpasste Milan eine weitere Maulschelle, und er nahm sie stoisch hin; er hätte sich selbst ohrfeigen können. Sie erkundigten sich bei den Nacht- und Torwächtern, aber die hatten Elyn nicht gesehen. Doch es gab genug Wege, auf denen man aus der Stadt gelangte, ohne bemerkt zu werden, und vielleicht war sie mit einem fahrenden Händler fortgelaufen, versteckt in seinem Wagen, oder hatte in einem der umliegenden Dörfer bei einem Bauern Unterschlupf gefunden. Milans Vater verdächtigte jeden, der kein Kind oder Greis war. Dass sie allein gegangen sein könnte, zog er nicht in Betracht.

Bis tief in die Nacht hinein suchten sie vergebens. Längst hatten sich ihnen andere angeschlossen, und im ersten Morgenlicht ging die Suche weiter, hier und da und überall. Gefunden wurde ihre Leiche schließlich von Torfstechern auf dem Weg zur Arbeit. Drei von ihnen kamen mit der Nachricht zu Elyns Familie, die ganz woanders im Moor suchte.

Der Vater wankte und verlor alle Farbe aus dem Gesicht. Seine Schultern sackten nach vorn, und mit einem Mal wirkte er viel kleiner, als er war. »Wo?«

»Nicht weit von unserer Grube.«

»Wie? Warum?«

»Der Nachtwyrm«, sagte eine der Frauen, die sie gefunden hatten, mit gesenktem Blick. »Sie hatte … einen Moordiamanten bei sich.«

»Nein!«

»Es tut mir leid, Severin.«

»Oh, du elende Verräterin«, presste er hervor. Seine Kiefer mahlten vor Wut, und rote Flecken erschienen auf seinem Gesicht. Denn jeder Moordiamant gehörte per Geburtsrecht dem König und musste, sobald er gefunden wurde, bei der Freifrau abgegeben werden. Die schickte ihn dann unter schwerer Bewachung in die Hauptstadt. Einen solchen Stein einzubehalten, und sei es nur für eine Stunde, zog unweigerlich die Todesstrafe nach sich – auch wenn in Elyns Fall der Nachtwyrm einer Hinrichtung zuvorgekommen war.

Mutter, die sonst so beherrscht war, weinte laut und schrie ihre Klage hinaus, während Milan von einem Moment zum nächsten versteinerte, nur sein Herz schlug schnell und schmerzhaft. Dann rannte er plötzlich los, er musste sie sehen. Schneller als die Eltern stürmte er zu der Fundstelle, und dort machten sie ihm mit gesenkten Köpfen Platz.

Elyn lag, unweit der Torfgrube, verrenkt zwischen den knorrigen Wurzeln einer alten Sumpfzypresse; der ausgerissene rechte Arm schwamm in einer schlammigen Pfütze fünf Schritte entfernt, der linke Fuß fehlte ganz. Eine tiefe Bisswunde klaffte quer über den Brustkorb hinweg.

»Gestern war sie noch nicht hier«, flüsterte einer und erntete zustimmendes Gemurmel; die Gesichter aller waren bleich vor Schreck. Der Nachtwyrm hatte Elyns Überreste nachts da zurückgelassen, wo sie selbst tagsüber arbeiteten. Elyns Züge waren angstverzerrt, das Haar war weiß geworden und vollkommen verdreckt, und doch war sie eindeutig zu erkennen.

Irgendwer fragte, warum sie nicht aufgefressen worden sei, und einer schob es auf den makellosen Moordiamanten, der sich in ihrem Besitz befand, denn denen wurden alle möglichen Kräfte nachgesagt. Moordiamanten waren verstorbene und zu Stein gewordene Irrlichter, und sie glänzten so hell, als wäre das Mondlicht in ihnen gefangen.

Andere erinnerten daran, dass der Nachtwyrm seine Opfer sowieso nicht immer auffraß, während weitere in Richtung Milan nickten und zischten: »Pst.«

Einen ewigen Augenblick lang betrachtete Milan seine tote Schwester, sah, wie schrecklich sie zugerichtet war, sah ihr verzerrtes Gesicht und das knochenbleiche Haar.

Sah und wollte nicht sehen.

Sein Herz zerriss, und er verschloss die Augen, jedoch zu spät. Mit aller Gewalt presste er die Lider zu, so als könnte er damit das Gesehene ungesehen machen, vielleicht gar das Geschehene ungeschehen, aber natürlich war das nicht möglich, sie war tot. Als könnte er die Tränen damit in seinem Kopf einsperren, bis niemand mehr da war, sie zu bemerken. Unvermittelt erinnerte er sich an das ferne Fauchen des Nachtwyrms, das der Wind in manchen stillen Nächten aus dem Moor herübergetrieben hatte. Es war kaum zu vernehmen gewesen, und doch hatten sich ihm die Nackenhaare aufgestellt. Vor seinem geistigen Auge erschien eine gewaltige Kreatur, die Elyn ins zahnwuchernde Maul nahm und sie schüttelte wie eine Kinderpuppe, hin und her, bis die

Knochen knackten und der Kopf baumelte. Rasch riss Milan die Augen wieder auf, um das Bild loszuwerden, aber auch dafür war es zu spät. Es hatte sich eingebrannt, und die Tränen liefen ungebremst über seine Wangen. Niemand legte ihm zum Trost die Hand auf die Schulter.

Still weinend schloss er sich dem Zug an, der seine tote Schwester zurück in die Stadt brachte.

Noch am selben Tag nahm sich die Freifrau von Nebelbruch der Sache im Namen des Königs an. Gleich am Morgen war ihr der Stein von einer Abordnung Torfstecher mit demütig gesenkten Häuptern übergeben worden, und am späten Nachmittag ließ sie alle, die in den Torfgruben arbeiteten, auf dem Marktplatz versammeln. Sie hatte die grauen Haare streng nach hinten geflochten und trug richterliches Schwarz. Umgeben war sie von einem Dutzend groß gewachsener Soldaten mit Degen und Dolchen. Zwei der Männer hatten außerdem lange Musketen über der Schulter hängen, und keiner von ihnen ähnelte Thomma, wie Milan beiläufig feststellte.

Milan begleitete seine Eltern, obwohl er noch kein Torfstecher war, aber er konnte nicht anders, er wusste nicht, was er allein im leeren Haus hätte tun sollen. Hier wusste er nun nicht, ob er zu den Angeklagten gehörte oder zu den Schaulustigen, die zahlreich gekommen waren, um zuzusehen, wie die Torfstecher bestraft wurden. Aus allen Fenstern der angrenzenden Häuser gafften Felsenmenschen. Verloren stand Milan da, unfähig, klar zu denken, das Bild seiner toten Schwester beherrschte seinen Kopf, alles war dumpf.

Laut scholl die Stimme der Freifrau über den Platz, als sie ihr Urteil für den ruchlosen Diebstahl des Moordiamanten verkündete. Jeder Torfstecher, alle aus allen Gruben, nicht nur jene aus Elyns, sollte fünf Schläge mit einem Galgenstrick auf den blanken Rücken erhalten, weil keiner von ihnen Elyn aufgehalten hatte. Darüber hinaus wurde allen für fünf Tage der Lohn gestrichen, den behielt die Freifrau im Namen der Krone ein. Statt der gemeinsamen Feier, die bei einem solchen Fund üblich war, gab es eine gemeinsame Bestrafung. Ohne Murren nahmen die Torfstecher das Urteil hin; das verlangte die Ehre, denn Elyns Tat war unleugbar und unverzeihlich. Doch Milan sah in vielen Augen Unmut; sah viele, die die Lippen aufeinanderpressten.

»Einer für alle, alle für einen«, verkündete die Freifrau mit schneidender Stimme das Motto, das die Torfstecher stets für sich reklamierten und das ebenso für ihre Bestrafung galt. Denn die Gemeinschaft war dafür verantwortlich, dass der Einzelne nicht mit einem derart groben Fehlverhalten ausscherte. Bestahl einer den König, tat er es im Bewusstsein, alle in das Vergehen hineinzuziehen.

Warum, Elyn?, dachte Milan wieder und wieder. Sie hatte über die Ehre gelacht, aber trotzdem verstand er nicht, wie sie so ehrlos hatte sein können. *Du hast gesagt, du hast mich lieb, aber was ist mit den Eltern und allen anderen?*

Früher waren Stockschläge auf die bloße Fußsohle die allgemein übliche Bestrafung gewesen, aber da man danach tage- oder wochenlang nicht auftreten konnte, vielleicht nie wieder, war die Methode bei solchen Massenbestrafungen längst abgeschafft, denn wer nicht laufen konnte, konnte nicht arbeiten. Und einen Ausfall aller Torfstecher konnte sich Nebelbruch nicht erlauben, der Abbau des Torfs durfte nicht zum Erliegen kommen, die Suche nach Moordiamanten nicht stocken.

Nacheinander und jeweils zu zweit sollten alle Torfstecher mit entblößtem Rücken an den großen Marmorblock des Königstandbilds treten. Die Hände gegen den Stein gestützt, mussten sie unter den erhobenen Hufen des Pferds die Schläge erwarten.

Milans Eltern waren die Ersten, da ihre Tochter den Diebstahl begangen hatte, und die beiden soldatischen Bestrafer schlugen mit voller Wucht zu. Schon beim ersten Hieb riss die Haut auf, und Vater und Mutter pressten die Zähne zusammen, um nicht zu brüllen. Milan zwang sich zuzusehen, denn sosehr ihn der Anblick auch schmerzte, er dachte, wenn er wegsähe, würde er sie im Stich lassen.

Ergeben ertrugen die beiden die Schläge, so wie sie die Vorwürfe und Blicke der anderen den ganzen Tag über ertragen hatten; stumm und mit gesenktem Kopf.

»Warum habt ihr auf eure Blage nicht aufgepasst?«

»Diebespack!«

»Wo hat sie ein solches Verhalten her, die Verräterin? Wo?«

Man hatte ihnen vor die Füße gespuckt und sie geschubst, ihre vormalige Beliebtheit hatte sich aufgelöst wie Nebel. Und Milans Eltern hatten sich nicht gewehrt, sondern alles hingenommen, und das hatte Milan kaum ertragen. Hatte sein Vater ihm nicht eingebläut, sich immer zu wehren? Kein Einknicken vor niemandem, kein Davonlaufen, keine Feigheit. Wo war dieser Stolz geblieben?

Jeder konnte sehen, dass die beiden sich schuldig fühlten und sich für ihre Tochter schämten, und Milan wollte sie schütteln und schreien: »Nein, hebt den Kopf!«

Auch wenn er – einmal abgesehen vom Stolz – nicht wusste, weshalb. Denn Elyn war schuldig, und so fragte er sie in Gedanken: *Weshalb, Elyn?*

Doch sie war tot und antwortete nicht, und seine Gedanken sprangen zurück und fragten: *Seit wann reicht Stolz denn nicht aus?*

Ein Brei aus Fragen wälzte durch seinen Kopf, es gab keine Antworten. Und er schrie die Eltern nicht an, und sie hoben auch nicht den Kopf, sondern erduldeten alles, die Vorwürfe wie die Schläge, die Blicke wie das Gaffen und Gieren der aufgewühlten Menge.

Anschließend warteten sie mit frisch verbundenem Rücken die Bestrafung aller ab, denn es war ihre Aufgabe, den Marmorblock danach von allen Spuren zu reinigen. Gründlich wischten sie das Blut ab, ohne zu klagen, auch wenn die Bewegungen langsam waren und sie wieder und wieder das Gesicht verzogen. Milan half ihnen, und niemand hinderte ihn daran.

Auf dem Heimweg schnitt sein Vater mit sichtlicher Mühe einen Ast von einem Busch. Zu Hause angekommen, befahl er Milan, sich auf den Bauch und die Füße hoch auf einen Schemel zu legen.

»Du hättest sie nicht gehen lassen dürfen«, flüsterte er mit rauer Stimme, während Milan seinem Befehl Folge leistete. »Du warst derjenige, der sie hätte aufhalten können, und deshalb darf es nicht sein, dass du der Strafe entgehst. Nur weil du zu jung bist, um ein Torfstecher zu sein. Deine Jugend ändert nichts an deiner Schuld, und wenn das Gesetz dich nicht straft, dann tu ich es als dein Vater. Das schulde ich dir und der Ehre, und du schuldest es der Gemeinschaft. Und da du nicht beim Torfabbau benötigt wirst, wirst du nach der alten Tradition bestraft.«

Nach dieser langen Rede holte er mit der Rute aus und schlug zu. Milan, der sich fest vorgenommen hatte, tapfer zu sein und sich jeden Schrei zu verbeißen, wie seine Eltern es getan hatten, brüllte. Seine Fußsohle platzte auf, Blut quoll heraus, und sein Vater, der mit aller Kraft und allem Zorn zugeschlagen hatte, zählte mit zusammengebissenen Zähnen: »Eins.«

Wimmernd schloss Milan die Augen und versuchte, den Schmerz zu unterdrücken, aber dann kam der nächste Schlag, genau in die Wunde, und er brüllte wieder. Er war sicher, der Schlag war härter als die Strafe, die die Torfstecher erhalten hatten, war sicher, dass sein Fleisch bis auf die Knochen offen lag, und ebenso war er sicher, dass die Ehre das verlangte.

»Zwei.«

Milan wollte die Füße fortziehen, die Beine zuckten unwillkürlich, aber er zwang sich, sie auf dem Schemel zu lassen. Nicht nur weil die Ehre und der Stolz es verlangten, sondern weil er im tiefsten Innern überzeugt war, dass sein Vater recht hatte: Er hatte die Schläge verdient. Warum hatte er Elyn nicht aufgehalten?

Mit zusammengebissenen Zähnen erwartete er den nächsten Schlag, den nächsten und den nächsten, und am Ende heulte er ohne Pause, weil er nicht anders konnte.

Pflichtschuldig verband seine Mutter ihm die Füße mit einer lindernden Tinktur vom Alchymisten, jedoch erst nachdem sie sich um Vaters Rücken gekümmert hatte, der bei der Anstrengung wieder aufgeplatzt war. Dabei sprach sie kein Wort mit ihm, und Milan wusste nicht, ob das an ihren Schmerzen lag oder Teil der Bestrafung war.

Milan trank Wein, um sich zu betäuben und den Schmerz und die Trauer und alles nicht zu spüren. Ohne um weitere Hilfe zu bitten, kroch er ins Bett und blieb dort, weil er weder laufen noch stehen konnte. Ihm war übel, und alles drehte sich, sein Kopf war heiß, und er zitterte, als hätte er Fieber. Die Trauer um seine Schwester vermischte sich mit der Wut auf sie und vagen Schuldgefühlen. Er rollte sich mit dem Gesicht zur Wand, damit er ihr leeres Bett nicht sehen musste.

Spät schlief er ein, und er schlief unruhig, geplagt von Schmerzen und einem schlechten Gewissen, weil er Elyn nicht zurückgehalten hatte – obwohl er nichts von ihren Plänen gewusst hatte. Wie hätte er ahnen sollen, dass dies ihre große Überraschung gewesen war?

Du hättest einfach!

In den Träumen jagte ihn der Nachtwyrm, wie er ihn aus zahlreichen Erzählungen kannte, der letzte der Drachen, viermal so lang wie der größte Sumpfkriecher, von dem Milan je gehört hatte, und dicker und größer. Stacheln und zackig ausgefranste Hornplatten ragten bedrohlich aus seinem Rücken und Schwanz, und die mächtigen Klauen endeten in langen gebogenen Krallen. Im aufgerissenen Maul wucherten unterarmlange schiefe Hauer, spitz und krumm.

»Ehrloser Verräter«, dröhnte es in Milans Schädel, während der Nachtwyrm auf ihn zuraste, um ihn zu verschlingen, ihn zu zerkauen, zu zerfetzen, so wie er seine Schwester zerrissen hatte, und Milan floh schreiend durch die Nacht und schließlich aus dem Traum.

Keuchend erwachte er, die Arme schützend vor dem Gesicht. Er war schweißgebadet, und in den Füßen pochte noch immer der Schmerz. Vor seinem Fenster schwebte ein Irrlicht, hell und klar in der nächtlichen Dunkelheit. Es schwebte direkt am Glas, als schaute es herein, obwohl Irrlichter das eigentlich nicht taten, sie sahen nicht, sie wurden gesehen.

Als wäre es gekommen, ihn zu holen.

Nur ihn, nicht irgendwen.

»Nein«, japste er, doch das Irrlicht harrte vor dem Fenster aus, es zog einfach nicht weiter. Ein geistloser Diener des Nachtwyrms, der Zauber hinterlistiger Moorelfen aus seinem Gefolge.

Nur selten verirrte sich ein Irrlicht bis in die Stadt, doch das Pfahlviertel war über dem Moor errichtet, dem Reich des Nachtwyrms, und so kam es vor. Milan hatte aber noch nie eines von Nahem gesehen, nur zwei Mal ein fernes Leuchten über dem Moor. Dort lebten sie und verwirrten vorbeikommende Menschen, neckten sie, weckten ihre Neugier, krochen in ihre Gedanken, köderten sie wie ein Wurm am Haken den Fisch und führten sie zum gefräßigen Nachtwyrm. Das wusste jeder, und doch war es schwer, ihrem lockenden Leuchten zu widerstehen, ihnen nicht zu folgen, wohin auch immer sie einen führten.

Im Moor begegnete man ihnen aus purem Zufall, denn sie streiften so lange ruhelos umher, bis sie auf Einsame und Verlorene stießen. Aber dieses Irrlicht schien bewusst ihn, Milan, ausgewählt zu haben, es verharrte weiterhin vor dem Fenster, schimmerte kalt und ließ alles in einem unscharfen Grau erscheinen wie in Träumen. Dennoch löste es in ihm ein seltsames Gefühl von Vertrautheit aus, das er nicht begriff. Zugleich jagte es ihm furchtbare Angst ein, und das verstand er sehr wohl. Irrlichter dienten dem Nachtwyrm, und sein Herz wollte bersten vor Schmerz.

Elyn, dachte er, die Traumbilder noch im Kopf, und die Trauer überflutete ihn, und zugleich packte ihn die Angst, so zu enden wie sie. *Oh, Schwesterherz.*

Es wollte ihn zerreißen, und er starrte auf das Irrlicht, das einfach in der Luft hing und leuchtete. Lockend und …

Nein!

Zitternd griff er sich die nassgeschwitzte Decke und rutschte mit ihr auf Knien ans Fenster. Er wollte schreien vor Schmerz, aber er tat es nicht. Mühsam richtete er sich auf und klemmte mit abgewandtem Gesicht die Decke in die Ritze über dem Rahmen, um das Fenster zu verhängen. Durch den Stoff war das Irrlicht nur noch schwach zu erkennen.

Wimmernd ließ er sich wieder zu Boden sinken und verkroch sich in eine Ecke, von der aus er nicht einmal den schwachen Lichtpunkt auf der Decke sehen konnte. Er schloss die Augen, kauerte sich zusammen und hoffte, dass das Irrlicht verschwand.

Aber er sah nicht nach.

Die Fußsohlen brannten, als wären die Wunden erneut aufgebrochen. Er spürte irgendeine Flüssigkeit, aber er kümmerte sich nicht darum, wahrscheinlich hatte er es nicht anders verdient. Immer wieder dachte und murmelte er: »Ich wollte es nicht, ich wusste es doch nicht. Es tut mir leid, so leid, Elyn. Warum nur hast du das getan? Warum habe ich es nicht geahnt, nicht begriffen?«

Alles ging in ihm durcheinander, und so wartete er schlaflos und unter Schmerzen auf den Morgen.

4

Die nächsten Tage verbrachte Milan im Bett. Er trank Wein gegen den Schmerz und die Schuldgefühle und dämmerte vor sich hin oder wälzte einsam Gedanken. Morgens und abends wechselte Mutter ihm den Verband, doch sie sprach noch immer nicht mit ihm, und er hatte es aufgegeben, ihr Fragen zu stellen.

Trotz ihrer Wunden quälten sich die Eltern jeden Tag ins Moor. Niemand sollte sagen, sie drückten sich vor der Arbeit, nicht nach dem, was Elyn getan hatte. Wenn Milan sie kurz sah, gingen sie leicht gebeugt; doch ob das an den Schmerzen oder Schuldgefühlen lag, wusste er nicht.

Niemand kam, ihn zu besuchen, nicht einmal Pjer, aber auch bei den Eltern hörte er nie jemanden. Er fragte sich, warum die Freifrau alle Torfstecher gleichermaßen bestraft hatte, warum nicht Elyns Familie härter, warum sie so sicher war, dass Elyn den Stein allein gestohlen hatte. Noch vor wenigen Tagen hätte Mutter es ihm erklärt, wie sie stets alles erklärt hatte, und Vater hätte ihm gesagt, was daran richtig und ehrenvoll war und was nicht, aber damit war es vorbei. Er war allein mit seinen Fragen.

Nur für Elyns Beerdigung verließ er das Haus, und da trug ihn der Vater trotz der Wunden auf dem Rücken. Aber das war kein Zeichen der Versöhnung, sondern Vater tat es, weil die Ehre es gebot; und an seine Vorstellung von Ehre klammerte er sich nun noch stärker als zuvor. Den ganzen Weg über sprachen sie kein Wort, und Mutter, die neben ihnen ging, schwieg ebenfalls.

Milan nahm Vater die Bestrafung nicht übel; er hatte getan, was er tun musste, und die Füße würden wieder heilen. Was er ihm übel nahm, war, dass er die Vorwürfe der anderen schluckte, dass er seinen Stolz aufgegeben hatte, dass er kleiner und schwächer geworden war, dass er sich von der Schuld niederdrücken ließ, obwohl er sie doch an Milan weitergegeben und ihn dafür bestraft hatte.

Milan hatte die Strafe hingenommen, wie es sich gehörte, und doch schien es Vater nicht genug. In den wenigen Momenten, da Vater ihn angesehen hatte, war ein solcher Groll in seinem Blick gewesen, dass Milan Angst bekommen hatte, er könnte die Bestrafung plötzlich fortsetzen und diesmal nicht nur bis zur Fünf zählen, sondern so lange weiterprügeln, bis er genug hatte – und es würde nie genug sein. Elyn war seine Erstgeborene gewesen, und die Schuld war unendlich.

Der Friedhof der Torfstecher lag vor dem Pfahlviertel auf der Moorseite des Flusses, auf einem Stück Land, das vor Jahrhunderten trockengelegt worden war. Einst waren die verstorbenen Torfstecher bei allen anderen auf dem Stadtfriedhof bestattet worden, doch dann hatte die damalige Freifrau beschlossen, die Gräber all jener, die im Pfahlviertel lebten, zu besteuern. Wenn sie diese schon nicht zu Lebzeiten besteuern durfte, würde sie es eben für die Ewigkeit des Todes tun. Die Antwort der Torfstecher war der Friedhof am Rand des Moors gewesen.

Eine mannshohe steinerne Mauer, deren Fundamente tief in die Erde reichten, umgab ihn, und das überschüssige Wasser wurde durch Rinnen und Rohre in den Fluss abgeleitet. Das stählerne Gittertor am Eingang hielt Sumpfkriecher und andere große Tiere fern, und zahlreiche ausladende Bäume sorgten für kühlen Schatten.

Der kleine Tempel gleich hinter dem Eingang war weiß gestrichen und verfügte über schmale Spitzbogenfenster.

Oft saßen kleine Salamander an den Wänden in der Sonne, so auch an jenem Tag, da Elyn im Vorraum aufgebahrt wartete. Sie war in bunte Tücher gewickelt, so wie das Ritual es vorschrieb; nur der Kopf ragte heraus.

Als Milan mit seinen Eltern eintraf, stellte er fest, dass niemand da war außer der Priesterin und zwei Soldaten mit versteinertem Gesicht, die am Tor ein Auge darauf hatten, wer der Diebin die letzte Ehre erwies. Keiner war gekommen, die Bahre mit ihnen zu tragen und das Grab mit Erde zu füllen, nicht einmal die Großeltern und der Rest der Familie. Wer einen Moordiamanten stahl, wurde verstoßen.

Also legte der Vater Milan ab und griff mit der Mutter die Bahre, um mit ihr der Priesterin zum Grab zu folgen. Milan kroch ihnen auf Knien hinterher, so schnell er konnte, und hielt keuchend gerade so Schritt. Dabei fluchte er lautlos auf die Priesterin, die nicht mit anfasste, und auf Elyn, die ihnen das alles eingebrockt hatte. Er spürte die Blicke der Soldaten im Rücken, wusste, dass sie sich lustig machten über ihn, der krabbelte wie ein Baby, und verfluchte auch sie und ebenso die Freifrau Jade, die das Urteil über alle Torfstecher gesprochen hatte, verdient oder nicht.

Steinchen bohrten sich durch die Hose in seine Knie, und mit jedem Stück Weg wurden die Schmerzen in Knien und Fußsohlen größer. Er dachte an die Beerdigung seines Großvaters Erique im vergangenen Jahr. Damals waren alle hier gewesen, die ganze Familie sowie Freunde und zahlreiche Nachbarn. Sogar ein paar Fremde hatten ihm die letzte Ehre erwiesen, und Milan war trotz der Trauer, die ihn gebeutelt hatte, aufrecht gelaufen. Auch jetzt vermisste er den Großvater derart heftig, dass es wehtat.

Großvater Erique war immer für ihn da gewesen, hatte das Leben leichter genommen als alle, die er sonst kannte, und diese Leichtigkeit vermisste Milan. Großvater hatte sie in der schlimmsten Nacht seines Lebens gefunden, und vielleicht fand Milan sie hier, auch wenn er es bezweifelte. Er dachte zurück an den Abend, als Großvater ihm alles erzählt hatte; er war noch klein gewesen, vielleicht vier oder fünf Jahre alt.

»Komm her, Junge, ich erzähl dir von der schlimmsten Nacht meines Lebens«, hatte Großvater Erique damals gesagt und ihn auf den Schoß genommen. Und Milan hatte sich an seine Brust gelehnt, wie er es immer getan hatte, wenn Großvater von früher erzählte. »Wir hatten damals eine Grube weit draußen, und ich hatte einen ganz neuen Spaten, weil mein alter im Moor versunken war.«

»Wie ist das passiert?«

»Das erzähle ich dir ein anderes Mal«, hatte er gesagt, aber das hatte er nie getan, oder Milan hatte es längst vergessen. »Und ausgerechnet diesen prächtigen neuen Spaten habe ich in der Grube vergessen. Also bin ich rasch allein zurück, um ihn zu holen, und als ich mich dann beeilt habe, die anderen wieder einzuholen, bin ich vom Weg abgekommen und in ein Moorloch gerutscht. Es war beinahe so tief, wie ich groß bin, und so eng, dass ich den Rand mit beiden Händen berühren konnte, ohne die Arme auszustrecken. Und es war bis oben hin mit einer schlammigen Brühe gefüllt. Nach dem ersten Schrecken habe ich erleichtert festgestellt, dass der Boden fest war und ich nicht weiter versank als bis zur Brust. Doch dann habe ich gemerkt, dass der Rand und die Wände so glitschig waren, dass ich beim besten Willen keinen Halt fand, um mich herauszuziehen. Gräser, Wurzeln, Bäume, alles war zu weit entfernt, an nichts konnte ich mich festkrallen. Mit Spaten und Händen habe ich versucht, die Brühe herauszuschaufeln, aber sie floss wieder und wieder zurück ins Loch. Ich habe laut um Hilfe geschrien, aber niemand kam, nur die Dämmerung und dann schon bald die Nacht.«

Milan hatte sich fest an Großvater gekuschelt, und der hatte ihm den Arm um die Schulter gelegt.

»Kälte kroch mir in den Körper, aber es war gerade noch auszuhalten, weil es Sommer war und ich ständig auf der Stelle sprang und die Arme bewegte, um nicht ganz auszukühlen. Ich lauschte auf die Tiere der Nacht und hörte auch einige, jedoch keins in unmittelbarer Nähe. Es war Neumond und stockdunkel, und dann zog auch noch dichter Nebel auf. Ich hoffte, dass ich dadurch für Sumpfkriecher und andere Räuber weniger gut zu sehen wäre, doch dann tauchte ein Irrlicht auf und schwebte lockend über mir. Es flog ein Stück davon, und ich versuchte erneut, aus dem Loch zu klettern. Ich versuchte es mit aller Kraft, denn das Locken hatte sich in meinem Kopf verfangen, ich wollte ihm folgen, aber ich schaffte es nicht hinaus. Das Irrlicht kehrte zu mir zurück, schwebte kurz über mir und flog dann wieder ein Stück fort. Und wieder versuchte ich, aus dem Loch zu kommen, und wieder schaffte ich es nicht. Eine Weile ging das so, und dann tauchte ein zweites Irrlicht auf und umkreiste mich und später noch ein drittes. Und obwohl ich wusste, sie würden mich in den Tod führen, wollte ich unbedingt hinaus zu ihnen. Verzweifelt bohrte ich die Finger in die Wände des Lochs, doch ich fand keinen Halt. Längst war ich viel zu erschöpft, um etwas zu erreichen. Die Irrlichter aber blieben. Es war, als würden sie mich umtanzen, und was aus der Ferne stets wie warmes, freundliches Licht aussah, war aus der Nähe kühl und gespenstisch und nahm die Farbe aus der Welt. Ich wollte mit ihnen tanzen, aber ich konnte nicht.« Großvater hatte den Kopf geschüttelt und ihm einen Kuss auf den Kopf gedrückt.

»Bist du rausgekommen?«, hatte Milan atemlos gefragt.

»Sonst wäre ich nicht hier, oder?«

»Das stimmt.«

»Ich war also noch immer in dem Loch gefangen, als ich in der Ferne das Fauchen des Nachtwyrms hörte – und da ergriff mich eine nie gekannte Angst. Immer schneller tanzten die Irrlichter, ihr Leuchten wurde stärker, und ich hoffte verzweifelt, der Nachtwyrm würde fernbleiben. Ich flehte zu den Göttern, rief mein Glück an und versuchte die Irrlichter wie streunende Katzen zu verscheuchen – vergebens. Doch irgendwann verklang das Fauchen in der Ferne, und ich habe vor Erleichterung geweint.«

»Du hast geweint?«

»Vor Erleichterung, habe ich gesagt. Doch die Irrlichter waren noch immer da, und sie blieben die ganze Nacht, sie konnten einfach nicht von mir lassen, so dumm waren sie. Erst als der Morgen dämmerte, zogen sie sich zurück, und ich war so ausgelaugt und ausgekühlt, dass ich mich kaum noch auf den Beinen halten konnte. Aber irgendwie gelang es mir, an die Wand gelehnt, bis ich gefunden wurde. Denn kaum zog die Nacht sich zurück, hatten die anderen sich auf den Weg gemacht, mich zu suchen.«

»Warum erst dann?« Er hatte seinen Großvater angesehen. »Ich wäre in der Nacht losgelaufen!«

»Ich weiß.« Lächelnd hatte er ihm über den Kopf gestrichen. »Aber sie wussten nicht, wo genau ich war, kurz zuvor hatte der Nachtwyrm einen von uns geholt, und sein Fauchen war erklungen. Sie wollten nicht in den Tod laufen, und ich bin froh, dass niemand wegen mir gestorben ist. Auf jeden Fall war das die schrecklichste Nacht meines Lebens, aber im Nachhinein fand ich es lustig, dass sowohl das Moorloch als auch die Irrlichter mir wohl das Leben gerettet haben. Hätte ich nicht dort festgesteckt, wäre ich wahrscheinlich den Irrlichtern gefolgt, denn dreien auf einmal kann niemand widerstehen, und sie hätten mich zum Nachtwyrm geführt. Wären sie jedoch nicht gekommen, hätte ich nicht wieder und wieder wie besessen versucht, mich zu befreien. Dann wäre ich wohl in dem elenden Loch erfroren – oder eingeschlafen und ersoffen. In der Nacht ist mir endgültig klar geworden, dass man zwar jederzeit sterben, aber ebenso auf die seltsamste Art gerettet werden kann. Das Leben ist manchmal verrückter, als jeder Spaßmacher es sich ausdenken kann. Und so habe ich an jenem Morgen beschlossen, über alles zu lachen und später unbedingt mehr Zeit mit meinen Enkeln zu verbringen.«

»Ja!«, hatte Milan gejubelt, und dann hatte er gefragt, ob der Großvater ihm das Schnitzen beibringen würde, denn der schnitzte gut und viel, vor allem im Winter, wenn die Nächte länger waren und man nicht so lange im Moor bleiben konnte wie im Sommer.

»Sehr gern.«

Und sie hatten oft gemeinsam geschnitzt, bis Großvater Erique Jahre später von einer Mücke gestochen wurde und der Stich sich entzündete und er ein Fieber bekam, an dem er starb. Mit glasigen Augen hatte er noch zu Milan gesagt: »Siehst du? So ist das Leben. Und der Tod. Ich hatte immer mehr Angst vor Sumpfkriechern als vor Mücken, aber da habe ich wohl falsch gedacht.«

Endlich erreichten sie das offene Grab. Es lag nicht weit von dem seines Großvaters entfernt, und Milan warf einen kurzen Blick hinüber, aber aus der knienden Position heraus erkannte er nicht viel. Dann sah er zu Elyn. Ihr Kopf war gewaschen worden, aber das Gesicht trug noch immer die schrecklichen Spuren des Nachtwyrms, und das Haar war weiß wie Knochen.

Wie Maden.

Wie der Schein eines Irrlichts.

Bei aller Wut, die er noch immer empfand, wenn er an seine Schwester dachte, erschreckte es ihn doch, wie tot und leer ihr Gesicht war. Bei Großvater hatte er etwas gespürt, so als wäre dessen Seele noch da gewesen, um sich zu verabschieden, ja, er hatte sogar im Kopf die Stimme gehört, die ihm das Schnitzmesser versprach, das hatte er deutlich verstanden; die Stimme hatte ihm auch gesagt, dass Großvater ihn lieb hatte. Vater hatte ihm nicht geglaubt, aber Elyn hatte darauf beharrt, dass Milan das Messer bekam, und als Vaters Blick daraufhin zu Mutter gewandert war, hatte sie gesagt: »Wenn der Junge daran hängt, lass ihn. Er schnitzt gut.«

Geglaubt hatte auch sie ihm nicht, das hatte nur Elyn getan.

Und jetzt lag Elyn vor ihm, und er spürte nicht das geringste Zeichen von ihr, er spürte nur Schuldgefühle und Wut. Seine Schwester war fort.

Die Sonne brannte vom Himmel, während die Priesterin die rituellen Worte vom letzten Weg sprach. Sie sprach mit aller Würde und sehr ernst, und doch war es eine einsame und trostlose Zeremonie. Milan konnte ihr kaum folgen, seine Füße und Knie schmerzten, und er fragte sich wieder und wieder, warum Elyn das getan hatte und warum er es nicht verhindert hatte. Seit Tagen bekam er die Fragen nicht aus dem Kopf.

Warum?

Und seit Tagen fand er keine Antwort. Sie hätte eine Heldin unter den Torfstechern sein können, sie hätte viel Geld bekommen, der Fund hätte alles geändert, hätte sie den Stein nur abgegeben.

Auch so hat er alles geändert, dachte Milan bitter, und dann war die Zeremonie vorbei, und Elyn wurde in die Grube gelassen. Die Priesterin warf den ersten Spaten voll Erde hinab und trat beiseite. Nun lag es bei Milans Familie, die Grube zu füllen. Vater und Mutter wechselten sich mit dem Spaten ab, während er auf Knien neben dem Grab kauerte und die Erde mit Händen und Unterarmen über die Kante schob. Tränen liefen ihm übers Gesicht, aber er schluchzte nicht laut und sagte auch nichts. Zuletzt legten sie die schlichte Grabplatte drauf, und die Priesterin sprach einen abschließenden Segen. Sie sah Milan mitfühlend an, aber er senkte den Blick, damit sie seine Tränen nicht bemerkte.

Für den Heimweg nahm Vater ihn wieder schweigend auf den Rücken. Als sie den Friedhof verließen, waren die Soldaten bereits fort, und am Horizont ballten sich graue Regenwolken.

Zu Hause schleppte sich Milan zurück ins Bett, wo er auch die nächsten Tage grübelnd verbrachte, während die Füße ganz langsam heilten und der Schmerz nachließ. In ihm wuchs der Hass auf den Nachtwyrm ebenso wie die Wut auf Elyn. Zugleich wuchsen die Schuldgefühle ihr gegenüber, weil er sie nicht zurückgehalten hatte. Weil er nicht begriffen hatte, dass sie plante fortzulaufen. Und wieder und wieder fragte er: »Warum?«

Doch es war niemand da, der ihm eine Antwort geben konnte.

5

Als Milan zwei Wochen später wieder zur Arbeit gehumpelt kam, wurde er zurückhaltend begrüßt, aber wenigstens wurde er gegrüßt; nur wenige mieden seine Gesellschaft. Die meisten gaben Elyn allein die Schuld für ihre Tat, manche auch ihren Eltern, aber niemand in den Torfwerken beschuldigte ihn, den jüngeren Bruder.

Pjer sagte leise, seine Eltern hätten ihm verboten, zur Beerdigung zu kommen, und auch, ihn zu besuchen, und Milan fragte nicht, warum er sich an das Verbot gehalten hatte. Laut erzählte Pjer, sie – ein Dutzend Torfstecherkinder – hätten Thomma aufgespürt und mit bloßen Fäusten verprügelt, bis er Blut spuckte. Anschließend hätten sie ihm mit dem eigenen Dolch einen schlichten Totenschädel in die Stirn geritzt und dann die Klinge zerbrochen. Von den Felsenmenschen hatte sie keiner daran gehindert, denn die wussten, dass das nur gerecht war und die einzige Möglichkeit, offene Kämpfe zu verhindern. Weitere Racheakte würden sie jedoch nicht hinnehmen, denn damit war die Sache aus der Welt geschafft.

»Schade, dass du nicht dabei warst«, schloss Pjer seinen Bericht.

»Ich konnte nicht. Meine Füße waren offene Wunden.«

»Das weiß ich, ich mach dir ja keinen Vorwurf. Es wäre nur schöner gewesen, wenn du dabei gewesen wärst.«

Pjer hielt Milan Elyns Diebstahl nicht vor; er wusste nicht, dass Milan in der Nacht, als Elyn ging, aufgewacht war; niemand außer den Eltern wusste das. Was Pjer aber wusste, war, dass Milan den Diebstahl weder gewollt noch zu verantworten hatte, und auch, dass er seine Strafe schon erhalten hatte. Trotzdem war Milan nicht dabei gewesen, als sie sich Thomma vorgenommen hatten, und das hatte die, die beteiligt gewesen waren, zusammengeschweißt. Das Messer und das Vollstrecken von Gerechtigkeit hatten diesen Kampf über alle jene erhoben, an denen Milan beteiligt gewesen war, und es hatte sich zwischen den Beteiligten eine Nähe eingestellt, die Milan nicht teilte. Zugleich hatten alle Eltern, einschließlich Pjers, öffentliche Schläge hinnehmen müssen, an denen seine Schwester schuld war. Mit einem Mal bestand eine Kluft zwischen Pjer und ihm, und sie wurde durch seine Schuldgefühle noch vertieft.

Obwohl er nicht verstoßen worden war, suchte er immer wieder von sich aus die Einsamkeit – wie die Eltern auch. Inzwischen sprachen sie wieder beide mit ihm, doch nur das Nötigste. Sie waren insgesamt schweigsam geworden, und wie es ihnen draußen im Torf erging, wusste Milan nicht. Er fragte auch nicht.

Während die beiden abends und sonntags zu Hause vor sich hin brüteten und ihm weiter die Schuld an allem gaben, strich Milan nach der Arbeit immer wieder allein im Moor umher und grübelte, wie viel Schuld er am Tod seiner Schwester tatsächlich trug. So gern er auch die Verantwortung für alles ihr zugeschoben hätte, er konnte sich einfach nicht verzeihen, dass er in jener Nacht liegen geblieben war.

Hätte er sie aufgehalten, wären auch nicht alle Torfstecher öffentlich ausgepeitscht worden, wäre ihnen nicht der karge Lohn gekürzt worden. Das schlechte Gewissen trieb ihn immer länger ins Moor, und je länger er allein war, desto einsamer fühlte er sich und desto weiter wanderte er hinaus, fort von den anderen, weiter und weiter, so weit die frisch vernarbten Füße ihn trugen.

Seine Eltern hielten ihn nicht auf, und er fragte sich, weshalb sie es nicht taten, aber eigentlich wollte er die Antwort nicht wissen. Sie beharrten nur darauf, dass er bei Dunkelheit zurück war, denn dann gehörten die endlosen Schwarzmoore dem Nachtwyrm.

Dem Nachtwyrm, der Elyn getötet hatte.

Sie zerrissen hatte.

Milan fürchtete ihn selbst so sehr, dass sie ihn nicht hätten warnen müssen; spätestens zur Dämmerung war er freiwillig zurück.

Er fürchtete und hasste ihn.

Aber während Pjer sich gegenüber Thomma Genugtuung verschafft hatte, konnte Milan gegen den letzten der alten Drachen nichts ausrichten, kein Mensch konnte das, und diese Machtlosigkeit ließ seinen Hass immer weiter wachsen. Und in dem Maß, in dem der Hass wuchs, verblassten Milans Schuldgefühle und die Wut auf Elyn, und so hasste er den Nachtwyrm mit aller Kraft.

Wieder und wieder umkreiste er den Ort, an dem seine Schwester gefunden worden war, aber direkt dorthin ging er nicht. Er hatte Angst, sie dann noch deutlicher vor sich zu sehen, zerfetzt und mit weißem Haar.

Rastlos lief er über die alten, kaum noch genutzten Pfade, die zu längst erschöpften Abbaugebieten führten. Manche Wege verloren sich in der Wildnis, andere entdeckte er neu, und die verlassenen Stege und Brücken der Moorfischer waren morsch und teils gebrochen. Er passierte gewaltige Bäume und kehrte um, wenn die gewählten Wege überwuchert waren oder vor ihm am Ufer eines der zahllosen Flussarme, die die Wildnis durchzogen, Sumpfkriecher mit lauernden gelben Augen lagen. Zwar trug er ein Messer und einen angespitzten Ahornstab mit sich, aber ausgewachsene Sumpfkriecher wurden bis zu sechs oder sieben Schritt lang, und ihr Panzer mit dem zweireihigen Schuppenkamm war hart und schwer zu durchdringen. Trotz ihrer kurzen Beine waren sie flink, und das Maul voll krummer Zähne war so lang wie seine Beine.

Sonnenstunden und warmer Regen wechselten sich ab, und er nahm die Hitze wie die Nässe gleichmütig hin. Immer wieder lief er durch Nebel, der dicht und wabernd über den offenen Flächen und zwischen den Bäumen aufzog und sich feucht auf seine Haut legte und ihn schaudern und kaum noch etwas sehen ließ. Auch alle Geräusche wurden durch den Nebel gedämpft, die fernen Rufe der Vögel und das Plätschern des Wassers. Nur seine Schritte schmatzten weiter im Morast.

Allmählich begriff er, wie gewaltig die Schwarzmoore, die das südwestliche Ende des Königreichs Juwaren bildeten, sein mussten. Sie seien anders und schrecklicher als alle anderen Moore der Welt, sagten die Leute, auch wenn sie die Welt nicht mit eigenen Augen gesehen hatten. Aber in welchem anderen Moor hauste auch der Nachtwyrm? Wo sonst waren grausame Moorelfen zu Hause? Noch nie habe ein Mensch die Schwarzmoore lebend durchquert, hieß es weiter, noch nie sei jemand von der anderen Seite zu ihnen herübergekommen, und Milan verstand nun, warum das so war. Die Wasserrinnen verliefen ebenso labyrinthisch wie die schlammigen Pfade, alles wirkte bedrohlich.

Mehrmals entdeckte er eine Giftschlange im Geäst, meist eine gelbe Hornotter, und zog sich leise zurück, doch einem der gefürchteten Moorelfen begegnete er nicht. In den Geschichten lebten die Moorelfen tief im Moor, doch manchmal kamen sie heraus, um unschuldige Menschen anzusprechen, die allein waren, um sie mit vorgegaukelter Schönheit zu verführen und Kinder zu zeugen oder um einem im Würfelspiel das Liebste abzunehmen. Um einen zu verwirren und mit falschen Versprechungen zu bösen Taten anzustiften, weil sie es einfach gern sahen, wenn Menschen litten und stritten, auch wenn sie diese Taten selbst nicht böse, sondern Schabernack nannten. Milan war froh, ihnen zu entgehen, doch zugleich dachte er: *Sie suchen sich unschuldige Menschen heraus, und das bin ich eben nicht.* Dann fiel ihm eine Geschichte ein, in der eine Moorelfe gegen einen jungen Vater würfelte und sein Kind gewann; doch jemand, der sein eigenes Kind verspielte, konnte kaum unschuldig genannt werden.

Manchmal lief Milan sogar früher von der Arbeit fort, um ins Moor zu gehen, und niemand hielt ihn auf. Sie alle ließen ihn, weil Elyn gestorben war, nur einmal mahnte ihn Fajenna: »Geh hinaus, wenn du musst. Aber irgendwann ist dein Platz wieder hier. Wir können deine Arbeit nicht für immer übernehmen.«

Er versprach es, und sie erinnerte ihn daran, auf Sumpfkriecher zu achten. »Sie tarnen sich gut im Morast, und wenn sie im Wasser dahintreiben, sehen sie aus wie moosfleckige Baumstämme. Und sie sind schneller, als man denkt, glaub mir.«

Milan nickte. Er wusste das alles, trotzdem war er ihr dankbar, weil sie es weiter gut mit ihm meinte. Nur über Elyn hatte sie kein Wort mehr verloren.

Oft träumte Milan vom Nachtwyrm. Meist war es derselbe Traum wie in der Nacht nach Elyns Tod, und wieder und wieder erwachte er schweißgebadet und mit einem Schrei auf den Lippen.

Die Angst vor dem letzten Drachen setzte sich tief in ihm fest, genau wie der wachsende Hass auf ihn. Wenn Milan kurz vor Anbruch der Dämmerung bei Nebel durchs Moor schlenderte, lauschte er manchmal aufmerksam, ob er den Nachtwyrm nicht irgendwo hörte, aber das tat er nicht.

Es ist noch nicht dunkel, sagte er sich dann, aber damit beruhigte er sich nur halb. Die Bilder im Tempel zeigten die anderen Drachen auch im Tageslicht, und manch einer wollte das Fauchen auch schon tagsüber gehört haben, wenn der Nebel dicht war und der Himmel voller Wolken; leise und weit weg. Aber das konnte auch Einbildung sein, denn getötet hatte der Nachtwyrm, soweit Milan wusste, bislang immer nachts.

Im Moment jedenfalls musste der Nachtwyrm sich wieder ins Herz der Moore zurückgezogen haben, dorthin, wo kein Mensch sich hinwagte und wo er auf die Unvorsichtigen lauerte, die die Irrlichter ihm zuführten. Und so mied Milan das Moor in der Dunkelheit auch deshalb, weil er keinesfalls auf Irrlichter treffen wollte. Noch erinnerte er sich zu gut an das eine, das vor seinem Fenster gewartet hatte und von dem er weder seinen Eltern noch Pjer erzählt hatte. Er war nicht sicher, ob das Irrlicht es wirklich genau auf ihn abgesehen hatte, ob Irrlichter so etwas taten und ob es ihm womöglich gleich jenseits der Stadtgrenzen auflauerte. Das wollte er nicht riskieren, denn er wusste nicht, ob er dem Locken würde widerstehen können.

Und dann, eines Tages, stieß er tief im Moor auf die Fährte des Nachtwyrms, auf gewaltige getrocknete Abdrücke auf dem Boden, groß wie Tischplatten. Jede einzelne Kralle musste lang wie ein Arm sein. Lange starrte Milan die Abdrücke an, die Brust wurde ihm eng, und eine Gänsehaut überlief ihn. Nach wenigen Schritten verloren sich die Spuren in tiefem Morast und Wasser.

Du hast Elyn getötet, dachte er, *du, nicht ich!* Und er dachte, wie gern er ihn dafür töten würde, auch wenn ihm die Abdrücke noch einmal verdeutlicht hatten, dass er das nicht vermochte; das Ungeheuer war viel zu groß. Langsam wandte er sich ab und ging. Kein Mensch konnte einen der alten

Drachen töten, das wusste er, kein Mensch hatte es je getan. Der Drachentöter war der Sohn einer Göttin und eines Helden gewesen, nur das Göttliche in ihm hatte ihn zu seinen Taten befähigt.

»Warum hast du nicht auch den Nachtwyrm getötet?«, fragte er laut. »Warum nur hast du gerade den einen übersehen, der in unserem Moor lebt?«

Seine Stimme scheuchte Vögel aus den umliegenden Baumkronen auf, doch eine Antwort erhielt er nicht. Er hatte auch keine erwartet.

Einst hatte der Vater auf diese Frage geantwortet, die Torfstecher hätten eben das schwerste Los zu tragen, und dazu gehöre auch der Nachtwyrm. Beinahe stolz hatte er geklungen, und als das Milan nicht genügte, hatte er noch einmal bekräftigt: »Das ist einfach so, du wirst es schon noch lernen.«

Doch so hart das Leben der Torfstecher auch sein mochte, etwas in Milan sträubte sich gegen diese Antwort. Welcher Gott hatte denn bestimmt, dass ihr Los für alle Zeit das schwerste sein musste? Welcher Gott scherte sich überhaupt so sehr um die Kümmernisse unbedeutender Torfstecher, dass er ihnen ein besonderes Schicksal zudachte?

Milan nutzte für seine Wanderungen nicht nur die alten verlassenen Pfade zu früheren Abbaustellen, sondern suchte sich auch eigene, neue Wege. Immer geübter wurde er darin, schmale Wasseradern auf Ästen zu überklettern und zu erkennen, wo der Boden fest war und wo nicht. Und irgendwann begann er, kleine Nachtwyrmfiguren am Wegrand zu hinterlassen. Figuren, die er anfangs aus Wurzeln und Ästen schnitzte, so wie er es von Großvater Erique gelernt hatte. Doch schon bald baute er den Nachtwyrm aus allem nach, was er fand, aus Ästchen und Wurzeln, aus Knochen und den blanken Schädeln kleinerer Tiere. Er wusste selbst nicht, warum er das tat, ob er seinen Ängsten, seiner Wut und seinem Hass eine Gestalt geben wollte oder ob er auf diese Weise den Nachtwyrm gar in den Rang eines Gottes erhob. War es nicht das, was den Torfstechern vorgeworfen wurde, dass sie den Nachtwyrm anbeteten? Was Thomma behauptet hatte, bevor er angegriffen hatte?

Nein, das tu ich nicht!

Trotzdem hinterließ er eigenhändig angefertigte Figuren wie Gaben für einen Gott; Gaben, um ihn milde zu stimmen; Abbildungen von ihm, so wie die Tempel voll waren von Statuen der Götter.

Aber wie konnte er die Kreatur anbeten, die Elyn getötet hatte?

»Ich bete ihn nicht an!«, schrie er in die Einsamkeit, und er wusste, dass das die Wahrheit war. Zumindest verehrte er ihn nicht. Aber verteilte er die Statuen vielleicht doch, um den Drachen gnädig zu stimmen, weil die Furcht vor ihm ihn kaum schlafen ließ? Und behandelte er ihn dann nicht doch wie einen Gott?

Nein! Auch Ungeheuer und den König fürchtet man, und auch von ihnen gibt es Statuen und Bilder.

Hin- und hergerissen zwischen seinem Hass und der Angst, durchstreifte er weiterhin täglich das Moor und wagte sich immer tiefer hinein, so tief, wie noch nie jemand in seinem Alter vorgedrungen war – und auch sonst kaum einer. Einmal versuchte seine Mutter doch, ihn zurückzuhalten, aber es war ein halbherziger Versuch, und als er nicht gehorchte, ließ sie ihn gewähren. Nur nachts musste er zu Hause sein, das betonte sie erneut, und da gab die Angst ihr die Kraft, ihm etwas vorzuschreiben.

»Die Nacht ist die Zeit des Nachtwyrms und seiner Irrlichter«, sagte sie und trank noch einen großen Schluck Nachtbrannt gegen die Angst, auch wenn das kaum half.

Nachts wurde die Haustür verschlossen, und Milan war zu Hause und verhängte weiterhin sein Fenster.

Seine rastlosen Wanderungen blieben niemandem verborgen, und schon bald nannte der erste Torfstecher ihn den Moorläufer. Rasch griffen andere die Bezeichnung auf, und nach wenigen Wochen war er überall unter dem Namen bekannt. Milan nahm es hin, obwohl der Name ihm nicht gefiel. Was hätte er auch tun sollen? Er lief weiter durchs Moor und verteilte weiter überall kleine Nachbildungen des Nachtwyrms.

Mit jeder Figur wurde er besser im Schnitzen, und die Figuren gerieten immer lebensechter. So sehr hatte die Kreatur aus seinen Träumen sich ihm eingebrannt, dass er sie ständig irgendwo entdeckte, ihre Konturen in Steinen, die Hornplatten in zerbrochenen Knochen und den Kopf mit aufgerissenem Maul im Holz zahlreicher Bäume, mit schwarzen Astlöchern als Augen. Der Nachtwyrm war überall; er musste ihn nur mit dem Messer freilegen.

Das Grab seiner Schwester besuchte er nur ein einziges Mal. Er wollte mit ihr reden, konnte aber ihre Anwesenheit noch immer nicht spüren und brachte kaum ein Wort heraus, nur ein mühsames »Es tut mir leid«.

Anders als bei seinem Großvater, wo er stets die Ahnung hatte, der Großvater höre ihm zu, fühlte er bei seiner Schwester nichts als eine schreckliche Leere. So als wollte sie ihm nicht zuhören, als habe sie sich von ihm abgewandt. Das verfestigte seine Überzeugung, dass auch sie ihm die Schuld an ihrem Tod gab. Wie Vater und Mutter es taten. Das machte ihn traurig und vor allem wütend, aber er sagte nichts. Kein: »Du hast doch den Moordiamanten gestohlen! Du bist dem Nachtwyrm allein in den Schlund gelaufen! Er hat dich gefressen, nicht ich!«

Warum auch? Sie hörte ihm nicht zu. Schweigend verließ

er das Grab und besuchte sie nie wieder, denn für ihn war sie nicht da.

Nachdem er auf dem Friedhof gewesen war, ging Milan zum großen Tempel, wo er in dem lichten, hohen Flügel für den Drachentöter lange auf die Bilder der großen Heldentaten starrte. Nomos, der Sohn einer Göttin, der größte unter den alten Heroen, hatte zwölf der alten Ungeheuer besiegt und das Land und alle Menschen von ihnen befreit. Geflügelte Drachen ebenso wie mehrköpfige, die Schiffe verschlingende Seeschlange Hythan ebenso wie den Wüstenwyrm, der durch den weißen Sand im Süden pflügte wie ein Wal durchs Wasser. Auf allen Bildern ging vom Drachentöter und seinem Schwert ein helles Strahlen aus, sein Schild war aus Drachenhaut gemacht, und der Helm trug die Flügel eines scharlachroten Raben. Und obwohl die Drachen so viel größer waren als er, ließ das Strahlen den Drachentöter ebenbürtig erscheinen, vielleicht sogar mächtiger.

Lange starrte Milan auf die Bilder, und sein Blick huschte über die Buchstaben, die unten in die goldenen Rahmen eingebrannt waren, und zum ersten Mal im Leben bedauerte er es, nicht lesen zu können.

»Kann ich dir helfen?«, fragte irgendwann eine Stimme, und als er sich umdrehte, stand die Priesterin vor ihm, die Elyns Beerdigung vollzogen hatte. Ob sie ihn ebenfalls erkannte, wusste er nicht. Er bezweifelte es, er war nur ein Torfstecher.

»Nein.« Er schüttelte den Kopf. Dann fragte er doch: »Oder könnt Ihr mir vorlesen, was auf den Rahmen steht?«

»Gewiss.« Sie nickte und las. Es waren die Zahlen von eins bis zwölf, um die Reihenfolge der Heldentaten anzuzeigen, und die Namen der berühmten Orte, an denen der Drachentöter die Ungeheuer besiegt hatte.

»Danke«, sagte Milan.

»Bitte, gern. Ich bin froh, dass es deinen Füßen besser geht.«

Sie hatte ihn also erkannt. Er bedankte sich noch einmal und ging.

Jeden Sonntag kehrte er nun wieder, um die Drachen zu betrachten, um zu schauen, wie der Drachentöter sie besiegte, denn auch wenn kein lebender Mensch den Nachtwyrm überwältigen konnte, davon träumen durfte er.

Manchmal wechselte die Priesterin ein paar Worte mit ihm, und als er nach einer weiteren Inschrift fragte, oben in der Kuppel des Tempels, fragte sie, ob sie ihm Schreiben und Lesen beibringen solle.

»Ich brauche es nicht zu können, ich bin ein Torfstecher«, erwiderte er und ärgerte sich sogleich darüber. Trotzdem stimmte es.

»Du brauchst nicht«, bestätigte sie, »aber vielleicht willst du ja. Immerhin interessierst du dich dafür.« Sie zeigte auf die Bilder.

Er sah sie zweifelnd an.

»Es wird nicht leicht, aber vielleicht fangen wir mit deinem Namen an? Wie heißt du?«

»Milan.«

»Dann komm mit, Milan.« Noch bevor er Ja gesagt hatte, zog sie ihn am Arm in den Anbau des Tempels, wo sie mit einem Ahorngriffel in eine Wachstafel ritzte:

MILAN

Dann drückte sie ihm die Tafel in die Hand, zeigte ihm, wie man den Griffel hielt, und verlangte: »Schreib das genauso darunter.«

Milan versuchte es, kam aber nicht weit. Die Buchstaben gerieten furchtbar schief und das L sogar seitenverkehrt, nur das I gelang ihm halbwegs, aber das war schließlich nur ein Strich. Beschämt starrte er die Schrift an.

»Noch mal«, verlangte die Priesterin und drückte das Wachs wieder glatt. Alle Buchstaben, auch das I.

Milan wollte protestieren, der Strich sei doch richtig gewesen, aber dann ritzte er einfach schweigend den Namen erneut ins Wachs. Erneut wurde er schief.

»Noch mal«, sagte die Priesterin wieder, und er tat es noch mal. Und noch mal und noch mal, bis er schließlich alle Buchstaben richtig schrieb, wenn auch noch immer schief und unterschiedlich groß.

»Kommst du wieder?«, fragte die Priesterin.

»Wenn ich darf.«

»Du darfst. Der Tempel steht allen offen.« Sie lächelte.

Er wollte schon gehen, doch dann fragte er noch: »Wie heißt Ihr?«

»Celene.«

»Gut. Dann will ich das als Nächstes lernen.« Damit drehte er sich um und ging.

Fortan kam er jeden Sonntag in den Tempel. Es machte ihn glücklich, schreiben zu lernen, auch wenn er nicht sicher wusste, weshalb. Seinen Eltern erzählte er nichts davon, aber jeden Tag im Moor kratzte er zum Üben seinen Namen in den Boden, sodass er ihn rasch lernte.

Nach einer Weile begriff er auch, dass er nicht einfach in den Tempel kam, um Drachen zu sehen, sondern um sie sterben zu sehen. Um zu sehen, wie sie besiegt wurden, um Hoffnung zu schöpfen. Denn in seinen wiederkehrenden Albträumen und dort draußen im Moor siegte stets der Drache.

Er lernte Celenes Namen schreiben und ritzte auch ihn ins Moor.

Tag für Tag, Woche für Woche, Monat für Monat lief er

durchs Moor, denn nun war er der Moorläufer, auch wenn er diesen Namen nie irgendwohin kratzte. Er lief, um den Blicken und Vorwürfen seiner Eltern und all der anderen zu entkommen. Er lief, um seiner Schuld zu entkommen, aber auch dort, zwischen Sumpfzypressen und Knotenahorn, umgeben von Morast und Sumpfkriechern, ließ ihm der Gedanke, dass er seine Schwester hätte aufhalten können, keine Ruhe.

Irgendwann hörte er sogar auf, in den Tempel zu gehen, weil es ihn ins Moor hinaustrieb, wieder und wieder, er konnte nicht anders. Er ging den anderen aus dem Weg und träumte doch davon, dazuzugehören. Er träumte von seinem sechzehnten Geburtstag, wenn er endlich Torfstecher werden durfte. Wenn er seine Vision erhielt. Dann würde sich alles ändern, das schwor er sich.

II
IRRLICHT

Juli
im Jahre 1612 des Drachentöters

1

An einem Samstag drei Monate nach seinem sechzehnten Geburtstag, drei Monate später als üblich, sollte endlich Milans Moorweihe stattfinden, seine Aufnahme als vollwertiges Mitglied in die Gemeinschaft der Torfstecher. Dann würde er nicht mehr nur Hilfsarbeiten verrichten.

Erst drei lange Monate später als üblich durfte er sich aufmachen, einem Irrlicht zu folgen, denn noch immer war er in den Augen der meisten der sonderbare Einzelgänger, der Moorläufer, der Bruder der elenden Moordiamantdiebin Elyn, die Schande über alle Torfstecher gebracht hatte. Eine Schande, die viel schwerer wog als die Schmerzen der Schläge damals und schwerer als die Kürzung des Lohns, denn die Ehre bedeutete ihnen mehr als Geld.

So behaupten sie zumindest, hätte Elyn wohl gesagt, so wie sie diese Vorstellung von Stolz und Ehre stets verlacht hatte. Doch Milan war fest entschlossen, seinem Vater den Stolz zurückzugeben und die Ehre seiner Familie wiederherzustellen, so gut es möglich war. Denn sein Vater hatte nie über die Ehre gelacht, ohne sie war er ein gebrochener und mürrischer Mann, und das ertrug Milan kaum. Die Wutausbrüche des Vaters, seine Selbstzweifel, seinen Anblick, wenn er zu Hause gebeugt vor dem leeren Glas saß oder allein aus dem Wirtshaus getorkelt kam, nachdem er wieder einmal im Spiel verloren hatte.

Um die Mittagszeit am Tag der Moorweihe brannte die Sonne heiß vom Himmel, und der Wind stand still. Zahlreiche Mücken kreisten überall, und der Yssypy floss träge dahin. Milan saß mit der gesamten Familie unter aufgespannten Tüchern aus grobem Leinen, und gemeinsam aßen sie den traditionellen gerösteten Silberwels.

»Der ist gut«, sagten alle, und Milan lächelte dankbar. Früh am Morgen, gerade als die Dämmerung einsetzte, hatte es noch heftig geregnet. Da war Milan mit Hrub, dem geschicktesten der letzten vier Moorfischer Nebelbruchs, aufgebrochen, einen Silberwels zu fangen. Bereits kurz nach Sonnenaufgang hatten sie, glücklich und durchnässt, den Fisch an der Angel gehabt. Es war ein großes kräftiges Exemplar, das mit dem Haken im Maul lange und wütend gekämpft hatte, sodass das Boot wankte. Weil es nicht kenterte, war das ein gutes Omen gewesen.

Die Priesterin Celene scherte sich nicht groß um Streitereien unter den Torfstechern und vermeintliche Verfehlungen in der Vergangenheit. Sie achtete nur auf die Zeichen der Götter und hatte Milan feierlich gesegnet und mit einem wohlwollenden Lächeln bedacht. »Du wirst heute Nacht ein außergewöhnlich helles Irrlicht sehen, das dir vieles offenbaren kann, wenn du dich nicht von ihm blenden lässt.«

Stumm hatte Milan genickt, und nun saß er zwischen seinen Eltern am Kopfende der Tafel, und zum ersten Mal seit Langem hatte es beinahe den Anschein, als seien sie stolz auf ihn. Auch seine beiden Großmütter, der Urgroßvater und alle Onkel, Tanten, Cousins und Cousinen waren gekommen, um ihn zu feiern, niemand aus der Familie hatte sich entschuldigen lassen.

Zudem hatten viele Nachbarn gute Wünsche geschickt, allen voran Pjers Familie und Fajenna. Elyns Verfehlung lag Jahre zurück, und es war nicht Milans Verfehlung gewesen. Die Moorweihe war für jeden Torfstecher bedeutend. Sie war der Schritt in ein neues Leben und ein guter Anlass, Vergangenes hinter sich zu lassen. Milans Schuld war abgetragen, über seine einsamen Moorwanderungen wurde an diesem Tag hinweggesehen, alle waren bereit für einen neuen Anfang. Selbst die Götter hatten ein ermutigendes Zeichen gesandt.

Wer einem Irrlicht folgte und wiederkehrte, brachte seltsame Geschichten und Visionen mit, die vor der Gemeinschaft ausgebreitet und ausführlich gedeutet wurden. Je länger man dem Irrlicht folgte, desto bedeutsamer wurden die Visionen – und desto größer die Gefahr, ihm zu verfallen. Manche waren gar so tollkühn, geschickt oder vom Glück gesegnet, dass sie das Irrlicht fingen, dann mussten die Visionen nicht weiter gedeutet werden, denn das war das beste aller Zeichen. Andere jedoch, wenn auch nur sehr wenige, verloren sich auf der Suche im Moor und kehrten nie zurück. Vielleicht fielen sie Sumpfkriechern zum Opfer oder der eigenen Ungeschicklichkeit, das wusste niemand, doch alle waren davon überzeugt, dass sie von einem Irrlicht in Bann geschlagen worden und ihm zum gefräßigen Nachtwyrm gefolgt waren.

Milans Familie feierte den ganzen Nachmittag. Es wurde gegessen, bis die Bäuche schmerzten, und der reichlich ausgeschenkte Wein wurde kaum einmal mit Wasser verdünnt. Wein, rot und dick wie Blut, denn sie waren eine Familie, und das doppelt, durch Blut und Arbeit, wie hier und da gerufen wurde: »Wir Torfstecher sind Familie.«

Die Familie steigt euch bei der Hitze zu Kopf wie Wein, dachte Milan unvermittelt. Er musste lächeln, sagte jedoch nichts. Wie es von ihm erwartet wurde, hielt er sich bei allem zurück, denn am Abend würde er dem Irrlicht folgen, da durfte er nicht taumeln. Jeder Zweite ermahnte ihn, das Irrlicht nicht in seinen Kopf zu lassen, und wollte wissen, ob er sich vorbereitet habe, so wie die Eltern es ihm gezeigt hätten. Ob er gelernt habe, widerspenstig zu sein. Er antwortete jedes Mal: »Ja.« Denn das hatte er.

Irgendwann am späten Nachmittag nahm Mutter ihn beiseite und sah ihn mit glänzenden Augen an.

»Hüte dich vor dem Nachtwyrm«, sagte sie. »Denk daran, dass er schon Elyn geholt hat. Folge dem Irrlicht nicht zu weit ins Moor, wir wollen nicht unser letztes Kind auch noch an ihn verlieren.«

»Ich weiß nicht, wohin das Irrlicht mich führt«, erwiderte Milan. »Wenn ich ein Torfstecher werden will, muss ich ihm folgen.«

»Nicht ins Maul des Nachtwyrms!« Sie packte ihn an den Schultern. »Dahin muss ihm niemand folgen! Versprich es mir! Zur Not versteck dich, und erfinde eine Vision!«

»Erfinden?«

»Natürlich! Du wärst nicht der Erste.«

»Nein.« Er schüttelte den Kopf und löste sich von ihr. Wie passte das zu all dem, was sie ihn bislang über die Ehre der Torfstecher gelehrt hatte? Zu dem, was sie immer gesagt, was sie von Elyn und ihm und allen erwartet hatte? Hatte sie ihre Vision erfunden? Hatte Vater das getan?

»Milan, du …«

»Keine Lügen! Außerdem tu ich das nicht für die anderen. Ich will wissen, was das Irrlicht mir offenbart, ich will …« Er zögerte, weil er eigentlich nicht darüber sprechen wollte, nicht vor seiner Suche, doch dann dachte er an das, was er eben selbst gesagt hatte: *keine Lügen*. »Ich will eins fangen.«

»Fangen?« Sie erbleichte. »Das gelingt nur wenigen, einem von einem Dutzend höchstens. Einem von zwanzig! Oder dreißig! Und auch nur mit Glück.«

»Dann brauche ich eben Glück. Aber der Nachtwyrm hat uns Elyn genommen, deshalb will ich ihm wenigstens ein Irrlicht nehmen. Ich weiß, dass das nicht dasselbe ist, aber ich hoffe, es tut ihm weh. Immerhin sind sie seine Kreaturen.«

Verzweifelt schüttelte sie den Kopf. »Er hat so viele Irrlichter und so wenig Mitleid. Lass dich dafür nicht in die Irre führen.«

»Ich kenne das Moor. Ich bin der Moorläufer, ich …«

»Niemand kennt das Moor!«, fuhr sie ihn an. »Dafür ist es viel zu groß und wild. Wo warst du denn schon, du Moorläufer? Bilde dir nur nichts ein!« Wieder packte sie ihn an den Schultern, fester diesmal. »Du darfst mir nicht auch noch sterben, hörst du? Du darfst nicht!«

Er sah die Angst in ihren Augen, und diesmal schüttelte er ihre Hände nicht ab. Stattdessen nickte er langsam. »Ich werde nicht sterben«, versprach er, und dann nahm er sie in den Arm. Sie drückte ihn fest, und für einen kurzen Moment schien alles wieder gut.

Als die Sonne unterging, begleitete die ganze Familie Milan ins Moor hinaus. Nachbarn und andere Torfstecher sahen ihnen schweigend hinterher, und als Milan sich noch einmal umdrehte, nickte der eine oder andere ihm knapp zu; mehr wäre dem feierlichen Anlass nicht angemessen gewesen.

Während die Dämmerung sich aufs Land senkte und die Vögel verstummten, gelangte die Prozession über die Moorwege aus festgetretener Erde und rauen Holzplanken, die wie Stege über dunkle Tiefen hinwegführten, zu der Lichtung an der breiten Brücke. Die Brücke überspannte einen trägen Seitenarm des Yssypy, und jenseits davon gab es, abgesehen von einer Grube und einer Handvoll aufgegebener Bohlenwege, keine menschlichen Bauten mehr, keine Brücke, keine Hütte, keine Anlegestellen und keine Stege über gefährliche Passagen. Alles, was es gab, waren vereinzelte Planken, die über schmale Flussarme gelegt waren, und in den Boden gerammte mannshohe Pfähle, die eine Handvoll sicherer Trampelpfade markierten, und irgendwann verloren auch die sich im schier endlosen Moor.

Einer nach dem anderen umarmte Milan zum Abschied und raunte ihm aufmunternde Worte ins Ohr.

»Jetzt bist du groß«, sagte Großmutter Elyn, die Mutter seiner Mutter. Nach ihr war seine Schwester benannt worden, und sie war zwar sehr stolz auf ihre Enkelin gewesen, aber seit deren Tod hatte sie nicht mehr von ihr gesprochen. »Hol dir eine große Vision, damit die Leute vergessen, was deine Schwester unserem Namen angetan hat.«

Milan nickte, obwohl er nicht wusste, ob sie den Familiennamen meinte oder den Namen Elyn.

»Kehre als Mann zurück.« Der jüngste Bruder seines Vaters legte Milan die Hand auf die Schulter. Sein Griff war fest, als suche er Halt.

»Viel Glück.«

»Mögen die Götter mit dir sein.«

»Bleib am Leben!«

»Du hast Glück, es gibt keine Anzeichen von Nebel.«

»Die Götter sind mit dir; es war ein großer Wels.«

»Hüte dich vor dem Nebel, der tief im Moor ganz plötzlich auftauchen kann.«

»Zeig es den anderen, Moorläufer.«

Der Letzte, der ihn umarmte, war Vater. Er roch nach Schweiß. Der viele Wein hatte seine Aussprache träge gemacht, aber der Ton war eindringlich wie früher. »Ich weiß, dass du deine Mutter und mich stolz machen wirst, Sohn. Bring uns ein Zeichen der Götter, ein gutes Zeichen.«

»Das werde ich«, versprach Milan und löste sich von ihm. Dann schritt er allein über die Brücke, und das alte, schlammverkrustete Holz knarzte unter seinen Füßen. In der Flussmitte wandte er sich ein letztes Mal um und winkte. Die anderen winkten zurück, auch wenn er in der einsetzenden Nacht nicht mehr jeden erkannte. Dann ging er langsam weiter und lehnte sich am Ende der Brücke an das Geländer, um auf die Dunkelheit und die Irrlichter zu warten. Es war das letzte große menschliche Bauwerk vor der Wildnis, hier würden die Irrlichter nach Menschen suchen, hier hatten sie schon des Öfteren jemanden aufgegabelt.

Hinter ihm zogen sich die anderen wieder in die Stadt zurück, wo sie bei den ersten Häusern ausharren würden, bis er wiederkam. Sie würden sich um ein Feuer setzen und die Mücken verfluchen, weitertrinken und einander Geschichten erzählen, ausgeschmückte Geschichten von ihrer eigenen Moorweihe und von anderen Jungen und Mädchen, die einst ein Irrlicht gefangen hatten oder bei der Suche verloren gegangen waren. Geschichten von Heldentaten und vom Scheitern, denn diese Geschichten waren das, was letztlich blieb. Wer nur mit einer Vision heimkehrte, war einer von vielen.

Milan wartete allein, denn es war seine Moorweihe, seine Herausforderung, es lag bei ihm, allen zu beweisen, dass er auch nachts ohne fremde Hilfe im Moor bestehen konnte, dass die Dunkelheit, die Zeit des Nachtwyrms, ihn nicht schreckte und er den Täuschungen der Irrlichter nicht erlag. Die Visionen der eigenen Zukunft fand man nur in der Einsamkeit im Schein eines Irrlichts. Des einzigen Irrlichts, dem er je folgen sollte, um es danach nie wieder zu tun, sosehr sie ihn auch lockten.

Ein einziges Mal.

Am klaren Himmel über dem Fluss zeigten sich mehr und mehr Sterne, über den Baumwipfeln hing die breite weiße Sichel des Monds. Milan tastete nach seiner Umhängetasche und dem kleinen Käfig darin, den die Priesterin ihm am Vormittag feierlich übergeben hatte. Das Gitter aus reinstem Stahl war in Alchymistenfeuer gehärtet worden, deshalb konnte es ein Irrlicht einsperren.

Darüber hinaus führte er nur einen langen schmalen Dolch mit sich; anderes war einem Suchenden nicht gestattet. Essen und Wasser musste man selbst im Moor finden, sollte die Suche länger als eine Nacht dauern, alles andere war den Visionen abträglich.

»Elyn, das ist für dich«, murmelte Milan unvermittelt, obwohl er nicht sicher war, weshalb. Er hatte sie am Grab nicht gespürt, nicht in der Nähe ihres toten Körpers und schon gar nicht hier. Sie war nicht da, sie hörte ihn nicht. Würde sie es in den jenseitigen Gefilden je erfahren, wenn er das Irrlicht für sie fing? Wenn er ihren Tod rächte?

Ja, die Toten sehen, was wir tun, auch wenn wir sie nicht sehen.

Noch immer verstand er nicht, was sie dazu getrieben hatte, den Moordiamanten zu stehlen, aber die Wut auf sie war längst abgeebbt. Er erinnerte sich an die ältere Schwester, die ihm Großvaters Schnitzmesser verschafft und ihn stets verteidigt hatte, die ihm das Fischen beigebracht und ihm immer den hinteren Kanten vom Brot überlassen hatte, den er so mochte. Diese Schwester war von der uralten Bestie der Moore zerfetzt worden, und dafür wollte er Rache.

Rache!

Er fragte sich, ob man Irrlichtern Schmerzen zufügen konnte und, wenn ja, wie.

Unruhig löste er sich vom Geländer und blickte umher. All die Selbstsicherheit, die er seiner Mutter gegenüber behauptet hatte, schwand mit dem letzten Licht des Tages, und er begriff, dass sie mit einem recht gehabt hatte: Er kannte das Moor nicht. Nicht weil er die Pfade oder tieferen Regionen nicht gekannt hätte, sondern weil bei Nacht alles anders war. Die Nacht schluckte alles, was ihm vertraut war.

Schon bald sah er kaum mehr als Dunkelheit. Hinter sich hörte er den Fluss plätschern, Mücken umkreisten ihn surrend auf der Suche nach Blut, und er schlug nach dem Geräusch. Meist traf er nur sich selbst.

Milan wartete.

Kein Licht erschien in der Dunkelheit zwischen den Bäumen. Für einen Moment wurde das Plätschern lauter, als würde sich in den Wellen etwas bewegen, und er wirbelte herum. War das ein Wels, der kurz an die Oberfläche gekommen war, oder trieben dort hungrige Sumpfkriecher vorbei? Oder sonst eine Kreatur, die nachts auf die Jagd ging? Das Moor war weit und wild.

Angestrengt starrte Milan Richtung Wasser. Der Mond glitzerte wie zersplittert auf schwarzen Wellen, doch sonst erkannte er nichts. Trotzdem schlug sein Herz schneller, und er zog den Dolch aus der Tasche und umklammerte den Griff. Auf seiner Handfläche bildete sich Schweiß.

Der Fluss plätscherte längst wieder leise und träge dahin, nichts ließ auf die Nähe irgendwelcher Tiere schließen. Es kamen keine Tapser durch den Schlick auf ihn zu. Dennoch löste er sich von der Brüstung und trat von der Brücke, machte zwei Schritte fort von ihr.

Es war, als würde die Dunkelheit warten.

Auch Milan wartete.

Und wartete.

Und nichts geschah.

Die vertrauten Geräusche des Tages waren verstummt, abgesehen von Flussplätschern und Mückensurren herrschte Stille, nur hin und wieder durchbrochen von einem fernen Rascheln in den Bäumen.

Milan harrte aus, und der Mond wanderte weiter, doch kein Irrlicht zeigte sich.

Was, wenn keines kam? Nicht nur dass er dann keines

fangen würde, er würde auch noch im Morgengrauen hier stehen, allein und ohne Vision. Was würden die Leute sagen, wenn sie ihn so antrafen?

Dann erfinde eine, hörte er Mutters drängende Stimme in seinem Kopf, *du wärst nicht der Erste.*

Nein, das würde er nicht tun. Hier kannte er die Wege noch, hier war er bei Helligkeit so oft gelaufen, dass er sich vor der Dunkelheit nicht zu fürchten brauchte. Wenn das Irrlicht nicht zu ihm kam, musste er es suchen.

Für Elyn.

Langsam setzte er sich in Bewegung. Der Käfig drückte ihm gegen die Hüfte, der Dolch lag schwer in seiner Rechten, die Linke hielt er ausgestreckt, als könnte er so den nächsten der Pfähle, die den Weg durch den Sumpf markierten, leichter finden. Er hoffte, dass er auf keine Giftschlange traf.

Das Murmeln des Yssypy wurde rasch leiser und erstarb hinter ihm, noch bevor Milan den nächsten Pfahl am Waldsaum erreichte. Irgendwer hatte dort ein Gesicht eingeritzt, das Milan tagsüber stets freundlich erschienen war; im schwachen Mondlicht sah er nur eine Fratze mit Augen, so schwarz wie die Höhlen in einem Schädel.

Ohne länger zu verharren, trat Milan unter die Bäume, und das dichte Laub verdeckte den Himmel fast vollständig, nur hier und da blitzte ein Stern kurz hindurch. Weiter und weiter ging es bis zum nächsten Pfahl und dann noch weiter. Der Boden schmatzte unter seinen Füßen. Milan traf auf eine der Nachtwyrmfiguren, die er im Moor hinterlassen hatte, und murmelte ihr zu: »Ich werde dir ein Irrlicht nehmen.«

Vermutlich gebot der Drache über Tausende, und es war ihm egal, aber vielleicht auch nicht.

Hinter dem siebten Pfahl entschied Milan sich für den

rechten Weg, tiefer ins Moor hinein, während der linke irgendwann zu einer alten Torfgrube führte, die weiter draußen lag als alle anderen. Beim zwölften Pfahl machte er eine kurze Pause. Wo nur waren die Irrlichter? Sonst drangen sie manchmal bis nach Nebelbruch vor, doch heute blieb die Nacht schwarz.

Weil der zwölfte Pfahl noch unbearbeitet war, schnitzte er Elyns Gesicht hinein, die großen Augen, die schmale Nase, die lockigen Haare, die er genauso hatte, nur dass seine kurz geschnitten und dunkler waren. Er versuchte, ihr ein Lächeln zu geben, bekam es aber nicht richtig hin, der lange Dolch war nicht so gut zum Schnitzen geeignet wie das Messer, das er sonst benutzte. Er würde bei Tageslicht noch einmal herkommen und es sich ansehen müssen.

Warum hast du es getan, Schwesterherz?

Seit fünf Jahren dachte er darüber nach, kreiste wieder und wieder um die Frage, aber er hatte noch immer keine Antwort gefunden. Was hatte sie mit dem Moordiamanten vorgehabt? Hatte ihr irgendwer so viel Geld dafür versprochen, dass sie bereit gewesen war, ihre Familie zu verraten und alles hinter sich zu lassen? Sie musste gewusst haben, dass ihre Tat auf ihn und ihre Eltern abfärbte.

Hat dir Ehre wirklich so wenig bedeutet, Elyn?

Nein, dachte er unvermittelt. Was auch immer sie zu der Tat getrieben hatte, sie war bestimmt nicht davon ausgegangen, dass sie sterben würde. Und wäre sie davongekommen, hätte niemand je von dem Moordiamanten erfahren, den sie irgendwie gefunden und versteckt haben musste. Dann wäre nie auch nur ein einziger Torfstecher bestraft worden. Seine Eltern hätten ihm zwar vorgeworfen, dass er sie nicht aufgehalten hatte, aber sie hätten ihm nicht auf die Fußsohlen geschlagen. Elyns Verschwinden wäre ein Rätsel gewesen, kein ehrloses Verbrechen.

Hättest du nicht einfach mit jemandem davonlaufen können, wie es die jungen Mädchen in zahlreichen Geschichten tun?

Auch dann hätte er sich Vorwürfe gemacht, aber nicht so schwere; sie wäre ja noch am Leben gewesen. Stattdessen war sie tot, und die Vorwürfe, die er sich machte, weil er meinte, daran beteiligt gewesen zu sein, war er nie losgeworden.

Bis heute fragte er sich, ob er ihr damals, als sie ging, wirklich geglaubt hatte, dass sie nur etwas trinken wollte. Oder war er nur zu müde und faul gewesen, um sie aufzuhalten?

Warum hast du mich belogen?

Er fragte es den Pfahl mit ihrem verunglückten Gesicht, aber der antwortete nicht, und Milan hatte es auch nicht erwartet.

Warum nur hatte er ihr kein Lächeln schnitzen können? Er sah in die leblosen Holzaugen, aber auch auf diese Frage gab es keine Antwort.

Irgendwo erklang der Gesang eines Sternenhähers.

Milan hob den Kopf, und dann sah er es. Dort hinten, zwischen den Bäumen, flackerte ein weißes Licht.

2

Den Blick unverwandt auf das ferne Licht gerichtet, trat Milan einen Schritt fort von dem Pfahl mit Elyns Gesicht. Für einen Moment kam es ihm vor, als wären es zwei oder drei Lichter hintereinander, aber das konnte nicht sein; Irrlichter streiften meist allein durchs Moor, einsam wie die Wanderer, die sie vom Weg abbrachten, das wusste jeder. Auch wenn es bei Großvater letztlich drei gewesen waren.

Langsam steckte Milan den Dolch wieder weg, denn eine Klinge richtete nichts aus gegen Licht. Stattdessen holte er den Käfig aus der Tasche, klappte die Tür auf und setzte sich, den offenen Käfig in der Rechten, in Bewegung.

Doch kaum näherte er sich dem Licht, zog es sich weiter zurück – und Milan folgte ihm. *Gerate nicht in seinen Bann,* ermahnte er sich lautlos, *fang es! Für Elyn.*

Für Elyn und die eigene Ehre, denn er hatte es seiner Mutter versprochen. Auch wenn sie davon nichts hatte wissen wollen, ja ihn gewarnt hatte, würde er Wort halten. Das war er Elyn schuldig.

Mochte sie Stolz und Ehre auch verachtet haben, er tat es nicht. Trotz allem wollte er ein Torfstecher sein, wollte richtig dazugehören und noch mehr als das. Er wollte endlich geachtet werden, eine eigene Geschichte haben, nicht nur Teil von Elyns sein.

Während er das Irrlicht verfolgte, passierte er den dreizehnten, den vierzehnten und den fünfzehnten Pfahl. Das Licht glitt mal hierhin, mal dorthin, aber nie weit fort vom Weg. Milan schritt schneller aus, und Stück für Stück kam er ihm näher.

Pfahl um Pfahl ließ er hinter sich, tiefer und tiefer drang er ins Moor vor, dachte nur noch daran, das Licht zu fangen. Zwei Abzweigungen passierte er, dann erreichte er Teile des Moors, in denen er nur selten gewesen war. Der Weg wurde ihm zunehmend fremd, doch er eilte weiter und weiter.

Plötzlich schälten sich rechts und links verrenkte Skelette aus der Dunkelheit, nur um sich sogleich wieder aufzulösen. Das Laub über ihm wurde lichter, Mond und Sterne äugten neugierig herab. Laut klangen seine schmatzenden Schritte durch die Nacht, und dann stieg unvermittelt aus dem Boden vor ihm Rauch, beißend und heiß. Milan blieb stehen und riss die Arme hoch. Schon im nächsten Moment war der Rauch wieder fort, und Milan fuhr es durch den Kopf: *Die Visionen haben begonnen.*

Rauch wie der Atem eines Drachen.

Mondlicht tropfte glühend zur Erde und versank, brennende Tränen oder das Blut von Feuer. Milan blickte zum Himmel hinauf, die Sterne zitterten, manche leuchteten rot, einer fiel. Vor ihm tanzte das Irrlicht durch die Nacht und verschwamm vor seinen Augen und wurde zu einer Flamme, einer Fackel.

Milans Fuß sank bis über den Knöchel ein, und er wunderte sich, wie wirklich die Vision schien. Der zweite Fuß versank bis zur Wade, und Milan erstarrte. Das war kein Traum, er war vom Weg abgekommen!

Mühsam tat er zwei Schritte zurück, zurück zum Pfad. Nur schwer und schmatzend lösten sich die Füße aus dem Schlick. Zwei Schritte zurück, dann hatte er wieder festen Boden unter sich. Zwei Schritte in die andere Richtung, und es wäre um ihn geschehen gewesen.

Kehr um, raschelten die Blätter: *Erfinde eine Vision, erfinde sie, erfinde sie. Du wärst nicht der Erste.*

Nicht der Einzige.

Vor seinem geistigen Auge verschlang der Nachtwyrm eine junge Frau, aber er erkannte sie nicht. Vor seinen echten Augen lag das verlassene Moor, und weit vor ihm wartete das Irrlicht.

Sein Herz schlug schneller.

»Komm«, lockte eine Stimme, aber auch sie kannte er nicht.

Wohin?, dachte er.

»Komm«, wiederholte sie.

Mit der Linken zog er den Dolch, um sich an irgendetwas festzuhalten, dann folgte er weiter dem Irrlicht. Weiter, obwohl er beinahe versunken wäre.

Das ist verrückt!

Nein, Rache!

Ist es nicht.

Vielleicht nicht, aber es muss sein.

Der nächste Pfahl war umgestürzt, doch es war sowieso der letzte, das wusste Milan. Ab hier waren keine Pfade mehr markiert, ab hier gehörte alles dem Nachtwyrm.

Ohne zu zögern, schritt Milan weiter aus, und schon bald traf er auf Elyn, die bis zur Hüfte im Morast steckte und ihn mit leeren Augenhöhlen anblickte.

»Ich will nur was trinken, Bruder, verschließ die Augen, und geh ruhig weiter«, sagte sie und schaufelte sich einen Brei aus Moor in den Mund. Milan erwiderte nichts. Es war nicht Elyn, und der Boden um sie herum wurde zu einem gewaltigen Maul mit drei Reihen dolchgroßer Reißzähne, das sie verschlang, bevor sie auch nur einen Schrei ausstoßen konnte. Bevor er den Arm nach ihr ausstrecken konnte.

Das Moor schmatzte, Milan schrie.

In der Ferne fauchte der Nachtwyrm, Vögel flatterten auf, und ein kalter Schauder überlief Milan. War das Fauchen

Teil seiner Visionen, oder war es echt? Er wusste es nicht, doch er folgte dem Irrlicht schneller und dachte verzweifelt: *Bleib endlich stehen!* Er musste es erreichen, bevor es beim Nachtwyrm war.

Das Fauchen verstummte, Vater sagte: »Mach mich stolz!«

Mutter erinnerte ihn: »Du wärst nicht der Einzige!«

Wieder tauchte Elyn auf, schlammverkrustet von oben bis unten, wenigstens hoffte Milan, dass es Schlamm war. Sie sah ihn nur an, die Augen Moordiamanten, funkelnd und tot wie die Sterne.

Versteinerte Irrlichter.

Königsaugen.

»Warum?«, fauchte er.

Sie verschwand, löste sich auf wie zuvor der Rauch.

Sein Schritt wurde langsam und schwer. Er steckte bis zu den Knien im Moor. Wie hatte er den Weg verlieren können, ohne es zu merken?

Gab es hier überhaupt einen Weg?

Die Tiefe zog an ihm, und es waren die Hände Hunderter Toter, die irgendwo dort unten auf dem Grund lagen. Sofern das Moor einen Grund hatte.

Ihm kam Großvater Erique in den Sinn, der beinahe im Moor gestorben wäre, er dachte an all die leeren Särge, die auf dem Friedhof lagen, und trat voller Angst um sich, aber er wurde die Totenhände nicht los, nicht den Sog in die Tiefe. Er konnte sich nicht erinnern, wo er hergekommen war, wo fester Grund war.

Hinter mir, dachte er verzweifelt, *es muss direkt hinter mir sein,* und er versuchte, sich zurückzukämpfen, tastete nach Ästen, Wurzeln und Stämmen, bekam Gräser zu fassen und griff mit aller Kraft zu. Versuchte, sich in die Richtung zu ziehen, aber seine Beine steckten fest. Es war, als krallten sich dürre Finger in seine Waden, abgerissene Fingernägel und gesplitterte Knochen zahlreicher Torfstecher, die über die Jahrhunderte hier versunken waren.

»Los!«, schrie er sich an und zog, fasste nach und fand eine Wurzel, zog weiter, mit aller Kraft, und ganz langsam folgte ein Fuß. Endlich spürte er etwas Festes unter sich, Fels, und konnte sich hochdrücken. Keuchend fand er zurück auf sicheren Grund.

Seine Hose hatte tausend Risse, überall war Haut von den Beinen gekratzt. Gehetzt drehte er sich in alle Richtungen, doch die Toten kamen nicht herauf, der Nachtwyrm war nicht hier, nur das Irrlicht leuchtete weit vor ihm zwischen den Sternen.

Wartend.

Lockend.

Lauernd.

Wenn du mich willst, dann musst du mich holen, dachte Milan und sank auf die Knie. Er würde ihm nicht weiter folgen, er würde nicht noch einmal vom Weg abkommen. Er wollte nicht sterben, nicht hier und nicht in dieser Nacht. Wozu auch? Seine Vision hatte er längst, auch wenn er sie nicht verstand und nicht wollte. Mehr brauchte er nicht. Nie wieder wollte er die zerrenden Hände der Toten an seinen Beinen spüren, er wollte nicht einer von ihnen werden.

Langsam kam Milan wieder zu Atem. Noch während er überlegte, ob er den Heimweg gleich suchen oder lieber auf den Morgen warten sollte, wurde es plötzlich heller um ihn. Hastig hob er den Kopf, und da, keine zwei Schritt vor ihm, schwebte das Irrlicht. Es bewegte sich nicht, und er hatte den Eindruck, dass es ihn ansah.

Milan starrte zurück, und Bilder des Nachtwyrms fluteten seinen Kopf, das schnappende Maul mit den krummen Zähnen, der mit Hornplatten und Stacheln bewehrte Rücken, die flackernden Augen, in deren Tiefe unbändige Wut zu brennen schien, heller als drei Dutzend Irrlichter. Das Licht eines Albtraums, aus dem man nicht erwachen konnte.

Nein, schoss es ihm durch den Kopf, *mich bekommst du nicht!*

Das Irrlicht wartete, sein Schein so flackernd wie die Drachenaugen, so kalt wie das im Moordiamanten gespiegelte Mondlicht, auch wenn das nicht wirklich gewesen war, sondern eine Vision. Im Schein des Irrlichts waren alle Farben matt, beinahe grau, und das Moor sah aus wie eine traurige Traumlandschaft, wie das Reich der unglücklichen Toten beschrieben wurde. Die Blätter und Äste der Bäume schienen merkwürdig verzerrt, die Schatten waren tief und gefräßig.

Komm mit!, drängte eine Stimme in Milans Kopf, und es kostete ihn Kraft, ihr zu widerstehen. Langsam und ohne hinzusehen, tastete er nach dem Käfig und hoffte, das Irrlicht würde es nicht bemerken.

Es flackerte weiter auf der Stelle, weder näherte es sich, noch flog es davon, um Milan tiefer ins Moor zu locken. Es wartete, und wieder hatte Milan den Eindruck, es beobachte ihn.

Komm.

Nein.

Komm.

In seinen Beinen zuckte es, aber er stand nicht auf. Seine Finger hatten den Käfig gefunden und fest gepackt. Er tastete nach der offenen Tür und drehte den Käfig so, dass die Öffnung nach vorn blickte.

Komm.

Langsam erhob er sich von den Knien in die Hocke, so als wolle er sich nicht länger gegen die Aufforderung wehren, und spannte jeden Muskel an. Seine Hände wurden feucht vor Aufregung, aber er zwang sich, ruhig zu atmen. Er hatte nur diesen einen Versuch, der musste gelingen. Dann, noch aus der Hocke, schnellte er hoch, sprang wie ein Frosch mit einem gewaltigen Satz auf das Irrlicht zu und riss den Käfig vor. *Wie im Spiel,* dachte er, *der Käfig ist meine Hand und das Irrlicht einfach nur ein Ball, den ich fangen muss.*

Und das tat er.

Der Käfig stülpte sich über das Irrlicht, umfing es, riss es an sich, und Milan schmetterte die Tür zu und hielt sie auch weiter zugepresst, als er bäuchlings auf den Boden klatschte. Das Kinn schlug auf den Boden, ihm drang Schlamm in den Mund, und die Luft wurde ihm aus der Lunge gepresst. Seine Knie versanken, ebenso seine Ellbogen. Aber noch bevor die toten Hände aus der Tiefe nach ihm greifen konnten, bevor der Schlick ihn verschluckte, rollte sich Milan nach links, rollte sich zurück auf den Weg und festen Grund.

Heftig atmend blieb er auf dem Rücken liegen und starrte das Irrlicht an. Bei allem Leuchten ging von ihm keine Wärme aus, und doch war es, als würde er sich die Hände am Gitter verbrennen, vielleicht erfroren sie auch, er wusste es nicht, er spürte nur die Schmerzen.

Er biss die Zähne zusammen, verriegelte die Tür und stellte den Käfig neben sich ab. Anschließend kühlte er seine Handflächen auf dem feuchten Boden.

Sein ganzer Körper schmerzte, und er atmete tief ein und aus und wartete, ob es besser oder schlimmer würde. Tatsächlich ließ der Schmerz nach. Vorsichtig drehte er sich auf die Seite und sah das Irrlicht an. Und lachte. Er hatte es gefangen, er hatte es wirklich gefangen!

Das Irrlicht flackerte unverändert. Es warf sich nicht gegen die Gitter, wie ein gefangenes Tier es getan hätte, es klagte nicht, es drohte nicht, es war einfach da.

»Hab ich dich!«

Das Lachen wurde zu einem Husten, doch Milan spürte, wie sein Stolz zurückkehrte. Nun war er nicht mehr der einsame Moorläufer, nun würden sie ihn als Torfstecher in die Gemeinschaft aufnehmen, und er gehörte wieder dazu, war endlich frei von dem Diebstahl, den seine Schwester begangen hatte.

Frei, weil er ein Irrlicht gefangen hatte.

Langsam richtete er sich auf und lauschte in die Nacht. War da ein Fauchen zu hören? Er wusste es nicht. Er wollte aufstehen und nach Nebelbruch zurückkehren, doch er wusste nicht, wie. Irgendwo hier verlief der Weg, aber er hatte die Orientierung verloren, und die Sterne gaben ihm nur die grobe Richtung vor. Im Schein des Irrlichts sah er eine graue Moorlandschaft, die ihm fremd war.

Natürlich konnte er das Licht wie eine Laterne nutzen und Schritt für Schritt seinen Weg suchen, einen Fuß tastend vor den anderen setzen. So konnte er wohl verhindern, dass er versank, aber wer sagte ihm, dass er nicht einen falschen Pfad nahm, der sich irgendwo ins Nichts schlängelte? Das Irrlicht war weder Freund noch Laterne, was würde es ihn sehen lassen? Würde es ihn ins Verderben führen, zum Nachtwyrm?

Sein Triumph war dahin, sein Mut aufgebraucht. Er war vollkommen erschöpft. Die farblos verzerrte Umgebung raubte ihm jede Sicherheit und rief Erinnerungen an Albträume wach. Die Nacht war bestimmt zur Hälfte vorbei, er würde einfach auf den Morgen warten. Im Tageslicht fand er den Weg sicher sofort.

Also hockte er sich wieder hin, steckte den Käfig mit dem Irrlicht in die Tasche und verschloss sie, um sich von dem unheimlichen Leuchten zu befreien. Um keine Sumpfkriecher anzulocken, auch wenn die sich selten so weit abseits des Wassers herumtrieben, und schon gar nicht nachts. Um die merkwürdige Traumwelt zu verbergen, die er nicht sehen wollte. Als ihn wieder Dunkelheit umfing, war er tatsächlich dankbar.

Im schwachen Mondlicht suchte er sich die nächste kräftige Sumpfzypresse und ließ sich zwischen ihren Wurzeln nieder, lehnte den Rücken an den Stamm und legte die Tasche neben sich. Wartend starrte er in den Himmel, auch wenn der durch das dichte Geäst kaum zu erkennen war. Vielleicht bekam er trotzdem eine Sternschnuppe zu sehen, die brachten Glück.

Er sah keine.

Er dachte an Mutter und malte sich seine triumphale Rückkehr aus, Vaters beeindrucktes Nicken und wie Pjer ihm auf die Schulter schlug, weil sie nun zusammen Torf abbauen würden. Er stellte sich auch die bewundernden Blicke hübscher Mädchen und schöner Frauen vor, die ihn nicht mehr Moorläufer nennen würden, sondern bei seinem Namen.

Und über all diesen Gedanken und Träumereien döste er irgendwann weg, auch wenn er es nicht wollte. Zu sehr hatte die Suche ihn ausgelaugt.

Milan träumte. Er träumte von einem großen dünnen Mann, der im Moor versank, der von zahlreichen Toten in die Tiefe gezogen wurde, der vergebens mit den Armen ruderte und versuchte, an herabhängenden Ästen Halt zu finden. So lang die ausgestreckten Arme auch waren, die Äste waren stets weiter entfernt. Panisch schlug der Mann um sich und schrie, aber niemand hörte ihn, niemand kam, ihn herauszuholen; nur Milan sah zu, aber Milan war nicht da, er war nur der Träumende. Er besaß keine Hände, die er helfend hätte ausstrecken können, keinen Mund, um dem Sterbenden Trost zu spenden – aber welchen Trost auch?

Leichter Frühlingsregen fiel aufs Moor, die Tropfen platschten auf sich ausbreitende graue Pfützen, und die Hände des Ertrinkenden patschten nur noch hilflos auf die Pfützen. Schmutziges Wasser spritzte in alle Richtungen, und der Mann heulte den Namen einer Frau, den Milan sofort wieder vergaß. Und er heulte: »Nein!«

Und noch mal, lauter: »Nein!«

Ohne Unterlass schlug er um sich, und Kälte kroch in seine Beine, immer tiefer hinein, die Kälte der Toten. Sie grub sich bis in seine Knochen, und das Mark gefror. Die Bewegungen des Mannes wurden schwerfälliger, sein Heulen leiser, und er sank weiter und weiter und weiter, bis er irgendwann aufgab. Leise weinend wartete er auf das Ende, und der Regen nahm zu, Wind trieb dem Mann die schweren Tropfen direkt ins hagere Gesicht, und er versank weiter und weiter.

Und weiter.

Schlamm schwappte in seinen Mund, und Milan konnte ihn schmecken, so wie er die Kälte bis ins Mark spürte; er schmeckte Dreck und Tränen und Blut. Er spuckte aus, aber der Geschmack blieb, und ihm rannen Tränen übers Gesicht, sein Haar war nass vom Regen, die Arme zuckten. Er schrie, und sein Herz schlug schnell vor Angst, während der Mann, eingehüllt in Kälte und Dreck, langsam starb.

Japsend kam Milan zu sich. Der Geschmack von Schlamm war noch immer in seinem Mund. Hastig wischte er sich über die pelzigen Lippen, aber das änderte nichts, im Gegenteil, seine Hände waren voller Matsch. Er verfluchte sich dafür, dass er eingeschlafen war, und griff suchend nach der Tasche. Sie war noch da, und das Irrlicht war darin. Erleichtert atmete er durch. Es herrschte noch immer Dunkelheit.

Wer war der Mann, von dem er geträumt hatte? Milan wusste es nicht, er hatte den Mann nie zuvor gesehen, und seine Kleidung war seltsam fremd gewesen, fast wie auf den alten Wandmalereien im Tempel.

War der Mann hier versunken, hatte er deshalb von ihm geträumt? Hatte er auf dem ungeweihten Grab eines Toten geschlafen?

Hastig erhob er sich und schlurfte fort, setzte sich ein paar Schritt entfernt auf den Boden, weiter traute er sich ohne Orientierung nicht. Er wählte eine unbequeme Position, um nicht erneut einzuschlafen, und wartete auf den Sonnenaufgang. Sah wieder in den Himmel, ob nicht eine Glück bringende Sternschnuppe auftauchen wollte, doch das passierte nicht.

Stattdessen kam der Nebel. Erste Fetzen zogen vorüber, und rasch wurden es mehr. Schon bald lag über allem Nebel, sogar die Sterne schluckte er.

Als die Dämmerung endlich einsetzte, schälte sich die Landschaft in allen Farben aus der Dunkelheit, wenn auch nicht weithin sichtbar, denn es hing noch immer Nebel über dem Moor. Bald erschien Milan hier und da etwas vertraut, und er erhob sich müde und machte sich vorsichtig auf den Heimweg. Sein Magen knurrte.

Irgendwann – jenseits des Nebels war die Sonne längst aufgegangen – stieß er auf den Fluss und trank gierig. Ein Sumpfkriecher trieb mit der Strömung herbei, und Milan zog sich zurück. Absichtlich langsam bewegte er sich weiter, er hatte die Nacht überstanden, er würde jetzt nicht aus mangelnder Vorsicht in ein Moorloch fallen.

Höher und höher stieg die Sonne, und die Hitze setzte wieder ein, und irgendwann löste sich auch der Nebel auf. Und endlich traf Milan auf den letzten, umgestürzten Pfahl und eine seiner Nachtwyrmstatuen, die jedoch ebenso umgefallen und zerbrochen war. Sie sah aus, als sei ein Sumpfkriecher darübergelaufen.

Obwohl es ihn nach Hause zog, blieb er bei Elyns Pfahl stehen und zog noch einmal den Dolch, um ihren Mund zu korrigieren. Im Tageslicht gelang es ihm ohne große Mühe, bald lächelte sie. Er lächelte zurück und machte sich endgültig auf den Nachhauseweg. Sein Arm lag auf der Tasche.

3

Gegen Mittag gelangte Milan hungrig und erschöpft nach Nebelbruch. Noch vor der Stadtgrenze kam ihm Mutter entgegen, fiel ihm um den Hals und küsste ihn auf Wangen und Stirn. Die dunklen Augenringe verrieten, dass sie nicht geschlafen hatte.

Er löste sich von ihr und lächelte. »Ich hab das Irrlicht.«

Sie zwinkerte überrascht und brachte kein Wort heraus.

»Es ist hier drin.« Stolz klopfte er auf die Tasche. »Komm, ich zeig es dir bei den anderen.« Damit nahm er sie bei der Hand und zog sie mit sich zum heruntergebrannten Feuer, an dem alle auf ihn gewartet hatten.

Viele dort waren aufgestanden, winkten und riefen seinen Namen. Kurz bevor er sie erreichte, griff er in die Tasche, zog den Käfig heraus und hielt ihn hoch in die Luft. Am helllichten Tag war das Irrlicht darin kaum zu erkennen, denn sein Leuchten wurde vom Sonnenschein überstrahlt, doch jeder wusste, was das zu bedeuten hatte. Warum hätte Milan einen leeren Käfig in die Luft reißen sollen?

Jubel erhob sich, sein Name erscholl lauter. Die meisten sprangen herbei und umarmten ihn, einer nach dem anderen griff ehrfürchtig nach dem Käfig. Mehr als ein Dutzend Hände schlugen Milan auf die Schulter, sein Vater dröhnte: »Mein Sohn! Das ist mein Sohn!« Für einen Moment glitzerten in seinen Augen Tränen, dann hatte er sie fortgezwinkert.

Milan lachte und nickte und blickte überall in glasige Augen, roch Wein in jedem Atem. Sie hatten die ganze Nacht trinkend auf ihn gewartet, und nun wurde weitergefeiert.

Einer drückte ihm ein großes Stück Fleisch und einen überschwappenden Becher in die Hand, und als er den unter lauten Zurufen geleert hatte, bekam er sogleich einen neuen. Seine Suche war vorbei, nun durfte er trinken – und jeder wollte mit ihm anstoßen.

»Iss!«

»Trink!«

»Prost!«

Der Wein überschwemmte seinen Kopf und ließ die Welt sich drehen.

Auch Priesterin Celene gratulierte ihm und lächelte. »Ich freu mich für dich und deine Familie.«

Vater legte ihm die Hände auf die Schultern. »Ich bin stolz auf dich, Junge. Unheimlich stolz.«

»Ich auch.« Er grinste, und Vater lachte.

Milan schlang das Fleisch herunter und nahm gleich noch ein Stück. Er trank und umarmte jeden, badete in der Anerkennung, die seine Familie ihm zollte.

Die Bewohner der nächsten Häuser kamen hinzu, weitere Nachbarn und Torfstecher, und jeder brachte etwas zu essen und trinken. Alle bejubelten Milan und stießen mit ihm an, alle bestaunten das Irrlicht, über dessen Käfig irgendwer ein dunkles Tuch geworfen hatte, denn so war es besser zu erkennen, wenn man selbst den Kopf unter das Tuch steckte.

Alle waren gekommen, Milan zu feiern, niemand erwähnte Elyn, und so dachte auch Milan kaum einmal an sie.

Der Nachmittag verrann, mehr und mehr Wein und das Lob stiegen ihm zu Kopf, und bald wusste er nicht mehr, wem er schon was erzählt hatte, aber das scherte ihn nicht. Wieder und wieder berichtete er davon, wie er das Irrlicht gefunden hatte, von seinen Gedanken und Träumen und von dem, was er für seine Vision hielt.

»Unser Moorläufer«, hörte er hier und da sagen, und

auch wenn er nicht mehr der Moorläufer hatte sein wollen, das *Unser* machte ihn glücklich, hieß es doch, dass er endlich wieder dazugehörte.

Er trank und feierte bis zum frühen Abend, bis er beinahe umfiel vor Erschöpfung und Wein und Hitze. Dann griff er sich grinsend den Käfig und taumelte, begleitet von seinen Eltern, nach Hause. Mit einiger Mühe zog er die Schuhe aus, fand sein Bett und warf das schmutzige Hemd und die Hose ab, bevor er aufs Laken fiel. Fast sofort war er eingeschlafen.

Erneut starb der schlaksige Mann im Moor, und wieder sah Milan ihm tatenlos dabei zu, wieder konnte er nichts tun, wieder schmeckte er das Moor und hatte Herzrasen vor Angst, als würde er selbst ertrinken. Der Mann schrie etwas, aber Milan verstand es nicht, der Schrei war stumm oder Milan taub. War es wieder der Name der Frau oder etwas anderes? Kälte kroch in ihn, und er strampelte sich von allem frei, von Kälte und Taubheit und von der Decke, und er erwachte.

Das Zimmer war in ein kaltes Licht getaucht, ein Licht, das keine Farben zuließ, nur Traumgrau, und obwohl er alles erkennen konnte, brauchte er einen Moment, bis er begriff, wo er sich befand. Er drehte sich auf die Seite. Der Käfig aus Alchymistenstahl stand drüben auf dem verlassenen Bett seiner Schwester. Das Irrlicht presste sich vorn an die Gitterstäbe, als wollte es heraus.

Als ob es mich beobachtet, durchfuhr es Milan. Glaubte es noch immer, es könnte ihn zum Nachtwyrm locken? Oder hinaus ins Moor, damit er dort ertrank so wie der arme verzweifelte Kerl, von dem er geträumt hatte? Die Traumbilder spukten ihm noch durch den Kopf.

Das Zimmer drehte sich, Milans Magen auch, vor dem Fenster war es dunkel. Er erhob sich und ging nach draußen, um sich zu übergeben, dann kehrte er ins Bett zurück und starrte das Irrlicht an.

Was willst du?

In ihm regten sich Wut und Angst, und er dachte an Elyn, deren Bett noch immer hier stand, fünf Jahre nach ihrem Tod. Nun lag das Irrlicht darin. Unvermittelt erinnerte er sich daran, dass Großmutter Yienne vor Jahren einmal gesagt hatte, Irrlichter brächten Pech, und dass Onkel Harlh lachend erwidert hatte: »Vor allem bringen sie dir einen Batzen Geld, denn die Freifrau und der Alchymist kaufen sie jedem ab.«

»Warum?«, hatte Milan gefragt.

»Weil gefangene Irrlichter selten sind und weil sie es können. Weil sie reich genug sind.«

»Aber wenn jemand es geschafft hat, ein Irrlicht zu fangen, warum sollte er es dann verkaufen?«

»Weil er arm ist. Geld ist immer der Grund.« Harlh hatte geschnaubt. »Außerdem will niemand mit einem Irrlicht im selben Raum leben. Irrlichter wollen dein Verderben, sie dienen dem gefräßigen Nachtwyrm. Nein, wer ein Irrlicht gefangen hat, verkauft es besser, bevor es zu spät ist. Die Großtante deines Freunds Pjer hat eins behalten, und kurz darauf war sie tot. Jeder, der nur ein wenig Verstand hat, stellt sich eine geweihte weiße Kerze aus dem Tempel in den Käfig und zündet sie zu Feiertagen an. Das muss reichen als Zeichen, dass man ein Irrlicht gefangen hat.«

Milan starrte hinüber. Pjers Großtante hatte das Irrlicht behalten und war gestorben. Sie brachten also doch Pech, wie Großmutter Yienne gesagt hatte. Noch einmal rappelte er sich auf, schlurfte hinüber und deckte den Käfig zu. Das doppelt gefaltete Laken schluckte den größten Teil des Lichts, und im Raum herrschte nun Dunkelheit. Trotzdem fand Milan keinen Schlaf mehr. Stattdessen grübelte er, wie er das Irrlicht behalten könnte. Auch wenn es Pech brachte und sein Licht unheimlich war, eine Kerze schien ihm ein zu schwacher Ersatz, selbst eine geweihte aus dem Tempel. Es war sein Irrlicht, er wollte es nicht einfach so weggeben.

Wir können das Geld gut gebrauchen, sagte er sich, aber das überzeugte ihn nicht, auch wenn er nicht wusste, weshalb.

Früh am nächsten Morgen, Milan und seine Eltern hatten sich gerade mit schwerem Kopf, langsamer Zunge und verquollenen Augen an den Frühstückstisch gesetzt, pochte es an der Tür.

»Mach auf«, befahl Vater, und er gehorchte. Draußen stand ein großes schlankes Mädchen mit glänzend schwarzem Haar und dunklen Augen. Er hatte sie bereits hier und da in der Stadt gesehen und jedes Mal gedacht, sie sei hübsch, aber nie war er zu ihr hinübergegangen, nie hatte er jemanden nach ihr gefragt, und so wusste er nicht, wer sie war und wie sie hieß. Und nun war sie hier. Überrascht starrte er sie an.

»Entschuldige, dass ich so früh störe«, sagte sie, »aber du bist Milan, oder?«

Er nickte schweigend, seine Lippen waren trocken. Aus der Nähe war sie nicht einfach hübsch, sie war schön.

»Ich hab gehört, du hast ein Irrlicht gefangen, und wollte dich bitten, es mir zu zeigen. Ich habe noch nie eins aus der Nähe gesehen, und in zwei Monaten ist meine Moorweihe.«

Milan räusperte sich und war endlich imstande, etwas zu sagen. »Ja, komm rein.«

Vater stand nicht auf, um sie zu begrüßen. Von seinem Platz aus knurrte er: »Ist ziemlich früh. Du hättest gestern ans Feuer kommen können wie alle.«

»Nachmittags konnte ich nicht, und am Abend wart ihr

und das Irrlicht fort, da wollte ich nicht mehr stören. Aber jetzt wollte ich doch kommen, bevor Milan es verkauft, und …« Sie zuckte mit den Achseln. »Soll ich gehen?«

»Schon gut«, sagte Mutter, aber auch sie erhob sich nicht.

»Wieso bist du so sicher, dass ich es verkaufe?«, fragte Milan.

Sie wirkte überrascht. »Das tut doch jeder. Du nicht?«

»Natürlich tut er es«, versicherte Vater sofort.

Milan entgegnete darauf nichts. Zu dem Mädchen sagte er: »Komm, ich zeig es dir.«

Mutter fragte: »Du bist die Tochter von Nikada, oder?«

»Ja. Ich bin Khyra.«

Mutter nickte und schürzte die Lippen, wie immer, wenn ihr etwas nicht gefiel. Dann wandte sie sich an Milan. »Aber beeilt euch, wir müssen ins Moor hinaus. Auch du.«

Sie gingen in Milans Zimmer, schlossen die Tür und verhängten das Fenster, damit möglichst wenig Tageslicht hereinfiel. Dann zog Milan das Tuch vom Käfig fort, und Khyra trat neben ihn, ging vor dem Irrlicht in die Hocke und betrachtete es aus der Nähe. Sie kniff die Augen zusammen, um das Licht zu ertragen, und es stand ihr keinerlei Angst ins Gesicht geschrieben, nur Neugier. Milan sah sie an, und sein Herz schlug schneller, und rasch sah er wieder weg, weil er fürchtete, sie könnte in sein Innerstes blicken, und das wollte er nicht, und zugleich wollte er es, und er wollte sie ansehen, und das tat er dann auch. Ihr Blick war noch immer auf das Irrlicht gerichtet, und in seinem Schein schienen ihre Augen eher zu strahlen, als farblos zu werden wie alles andere. Zwei Ewigkeiten lang konnte Milan nicht wegsehen, und er hoffte, sie werde es nicht bemerken.

»Es ist ein Licht wie in Träumen«, sagte sie nach einer Weile und ließ den Blick durchs Zimmer schweifen. »So matt und grau.«

»Das habe ich auch sofort gedacht.«

Sie sah ihn an, und er erwiderte den Blick. »Weißt du, an wen du es verkaufst? Meine Mutter sagt, die Freifrau zahlt wenig.«

Milan zuckte mit den Schultern. Vater hatte gesagt, er werde verkaufen, und wenn Vater so viel daran lag, würde er es eben tun. Aber er selbst hatte noch keinen Gedanken daran verschwendet, und das sagte er ihr auch. »Ich habe noch nicht darüber nachgedacht.«

»Das solltest du aber. Sie wird bald jemanden schicken, um dir ein Angebot zu machen.«

Milan nickte. Und obwohl er seine Gedanken meistens für sich behielt, sagte er plötzlich: »Sie hat uns damals, als Elyn im Moor gefunden wurde, alle bestraft. Einfach alle. Ihr Urteil und die Schläge haben meinen Eltern den Stolz genommen und mir solche Prügel eingebracht, dass ich meinem besten Freund nicht beistehen konnte. Ich …« Er brach ab, und in dem Moment bereute er fast, es ausgesprochen zu haben, schließlich kannte er sie nicht, aber es war zu spät.

Einen Augenblick lang sah sie ihm in die Augen, dann lächelte sie kaum merklich und nickte. »Viele waren damals ziemlich wütend auf deine Schwester und haben ihr die Schuld an den Schlägen gegeben, auch meine Mutter, aber sie war damals die ganze Zeit wütend, mein Vater war erst wenige Wochen zuvor gestorben. Ich dagegen habe der Freifrau die Schuld gegeben, sie hätte nicht alle Torfstecher bestrafen müssen, die Kompanie deiner Schwester hätte gereicht. Alle anderen zu bestrafen war nicht gerecht. Ich glaube, das Strafen bereitet ihr einfach Vergnügen.«

Einen Moment zögerte Milan. Er hätte sie gern nach ihrem Vater gefragt, traute sich jedoch nicht. Stattdessen sagte er: »Der Alchymist soll überall nach der Seele seiner toten

Frau suchen, habe ich gehört. Manche sagen, er ist über ihrem Tod verrückt geworden, und Pjer behauptet, er treibt unter seinem Turm einen Schacht in die Tiefe, um ins Totenreich vorzudringen, von wo er sie zurückholen will.«

»Ich habe gehört, er gräbt auf dem Friedhof.«

Milan schüttelte den Kopf. »Da gibt es keinen Schacht.«

»Eben.« Sie lächelte. »Warum soll es dann unter dem Turm einen geben?«

»Weil …« Er zuckte mit den Schultern.

»Ich glaube, das sind nur Geschichten, weil er seine Frau so geliebt hat, dass er keine andere wollte. Er ist nach ihrem Tod einfach allein geblieben, und das verstehen manche nicht.«

»Und wenn es den Schacht doch gibt? Wenn er es doch versucht?«

»Ja, was dann? Vielleicht ist er verrückt, aber dann ist er es aus Liebe. Er straft nicht, und er verkauft uns Tränke und Tinkturen.«

Milan nickte. Khyra hatte recht, der Alchymist hatte ihm und den anderen nichts getan, im Gegenteil, von ihm stammte die Tinktur, die damals seine Fußsohlen hatte heilen lassen.

»Und vor allem bezahlt er mehr«, fügte Khyra hinzu.

»Dann werde ich es an ihn verkaufen.«

Nun lächelte sie wieder, und er lächelte auch, er konnte nicht anders. Sie sagte: »Tu es bald, die Freifrau wird kommen, und ihren Wünschen kann man sich nicht so einfach verweigern.«

»Weißt du, weshalb sie so wenig bezahlt?«

»Vater hat immer gesagt, sie kann es sich leisten, denn niemand schlägt ein Angebot von ihr aus, weil niemand sie verärgern will. Und Mutter sagt, niemand mag ein Irrlicht im Haus haben, und darum ist jedes bisschen Geld willkommen. Irrlichter sind an und für sich nichts wert, und der Alchymist zahlt nur mehr, damit die Leute überhaupt zu ihm kommen und die Freifrau brüskieren. Sie zahlt nicht wenig, sondern er zu viel.«

Draußen rief Milans Mutter: »Milan! Beeil dich.«

»Ja!« Schulterzuckend erhob er sich und verhängte den Käfig, sodass der Raum wieder im Dämmerlicht lag. Auch Khyra richtete sich auf.

»Danke«, sagte sie.

»Bitte.«

Einen Augenblick standen sie schweigend da und sahen einander an. Milan wollte unbedingt noch etwas sagen, doch er wusste nicht, was. Alles schien unwichtig.

»Milan!«, drängte Mutter.

»Ja!« Er verdrehte die Augen, und sie verließen sein Zimmer.

»Danke«, sagte Khyra auch zu Milans Eltern.

»Viel Glück bei der Moorweihe«, erwiderte Mutter.

Khyra bedankte sich ein weiteres Mal und ging.

Milan sah ihr eine Weile nach, dann schloss er die Tür und schlang sein Frühstück hinunter. Er trank viel, um das Drücken im Kopf zu besänftigen. Dabei dachte er an Khyra und war froh, dass seine Eltern kein Gespräch mit ihm führen wollten. Die Brust war ihm noch immer weit und eng zugleich.

»Wir verkaufen das Irrlicht an die Freifrau«, sagte Vater auf dem Weg ins Moor.

Milan schüttelte den Kopf. Es war sein Irrlicht, er würde entscheiden, und zwar so, wie er es Khyra angekündigt hatte. Er dachte an ihr Lächeln und fühlte sich umso mehr an seine Worte gebunden. »Nein. Ich verkaufe es Meister Athan. Er bezahlt mehr.«

»Der ist verrückt«, erwiderte Vater. »Außerdem geht es nicht ums Geld. Die Freifrau hat deine Schwester nicht vergessen. Mit dem Irrlicht können wir uns in ihrer Gunst wieder besserstellen. Sie ist die Vertreterin des Königs in Nebelbruch, und wir sind des Königs Torfstecher, das verlangt die Ehre.«

»Auch die Alchymisten dienen letztlich dem König«, erwiderte Milan. »Und ich habe Elyn genauso wenig vergessen und auch nicht, dass die Freifrau alle Torfstecher hat bestrafen lassen, auch die aus anderen Kompanien. Das hätte sie nicht müssen.«

»Es heißt: alle für einen, nicht: ein paar für einen«, brummte Vater.

»Trotzdem gönne ich ihr mein Irrlicht nicht«, erwiderte Milan.

»Und deshalb lässt du deine Familie im Stich?«

»Im Stich lassen? Nein, es ist mein Irrlicht! Wo bleibt dein Stolz?«

»Den will ich uns mit dem Irrlicht zurückholen!«

»Ich auch!«

Sie waren stehen geblieben und starrten einander wütend an. Andere Torfstecher gingen an ihnen vorüber und warfen ihnen fragende Blicke zu. Keiner machte eine Bemerkung.

»Mein Irrlicht, meine Entscheidung«, wiederholte Milan stur.

»Das werden wir sehen.«

»Dafür ist heute Abend noch Zeit!« Mutter drängte sie weiter. »Lass Milan doch jetzt seinen ersten Torf stechen.«

4

Die Grube lag ein gutes Stück weit im Moor, und nur wenige Schritt entfernt wälzte sich ein breiter Arm des Yssypy vorbei. Die Bäume waren gerodet worden, sodass kein Schatten den Arbeitern Schutz vor der Sonne bot, kein Blätterdach Schutz vor Regen. Gut hundert Torfstecher schufteten hier von früh bis spät.

Die meisten kannte Milan bereits aus der Stadt, wenigstens vom Sehen, doch sie nickten ihm nun ganz anders zu, und wer ihm noch nicht zu seinem Irrlicht gratuliert hatte, tat es jetzt. Feierlich wurde ihm sein Spaten überreicht. Das neue Blatt, das keine einzige Scharte aufwies, glänzte in der Sonne, und die Kante war scharf genug, um damit Wurzeln zu durchtrennen oder sich gegen Sumpfkriecher zur Wehr zu setzen. Glücklich dankte Milan allen, und fürs Erste war der Streit mit dem Vater vergessen. Was auch immer gewesen war, nun gehörte er zu ihnen, war endlich ein Torfstecher.

Ihm wurde eine Stelle ganz am Rand zugeteilt, wo nicht mehr viel vom alchymistisch brauchbaren Nachttorf zu finden war, doch er grub mit allem Eifer und förderte doch noch etwas aus der Tiefe zutage. Er grub, bis ihm Arme und Rücken schmerzten und er allen Schweiß ausgeschwitzt hatte. Als er nach der Sonne sah, war es noch lange nicht Mittag.

Neben ihm arbeitete ein drahtiger Mann mit einer langen Narbe über dem Ohr. Er hatte sich als Platinal vorgestellt. Jetzt kniff er ein Auge zu und grinste Milan an. »Du solltest deine Kräfte besser einteilen.«

»Jetzt weiß ich das auch.« Keuchend stellte Milan den Spaten für einen Moment ab und stützte sich darauf.

Platinal lachte. »Finden solltest du aber auch etwas für uns. Du weißt doch, wie es so schön heißt: einer für alle, alle für einen.«

Milan nickte, aber plötzlich musste er an die Bestrafung durch die Freifrau denken, an Elyn und die Wut seines Vaters, an seine hängenden Schultern und die Schmerzen. Nein, ihr würde er das Irrlicht nicht überlassen. Stolz war wichtiger als ihre Gunst, das sagte sein Vater doch selbst immer. Dann schüttelte er die Gedanken ab und grub weiter, wenn auch langsamer.

Er grub bis kurz vor der Mittagspause. Sein Magen knurrte, sein Mund war ausgetrocknet. Er freute sich auf einen Happen zu essen und viel Wasser, doch plötzlich wurde er von hinten gepackt und schrie auf.

Mehrere Arme hoben ihn in die Höhe, und noch bevor er begriff, was geschah, bevor er sich wehren konnte, wurde er hinaus in den schlammigen Fluss geschleudert. Schimpfend traf er aufs Wasser und versank, schlug um sich und tauchte wieder auf. Doch die anderen waren schon da, und er erkannte seinen Onkel Harlh, Platinal und mehrere Nachbarn.

»Moortaufe!«, riefen sie und tauchten ihn erneut unter, und Milan schluckte Wasser, weil er den Mund zu spät geschlossen hatte. Er wurde gepackt und herumgewirbelt, Wasser drang ihm in Nase und Ohren, er wollte sich losreißen, vermochte es aber nicht, zu fest hielten sie ihn umklammert. Sie hielten ihn, bis ihm die Brust platzen wollte, und länger. Endlich, als ihm die Lunge zu bersten drohte und ihm schwindelte, zogen sie ihn hoch. Prustend und spuckend schnappte er nach Luft.

»Eins, zwei, drei …«, zählte irgendwer.

»Moortaufe!«

Und wieder wurde er unter Wasser gedrückt. Wieder wehrte er sich, auch wenn er wusste, dass es keinen Sinn hatte, er konnte nicht anders. Als sie ihn diesmal hochzogen, nahm er sich vor, ihnen zu entkommen, aber er musste atmen, nur atmen, konnte sich nicht wehren, und dann war es auch schon zu spät.

»Moortaufe!«

Er wurde untergetaucht und presste die Lippen aufeinander, denn er wollte nicht noch mehr Wasser schlucken. Sonst würde er sich übergeben. Die Augen brannten, die Nase ebenso, und alle Knochen im Leib taten ihm weh.

Die Zeit verrann.

Endlich hoben sie ihn heraus und schleppten ihn lachend Richtung Ufer. Er würgte Wasser hervor, und noch mehr Wasser rann ihm aus Nase und Ohren. Fluchend wollte er auf die eigenen Beine kommen, aber er war viel zu schlapp und ließ sich tragen. Kaum hatten sie den Fluss verlassen, schleuderten sie ihn schon wieder von sich, raus ins Moor.

»Moortaufe!«

Hart prallte er auf, dass die Luft aus seiner Lunge gepresst wurde, dann sank er ein wie in der Nacht, als er das Irrlicht gejagt hatte. Doch er hatte keine Kraft mehr, das Untertauchen hatte ihn völlig erschöpft. Halb richtete er sich auf, aber weiter kam er nicht. Vergebens suchte er nach Halt, die Finger gruben sich nur in Matsch. Keine Wurzeln, keine Äste, keine Steine. Fluchend versank er bis zum Gürtel und beschimpfte die Leute am Ufer, doch die lachten nur.

»Was soll das?«, blaffte er.

»Sag es«, verlangte sein Onkel.

»Was?«

»Du weißt es. Du musst nur immer daran denken.«

»Verdammt! Was?«

Sie lachten.

»Was! Ich …« Und dann endlich begriff er. »Einer für alle, alle für einen.«

Da warfen sie ihm zwei Seile mit Schlingen zu, und er klammerte sich mit zitternden Muskeln daran fest. Langsam zogen sie ihn aus dem Morast.

»Jetzt gehörst du endgültig zu uns.« Onkel Harlh kam und umarmte ihn, dann umarmten ihn die anderen, die ihn getauft hatten, und schließlich die Eltern und der Rest der Torfstecher.

»Was hättet ihr getan, wenn es mir nicht eingefallen wäre?«

»Was denkst du?«

»Ihr hättet mich rausgezogen.«

»Natürlich. Einer für alle, alle für einen.« Harlh grinste. »Du hättest nur einen Monat lang die miesesten Aufgaben übertragen bekommen. So ist es besser für dich, glaub mir.«

Gemeinsam setzten sie sich zum Essen, Milan in seiner moorgetränkten Kleidung. Die Hitze ließ sie rasch trocknen, und es blieb eine dicke, knirschende Kruste aus Dreck. Seine Muskeln zitterten noch immer, und alles tat ihm weh.

»Geh heim«, hieß es nach dem Essen. »Du hast die Moortaufe überstanden, jetzt mach dein Hemd und die Hose sauber, und ruh dich aus. Morgen arbeitest du den ganzen Tag.«

Mühsam kam Milan auf die Beine, wusch sich Gesicht, Haare und Hände im Fluss und schlich davon. Er war noch immer erschöpft und konnte kaum einen Fuß vor den anderen setzen, aber er hielt sich so aufrecht wie möglich.

Kaum bog Milan in die schmale Straße mit ihrem Haus ein, erblickte er eine junge Frau in Livree, die in Begleitung dreier Soldaten im Schatten vor ihrer Tür stand. Khyra hatte recht behalten, das musste die Gesandte mit dem Angebot der Freifrau sein – so früh!

Sofort zog er sich um die letzte Ecke zurück und fluchte. Mutter hatte gesagt, sie würden am Abend besprechen, was mit dem Irrlicht geschehen solle, aber so viel Zeit blieb ihm nicht mehr. Hatte die Freifrau ihm erst ein Angebot gemacht, konnte er nicht mehr ablehnen, ohne seine ganze Familie erneut in Ungnade zu stürzen. Aber er würde ihr das Irrlicht nicht überlassen, das hatte er Khyra versprochen und auch sich selbst.

»Warum will sie die Irrlichter eigentlich haben, wenn sie doch Pech bringen?«, hatte er damals Großmutter Yienne gefragt.

»Sie will einfach die belohnen, die eines gefangen haben. Sie nimmt ihnen das Pech ab und gibt ihnen Geld«, hatte sie geantwortet. »Die Irrlichter sperrt sie in den Kerker, und da bringen sie den Ratten und den Gefangenen Pech. So entkommt ihr niemand.«

Pech für jene, die sie bestrafte. Das wollte er bestimmt nicht, denn sie verhängte viel mehr Strafen als nötig. Auch wenn er ihr wie dem König dienen musste, wollte er sich nicht blind unterwerfen, dagegen sträubte sich alles in ihm.

Vorsichtig balancierte er auf der Rückseite der Häuser an der Kante der Plattform entlang, bis er das nach hinten gelegene Fenster seines Zimmers erreichte. Vorsichtig hebelte er es auf und stieg hinein, griff sich den Käfig mit dem Irrlicht und steckte ihn in seine Tasche.

Plötzlich durchzuckte ihn der Gedanke, es könnte sich um das Irrlicht handeln, das seine Schwester ins Verderben gelockt hatte, und beinahe hätte er die Tasche fallen lassen. Angeekelt starrte er sie an und fragte sich, ob man ein Irrlicht lebend im Moor versenken konnte.

Nein, dachte er im nächsten Moment, *nein, das ist nicht*

dasselbe Irrlicht, das kann nicht sein. Er wusste nicht, woher er die Überzeugung nahm, aber er zweifelte sie nicht an.

Leise kletterte wieder nach draußen und schlich sich auf dem Rand der Plattform davon, bis er das Haus weit genug hinter sich gelassen hatte, um auf die normalen Wege zurückzukehren.

So schnell er konnte, lief er durch Nebelbruch, mied Hauptstraßen und die Nähe des Schlosses und verließ die Stadt. Draußen stapfte er querfeldein zur Landstraße, die zunächst an einem kleinen Gehölz und dann an dem Felskreis vorbeiführte, in dem der Turm des Alchymisten Athan stand.

Als er sich dem Turm näherte, wurde er langsamer, so wie damals, als er sich einmal mit Pjer hierhergeschlichen hatte. Das war Jahre her, eine kindliche Mutprobe. Schon damals hatte der Alchymist um seine Frau getrauert, sein Gesicht war eingefallen, und er war mürrisch und aufbrausend. Trotz all seiner Künste hatte er sie nicht retten können, und manche sagten, er sei nicht da gewesen, als das Fieber sie befiel. In die Stadt kam er nur noch äußerst selten. Er lebte mit seinen Gehilfen und Schülern hier draußen und tat Dinge, die niemand sonst verstand. So braute er hilfreiche Tränke und Tinkturen und fertigte Feuerwerk, aber es hieß auch, er eiche so manche Gegenstände auf Menschen und banne das Wesen von Tieren in andere. Demnach verband er Lebendes mit Totem, und das machte ihn in den Augen der Kinder Nebelbruchs unheimlich – ganz zu schweigen von dem frevelhaften dunklen Schacht ins Totenreich, den er angeblich unter dem Turm grub.

Es machte ihn unheimlich und zugleich faszinierend, denn jedes Kind hatte – wenigstens heimlich – schon einmal davon geträumt, über solche Fähigkeiten zu verfügen – und über den Mut, einen Weg ins Totenreich zu suchen, so frevelhaft das auch sein mochte. Milan zumindest hatte davon geträumt, auch wenn er immer gewusst hatte, dass sein Weg als Torfstecher vorgezeichnet war.

Selbst viele Erwachsene scheuten die Begegnung mit dem Alchymisten, doch Milan fühlte sich zugleich merkwürdig angezogen von dem gewaltigen runden Turm aus grauem Stein, der sich inmitten eines hundert Schritt durchmessenden Kreises aus behauenen Felsbrocken erhob. Die Brocken standen aufrecht wie Pfeiler und maßen sicher vier bis sieben Schritt in der Höhe.

»Schlanke Dracheneier, die von der Sonne ausgebrütet werden«, hatte Pjer damals gesagt, und sie hatten über die Albernheit gelacht, aber ganz hatte der Gedanke sie nicht losgelassen, denn über die Felsen war nichts bekannt, nicht, wer sie derart angeordnet hatte, schon gar nicht, warum, nur dass sie schon immer hier gestanden hatten, rau und uralt.

Zu groß, dachte Milan, der Pjers Scherz nie vergessen hatte. *Für Dracheneier sind sie viel zu groß. Und wären die Biester nicht längst geschlüpft?*

Am Turm selbst kauerten vier längliche Gebäude, ein jedes in einer der vier Himmelsrichtungen. Auf der Außenseite waren sie durch massive Schutzmauern verbunden, knapp drei Schritt hoch und mit Zinnen versehen, und so erinnerte die ganze Anlage beinahe an eine Burg. In die Mauer zur Straße hin war ein Tor eingelassen, das offen stand, und aus dem Schornstein des westlichen Gebäudes quoll weißer Rauch, obwohl es viel zu heiß war, als dass man hätte heizen müssen. Vor den Gebäuden und im Steinkreis grasten eine Handvoll Kühe und Pferde, weiß und schwarz und gescheckt, und mehrere Ziegen staksten umher. Sie beachteten Milan kaum.

Langsam ging er in den Steinkreis und dann auf das Tor zu, und währenddessen versuchte er, die Scheu abzustreifen. Das schwarze Pferd wieherte, die weiße Kuh trottete zur Seite. Langsam gewann in Milan die Neugier die Oberhand.

»Hallo?«, rief er, als er durch das offene Tor trat, und blieb wartend stehen. »Hallo?«

Die Fläche innerhalb der Mauer lag verlassen da, ein paar vereinzelte Hühner liefen umher, ein Wagen stand vor dem linken Gebäude, daneben türmten sich Kisten und Fässer. Draußen meckerte eine Ziege, und wieder wieherte ein Pferd, aber Milan sah keinen Stall. Die beiden länglichen Anbauten stießen nur mit dem oberen Geschoss an den Turm, am Boden führte ein schmaler Durchgang von etwa anderthalb Schritt Breite zwischen Turm und Anbau hindurch.

Eine junge Frau trat aus dem rechten, südlich gelegenen Gebäude und fuhr sich mit dem Ärmel über die Stirn. Sie trug ein verschmiertes Hemd und weite Hosen und fragte: »Was willst du?«

»Ich würde gern Meister Athan sprechen, den Alchymisten.«

»Das wollen viele.« Sie musterte ihn abweisend.

»Ich habe etwas, das ihn interessieren dürfte. Zumindest habe ich gehört, dass …«

»Nein.« Ihre Miene verfinsterte sich weiter. »Wir kaufen kein Blut, egal, was du gehört hast.«

Milan stutzte. »Blut?« Davon hatte er nie gehört, nur dass der Alchymist Fingernägel suche, ausgeschlagene Zähne und langes schwarzes Haar.

»Brauchen wir nicht, das ist ein schlechter Scherz von ein paar Kindern.«

»Ich habe kein Blut«, versicherte er schnell.

»Kein Blut?« Sie schien verblüfft.

»Nein. Nicht einen Tropfen.«

»Ist das wahr?« Ihr Gesicht hellte sich auf. »Du lebst ganz ohne Blut? Wie hast du das hinbekommen? Bist du eine alchymistische Puppe oder ein Alchymist oder …?«

Verdattert schüttelte er den Kopf und errötete. »Ich hab schon Blut, nur nicht zum …«

»Ach so.« Sie begriff und seufzte enttäuscht. »Ohne wärst du interessant gewesen.«

»Und mit Blut bin ich es nicht?«

»Mit bist du ein Mensch wie alle.« Sie musterte ihn erneut. »Ein Torfstecher?«

Milan nickte.

»Und was willst du?«

»Ich habe ein Irrlicht gefangen und wollte es zum Verkauf anbieten.«

»Ein Irrlicht?«, wiederholte sie. »Hast du es dabei?«

»Ja.«

»Gut, warte hier.« Damit machte sie kehrt, verschwand wieder im rechten Haus und zog die Tür hinter sich zu.

Milan rührte sich nicht von der Stelle und blickte umher. Der Rauch stieg in der Windstille gerade nach oben, die Mauern wirkten alt, die eisenbeschlagene Tür in den Turm massiv. Auf dem hellen Türsturz prangte eine verschnörkelte goldene Inschrift, deren Zeichen Milan anders vorkamen als die kantigen Buchstaben im Tempel; lesen konnte er sie jedoch ebenso wenig. Hier und da waren fremdartige Zeichen und einfach skizzierte Tiere in den Stein geritzt. Aus den Gebäuden drangen ein dumpfes Scheppern und unverständliche Stimmen, dann wurde die Tür wieder aufgerissen, und die junge Frau blickte heraus und winkte ihn zu sich. »Komm. Der Meister empfängt dich.«

Sie führte ihn durch einen langen schmalen Flur, und er fragte sich, wer aus Nebelbruch hier schon gewesen sein mochte. Plötzlich meinte er ein Flüstern zu hören, als würden die Wände reden, und er sah Menschen vor seinem geistigen Auge, die er nicht kannte, alte und junge, aber dann war es vorbei, und auch das Flüstern war verebbt. Einen winzigen Augenblick lang dachte er, das seien die Stimmen von Toten gewesen, die aus dem angeblichen Schacht im Keller heraufdrangen, aber dann verscheuchte er den Gedanken mit einem Lächeln: Das war ja noch unsinniger als die Geschichte von den Dracheneiern. Sicherlich hatte er nur zwei Gehilfen gehört, die hinter der Mauer ein Gespräch führten, und die alte Kinderangst vor dem Alchymisten und Pjers Idee hatten ihm die Vorstellung von sprechendem Stein eingegeben.

Sollen die Mauern vielleicht auch aus Dracheneiern bestehen, zu passenden Quadern gehauen, und ich habe gehört, wie die Schale knackt oder die ungeborenen Kreaturen wispern?, führte er den Gedanken belustigt weiter.

Zeit für andere, sinnvollere Gedanken blieb ihm nicht, denn die Frau dirigierte ihn in einen Raum, der von einem großen dunklen Tisch dominiert wurde. Auf dem Tisch lagen mehrere aufgeschlagene Bücher, außerdem standen da drei Tintenfässchen, in denen jeweils eine Feder steckte, und ein bemalter Frauenkopf aus Holz, der die Größe eines echten Menschenkopfs hatte. Das Gesicht war ebenmäßig und sauber gearbeitet, und doch war es leblos und ohne Ausdruck. Gleich neben dem hölzernen Kopf lag ein menschlicher Schädel.

An den Wänden reihte sich Regal an Regal und darin Buch an Buch. Die erwarteten Tiegel, Töpfe und merkwürdigen Gerätschaften entdeckte Milan auf den ersten Blick nicht; und für einen zweiten blieb keine Zeit.

Der Mann, der vor dem Tisch stand, musste Meister Athan sein. Bis eben hatte er sich über ein Buch gebeugt, in der Hand ein rundes eingefasstes Glas, nun richtete er sich auf. Er war kaum größer als Milan und grundsätzlich schlank, doch unter dem Hemd zeichnete sich deutlich ein Bäuchlein ab. Sein dunkles Haar war von grauen Strähnen durchzogen, der kurze Vollbart gepflegt und vollkommen grau. Die hellgrünen Augen musterten Milan neugierig, das schmale Gesicht war von feinen Falten und mehreren kleinen Leberflecken gezeichnet. Milan schätzte ihn auf gut fünfzig Jahre, was auch immer das bei einem Alchymisten bedeuten mochte. Ob er unscheinbar war oder mächtig wirkte, konnte Milan nicht entscheiden. Plötzlich wurde ihm bewusst, wie verdreckt er selbst im Gegensatz dazu war, und er fühlte sich klein.

»Wie heißt du, Junge?«, fragte er unerwartet freundlich.

»Milan, Meister.« Er senkte kurz den Kopf, wusste aber nicht, ob das die angemessene Begrüßung war.

Athan störte sich nicht daran, er sagte munter: »Lycille sagt, du willst mir ein Irrlicht verkaufen?«

Milan nickte.

»Zeig es mir.«

Vorsichtig zog er den Käfig aus der Tasche und stellte ihn auf den Tisch. Gedanken an das Moor und wie er das Irrlicht gefangen hatte, überfielen ihn, und er dachte an die Albträume und seine Schwester und den Mann, den er zweimal hatte sterben sehen. Unvermittelt fragte er sich, ob er mit dem Verkauf einen Fehler machte, aber dafür war es nun zu spät. Er konnte nicht mehr zurück, er hatte sich entschieden. Und dann fiel ihm ein, dass er Khyra nicht gefragt hatte, wie viel die Freifrau denn zahlen wollte, und er schimpfte sich naiv. Er hatte keine Vorstellung davon, was einem ein Irrlicht einbrachte, fünf oder gar fünfzig Yhld'or oder eine ganz andere Summe. Abgesehen davon wusste er sowieso nicht, wie er mit einem Alchymisten verhandeln sollte. Dem Angebot, das der machte, war er ebenso ausgeliefert, wie er es der Freifrau gegenüber gewesen wäre.

Ohne den Blick von dem Käfig zu wenden, streckte Athan die Hand nach Lycille aus, und sie reichte ihm ein dickes dunkles Tuch. Dann ging er mit knackenden Knien in die Hocke, das Gesicht direkt vor dem Gitter, und warf das Tuch über den Käfig und seinen Kopf. So verharrte er eine Weile.

Milan ließ den Blick durch den Raum schweifen, und in der Tat befanden sich in den Regalen nur Bücher. Wie konnte ein Mensch allein so viele Worte lesen? Und dann fragte er sich, ob auch Lycille und die anderen Gehilfen lesen konnten, auch derjenige, der sich um die Hühner und die anderen Tiere kümmerte. Und er fragte sich, ob der Alchymist ihn übers Ohr hauen würde. Was hatte er sich dabei gedacht, allein hierherzukommen?

Ich hatte keine Zeit, nachzudenken.

Kurz darauf tauchte Athans Kopf wieder auf. Er lächelte kurz und verkündete: »Das ist ein starkes, helles Irrlicht. Ich gebe dir hundert Yhld'or dafür. Einverstanden?«

Hundert Yhld'or! Das war mehr, als er erwartet hatte, viel mehr. Mehr, als er dieses ganze Jahr im Moor verdienen würde. Erleichterung flutete ihn. Er räusperte sich und nickte. »Ja, einverstanden.«

»Gut, sehr gut!« Athan rieb sich vergnügt die Hände. »Warte kurz.«

Er verließ den Raum mit dem Irrlicht und kehrte kurz darauf mit dem leeren Käfig zurück. »Den braucht ihr doch für eure Kerzen.«

Milan nickte.

Nun wandte Athan sich an Lycille: »Bezahlst du ihn? Und sag Eystache, er solle sich vorbereiten. Wir haben zu tun!«

»Ja, Meister.« Sie klang ergeben und nicht ganz so vergnügt.

Milan folgte ihr zur Tür. Dort blieb er stehen und wandte sich noch einmal um, sein Erfolg hatte ihn mutig gemacht. Auch wirkte der Alchymist lägst nicht so mürrisch wie in den Geschichten.

»Meister Athan?«, fragte Milan. »Kann es sein, dass Irrlichter gern Orte aufsuchen, an denen Menschen gestorben sind? Wo ihre Leichen liegen?«

Verblüfft sah der Meister ihn an. »Warum willst du das wissen?«

»Ich … ich bin neugierig«, wich er aus.

»Vielleicht.« Athan nickte. »Bislang hat das niemand untersucht, aber möglich wäre es.«

»Danke.«

»Ich danke dir. Das ist ein interessanter Gedanke.« Und damit wandte sich Athan ab und zog ein schmales Buch aus dem Regal, während Milan Lycille aus dem Raum folgte und sein Geld erhielt.

5

Die Gesandte der Freifrau und ihre Soldaten warteten noch immer vor dem Haus, und das zeigte Milan, wie wichtig die Freifrau Jade den Erwerb des Irrlichts nahm.

Kurz hatte er auf dem Rückweg daran gedacht, sich vor dem Zusammentreffen zu drücken, und war in einen gemächlichen Schritt verfallen, aber dann war ihm eingefallen, dass er vor seinen Eltern heimkehren musste, denn waren sie vor ihm da, würden sie der Freifrau das Irrlicht sofort versprechen, und dann würde der Ärger darüber, dass es bereits fort war, noch viel größer ausfallen. Da hatte ihn die Angst gepackt, seine Eltern könnten aus irgendeinem Grund früher zurückkommen, und er war gerannt, um rechtzeitig da zu sein. Außerdem verlangte sein Stolz, dass er die Sache selbst erledigte.

Kurz verharrte er an der letzten Straßenecke, um zu Atem zu kommen, dann trat er auf die Wartenden zu. Er musste die Ahnungslosigkeit gut spielen, wollte er keinen Ärger bekommen. Sein Mund war ausgetrocknet vom Rennen in der Sonne, die Kleidung starrte unverändert vor Dreck.

»Torfstecher Milan?« Lächelnd trat ihm die Gesandte entgegen.

»Ja?«, gab er sich überrascht.

»Die Freifrau sendet ihre Glückwünsche zu deiner erfolgreichen Moorweihe. Mit großer Freude hat sie gehört, dass du ein Irrlicht gefangen hast. Dass du damit die Moore für alle ein wenig sicherer gemacht hast. Sie ist stolz auf das, was ein weiteres Mal ein tapferer Torfstecher des Königs geleistet hat, und bietet dir für das gefährliche Irrlicht fünfundzwanzig Yhld'or. Betrachte das nicht nur als großzügige Bezahlung, sondern auch als Belohnung für Geleistetes und Ausdruck ihres Danks. Zudem nimmt sie dir damit die Sorge, die ein Irrlicht im Haus bedeutet, und so seid ihr, deine Familie und du, gefeit gegen alles Pech und Ungemach, das von ihm ausgehen mag.«

»Oh.« Milan tat weiterhin überrascht und deutete eine Verbeugung an. *Fünfundzwanzig Yhld'or! Ein Viertel von dem, was Athan mir gegeben hat.* Auch wenn selbst das viel Geld war, hatte Khyra doch recht behalten. Trotzdem gab er sich Mühe, sich seine Verärgerung nicht anmerken zu lassen. »Ich bin sehr geehrt, richtet der Freifrau bitte meinen tiefen Dank für ihre freundlichen Worte aus. Nur leider besitze ich das Irrlicht nicht mehr.«

»Was?« Augenblicklich erstarrte das Gesicht der Gesandten zu Stein, die Soldaten rückten näher.

»Nun, gestern auf der Feier wurde mir zugetragen, dass Meister Athan Irrlichter aufkauft, und so habe ich meins gleich heute früh mitgenommen und nach der Moortaufe zu ihm gebracht, um es möglichst schnell aus dem Haus zu haben. Ich komme eben von seinem Turm.« Zum Beweis hob er den leeren Käfig in die Höhe.

Sie machte sich nicht die Mühe, ihren Ärger zu unterdrücken, sondern blaffte: »Und wer war es, der dir das zugetragen hat?«

»Das weiß ich nicht mehr«, versicherte er. »Es waren so viele da, und wir haben alle getrunken und gelacht und durcheinandergeredet. Ich wusste nicht, dass auch die Freifrau an einem gefährlichen Irrlicht Interesse haben könnte.«

»Ihr Interesse ist es, treue Untertanen für ihre Dienste und Taten zu belohnen, das sollte allgemein bekannt sein. Es ist bedauerlich, dass du dich um diese Belohnung gebracht hast.«

Darauf entgegnete Milan nichts. Er verneigte sich nur kurz, während die Gesandte und die Soldaten grußlos abzogen. Einer der Soldaten, ein bulliger Blondschopf mit stechendem Blick, rempelte ihn noch an, aber Milan fiel nicht, auch wenn sein Herz schneller schlug. Er war jetzt ein Torfstecher.

Bis zum Abend hatte Milan sich und seine Kleidung gründlich gewaschen und beim Metzger drei gute Stück Rinderlende gekauft. Dazu machte er frischen Maisbrei, und Wein war noch im Haus.

Seine Eltern waren dankbar und glücklich, bis er ihnen nach dem letzten Bissen eröffnete, dass er das Irrlicht an Meister Athan verkauft hatte, bevor die Gesandte der Freifrau ihn hatte ansprechen können.

»Du Verräter!« Wütend schlug Vater die Faust auf den Tisch. Sein Becher wankte, die Teller klirrten. »Deine Mutter wollte es am Abend besprechen!«

»Ich auch! Aber so viel Zeit war nicht, ich musste mich sofort entscheiden!«

»Und warum so? Ich habe dir gesagt, wir geben es der Freifrau!«

»Und ich habe gesagt, das tu ich nicht!« Er warf den Beutel mit den vielen Münzen auf den Tisch. »Sie wollte mir fünfundzwanzig Yhld'or bezahlen, Meister Athan hat mir hundert gegeben.«

»Hundert?« Verblüfft starrte sein Vater auf den Beutel und verstummte.

»Viel Geld.« Seine Mutter nickte.

»Trotzdem war es falsch.« Sein Vater schüttelte den Kopf. »Wir sind Leute des Königs!«

Milan sagte nichts.

»Aber jetzt ist es nicht mehr zu ändern, Severin.« Sie legte ihre Hand auf seine. »Von einem Alchymisten können wir nichts zurückfordern.«

Vater schnaubte, griff sich den Becher und stürzte den Rest Wein auf einmal hinunter. »Natürlich nicht. Wir können nur hoffen, dass die Freifrau nicht zu nachtragend ist.«

»Nachtragend?«, echote Milan. »Wieso gibt sie uns keine hundert Yhld'or wie Athan, wenn ihr unser Wohl so am Herzen liegt?«

»Ich habe dir gesagt, es geht nicht ums Geld!«

»Und ich habe dir gesagt, warum ich ihr das Irrlicht nicht gebe. Und wenn ich dann noch weiß, dass sie viel weniger bezahlt, dann …«

»Woher wusstest du das?«

»Von Khyra.«

»Auf die hörst du mehr als auf mich?«, fuhr Vater auf.

»Ich höre auf mich selbst!«

»Was weißt du denn schon?« Er packte den Weinkrug und schenkte sich schwungvoll nach. »Erst lässt du Elyn gehen und zur Diebin werden, dann wirfst du die einzige Möglichkeit fort, unsere Ehre zurückzuerlangen.«

»Nichts habe ich fortgeworfen! Nichts!«

»Alles! Und du siehst es nicht einmal.«

»Was sehe ich nicht?«

Vater schüttelte den Kopf.

Mutter sagte: »Sie ist hübsch, ja, aber weißt du von ihrem Vater?«

»Er ist tot, im Moor geblieben.«

»Nun, manche sagen, er war dem Nachtbrannt zu sehr zugetan und hat deshalb nicht mehr nach Hause gefunden.«

»Und was kann sie dafür?« Milan vermied einen Seitenblick auf seinen Vater.

»Nichts. Oder vielleicht doch einiges, denn ihr Vater hat zwar viel getrunken, aber das ist nur eine Geschichte, um die wahre Geschichte zu verbergen. In Wahrheit ist Khyra die Tochter eines Moorelfen, der ihre Mutter einst verführte. Doch ihr Mann wollte das nicht glauben und sah Khyra stets als seine Tochter an. Er hat sie geliebt und sie gelehrt, was er sie lehren konnte, und sie hat ihn geliebt. Das rief nun die Eifersucht des Moorelfen hervor. Er ertrug es nicht, dass er die Familie nicht zerstört hatte, dass seine Tochter die Menschen nicht so sehr hasste, wie er es tat, und dass sie freundlich wie ihre Mutter war. Dass sie ihre Neugier und Lebensfreude geerbt hatte und nicht seine elfische Wildheit und Unrast. Und so hat er ihren vermeintlichen Vater mithilfe eines Irrlichts auf falsche Wege im Moor gelockt, fort von der Stadt und vor das hungrige Maul eines alten Sumpfkriechers, der ihn zu Hälfte fraß, während die andere Hälfte in Stücke gerissen am Wasser liegen blieb. Torfstecher haben die Überreste am nächsten Morgen gefunden, und nun hatte der Moorelf sein Ziel erreicht. Seitdem brechen sich in Khyra seine Wildheit und Unruhe Bahn, und es ist nur noch eine Frage der Zeit, wann sich bei ihr auch die Hinterlist der Moorelfen zeigt. Dann wird es selbst für ihre Mutter schwierig, sie im Zaum zu halten. Wir können das Mädchen nicht aufgeben – schließlich ist sie zur Hälfte eine von uns –, aber du kannst ihr nicht trauen. Denn ihre andere Hälfte ist trügerisch und schwarz wie das Moor, dem ihr wahrer Vater entstammt.«

»Das glaub ich nicht!«

»Glaub es. Bei Vollmond kannst du das Elfische in ihren Augen sehen.«

Milan dachte an ihre strahlenden Augen und schüttelte den Kopf. Er hatte in ihnen nichts Böses gesehen, aber es war auch kein Vollmond gewesen. »Hast du es schon gesehen?«

»Ich nicht«, gestand sie. »Aber andere.«

»Solange ich es nicht selbst gesehen habe, glaube ich es nicht.«

»Dann kann es zu spät sein! Besser wäre es, du hältst dich von ihr fern.«

»Nein. Sie hat mir die Wahrheit gesagt.«

»Eine Wahrheit, die zu diesem Streit geführt hat. Die dich von uns fortlocken will. Eine vergiftete Wahrheit, die dich glauben lässt, das Mädchen meine es gut. Bis du ihr in die Irre folgst, doch dann ist es zu spät.«

Milan kannte genug Geschichten über Moorelfen, um von deren Heimtücke zu wissen, und doch glaubte er nicht, dass auch Khyra so war. Nein, er wusste es, tief im Innern wusste er es, doch er kam nicht dazu, zu widersprechen.

»So ist es!« Vater knallte den leeren Becher auf den Tisch. »Hör also auf deine Mutter, und halt dich von der Elfenbrut fern! Wir haben schon die Tochter wegen einer Dummheit verloren, jetzt mach nicht auch du eine.«

Milan starrte ihn an und erwiderte nichts. Er wusste, dass aus den groben Worten so viel Liebe sprach, wie Vater nur ausdrücken konnte, aber es steckte auch so viel anderes darin, die Forderung nach Gehorsam und: *Elfenbrut.* Und das machte ihn ebenso wütend wie die Tatsache, dass der Vater seinen Stolz verloren hatte. Er wirkte in diesem Moment so viel älter und müder, als es hätte sein sollen, und mit einem Mal wollte Milan nicht mehr streiten, ihn nicht weiter vor den Kopf stoßen. Aber er konnte ihm auch nicht versprechen, was er verlangte; er wollte Khyra unbedingt wiedersehen.

Langsam schenkte er sich Wein nach und wechselte das Thema. »Wisst ihr, was Pjer als Kind zu den Steinen um den Alchymistenturm immer gesagt hat? Dracheneier.« Er lachte. »Als wir acht oder neun waren, haben wir uns ausgemalt, was daraus einmal schlüpfen könnte.«

Seine Mutter schüttelte den Kopf. Sie war noch immer sichtlich besorgt, und doch huschte ein Schmunzeln über ihr Gesicht. »Als ob Drachen im Fels wachsen würden! Ihr beiden hattet nur Unsinn im Kopf.« Dann wurde sie wieder ernst. »Du darfst sie nicht über deine Familie stellen. Du darfst ihr nicht einfach so glauben. Sie hat dich dazu gebracht, die falsche Entscheidung zu treffen, sie wird dich von allen trennen.«

Milan schüttelte den Kopf, sagte jedoch nichts.

Sein Vater stand auf und holte mehr Wein.

Später, als er im Bett lag, dachte Milan an Khyra und fragte sich, ob es tatsächlich sein konnte, dass sie zur Hälfte eine Moorelfe war. Wieder und wieder wies er die Vorstellung von sich, und zugleich machte der Gedanke ihm Angst. Moorelfen stürzten Menschen ins Unglück, das wusste jeder, aber an Khyra zu denken machte ihn glücklich, nicht unglücklich.

Das ist kein Beweis, wusste er selbst, und doch war er überzeugt, dass sie keine Moorelfe war, auch keine halbe. Das konnte nicht sein, das durfte nicht sein.

Selbst wenn, ich würde sie trotzdem wiedersehen wollen.

Egal, was seine Eltern sagten, er würde sie treffen. Und wenn es im Geheimen geschehen musste.

»Sie hat mir die Wahrheit gesagt«, murmelte er zur Bekräftigung, und plötzlich vermisste er Elyn. Sie hatte sich mit einem Bäckerjungen getroffen, und zwar heimlich, weil die Eltern das nicht gutgeheißen hätten. Elyn hätte ihn sicher verstanden. Ob Pjer es tat, wusste er nicht, und so beschloss er, nicht mit ihm darüber zu reden.

Es dauerte lange, bis er einschlief.

III
TORF

Juli
im Jahre 1612 des Drachentöters

1

Als Milan am Morgen erwachte, war er überzeugt, wieder von dem sterbenden dünnen Mann im Moor geträumt zu haben, aber er erinnerte sich nicht im Einzelnen daran. Wenn er im Moor wirklich auf dem Grab gelegen hatte, war das nun so lange her, dass die Träume wohl langsam verblassten. *Wenigstens das,* dachte er erleichtert.

Er stand auf, um sich beim Frühstück seinen Eltern zu stellen; deren Wut und Enttäuschung waren sicher noch nicht verblasst. Und tatsächlich hatten sie beide dunkle Augenringe, als hätten auch sie wenig geschlafen, aber sie sagten nichts weiter. Schweigend nahmen sie das Frühstück ein und machten sich auf den Weg zur Grube. Hier und da gesellten sich andere Torfstecher dazu, viele von ihnen ebenfalls maulfaul. Manche grüßten Milan, andere warfen ihm nur einen kurzen Blick zu, den er nicht zu deuten vermochte. Die Grüße erwiderte er.

An der Grube angekommen, winkte er kurz Pjer zu, und der winkte zurück. In der Mittagspause würde er sich zu ihm setzen, jetzt nahm er wie selbstverständlich wieder den Platz am Rand ein. Dass seine Eltern ein Stück entfernt gruben, war ihm nur recht. Er grüßte Platinal, der schon da war und missmutig vor sich hin starrte.

»Was ist?«, fragte Milan.

»Mein Knie juckt. Das bedeutet immer Ärger.«

Die Frau neben ihm brummte: »Das bedeutet nur, dass der Schmerz dir die Laune verhagelt und du Ärger suchst.«

Er lachte. »Das könnte auch sein.«

»Dann halte dich an den Jungen. Der hat keine Probleme mit Ärger.«

»He!«, protestierte Milan.

»Gut zu wissen.« Platinal grinste ihn an, und er grinste vorsichtig zurück.

Bevor Milan jedoch anfangen konnte zu graben, kam Onkel Harlh herüber. Er wirkte ungewöhnlich schlecht gelaunt.

»Du gräbst heute nicht«, verkündete er brummig in seiner Eigenschaft als Grubensprecher.

»Werde ich wieder ins Moor geworfen?«, erwiderte Milan, der einen weiteren Scherz erwartete, und rammte den Spaten in den Boden, sodass er von selbst stand.

»Nicht von mir, mehr kann ich dir nicht versprechen.« Es klang nicht nach einem Scherz. »Das Abbaugebiet hier ist beinahe erschöpft, wir brauchen dringend ein neues. Ein besonders ergiebiges. Eines, in dem sich möglichst Moordiamanten finden lassen, auch wenn man das nie weiß. Nur dass die Wahrscheinlichkeit größer ist, je tiefer ein Gebiet im Moor liegt, denn dort leben die Irrlichter. Und deshalb hat der Grubenmeister heute Morgen beschlossen, dich auszusenden, das neue Gebiet zu finden.«

»Wieso gerade mich?«

»Du bist der Moorläufer, oder nicht? Du findest dich dort draußen allein zurecht.«

Der Moorläufer, nicht mehr *unser* Moorläufer.

»Bitte, Onkel Harlh, ich bin es leid, allein umherzustreunen. Ich bin jetzt ein Torfstecher, ich will mit euch graben. Kann nicht ein anderer …?«

Harlh packte ihn am Hemd und zog ihn dicht zu sich heran. Eindringlich zischte er ihm ins Ohr. »Ich bin für dich jetzt der Grubensprecher, nicht dein Onkel. Und wir alle sind Torfstecher, schon länger als du. Trotzdem war es nicht allein seine Idee, dich zu schicken, die geschätzte Freifrau hat ihn zu sich rufen lassen und ihm das nahegelegt. Sie hat darauf beharrt und auch darauf, dass du suchst bis in die Dämmerung, wenn der silberne Schimmer des Nachttorfs leichter zu erkennen ist. Und solltest du dabei auf ein Irrlicht stoßen, könntest du es ja fangen und diesmal ihr verkaufen, hat sie noch gesagt.«

»Das ist …«

»Was hast du denn gedacht, was passiert? Dass sie das einfach so hinnimmt? Besonders nach Elyns Diebstahlversuch?« Damit stieß er Milan von sich. »Du bist kein dummes Kind mehr!«

Milan taumelte zwei Schritte zurück und starrte Onkel Harlh wütend an. Seinen Grubensprecher. Dann fragte er: »Und wie lange soll ich suchen?«

»Wie gesagt, bis in die Dämmerung. Und dann renn heim. Renn, bevor die Nacht kommt.«

Milan starrte ihn an und wiederholte: »Wie lange? Wie viele Tage?«

»Bis du ein Abbaugebiet gefunden hast.« Der Onkel trat zu ihm und packte ihn erneut am Kragen, bis sie Nase an Nase standen. Leise und eindringlich sagte er: »Wenn's nach mir geht, kannst du da ewig suchen. Wir brauchen kein Abbaugebiet so weit draußen, wo es spät werden kann für den Heimweg und dunkel, sodass die Irrlichter kommen. Hast du verstanden? Irgendwann lässt sie auch jemanden näher an Nebelbruch suchen.«

Milan nickte. Dann fragte er: »Was wird aus mir, wenn ich nichts finde?«

Der Onkel zuckte mit den Schultern. »Wer weiß schon, was die Freifrau denkt und wen sie straft? Aber wenn sie dich jetzt nicht in den Kerker hat werfen lassen, tut sie es vermutlich auch dann nicht mehr. Vielleicht hast du Glück, und sie vergisst dich irgendwann.«

»Vermutlich nicht so bald.«

»Da hast du dir wirklich was eingebrockt. Zieh uns da nicht mit rein, ja?« Seine Stimme war sanfter geworden.

»Ja.«

»Gut.« Damit ließ Harlh seinen Kragen los und legte ihm die Hand auf die Schulter. »Geh nicht zu weit hinaus, und kehre rechtzeitig um. Deine Eltern brauchen nicht noch ein totes Kind. Und ich ganz bestimmt keinen toten Neffen.«

Milan nickte, und sein Onkel entfernte sich. Während Milan den Spaten aus dem Boden zog, sagte Platinal, der zumindest die Hälfte verstanden haben musste: »Ärger. Ich hab es gleich gewusst, mein Knie irrt sich nie.«

Die Frau musterte ihn, sagte aber nichts.

Milan brachte den Spaten zu den Eltern, damit sie ihn mit nach Hause nahmen. Er würde das Werkzeug auf seinen Wanderungen nicht benötigen.

»Und was machst du?«, fragte Mutter.

»Ich soll ein neues Abbaugebiet finden.«

»Mit wem zusammen?«

»Allein.«

»Als Frischling? Hat der Grubenmeister den Verstand verloren?«, brach es aus Vater heraus, doch bevor er hinüberstapfen konnte, hielt Milan ihn an der Schulter fest.

»Lass ihn«, sagte er.

Und Vater begriff. »Ich hab es dir gesagt. Es war eine Dummheit!«

»Das hast du gesagt«, bestätigte Milan und drehte sich um. Ohne ein weiteres Wort machte er sich auf den Weg weiter hinaus in die Schwarzmoore.

»Pass auf dich auf!«, rief Mutter ihm hinterher. Vater knurrte etwas Unverständliches.

Stolz hielt Milan sich aufrecht, bis zahlreiche dichte Bäume zwischen ihm und den anderen Torfstechern standen, sodass er weder gesehen noch gehört werden konnte. Dann stieß er einen Fluch aus und riss wahllos Äste ab, die er mit aller Kraft gegen Baumstämme schleuderte.

»Warum?«, schrie er, auch wenn er wusste, dass er keine Antwort bekommen würde. Ast um Ast warf er, bis er keine Luft mehr hatte. Dann stapfte er weiter. Weiter und weiter, bis er zu einem Pfahl mit eingeschnitzter Schlange kam. Dort folgte er dem schmaleren Pfad nach rechts, der, wie er wusste, zum Fluss führte. Zum größten Knotenahorn, den er kannte.

Es dauerte nicht lange, bis er den Baum erreichte. Der Stamm unten war bestimmt zwei Schritt dick und sah so aus, als seien hier drei Bäume zusammengewachsen. Die mächtigen Wurzeln schauten ein Stück aus der Erde heraus, knorrig und gewunden wie Schlangen. Es war ein seltsamer Baum, aber auf Milan hatte er immer beruhigend gewirkt.

Als er ihn ein paar Jahre zuvor entdeckt hatte, war er sofort hinaufgeklettert, um zu sehen, wie hoch er war, aber er hatte es nicht ganz bis nach oben geschafft, sondern war irgendwann umgekehrt. Damals hatte er sich geschworen, beim nächsten Mal ganz nach oben zu steigen, doch seitdem war er nicht mehr geklettert. Und auch jetzt setzte er sich unten auf die Wurzeln und sah hinaus auf das träge Wasser. Sein Onkel hatte gesagt, er solle sich Zeit lassen und nichts finden, und daran würde er sich halten.

Tief in Gedanken starrte er auf die dunklen Wellen, bröselte beiläufig Rinde von der Wurzel und warf sie ins Wasser. Die Stücke trieben davon, und Milan sah ihnen hinterher, ohne wirklich zu sehen. Fünf lange Jahre hatte er seine Moorweihe herbeigesehnt, davon geträumt, endlich mit den anderen nach Torf graben zu dürfen, und jetzt war er doch wieder allein im Moor. Einen Tag lang hatte er glauben dürfen, alles wäre wieder gut, aber nichts war gut.

Er war noch immer der Moorläufer.

Einen Tag lang hatte er glauben dürfen, sein Vater wäre wieder stolz auf ihn, aber es hatte sich nichts geändert: Der Vater gab ihm die Schuld und die Mutter genauso. Und plötzlich plagten ihn Zweifel, und er fragte sich, ob er die Vorwürfe nicht verdiente, ob er nicht einen Fehler gemacht hatte. War es ihm nur darum gegangen, Khyra zu beeindrucken, oder hatte er recht daran getan, der Freifrau das Irrlicht zu verweigern? Und warum war Meister Athan nicht von selbst zu ihm gekommen, wenn er so dringend Irrlichter haben wollte? Warum versuchte er nicht schneller zu sein als die Freifrau? Bedeutete das, er scheute trotz seiner Macht die Konfrontation mit ihr?

Und ich habe sie gesucht, dachte Milan kopfschüttelnd, während in der Flussmitte ein Sumpfkriecher reglos vorbeitrieb. Milan behielt ihn im Auge, um nicht unversehens angefallen zu werden, aber das Tier beachtete ihn nicht; es hatte wohl keinen Hunger.

Beinahe alle Torfstecher, die eins fanden, überließen ihr Irrlicht der Freifrau, warum also war sie so wütend, dass sie seins nicht bekommen hatte? Ein einziges? Dabei musste sie längst genug besitzen und in der Lage sein, den Kerker mit viel mehr Pech zu überschwemmen, als die Gefangenen ertragen konnten. Was wollte sie den armen Seelen noch aufbürden?

Und wenn ihr nur daran gelegen war, ihn zu belohnen, wie die Gesandte behauptet hatte, dann sollte sie doch froh sein, dass er seine Belohnung schon von Meister Athan erhalten hatte.

Nein, dachte er und warf einen Stein ins Wasser, *eigentlich geht es weder um die Belohnung eines Untertanen noch um das Irrlicht, sie ist schlicht in ihrem Stolz verletzt.* Und darin unterschied sie sich nicht im Geringsten von einem beliebigen Torfstecher, auch wenn ihr Stolz ein ganz anderer war.

Ihr Stolz.

Mein Stolz.

Vaters Stolz.

Mutters Stolz, dachte er, riss eine Handvoll Blätter von einem herabhängenden Ast und warf auch sie in den Yssypy. Später sah er einem weiteren Sumpfkriecher hinterher und dann noch einem, und wenn er keinen sah, warf er Dinge in den Fluss. Die Zeit verrann langsam, er war wütend und allein, doch nicht einen Moment lang gab er Khyra die Schuld daran. Im Gegenteil, sie hatte ihm nur die Wahrheit gesagt.

Eine Wahrheit, die dich von uns fortlocken will, hörte er im Geiste die Stimme seiner Mutter, dabei hatte nicht Khyra ihn ins Moor geschickt, sondern die Freifrau. Und all die Jahre davor war er ins Moor gegangen, weil er nicht zu Hause sein wollte.

Ihr habt mich vertrieben, Mutter, ihr selbst. Ihr habt mir die Schuld an Elyns Tod gegeben, dabei habe auch ich sie verloren. Ich habe mir schon selbst genug Vorwürfe gemacht, eure habe ich nicht auch noch gebraucht!

Er wollte sie anschreien, aber sie war nicht hier, und so schrie er ins Moor: »Ihr seid schuld!«

Und er meinte die Eltern und die Freifrau und auch den Onkel, der kein Onkel sein wollte, die Irrlichter und den elenden Nachtwyrm.

»Ihr! Und vielleicht ich, aber nicht Khyra!«

Fünf lange Jahre hatten seine Eltern ihn für alles verantwortlich gemacht, hatten in ihrem Schmerz die Schuld einfach weitergereicht, die Schuld, die alle anderen ihnen gegeben hatten und die sie nicht hatten tragen können, zumindest nicht allein.

Fand er ein neues Abbaugebiet tief im Moor, würde man ihm die Schuld daran geben, dass alle so spät noch durch die Dämmerung laufen mussten, die Schuld an jedem Irrlicht, das einer sah, an jedem Unfall. Fand er kein Abbaugebiet, würde die Freifrau ihm die Schuld daran geben, dass kein neuer Nachttorf abgebaut wurde – und damit auch seinen Eltern, die sie wiederum an ihn weitergeben würden. Seit Elyns Tod waren sie zu einer Familie geworden, der jedermann leicht die Schuld an allem geben konnte.

Daran hätte er mit seinem Irrlicht etwas ändern können, wenn er es nur an die Freifrau verkauft hätte.

Wenn er seinem Vater nur geglaubt hätte.

»Verdammt!«

Aber wie konnte das sein? Er war noch immer davon überzeugt, dass es richtig gewesen war, das Irrlicht zu Meister Athan zu bringen, ja, dass seine Ehre und sein Stolz das geradezu verlangt hatten, und doch dachten die Torfstecher, die so viel Wert auf Ehre und Stolz legten, nun schlechter von ihm. Von seiner Familie. Er begriff es nicht.

Denkt, was ihr wollt, grollte er, *ich werde die Schuld nicht annehmen. Diesmal nicht.*

Langsam zog er das Messer aus der Tasche, um nicht länger zu grübeln. Er würde viele Tage im Moor verbringen, ohne etwas zu finden, würde von früh bis spät allein sein, da musste er etwas zu tun haben. Er glitt von der Wurzel herab und suchte sich ein schönes Stück Holz, dann setzte er sich erneut an den Knotenahorn.

Bedächtig drehte er das Holz in alle Richtungen, suchte nach der Andeutung einer Form, bis er ein menschliches Gesicht entdeckte. Lächelnd begann er zu schnitzen. Zunächst schnell und selbstsicher, dann immer vorsichtiger, denn er wollte Khyra genau treffen. In der Erinnerung sah er jede Einzelheit vor sich, die Nase, die Augen, die Ohren, doch bei der Augenfarbe war er nicht sicher. Braun oder grün? Oder doch ganz dunkel, fast schwarz? Er wusste noch genau, wie sie ihn angesehen hatte, wie die Augen im Schein des Irrlichts gestrahlt hatten, doch die Farbe war fort, aus seinem Gedächtnis getilgt. Nur blau und grau waren sie sicher nicht gewesen.

Moorelfenaugen.

Unsinn!

Konzentriert schnitzte er weiter, bis Mittag vorbei war und sein Magen hungrig knurrte. Er betrachtete die kleine hölzerne Figur und war zufrieden. Besser würde er es nicht hinbekommen. Er steckte die Schnitzerei ein und aß von seinen Vorräten.

Danach ging er am Fluss entlang und suchte sich ein neues Stück Holz. Das Schnitzen hatte seine Gedanken von den Eltern und der Freifrau weggeführt, und das war gut gewesen, aber nun, da die Sonne den Zenit überschritten hatte, wurde ihm bewusst, dass sie ihm aufgetragen hatte, bis in die Dämmerung zu suchen, und zwar weit draußen. Er durfte also erst im Dunkeln heimkehren, und die Dunkelheit gehörte dem Nachtwyrm und seinen Irrlichtern.

Würde ihn einer der Torfstecher verraten, wenn er früher zurückkehrte? Das glaubte er nicht, aber er war nicht sicher. Also würde er nicht bei Tageslicht heimkehren, aber er würde die Dunkelheit auch nicht tief im Moor erwarten. Allein bei dem Gedanken beschlich ihn die Angst vor dem Nachtwyrm, und der alte Hass loderte auf.

Elyn magst du bekommen haben, mich kriegst du nicht, dachte er und hob eine dicke, abgestorbene Wurzel auf, in deren knorrigen Windungen er die Fratze des Drachen aufschimmern sah.

Du kriegst mich nicht, dachte er immer wieder, während er das monströse Maul in das Holz schnitt. *Mich nicht.* Weiter und weiter schälte er das Ungeheuer heraus und wiederholte in einem fort: *Mich nicht.*

Mich nicht.

Mich nicht.

Es war wie eine Beschwörung, und als er schließlich beim Schwanz angekommen war und mit der Klinge abrutschte, schnitt er sich leicht in den Finger. Ein paar Tropfen Blut quollen aus der Wunde, die verschmierte er auf der Figur und wiederholte, diesmal laut und deutlich: »Mich bekommst du nicht.«

Sobald der Nachtwyrm fertig war, brachte er ihn zum Ahorn am Fluss, wo er sie zwischen den Wurzeln absetzte. Das Blut an seiner Hand war getrocknet, und er holte die Figur von Khyra hervor, um sie noch einmal zu betrachten. Es war seltsam, dass er sie und den Nachtwyrm mit der gleichen Hingabe aus dem Holz geholt hatte, dabei bedeuteten sie völlig gegensätzliche Dinge für ihn.

Er trank und ging zum Fluss, um seinen Wasserschlauch neu zu füllen. Dann angelte er zwei kleine Silberbarsche, die er nach Hause bringen würde. Er hatte jede Menge Zeit, und so sparten sie Geld. Eine Weile lief er umher und wälzte weiter Gedanken, und dann brach endlich die Dämmerung an. Auf beinahe vergessenen Nebenpfaden lief er bis in die Nähe von Nebelbruch, wo er abwartete, bis es ganz dunkel war, und auf ein fernes Fauchen lauschte, das zum Glück nicht erklang.

Kurz dachte er daran, sich nach Irrlichtern umzusehen und vielleicht eines zu jagen. Sollte er eins fangen, konnte er damit vielleicht die Freifrau besänftigen, aber er hatte keinen Käfig bei sich. Außerdem wusste er trotz allem nicht, ob er diesmal an die Freifrau verkaufen würde. In seiner Vorstellung brachte er auch ein neues Irrlicht zu Meister Athan, sein Stolz ließ nichts anderes zu, und er wusste, dass ihm das erst so richtig Ärger einbringen würde. Vermutlich würde er dafür im Kerker landen. Dennoch lächelte er bei dem Gedanken, die Freifrau zu brüskieren; es war schließlich nur ein Gedanke.

2

Die Sterne standen bereits am Himmel, als Milan die verdreckte Rampe ins Torfstecherviertel von Nebelbruch hinaufstieg. Kaum war er oben angekommen, löste sich ein Mann von der ersten Hauswand und ging gemächlich davon. Auch wenn Milan das Gesicht in der Dunkelheit nicht erkannte, schloss er doch aus der Körperhaltung, dass es sich um einen der Soldaten vom Vortag handelte. Ließ die Freifrau ihn etwa beobachten? Überwachte sie, ob er sich auch an ihre Befehle hielt? Oder war das eben ein Zufall gewesen? Dass er so bedeutend war, konnte er schwer glauben.

Vor dem Haus seiner Familie wartete niemand. Als er eintrat, saßen die Eltern mit Großmutter Elyn am Tisch; ihr Gesicht war eingefallen und verhärmt. An seinem Platz stand ein Teller mit Eintopf.

»Ich hatte mehr von dir erwartet«, sagte die Großmutter zu ihm, verabschiedete sich von den Eltern und ging, ohne ein weiteres Wort an Milan zu richten.

»Soll ich dich hinüberbringen?«, fragte Vater.

»Musst du nicht. Heute ist kein Nebel, da werde ich nicht auf Irrlichter treffen.« Und ohne Milan noch eines Blicks zu würdigen, war sie aus der Tür.

»Du bist spät«, sagte Mutter, als er sich hungrig setzte.

»Ich soll auch in der Dämmerung suchen. Weit draußen im Moor.«

»Weit draußen?«

»Da ist es wahrscheinlicher, Moordiamanten zu finden.« Er schnaubte und griff zum Löffel. Der Eintopf in seinem Teller war kalt.

»Moordiamanten?« Sie seufzte. »Das ist wegen Elyn; die Freifrau zeigt uns, dass sie nicht vergessen hat. Ich wünschte, du hättest Elyn damals aufgehalten.«

»Ich auch«, sagte er nur und löffelte seinen Eintopf.

»Warum hast du es dann nicht getan?«, brummte Vater und goss sich Wein in den Becher.

»Weil ich nicht wusste, was sie vorhatte.«

»Du hättest es ahnen müssen.« Er zeigte mit dem Finger auf ihn, ließ die Hand aber rasch wieder sinken.

»Und du als ihr Vater?«

»Ich habe etwas geahnt! Aber mit mir hat sie ja nicht gesprochen! Nur mit dir!«

»Und mich hat sie belogen!«

»Dann hättest du dich nicht belügen lassen dürfen!«

Milan schnaubte, verbiss sich aber jede weitere Antwort. Es hatte keinen Sinn.

Vater trank.

Milan fielen die beiden Silberbarsche in seiner Tasche ein, und er holte sie hervor.

»Warum nur zwei?«, fragte Vater. Seine Augen glänzten vom Wein.

»Weil der dritte nicht beißen wollte.«

»Und was sollen wir jetzt damit?«

»Sie essen?«

»Wir haben längst gegessen, das siehst du doch.«

Milan ließ den Löffel fallen, Mutter legte ihm die Hand auf den Unterarm.

»Wir essen sie morgen«, sagte sie. »Oder übermorgen.«

»Dann gib her.« Vater packte die Fische, schnitt sie rasch auf und nahm sie aus. Anschließend begann er, sie zu salzen, um sie in der Hitze haltbarer zu machen. Vielleicht auch, um etwas zu tun zu haben.

Derweil nahm Milan den Löffel wieder auf und aß weiter.

Mutter sah ihm eine Weile zu, dann fragte sie: »Und hast du Torf gefunden?«

»Nein.«

»Aber Zeit zum Angeln hattest du«, brummte der Vater.

»Ja, die hatte ich. Ich dachte, ihr freut euch.«

Vater kümmerte sich stumm um den Fisch, Mutter schenkte sich Wein ein. »Das ändert nichts daran, dass du die Freifrau verärgert hast.«

»Sie mich auch«, erwiderte er trotzig. Er hatte die ständigen Vorwürfe satt.

Mutter blinzelte, dann fuhr sie auf: »Sie kann dich verärgern, so viel sie will! Uns alle! Sie ist die Freifrau!«

»Und ich bin Torfstecher! Ich dachte, das bedeutet etwas?«

Darauf herrschte Stille, und Milan wusste selbst, weshalb. Torfstecher waren ersetzbar, wie Elyn wieder und wieder betont hatte. Schweigend aß er seinen Teller leer. Vater war noch immer mit den Fischen beschäftigt und trank.

Mutter trank auch.

Milan fragte sie, ob sie wüsste, wo Khyra wohne.

»Ich habe gesagt, du sollst dich nicht mit ihr treffen!«

»Darum will ich es nicht wissen.«

»Warum dann?«

Er zuckte mit den Schultern. »Schon gut, ich frag jemand anderen.«

Sie sah ihn an, und er wich ihrem Blick nicht aus. Seufzend beschrieb sie ihm den Weg, der nicht weit war, aber verwinkelt. Milan bedankte sich und ging zu Bett, es war spät.

Vor dem Einschlafen drehte er die geschnitzte Khyra in den Händen und fragte sich, ob sie sich erkennen würde, wenn er ihr die Schnitzerei zeigte, und ob sie an ihn dachte. Dann legte er die Figur unter das Kissen in der Hoffnung, diesmal von ihr zu träumen und nicht schon wieder von dem dünnen sterbenden Mann im Moor.

Auch an diesem Morgen erinnerte er sich nicht an seine Träume, und das bedauerte er, weil er sicher war, dass Khyra darin aufgetaucht war. Er holte die Figur unter dem Kissen hervor und steckte sie ein.

Beim Frühstück beeilte er sich, dann wartete er vor der Tür auf Pjer, denn der gemeinsame Weg war die einzige Möglichkeit, mit ihm zu reden. Pjer hatte ihm in den vergangenen Jahren nie etwas vorgeworfen, er hatte ihm an nichts die Schuld gegeben und ihn nicht davon abgehalten, ins Moor zu laufen.

»Ich muss einfach hinaus«, hatte Milan einmal gesagt, weil er es nicht besser erklären konnte.

»Gut. Komm aber wieder«, hatte Pjer nur erwidert und es hingenommen.

Als Pjers Eltern aus dem Haus kamen, grüßten sie Milan knapp und gingen weiter, aber sie grüßten.

Pjer blieb stehen und stieß ihm kopfschüttelnd die Faust gegen die Schulter. »Wieso hast du das getan?«

»Ich habe es einfach getan. Ich hatte gehört, dass Meister Athan Irrlichter sucht und gut bezahlt.«

»Und dass die Freifrau Jade welche sucht, wusstest du nicht?«

Milan zuckte mit den Schultern. Er wollte den Freund nicht belügen, aber etwas hielt ihn zurück, ihm alles zu erzählen. Pjer würde nicht urteilen, aber Milan war nicht sicher, was er womöglich weitertrug. Dennoch musste er etwas sagen, das nicht alle schon wussten. »Er hat mir hundert Yhld'or geboten.«

»Hundert?« Pjer hob die Augenbrauen.

»Die Freifrau später dann fünfundzwanzig.«

Pjer nickte. Er selbst hatte bei seiner Moorweihe kein Irrlicht gefangen, aber in seiner Vision doch, und das war für alle verwirrend gewesen. »Hundert ist verdammt viel.«

»Ja. Erzähl es aber nicht groß herum.«

»Tu ich nicht.«

Sie setzten sich in Bewegung. Fliegen summten laut, und der Himmel war erneut klar. Wenn kein Nebel kam, würde es heiß werden. Eine Mücke ließ sich auf Milans Arm nieder, und er schlug sie tot.

»Hör mal«, fragte Pjer, »stimmt es, dass du unsere neue Grube suchst?«

»Ja.«

»Wir haben gestern darüber geredet, erst alle im Torf, dann meine Eltern und ich zu Hause, und sie halten dich für verrückt, weil du noch weiter ins Moor hinausgegangen bist, statt einen Pfad näher am Rand zu nehmen. Sie wollten wissen, ob das ständige Laufen durchs Moor deinen Verstand vernebelt hat. Das habe ich bestritten, aber ich habe versprochen, dich zu fragen, warum du so tief drinnen suchst.«

Milan blieb stehen und packte Pjer bei den Schultern. »Sie glauben, es war meine Idee, dort zu suchen?«

»Nun, du bist allein los, wessen Idee soll es sonst gewesen sein?«

»Die Idee von denen, die mich losgeschickt haben.«

Pjer sah ihn zweifelnd an. »Die Grubenmeister wissen, dass es gefährlicher wird, je weiter wir rausgehen. Sowieso schon, aber meine Großeltern sagen, der Nachtwyrm kommt seit Jahren immer näher. Früher hätte man ihn in der Stadt so gut wie nie gehört und auch in den Gruben nach Anbruch der Dämmerung kaum einmal. Da sind sie sich tatsächlich einig, das sind sie sonst nie.« Er lachte kurz auf. »Und jetzt komm, wir müssen weiter.«

Sie setzten ihren Weg fort, und Milan schnaubte. »Die Alten glauben immer, dass alles schlimmer wird.«

»Und zugleich glauben sie, dass sie es früher viel schwerer hatten, dass damals die Schlangen giftiger waren, die Feinde näher, die Sumpfkriecher hungriger, die Moorweihe gefährlicher. Wenn sie also glauben, dass der Nachtwyrm jetzt öfter in unsere Nähe kommt statt seltener, dann passt das nicht.«

»Es sei denn, das ist eine Strafe der Götter für das Verhalten der Jungen, das natürlich auch immer schlimmer wird.«

Sie lachten gemeinsam, und das tat gut.

»Aber auf eine Strafe der Götter wollen wir uns nicht einlassen, oder? Such doch einfach näher am Rand der Moore, da lassen sich auch Abbaugebiete finden«, bat Pjer.

Milan zuckte die Schultern. »Das kann ich nicht. Ich soll dort draußen suchen.«

»Warum?«

»Weil es dort mehr Moordiamanten geben könnte.«

»Aber es ist gefährlich, und wir haben von den Steinen nichts!«

»Nun, wir nicht …«

Pjer wollte schon etwas erwidern, doch dann fluchte er nur, und Milan nickte.

»Du meinst, die Freifrau selbst …?«

»Ja.«

Pjer fluchte noch einmal.

»Aber du kannst deine Eltern beruhigen. In erster Linie will sie wohl, dass ich bei der Suche verloren gehe – oder zumindest ein Bein verliere. Danach ist sie sicher wieder mit der Suche nach einer weniger gefährlichen Grube zufrieden.«

Pjer fluchte ein drittes Mal.

Den gesamten Vormittag streifte Milan ohne Ziel durchs Moor und schlug die Zeit tot. Mittags zog sich der Himmel zu, und ihm kam wieder einmal der dünne Mann in den Sinn, von dem er in der Nacht der Moorweihe erstmals geträumt hatte und der ihm noch immer so deutlich vor Augen stand, als würde er ihn kennen. Der durch diese Vision mit ihm verbunden war, auch wenn Milan nicht wusste, wie.

Wie von selbst führten seine Schritte ihn zu der Stelle, an der er das Irrlicht gefangen hatte. An der er den Traum gehabt hatte. Der Mann hatte in dem Traum so verzweifelt um Hilfe gefleht, dass Milan beschloss, die Knochen zu suchen, um sie ordentlich zu begraben. Und konnten sie nicht genau da sein, wo er geträumt hatte? Einen anderen Anhaltspunkt hatte er nicht.

Ohne größere Schwierigkeiten erreichte er die Stelle weit draußen im Moor. Auf Spuren im Morast oder andere Hinweise konnte er nicht hoffen, trotzdem ließ er den Blick schweifen. Der Ort im Traum hatte anders ausgesehen, aber das bedeutete nichts; der Mann konnte vor Jahrhunderten gestorben sein, und in solchen Zeitspannen stürzten und verfaulten Bäume, während andere zu Giganten heranwuchsen.

Urplötzlich setzte Regen ein. Schwere, warme Tropfen fielen prasselnd vom Himmel, und Milan war im Nu durchnässt. Einer spontanen Eingebung folgend, kletterte er auf den alten Baum, an dessen Stamm er geschlafen hatte, um nachzusehen, ob irgendwer etwas in die Rinde geritzt hatte, das ihm weiterhelfen konnte. Doch so gründlich er auch suchte, er fand nichts.

Milan überlegte, ob er sich womöglich irrte, ob nicht die anderen Bilder und Szenen, die ihn in der Nacht der Moorweihe überfallen hatten, die eigentliche Vision gewesen waren, aber von dem dünnen sterbenden Mann hatte er noch ein weiteres Mal geträumt, ebenso lebhaft, und das musste etwas bedeuten. Doch was?

Handelte es sich um einen seiner Vorfahren?

Oder war einer seiner Vorfahren gar schuld am Tod des Mannes?

Schuld.

Milan schnaubte. Da war es wieder, das Wort, das ihn seit fünf Jahren heimsuchte. Entschlossen schüttelte er den Kopf und schnitt von einem der seltenen Haarnussbäume einen längeren geraden Ast ab, den er von den meisten Zweigen befreite. Nur an der Spitze beließ er drei handlange krumme Auswüchse; sie würden ihm als Haken dienen.

Mit vorsichtig tastenden Schritten näherte er sich dem ersten Moorloch hinter dem Baum und stieß, kaum stand er am Rand, die Stange hinein. Viel zu schnell traf er auf Grund. Er versuchte es weiter rechts und dann weiter links, kratzte suchend über den Grund, doch nirgends verhakte sich ein menschlicher Knochen an der Stange, und darüber war er enttäuscht und erleichtert zugleich.

Er nahm sich den Umkreis vor, versuchte es überall, wo der Boden nachgiebig war, doch an keiner Stelle zog er einen Knochen heraus. Irgendwann hörte es auf zu regnen, der Himmel klarte auf, und Milan suchte weiter. Zwei der Haken waren bereits von der Stange abgebrochen, als er sich endlich fragte, ob er überhaupt das Richtige tat. Sollte er tatsächlich auf das Skelett stoßen und damit die Knochen auseinanderreißen, würde er damit nicht das Gegenteil von dem erreichen, was er vorhatte, nämlich der Seele Ruhe zu verschaffen?

Erschöpft legte er die Stange ab. Die Luft roch frisch, und die Kleidung trocknete rasch am Leib. Fliegen und Mücken kamen wieder aus ihren Verstecken gekrochen und umkreisten ihn surrend. Milan trank die Reste aus seinem Wasserschlauch. Als er sich umblickte, stellte er überrascht fest, dass es deutlich später war als gedacht. Die Sonne stand tief, und er bemerkte erste Schlieren aufziehenden Nebels. Er ließ die Stange liegen und lief los. Solange der Nebel nicht zu dicht wurde, schaffte er es vor der Nacht zurück. Er brauchte nur etwas Glück.

Und er hatte Glück. Bis zum Sonnenuntergang zog der Nebel nur in losen Fetzen über das Moor, und die Sicht reichte immer aus, um sich zu orientieren und gut voranzukommen. Mit Einbruch der Nacht erreichte er die Stadt und wartete noch kurz unter den letzten Bäumen, um nicht zu früh heimzukehren.

Als er schließlich die Rampe zur Stadt hochstieg, wartete wieder ein Mann am ersten Haus und blickte hinaus ins Moor. Kaum hatte sich Milan ihm bis auf wenige Schritte genähert, wandte der Mann ihm das Gesicht zu, nickte kurz und stieß sich von der Wand ab. Ohne sich noch einmal umzudrehen, schlenderte er davon. Spätestens jetzt war Milan sich sicher, dass er beobachtet wurde.

Er wartete, bis der Mann im Nebel verschwunden war, dann machte er sich, ebenfalls vom Nebel geschützt, auf den Weg zum Haus von Khyras Familie. Immer wieder sah er sich um, ob ihm irgendwer folgte, aber das schien nicht der Fall zu sein.

Im Gehen holte er die Figur aus der Tasche, warf einen Blick darauf und hielt sie zärtlich in Händen. Ein Teil von ihm wollte sie nicht hergeben, obwohl sie von Anfang an als Geschenk gedacht gewesen war. Kurz dachte er daran, sie einfach vor der Tür abzustellen, zu klopfen und davonzulaufen, doch das erschien ihm arg feige. Nein, er musste sie ihr selbst überreichen, musste sehen, wie sie darauf reagierte, und zugleich hatte er Angst davor. Sein Herz schlug heftiger als vorhin, als er mit einer Stange im Moor nach einem Toten gesucht hatte. Wenn sie lachte oder fragte: »Schön, ist das deine Mutter?«, das würde er nicht ertragen.

Feigling, dachte er noch einmal, dann steckte er die Figur weg und klopfte.

Ein älterer Mann kam an die Tür, und Milan vermutete in ihm ihren Großvater. Damit hatte er nicht gerechnet.

»Ja?«, fragte der Mann missgelaunt. »Was willst du so spät, Bursche?«

Milans Lippen waren trocken, und einen ewigen Moment lang bekam er nichts heraus. Dann endlich hörte er sich fragen: »Ist Khyra zu sprechen?«

»Was weiß ich? Die wohnt nebenan!« Der Mann schlug die Tür zu. Milan starrte auf das dunkle Holz und fragte sich: *rechts oder links?*

Die Fenster links waren nicht verhängt. Er spähte hinein, sah sie mit anderen am Tisch und klopfte. Rasch räusperte er sich, denn diesmal wollte er ohne ein Zögern mit der Frage herausplatzen, aber sie öffnete selbst, und die Frage blieb ihm im Hals stecken.

»Oh«, sagte sie, als sie ihn erkannte. »Hallo.«

»Hallo.«

Sie warf einen schnellen Blick über die Schulter und zog die Tür halb zu.

»Wer ist es?«, fragte jemand von drinnen.

»Ich komme gleich.«

»Komme ich ungelegen?«

»Es ist spät«, sagte sie, aber es klang viel freundlicher als bei dem Alten nebenan.

»Ich weiß. Ich konnte nicht früher.« Er grinste, weil das damals auch ihre Begründung gewesen war, und ergänzte: »Und du warst ziemlich zeitig am Morgen bei uns.«

»Das stimmt.« Sie lächelte und sah ihm in die Augen. Ihre

waren dunkel, fast wie die Nacht. Wie hatte er das vergessen können? »Du hast es tatsächlich dem Alchymisten verkauft, habe ich gehört.«

»So wie ich es gesagt habe.«

»Und der Freifrau hat das nicht gefallen.«

»Gar nicht.«

»Bedauerst du es?«

»Nein.« Er schüttelte den Kopf, dann zuckte er mit den Schultern. »Ich weiß es nicht, ehrlich gesagt. Aber ich glaube noch immer, es war richtig. Und ohne deinen Hinweis wäre ich nicht rechtzeitig bei ihm gewesen. Also danke.« Er zog die Figur aus der Tasche und hielt sie in der geschlossenen Hand. Er war überzeugt, dass es die schönste Figur war, die er je geschnitzt hatte, und trotzdem fürchtete er, dass sie nicht schön genug war. Noch konnte er zurück, konnte sie einfach wieder in die Tasche stecken. Sein Herz schlug schneller, die Brust wurde ihm eng, und er wusste nicht, wie er die Hand öffnen sollte, aber dann tat er es einfach und hielt ihr die Figur hin. »Ich hatte ein wenig Zeit, und … ich dachte, vielleicht freust du dich darüber.«

Sie sah die Figur an, dann ihn, dann sofort wieder die Figur. Nur zögerlich nahm sie sie in die Hand und hielt sie in das Licht, das durch den schmalen Türspalt fiel. Es fiel auch auf ihr Gesicht, und Milan sah ihr Erstaunen und ihre Freude, und für einen Moment vergaß sein Herz zu schlagen.

Staunend hob Khyra den Blick. »Du hast mich geschnitzt?«

Und plötzlich war alles gut, er atmete wieder frei.

»Du hast dich erkannt?«

»Natürlich. Und es ist für mich?«

»Ja.«

»Danke. Sie ist wunderschön.«

»Natürlich«, rutschte ihm noch heraus, und gemeint war

nicht sein Schnitzen. Beinahe hätte er hinzugefügt: *Sie ist du, was soll sie sonst sein?* Aber das tat er nicht.

Stumm sah sie ihn an und er sie, und trotz des schwachen Lichts bemerkte er ein Leuchten in ihren Augen. Kurz dachte er *Moorelfenaugen*, aber das verwarf er sofort als Unsinn; es war nicht einmal Vollmond.

Dann wurde die Tür aufgerissen, und heraus trat eine Frau, die ihre Mutter sein musste. Das Gesicht war schmal und schön und verhärmt, die Mundwinkel waren abwärtsgezogen. Nach einem kurzen Blick von Milan zu Khyra und zurück sagte sie: »Es ist spät, junger Mann, was führt dich jetzt noch her?«

»Das ist Milan«, erklärte Khyra und steckte die geschnitzte Figur rasch ein.

Ihre Mutter nickte langsam und wiederholte: »Es ist spät.« Es klang nicht sehr freundlich, und sie bat ihn auch nicht herein.

»Ich weiß, ich wollte nicht stören.« Milan trat einen Schritt zurück.

»Khyra«, befahl die Mutter.

»Gute Nacht«, sagte Khyra und ging zögernd hinein.

»Gute Nacht«, antwortete Milan, während er sich rückwärts zwei, drei weitere Schritt entfernte.

Ihre Mutter verabschiedete sich nicht. Sie folgte Khyra ins Innere und zog die Tür zu. Knirschend wurde ein Riegel vorgeschoben.

Milan drehte sich um und ging nach Hause. Unterwegs fragte er sich, welche Augenfarbe Khyra hatte, er hatte es schon wieder fast vergessen, obwohl er ihren Blick und das Strahlen noch deutlich im Kopf hatte. Im nächsten Augenblick wusste er es wieder.

3

Auch am nächsten Tag suchte er nicht nach einem neuen Abbaugebiet für Torf, sondern ging zu der Stelle, wo der dünne Mann ertrunken sein musste. Aber dort angelangt, wusste er nicht recht, was er tun sollte – am Vortag hatte er nichts erreicht. Nur halbherzig stieß er die Stange überall da ins Moor, wo er es noch nicht versucht hatte, aber er fand keine Knochen. Was hatte die Vision ihm sagen wollen? Er wusste es nicht. Nachdenklich versuchte er den dünnen Mann zu schnitzen, aber es wollte ihm nicht recht gelingen.

Wer bist du?

Was habe ich mit dir zu schaffen?

Er wusste es nicht, und trotzdem kam er am nächsten Tag wieder her; er hatte sonst nichts zu tun. Und diesmal ging er weiter ins Moor hinaus, dahin, wo er das Irrlicht zuerst gesehen hatte, auch wenn er nicht wusste, wie das mit dem dünnen Mann zusammenhängen sollte.

Wie erwartet fand er keine Hinweise auf den Ertrunkenen, doch er stieß auf eine freie Fläche mit einem gewaltigen Abbaugebiet, dreimal so groß wie das, in dem sie gerade gruben. Die Sonne schien so hell, dass er keinen Schimmer von Nachttorf ausmachen konnte. Kurz entschlossen zog er das Hemd aus und kniete sich an einer vielversprechenden Stelle hin, legte das Kinn in den Morast und spannte das Hemd wie ein Zelt über seinen Kopf, sodass er die direkte Sonneneinstrahlung abblockte. Obwohl es unter dem dünnen Stoff nicht vollkommen dunkel war, konnte er doch einen silbrigen Schimmer ahnen.

Nachttorf.

Verdammt!

Langsam setzte er sich auf und zog das Hemd wieder an. Durch Zufall hatte er gefunden, wofür er ausgeschickt worden war. Es zu melden würde ihm seine Arbeit an der Seite der anderen Torfstecher zurückbringen, würde ihn davon befreien, bis nach Sonnenuntergang allein im Torf bleiben zu müssen. Und doch würde es ihn weiter von allen entfernen.

Nur Vater wäre glücklich, dachte er verbittert, *weil ich mich endlich den Wünschen der Freifrau gefügt hätte. Aber das werde ich nicht.*

So beschloss er, niemandem von dem Fund zu erzählen. Noch war die alte Grube nicht ganz erschöpft, noch hatten alle Torfstecher Arbeit und bekamen Lohn. Erst wenn das nicht mehr sicher war und die Freifrau keine anderen Sucher ausschickte, würde er Onkel Harlh herführen, denn sein Leben im Moor zu riskieren war besser, als zu hungern, weil man kein Geld bekam.

Rasch zog er sich zurück, um nicht gesehen zu werden, auch wenn er nicht wusste, von wem. Er dachte weiter über das Geheimnis des dünnen Mannes nach, doch auch das gab er bald auf. Vision hin oder her, die Antwort musste woanders liegen als im Moor.

In den nächsten Tagen streifte er ziellos umher, und als er auf einen Pfahl ohne Schnitzerei traf, schnitt er einen lachenden Sumpfkriecher hinein. Im Maul trug das Ungetüm eine Frau, in der man, wenn man wollte, die Freifrau erkennen konnte. Aber die Ähnlichkeit war so gering, dass Milan sie, sollte er danach gefragt werden, jederzeit würde bestreiten können.

Am Sonntag, dem einzigen Tag, an dem er nicht ins Moor musste, ging er in den Tempel, um die geweihte Kerze für seinen Käfig zu holen. Bevor er jemanden ansprach, betrachtete er die Bilder an den Wänden. Nicht nach den Drachen schaute er, so wie früher, sondern er suchte auf allen Darstellungen nach dem dünnen Mann aus seiner Vision. Es gab Menschen, die vergleichbar gekleidet waren, doch ihn selbst fand er nicht. Er hatte es auch nicht erwartet, nur leise gehofft.

»Du warst lange nicht mehr hier«, sagte Priesterin Celene, die plötzlich neben ihm stand.

»Ich hatte zu tun.«

Sie nickte und deutete auf das Gemälde vor ihm, auf dem der Gott Zyhan eine Gruppe Flöte spielender Hirten ins Moor führte. »Früher warst du immer vor den Bildern mit dem Drachentöter zu finden.«

»Früher«, bestätigte er knapp.

»Und kannst du die Schrift noch lesen?« Sie deutete auf die in den Rahmen gebrannten Buchstaben. Es waren zwei Worte, aber er erinnerte sich nicht an den Namen des Moors auf dem Bild und auch nicht, wie man den ersten Buchstaben aussprach.

»So gut war ich nie«, wich er aus.

»So schlecht aber auch nicht.«

Er zuckte mit den Schultern, das Lesenlernen war ihm schrecklich mühselig vorgekommen, viel schwieriger als Schnitzen, auch wenn er auf jedes einzelne Wort, das er lernte, stolz gewesen war. Außerhalb des Tempels aber hatte es ihm nichts genutzt. Was hätte er denn in den Torfwerken oder im Moor lesen sollen? Es hatte so viel anderes zu tun gegeben in der knappen Zeit, in der er nicht durchs Moor gestreift war, und so hatte er fast alles, was sie ihm beigebracht hatte, vergessen. »Meinen Namen kann ich noch immer schreiben.«

Sie lächelte. »Meinen auch?«

»Das weiß ich nicht«, gestand er. Den hatte er nicht so oft ins Moor gekratzt.

»Willst du es wieder lernen?«

»Ich habe keine Zeit«, wehrte er ab, doch noch während er es aussprach, spürte er ein Bedauern. Das schüttelte er rasch ab, er war ein Torfstecher, es gab Wichtigeres, als zu lesen. Trotzdem starrte er auf die Inschrift im Rahmen und versuchte sich an die einzelnen Buchstaben zu erinnern, bei den meisten vergebens.

»Kann ich dir sonst helfen?«

Er bat um die geweihte Kerze, die das Irrlicht im Käfig ersetzen sollte.

»Natürlich.« Sie holte eine und überreichte sie ihm lächelnd. Dabei verzichtete sie auf jeden Kommentar zu der Entscheidung, das Irrlicht an den Alchymisten zu verkaufen. Dafür war Milan dankbar.

»Übe weiterhin schreiben und lesen«, sagte sie zum Abschied, und er versprach es, obwohl sie beide wussten, dass es vermutlich nicht dazu kommen würde.

Auf Umwegen schlenderte Milan nach Hause, er hatte es nicht eilig. Pjer wollte fischen, doch bei ihm waren Lyliyan und Thjery, die früher auch mit Milan befreundet gewesen waren, inzwischen aber auf ihn, den Moorläufer, herabsahen. Und er wollte heute keinen Spott ertragen, der nicht freundschaftlich war.

Wie zufällig führten seine Schritte ihn in die Gasse, in der Khyra lebte, aber vermutlich war es kein Zufall gewesen. Ihre Mutter saß mit einer anderen Frau und drei Kindern vor der offenen Tür im Schatten und nahm einen großen Wels aus; Khyra war nirgends zu entdecken. Milan dachte daran, nach ihr zu fragen, aber ihre Mutter starrte ihn voller Ablehnung an, und er fragte nichts, sondern ging, den Blick nach vorn gerichtet, einfach weiter.

»Wer war das?«, plärrte eines der Kinder in seinem Rücken.

»Niemand.«

»Niemand? Ich seh ihn doch.«

»Der Moorläufer.«

»Oh.«

Milan hörte aufgeregte kleine Schritte, die ihm folgten, bis eine Frauenstimme erklang: »Bleibt hier!«

Die Schritte verharrten.

Mit Wut im Bauch dachte er daran, sich umzudrehen und eine wilde Grimasse zu schneiden und zu schreien wie ein Ungeheuer, wenn sie schon eins in ihm sehen wollten, aber er ließ es bleiben. Er wollte schließlich wiederkommen.

Als er bald darauf in seine Straße einbog, sah er sie, Khyra, und die Wut in seinem Bauch war mit einem Schlag weg. Khyra saß mit baumelnden Beinen am Rand der Plattform und angelte da, wo nie jemand angelte; nicht einmal die, die hier wohnten. Einen Moment lang blieb er stehen und überlegte, wie er sie ansprechen sollte, und genau in diesem Moment blickte sie auf und sah sich nach beiden Seiten um und bemerkte ihn. Langsam erhob sie sich, und er ging zu ihr hinüber. Ein Stück weiter unten saß Pjer vor dem Haus seiner Familie und hatte etwas auf dem Schoß.

»Dein Vater hat mich bemerkt, als er vorhin weggegangen ist«, sagte sie. »Ich habe ihn gegrüßt, aber er schien nicht besonders erfreut, mich zu sehen.«

Milan lächelte. »Deine Mutter schien auch nicht erfreut, mich zu sehen.«

»Du warst bei mir?«

»Ich wollte, aber dann bin ich umgedreht, weil du nicht zu sehen warst. Und sie hat mich angestarrt, als wollte sie mich im Moor versenken.«

»Ja, das kann sie.«

»Mag sie keinen der jungen Männer, die nach dir fragen, oder nur mich nicht?«

Khyra zuckte mit den Schultern. Statt ihm eine Antwort zu geben, fragte sie: »Bist du morgen wieder im Moor?«

»Jeden Tag.«

»Dann komm mittags zu dem alten Pfad hinter dem Schmetterlingspfahl vor der letzten Brücke. Geh ein Stück hinein, bis du auf einen umgestürzten alten Ahorn stößt.«

»Den kenne ich«, sagte er.

»Gut, warte da. Bitte.«

Er nickte. »Das werde ich.«

»Danke.« Zögernd trat sie einen halben Schritt zurück. »Jetzt sollte ich gehen. Besser, wir reden nicht zu lange, deine Mutter schaut herüber. Und meiner muss niemand erzählen, dass wir geplaudert haben.«

»Und was sagen wir, wenn jemand fragt, was du hier wolltest?«

»Angeln. Hier sollen die Fische gut beißen.«

»Niemand angelt hier.« Er zog die Brauen hoch. »Und du hast nichts gefangen.«

»Dann habe ich wohl keine Ahnung und bin eine furchtbare Anglerin. Dass ich etwas nicht kann, werden die Leute leicht glauben.« Lächelnd wandte sie sich ab und ging davon.

Milan blickte ihr hinterher und sagte leise: »Es sind die Leute, die keine Ahnung haben.«

Weil er nicht mit seiner Mutter reden wollte, schlenderte Milan hinüber zu Pjer, der ein Loch in seiner Hose flickte. Doch bevor er ihn richtig gegrüßt und sich erkundigt hatte, warum er nun doch nicht angeln war, fragte Pjer: »Du weißt aber schon, dass das eine Moorelfentochter ist?«

Milan verkrampfte sich. Er wollte losschnauzen, dass das nicht wahr sei und dass Pjer sie gar nicht kenne, aber er riss sich zusammen, weil sie zu verteidigen nicht zu dem passte, worum Khyra ihn gebeten hatte. Dann fragte er sich, ob Pjer sie vielleicht doch kannte und er selbst nur nichts davon wusste, weil sie in den letzten Jahren außerhalb der Torfwerke viel zu wenig gesprochen hatten. Eifersucht und Zweifel griffen nach ihm, aber auch das ließ er sich nicht anmerken. »Bist du dir sicher?«

»Natürlich. Sonst hätte ich sie längst angesprochen, so hübsch, wie sie ist. Alle hätten sie angesprochen.«

»Woher weißt du, dass sie eine ist?«, hakte Milan nach. Er musste es wissen, obwohl er es nicht glauben wollte.

»Das sagen alle.«

»Sie sagen es? Das ist alles? Das heißt, du weißt es nicht.«

Pjer zuckte mit den Schultern. »Ich glaube nicht, dass alle lügen. Warum sollten sie?«

»Das weiß ich nicht, aber vielleicht irren sie sich. Manchmal reden sie einfach, und manchmal plappern sie auch nur nach, was sie hören, ganz ohne Grund.«

»Das stimmt.« Pjer grinste, dann wurde er wieder ernst. »Aber niemand weiß, ob sie es nicht ist, und willst du vielleicht riskieren, dass ein Moorelf dann deine Kinder stiehlt, weil sie seine Enkel sind?«

»Kinder?« So weit hatte er noch gar nicht gedacht. Er wusste nur, wie er sich in ihrer Nähe fühlte, frei und befangen zugleich, so viel größer und doch klein. Glücklich und lebendig.

»Ich sag ja nur. Und wenn du dir nicht vorstellen kannst, mit ihr Kinder zu bekommen, dann kannst du auch nach einer anderen Ausschau halten. Nach einer, die weniger Ärger bedeutet.« Er seufzte und sah Milan ernst an. »Du weißt, wie manche über dich reden. Dass du immer deine eigenen Wege gehst und so fort. Ich werde dir das nicht vorwerfen, tu, was du tun musst, aber du machst es dir leichter, wenn du ein anderes Mädchen findest. Eines, das angesehener ist.

Denn selbst wenn sie nicht die Tochter eines Moorelfen sein sollte – alle glauben, dass sie es ist.«

»Und das reicht?«, fuhr Milan auf.

Pjer hob abwehrend die Hände. »Reg dich nicht auf. Ich sage nur, wie es ist. Niemand zwingt dich, auf meinen Rat zu hören.«

Milan unterdrückte den Wunsch, ihm eine reinzuhauen, und zuckte mit den Schultern. Er wusste schließlich, dass Pjer es nur gut meinte, aber sie waren sich fremd geworden. Und das Letzte, was Khyra jetzt brauchte, war, dass ihrer Mutter irgendwelche Gerüchte über mögliche Kinder zu Ohren kamen. »Wir haben einfach darüber geredet, warum sie hier angelt und so. Ich habe ihr gesagt, dass man hier nichts fängt, und da ist sie gegangen. Mehr war nicht, mehr wollte ich nie.«

»Gut.« Pjer nickte. »Wenn ich gleich mit der Hose fertig bin, geh ich richtig angeln. Die anderen sind schon vorgegangen. Magst du mitkommen? Dann kannst du uns vom Moor erzählen und wie du das Irrlicht gefangen hast.«

»Meinetwegen«, sagte Milan. Er hatte es schon oft erzählt, aber er würde alles mitmachen, was ihn noch eine Weile von zu Hause fernhielt. Und solange die Sprache nicht auf den Alchymisten kam, würde niemand spotten. »Nur über den Verkauf des Irrlichts rede ich nicht.«

Pjer grinste. »Ja, das wäre wohl besser.«

Am Abend kehrte Milan mit leeren Händen heim. Zwar hatte er am Nachmittag zwei Forellen gefangen, aber eben nur zwei, eine dritte hatte einfach nicht beißen wollen. Weil er nicht schon wieder mit nur zwei Fischen auftauchen wollte, hatte er die Forellen verschenkt. Die anderen hatten gelacht, aber dank Pjers Anwesenheit war es ein beinahe gutmütiges Spotten gewesen.

Als Milan eintrat, saß Mutter trinkend am Tisch. Wütend verzog sie das Gesicht.

»Du kommst also doch noch nach Hause?«, blaffte sie.

»Das tu ich immer.«

»Aber spät!«, stieß sie hervor. »Warst du bei ihr? Triffst du dich jetzt regelmäßig mit ihr? Nach allem, was ich dir gesagt habe?«

»Nein.«

»Lüg nicht! Ich hab euch doch gesehen!«

»Sie war nur zum Angeln hier. Die Fische hier sollen …«

»Unsinn!«, unterbrach sie ihn und sprang auf. Speichel regnete aus ihrem Mund, ihr Atem roch säuerlich. »Wo warst du dann?«

»Angeln.«

Lauernd stierte sie ihn an. »Und hast nichts gefangen?«

»Doch, ich hab die Fische nur verschenkt.«

»Verschenkt? An wen denn? An sie?«

»Nein, sie …«

»Sie ist nicht gut genug für dich!«, unterbrach sie ihn erneut. Die gewohnte Beherrschtheit war in Wein und Nachtbrannt ertränkt, und der aufgestaute Zorn brach ungebremst hervor. »Ein Moorelfenbastard, die Tochter einer Frau, die sich von einem elenden Elfen hat verführen lassen! Was soll das für eine Frau sein? Keine mit Ehre, also halt dich von ihr fern! Meinst du, du hast unserer Familie nicht schon genug Schande bereitet? Erst Elyn, dann das verkaufte Irrlicht! Und wann wehrst du dich endlich gegen diesen elenden Namen? Moorläufer! Ein Schimpfwort wie Moorelf!« Sie schnaubte. »Und dann noch eine leibhaftige Moorelfentochter? Nein, so tief sind wir noch nicht gesunken!«

Milan sah sie an, wie sie da hockte in ihrer verknitterten Sonntagskleidung, die Haare sorgfältig gebunden, das Gesicht aber verzerrt. Angst stand ihr in den Augen, und Milan dachte: *Wir? Welches* wir? *Was ist denn von der Familie noch übrig? Jeder säuft und läuft für sich allein.*

Plötzlich hatte er einen bitteren Geschmack auf der Zunge, den er am liebsten ausgespuckt hätte, aber das würde er nicht im Haus tun. Vergebens versuchte er, ihn mit Wasser runterzuspülen.

Wir! Was ist davon übrig außer Vorwürfen und Schweigen?

Bevor er etwas erwidern konnte, taumelte Vater herein, das Hemd befleckt, die Augen glasig. Er hatte wohl Karten gespielt, auch wenn er in letzter Zeit meist verlor. Das machte ihn zu einem beliebten Mitspieler, vielleicht war es auch der einzige Grund, weshalb sie ihn wieder an den Tisch ließen.

»Kein Glück.« Er sank auf den nächsten Stuhl und stierte Milan vorwurfsvoll an. »Früher hatte ich mehr Glück.«

»Und mehr Stolz«, entfuhr es Milan.

»Wie meinst du das?«

»Wie ich es gesagt habe. Früher wolltest du auch gewinnen.«

Verwirrt sah der Vater ihn an, erwiderte jedoch nichts, sondern blieb einfach sitzen. Dann stützte er den Kopf in die Hände. »Ich hab Hunger.«

Nein, dachte Milan bitter, *so tief sind wir noch nicht gesunken. Wir finden immer noch jemanden, auf den wir herabsehen können.* Er wollte lachen, aber er konnte es nicht.

Obwohl er hundemüde war, lag Milan bis spät in die Nacht wach; seine Gedanken kamen nicht zur Ruhe. Er fühlte sich verraten, von den Eltern und von Pjer, und dachte wieder und wieder: *Ich glaube nicht, was ihr über Khyra erzählt.* Aber zugleich traute er ihrer Mutter alles Mögliche zu. Was, wenn sie sich doch mit einem Moorelfen eingelassen hatte? *Nun, selbst dann könnte Khyra das Kind ihres Vaters sein,* beantwortete er sich die Frage selbst. Das bedeutete nichts, wenngleich – er wusste, dass der Samen der Moorelfen stark war. War sie also doch …?

Nein, dachte er wütend und dann endlich: *Welchen Unterschied würde es schon machen?* Er hatte sich in sie verliebt, ohne ihren Vater zu kennen, ohne einen einzigen Gedanken an ihn zu verschwenden. Was also spielte es für eine Rolle, wer er war?

Verliebt.

Laut ausgesprochen hatte er es bislang nicht, aber nun dachte er es. Dabei erschien ihm das Wort viel zu schwach für das, was er empfand. Und das konnte er nicht einfach so ändern – wollte es auch nicht. Er selbst war nicht wie seine Eltern, und sie war nicht wie ihre Mutter. Weshalb also sollte sie dann ausgerechnet nach ihrem Vater kommen?

»*Wir,* Mutter?«, fragte er leise in die Dunkelheit. »Es ist mir egal, was du sagst, *ich* werde sie wiedersehen.« Und er würde nicht darüber reden. »Wir haben sehr unterschiedliche Vorstellungen davon, was Ehre bedeutet.«

Draußen im Moor erklang das Fauchen des Nachtwyrms. Obwohl es so fern war, so leise, dass man es kaum hörte, krampfte sich für einen Moment Milans Magen zusammen, sein Herz schrumpfte, und er bekam Gänsehaut. Irgendwo in der Nachbarschaft plärrte ein Säugling los, und ein Kind weinte laut. Noch einmal erklang das Fauchen, und Milan fragte sich, ob die Alten vielleicht doch recht hatten. Kam der Nachtwyrm immer näher an Nebelbruch heran?

Er selbst hatte wenige Tage zuvor zum ersten Mal ein Irrlicht in der Stadt gesehen, und das schien dazu zu passen. Im Augenblick konnte er nicht erkennen, was draußen war, weil das Laken noch vor dem Fenster hing, doch hätte er gern gewusst, ob da wieder das Irrlicht lauerte. *Unsinn,* dachte er sofort, aber die Vorstellung ließ ihn nicht los.

Langsam stand er auf, um einen raschen Blick aus dem Fenster zu werfen. Er schob das Laken beiseite und sah nichts als dichten Nebel und Dunkelheit. Doch in Richtung der Schwarzmoore ahnte er ein flackerndes Leuchten, das sich herbeibewegte.

Mit einem leisen Fluch drückte er das Laken wieder ans Fenster und schob das Bett in die Ecke, in der er die Nacht nach Elyns Verschwinden verbracht hatte. Die Nacht, in der das Irrlicht zu ihm gekommen war. Auch wenn er nicht wusste, ob das da draußen dasselbe war und ob es überhaupt zu ihm wollte, verkroch er sich unter der Decke, das Gesicht zur Wand gedreht, die Augen geschlossen.

4

Es war noch lange nicht Mittag, als Milan an der Brücke anlangte. Viel zu früh, aber seine Gedanken waren sowieso seit dem Morgen beim Treffen mit Khyra. Je länger er an sie dachte, desto schöner, stolzer, schlauer, freier und begehrenswerter erschien sie ihm. Und zugleich wurde er unsicher, warum sie um das Treffen gebeten hatte. Wollte sie ihn sehen, so wie er sie sehen wollte – oder hatte sie nur noch weitere Fragen zum Irrlicht? Zu den Wegen durchs Moor, die er als Moorläufer ja kennen musste.

Moorläufer.

Er schüttelte den Kopf und dachte: *Moorelfentochter.* Dann folgte er dem schmalen Pfad hinter dem Schmetterlingspfahl, trat über schlammigen Boden und durch dichtes Unterholz, bis er schließlich den vorgeschlagenen Treffpunkt erreichte. Der umgestürzte Ahorn lag etwas abseits des Pfads, und Milan setzte sich halbwegs in der Mitte auf den Stamm, der dort noch immer mehr als einen Schritt durchmaß. Ein Großteil der Rinde war abgeblättert, unterschiedliche Käfer und schwarze Fliegen krabbelten über das Holz.

Warum willst du dich mit mir treffen?

Unruhig sprang er schon bald wieder auf und lief hin und her, nur um sich dann doch wieder zu setzen. Bis Mittag war es noch lange hin. Glücklich dachte er daran, wie sie ihn angesehen hatte, und dann fiel ihm ein, wie eisig der Blick ihrer Mutter gewesen war und wie ablehnend die Eltern über Khyra geredet hatten.

»Niemand wird gegen den Willen seiner Eltern glücklich«, hatte Pjer einmal gesagt, und das erzählten auch alle Geschichten: Die Kinder verfeindeter Familien konnten nicht zusammenkommen, sosehr sie einander auch liebten und es versuchten. Solche Liebe scheiterte immer tragisch, sie musste es.

Das sind nur Geschichten, dachte Milan sogleich, *und unsere Familien sind nicht einmal verfeindet. Sie sehen nur gegenseitig aufeinander herab.* Aber er wusste nicht, ob das besser war.

Die Liebe zu einer Moorelfe hat noch in jeder Geschichte ins Verderben geführt, schoss es ihm durch den Kopf.

Geschichten sind nur Geschichten, wiederholte er in Gedanken, *und Khyra ist keine Moorelfe.*

Wieder glitt er vom Baum herunter und hob den nächstbesten Stock auf. Alle Gedanken waren ihm egal, er wusste, was er fühlte, nur darauf kam es an. Und darauf, was sie fühlte.

Und dachte.

Langsam kratzte er seinen Namen in den feuchten Boden und wollte ihren danebensetzen, wusste aber nicht, wie der geschrieben wurde, und zögerte. Er wusste nicht, ob sie es überhaupt würde lesen können und was sie denken würde, wenn sie nicht so fühlte.

Im Matsch löst sich sowieso jede Schrift bald auf, das ist kein gutes Omen. Sowieso war es besser, wenn niemand ihrer beider Namen nebeneinander fand, wenn sie sich schon heimlich trafen. Auch wenn kein Torfstecher lesen konnte, wer wusste schon, wer die Buchstaben bemerken würde? Trotzdem fühlte er einen Stich des Bedauerns, dass er ihren Namen nicht schreiben konnte, und so wischte er seinen eigenen mit der Fußsohle fort.

Er warf den Stock weg und überlegte, was er mit ihr reden sollte. Er wusste es nicht. Sollte er sie fragen, ob sie die Tochter eines Moorelfen sei? Nein, das würde er nicht tun. Nach ihrer Familie würde er nicht fragen, vielleicht nach ihrer bevorstehenden Moorweihe. Und was sonst? Er musste herausfinden, was sie fühlte, wusste aber nicht, wie. Wusste nicht, wie er von seinen eigenen Gefühlen reden sollte; alles, was er sich zurechtlegte, verwarf er sofort wieder. Wieder und wieder, bis es Mittag wurde und er noch viel weniger wusste, was er sagen sollte.

Und plötzlich trat sie aus dem Unterholz. Lächelnd blieb sie vor ihm stehen. »Hallo, Milan.«

»Hallo, Khyra.« Sein Mund war trocken, und sein Herz schlug laut.

Nach der Begrüßung sahen sie einander nur an, Blick in Blick verhakt, die Münder unschlüssig leicht geöffnet. Kein Wort wollte über seine Lippen kommen, er sah ein Leuchten in ihren Augen und dachte: *Moorelfe.*

Und: *Unsinn.*

Dann dachte er nur noch, wie schön sie war, und sein Herz schlug umso lauter, und auf einmal küsste sie ihn und er sie, und sie umschlangen sich, und das Denken war nicht mehr wichtig, auch keine Worte, keine Fragen, nichts, nur der Augenblick.

Und der dauerte ewig.

Später dann saßen sie nebeneinander an einen Baum gelehnt und blickten auf den Pfad, der sich im Moor verlor.

»Ich kann nicht mehr lange bleiben«, sagte Khyra.

»Schade«, sagte er, obwohl das Wort für das, was er ausdrücken wollte, viel zu schwach war.

»Ja.«

»Kannst du morgen wiederkommen?«

»Nein. Morgen fährt unser Nachbar Cholan mit, der würde mich bei Mutter verpfeifen.«

Milan begriff, dass sie auf einem der Kähne arbeitete, die den Torf an den Gruben aufluden und über den Fluss zum Nebelbrucher Hafen brachten. Das bedeutete, dass sie in gewisser Weise auch jeden Tag durchs Moor streifte, so wie er, und der Gedanke gefiel ihm. Der Nachbar dagegen weniger. »So ein elender Verräter!«, fluchte er.

»Nun, er würde das genau andersherum sehen. Für ihn wäre ich die Verräterin; ich würde meine Familie verraten, weil ich mit dir hier bin.«

»So schlimm bin ich für sie?«

Sie schmunzelte. »Auch nicht schlimmer als ich in den Augen deiner Familie, wenn ich dich richtig verstanden habe. Oder?«

Er nickte und zog sie an sich, froh, dass sie trotz allem hier war. Gemeinsam lachten sie darüber, dass ihrer beider Familien sich jeweils für etwas Besseres hielten, aber es war ein bitteres Lachen.

»Warum wolltest du dich mit mir treffen?«, fragte er.

»Darum«, antwortete sie.

»Das ist gut.«

»Was hast du gedacht?«

»Ich war nicht sicher«, gestand er, »aber ich habe es gehofft.«

»Gut.« Sie lächelte.

»Sehen wir uns wieder?«

»Wenn es nach mir geht, jeden Tag, an dem Cholan nicht an Bord ist.« Sie küsste ihn noch einmal, löste sich von ihm und stand auf. »Aber jetzt muss ich gehen.«

»Woher weiß ich, wann Cholan nicht dabei ist?«

»Irgendwie gebe ich dir Bescheid, mir fällt schon etwas ein.«

»Ich bin einfach jeden Mittag hier«, versprach er, er hatte sowieso nichts anderes zu tun.

»Ich komme, sooft ich kann«, sagte sie, und dann lief sie davon. Er sah ihr nach, bis sie im Unterholz verschwunden war, und hoffte, diesem Cholan würde schon morgen eine andere Arbeit zugeteilt oder er bräche sich ein Bein.

Zwei Tage lang kam sie nicht zum gefallenen Ahorn, und der wartende Milan begann, ein Abbild von ihr zu schnitzen, das ebenso groß war wie sie selbst. Körper, Kopf und Beine schnitt er aus einem Stück Zypressenstamm, die Arme wollte er aus Ästen machen, die er noch suchen musste.

Am dritten Tag kam sie, mit geröteten Wangen, sie war gerannt, um mehr Zeit mit ihm zu haben. Sie küssten sich lange und berührten sich, und als sie voneinander abließen, sah sie die Statue, an der alles noch grob war bis auf das Gesicht.

»Bin das ich?«, fragte sie.

»Ja.«

»Du bist gut.«

Er zuckte mit den Schultern. »Mein Großvater hat es mir beigebracht. Und Elyn.«

»Und bringst du es mir bei?«

Gern zeigte er ihr, was er gelernt hatte. Dabei erzählte er ihr von Großvater und den Eltern, bis sie gehen musste. Als sie fort war, schnitzte er glücklich an der Statue weiter.

Schon am nächsten Mittag kam sie wieder, und diesmal konnte sie sogar etwas länger bleiben. Als sie später am Ahorn saßen, fragte er unvermittelt, ob sie die Tochter eines Moorelfen sei. Noch wenige Tage zuvor hatte er das auf keinen Fall tun wollen, doch nun fühlte er sich ihr so nahe, dass er es wagte.

»Ich weiß es nicht«, erwiderte sie ruhig. Sie schien die Frage nicht als Angriff aufzufassen, vielleicht hatte sie längst damit gerechnet. »Mutter hat es mir nie gesagt, und ich habe mich nie direkt zu fragen getraut. Wie hätte ich das auch anstellen sollen? *Mama, war mein Vater überhaupt mein Vater, oder hast du ihn betrogen, und hat ihn das in den Tod getrieben?*« Sie drehte den Kopf und sah ihn an. »Sonst bin ich kein Feigling, aber das kann ich nicht. So viele werfen ihr das an den Kopf, aber sie ist meine Mutter.«

»Ja.« Das verstand er gut.

»Immer wenn ich es über Umwege versucht habe, wenn ich erzählt habe, die Leute sagen dies oder das, hat sie geantwortet: *Lass sie reden*. Dabei wussten wir beide, dass das keine Antwort auf die eigentliche Frage war. Irgendwann kam mir der Gedanke, dass sie es womöglich selbst nicht weiß, und das denke ich noch immer. Dass sie vielleicht tatsächlich mit einem Moorelfen geschlafen hat, aber eben auch mit ihrem Mann, und als sie dann schwanger wurde, war nicht klar, von wem.

Anfangs habe ich gehofft, mein Vater wäre mein Vater. Ich habe die Götter angefleht, dass es so ist, weil ich nicht verstoßen werden wollte, weil ich nicht zu den schlimmen Moorelfen gehören wollte, weil ich nicht wollte, dass meine Mutter verachtet wurde. Dann habe ich begriffen, dass selbst Götter die Vergangenheit nicht ändern können, ich war nun mal die, die ich war. Ich wurde älter, und die Leute tuschelten weiter, obwohl sie nichts wussten. Irgendwann habe ich mir aus Trotz gewünscht, eine halbe Moorelfe zu sein. Einfach weil so viele mich deshalb schief ansahen und manche vor mir ausspuckten, weil sie alle hinter Mutters Rücken flüsterten. Ich war sicher, dass sie das taten, weil sie die Moorelfen fürchteten – und ich wollte, dass sie auch mich fürchten. Ich wusste, in ihren Augen würde ich nie eine von ihnen sein, also wollte ich auch nicht mehr zu ihnen gehören.

Ich habe um die Arbeit auf dem Boot gebettelt, denn ich

wollte raus ins Moor. Meine Hoffnung war, dass mein Vater ein Moorelf wäre, dass er mich beobachten und irgendwann, wenn er mich allein sähe, ansprechen würde, und so habe ich mich abgesondert, so gut es eben ging. Es ist aber niemand zu mir gekommen, ich habe nie auch nur den Schatten eines Moorelfen entdeckt, und längst frage ich mich, ob sie sich überhaupt noch für uns Menschen interessieren oder ob sie nicht einfach in ihren Ländern tief im Moor leben, jenseits der Heimat des Nachtwyrms. Inzwischen wünsche ich mir aber, dass nicht ein Moorelf mein Vater ist. Denn wäre ich tatsächlich das Kind eines Moorelfen, könnte auch der Rest des Geredes wahr sein. Dann hätte er den Mann umgebracht, den ich als Kind immer als meinen Vater kannte. Der mich im Suff beschimpft und mich, wenn andere mich beschimpften, bis aufs Blut verteidigt hat. Der – anders als der Moorelf – da war. Wäre ich die Tochter des Moorelfen, wäre ich wohl auch die Tochter eines feigen Mörders, und das will ich nicht sein. Und …« Sie unterbrach sich und zuckte mit den Schultern. »Und ich rede viel zu viel.«

»Tust du nicht.« Er lächelte. »Und selbst wenn – dann heißt das nur, dass du keine Moorelfe bist. Die sollen schweigsam sein wie der schwarze Pfuhl, in dem sie geboren werden.«

»Heißt es das?«

»Ja.«

»Wer sagt das?«

»Ich weiß nicht mehr.«

»Schade.« Sie kuschelte sich an ihn. »Aber es klingt gut.«

Er küsste sie auf die Stirn. »Du bist keine Mörderin.«

»Ich weiß, aber wenn er mein Vater ist, dann …«

»… bist du noch immer keine Mörderin. So wie ich kein Moordiamantendieb bin, nur weil meine Schwester einen gestohlen hat.«

»Das ist …«

»Ja?«

Sie löste sich von ihm, setzte sich auf und sah ihn an. »Warum sehen die anderen das nicht so? Warum sind wir für sie nur die Tochter eines mörderischen Moorelfen und der Bruder einer ehrlosen Diebin? Wann sind wir einfach nur die, die wir sind?«

»Vermutlich nie.« Milan schnaubte. »Aber wenn wir einen Moordiamanten finden und abliefern, dann überstrahlt das alles. Dann ist alles andere vergessen.«

»Wenn es weiter nichts ist …«

»Nun, du kannst bei der Moorweihe noch dein Irrlicht fangen, aber das müsstest du an die Freifrau verkaufen, nicht an Meister Athan.«

»Niemals!«

»Dann musst du wohl oder übel auch einen Moordiamanten finden. So wie ich.«

Doch das war leichter gesagt als getan. Khyra durfte schließlich noch nicht im Moor graben, und er streifte durchs Moor, um nichts zu finden, während alle anderen gruben.

In der folgenden Woche konnten sie sich dreimal treffen, und bis zum dritten Mal hatte Milan die große Khyrafigur fertig. Sie war das Beste, was er jemals aus Holz geschaffen hatte.

»Sie ist schöner als die Statue des Königs«, staunte Khyra, als sie davorstand.

»Du bist ja auch schöner als er«, erwiderte er, glücklich und stolz.

»Alberner Charmeur!« Lächelnd umkreiste sie ihr Abbild und betrachtete es von allen Seiten. »Hast du je daran gedacht, von hier fortzugehen? Du könntest für die Bildhauer in der Hauptstadt arbeiten.«

»In Parouge?« Das war ihm noch nie in den Sinn gekommen, er hatte sich nie als Künstler gesehen. Er hatte Khyra geschnitzt, weil er sie liebte, und den Nachtwyrm, den fürchtete und hasste er. Aber für den König, seinen gesamten Hof, überhaupt alle in der Hauptstadt empfand er nichts, und die wollten aus Marmor oder Bronze gefertigt werden, das konnte er nicht. Außerdem konnte er nicht fort. »Nein. Hast du daran gedacht, fortzugehen?«

Sie schüttelte den Kopf. »Bislang wusste ich nicht, wohin ich allein sollte.«

»Wüsstest du es denn, wenn du nicht allein wärst?«

»Nein, aber dann wäre es mir egal. Ich kenne ja nichts als Nebelbruch, überall sonst bin ich fremd.«

»Ich würde jederzeit mit dir gehen«, sagte er, ohne zu zögern, »aber ich kann nicht, wegen meiner Schwester. Die Freifrau würde glauben, ich hätte einen Moordiamanten geklaut wie sie, und wäre sofort hinter mir her. Und selbst wenn sie es nicht glauben würde, gäbe es Gerede und Gerüchte, und das dürfte sie nicht zulassen. Sie müsste zeigen, dass sie Moordiamantdiebe zur Strecke bringt, und würde uns gnadenlos jagen. Durchs Moor können wir nicht, da zerreißt uns der Nachtwyrm, und überall sonst findet sie uns.«

»Aber du würdest mit mir fortgehen?«

»Ich würde«, versicherte er, und er meinte es so. Er kannte sie noch nicht lange, aber er würde mit ihr bis ans Ende der Welt gehen, auch darüber hinaus – nur nicht, wenn das ihr sicheres Todesurteil wäre. Und das wäre es; die Freifrau würde sie erwischen und hinrichten, ganz egal, ob sie beide einen Moordiamanten bei sich hätten oder nicht. Die Freifrau würde behaupten, sie hätten ihn bereits verkauft.

Khyra zog ihn an sich und küsste ihn, als hätten sie sich tatsächlich auf den Weg gemacht.

Anschließend beschrieb er ihr, welche Pfade im Moor sicher und welche tückisch waren, denn er wollte, dass sie sich nicht verlor, wenn sie sich in wenigen Wochen bei ihrer Moorweihe auf die Suche nach einem Irrlicht und ihrer Vision machte. Er erzählte ihr, wo er vom dünnen Mann geträumt hatte, wo der vermutlich begraben lag, und warnte sie davor, dort einzuschlafen. Davor, überhaupt irgendwo einzuschlafen.

»Das werde ich nicht«, versicherte sie und prägte sich alles gut ein.

Dann trugen sie die geschnitzte Figur fort, damit sie ihren geheimen Treffpunkt nicht verriet. Sie brachten sie zu einem vergessenen, längst überwucherten Pfad, der tief ins Moor führte, bis er sich verlief.

Später, als Khyra gegangen war, kam Nebel auf, und mit dem Fortschreiten des Nachmittags wurde er immer dichter. Ziellos streifte Milan umher und dachte an Khyra und ihre Frage, ob er mit ihr davonlaufen würde und was wäre, wenn es die Freifrau nicht gäbe. Dass er in der Hauptstadt Parouge Erfolg haben würde, glaubte er nicht, er war ein Torfstecher, und einmal Torfstecher hieß immer Torfstecher, daran ließ sich nichts rütteln. Doch was, wenn es dennoch möglich wäre? Wenn sie irgendwohin gingen, wo niemand wusste, wer sie waren? Wenn er tatsächlich einem Bildhauer zur Hand gehen konnte?

Dann ließe die Freifrau euch trotzdem nicht fort.

Tief in Gedanken versunken, traf er plötzlich auf Spuren des Nachtwyrms, die quer über den Pfad verliefen, und erschrak. Er war weit von Nebelbruch entfernt, aber doch nicht so weit! Rasch blickte er in die Richtung, in die der Nachtwyrm verschwunden war, aber der Nebel hatte alles verschluckt, die Welt verlor sich in Schemen. *Da ist etwas,* dachte er plötzlich, etwas Großes, und er glaubte, ein lautes Platschen zu hören. Sofort stießen irgendwo Vögel schreiend in die Luft, und auch Milan wirbelte herum und rannte.

Das war nur ein Sumpfkriecher, versuchte er sich zu beruhigen, *es ist noch Tag.* Aber auch wenn er wusste, dass es so war, zeugten doch die Abdrücke davon, dass der Nachtwyrm hier gewesen sein musste, so nahe und, so wie die Abdrücke aussahen, erst vor Kurzem.

Verdammt!

Er lief weiter und weiter, immer lauschend, ob er das gefürchtete Fauchen vernahm. Das tat er nicht, aber allein die Erinnerung ließ ihn erschauern; vielleicht war es auch nur der Nebel.

Warum nur hast du den Moordiamanten gestohlen, Elyn, warum?

Hätte Elyn das nicht getan, könnte er mit Khyra fortlaufen, ohne gejagt zu werden. Dann müsste er gar nicht fortlaufen, dann wäre er der Bruder einer Moordiamantfinderin und könnte hier mit Khyra leben.

So eilte er in Richtung Nebelbruch, um dort auf die Nacht zu warten. Auch wenn er auf keine weiteren Spuren stieß, setzte sich ein Gedanke in ihm fest: *Die Alten haben recht, der Nachtwyrm kommt näher.*

5

Kaum hatte Milan am nächsten Morgen jenseits der letzten Brücke einen entlegenen Platz gefunden, begann er mit dem Bau eines Nachtwyrms aus Holz, Knochen und Stein. Riesig sollte er werden, wenn auch nicht lebensgroß wie die Figur von Khyra, dafür war die Bestie zu gewaltig. Nicht schön, sondern Furcht einflößend sollte er werden, so, wie er Milan seit Jahren in Träumen heimsuchte, wie es zu den zahlreichen Geschichten und dem fernen Fauchen passte, zu den Spuren im Moor und den Wunden, die er Elyn zugefügt hatte. Ein Sammelsurium zum Tod und Ausdruck von allem, was Milan fürchtete.

Also suchte Milan nach Tiergerippen und knorrigen Ästen abgestorbener Bäume, nach kantigen Steinen und schlammverschmierten Bruchstücken abgeblätterter Rinde. Alles, was er bis zum Mittag fand, trug er bei einem umgestürzten Baum zusammen, dann ging er zum Treffpunkt am Ahorn. Diesmal kam Khyra nicht, obwohl er länger wartete als sonst, also suchte er weiter nach allem, was zur Bestie passen konnte. Dabei fühlte er sich allein wie lange nicht mehr.

Bis zum Abend hatte er einen ganzen Berg von Bruchstücken des Todes zusammengetragen. Aus dem Stamm würde er den Körper formen, fünf oder sieben Schritt lang, aus den Fundstücken die Zähne und Hornplatten, die Klauen und Augen und alles andere.

Als es dunkel war und er aus dem Moor kam, stand an der Rampe zum Pfahlviertel wieder eine Gestalt. Diesmal ging sie nicht fort, sondern trat auf ihn zu, und er erkannte einen der Soldaten, die damals vor seiner Tür auf das Irrlicht gewartet hatten.

»Hast du noch immer nichts gefunden?«, fragte er barsch.

»Nein«, erwiderte Milan knapp.

»Ich denke, du kennst dich im ganzen Moor aus?«

»Nein.« Milan schüttelte den Kopf. »Das tut niemand, es ist riesig.«

»Du bist der Moorläufer, du solltest etwas finden.« Der Soldat wandte sich ab, drehte sich aber noch einmal um. »Findest du nichts, solltest du besser länger suchen, und das an jedem Tag. Komm also nicht mehr so früh aus dem Moor.«

»So früh? Es ist Nacht.«

»Nun, die Nacht ist lang.« Und ohne ein weiteres Wort schritt der Soldat davon.

Am nächsten Mittag ballten sich graue Wolken am Himmel, und die Luft war drückend, aber Khyra kam. Milan und sie umarmten sich, versanken in einem Kuss und berührten einander überall.

Später fragte sie: »Würdest du noch immer mit mir fortgehen?«

»Natürlich«, sagte er.

»Auch nach Parouge?«

»Wohin du willst.«

»Gut. Dann muss einer von uns beiden einen Moordiamanten finden, so wie du gesagt hast«, erinnerte sie ihn. »Dann ist der kein einfacher Torfstecher mehr, sondern ein Held. Dann brauchen wir den Segen unserer Familien nicht, dann sind wir frei in unseren Entscheidungen, dann haben wir genug Geld, um nicht nur von Tag zu Tag zu denken. Dann können wir den Trupp begleiten, der den Moordiamanten in die Hauptstadt bringt, und dort kann der Finder sich als Held feiern lassen und von den Gefahren des Moors erzählen. Vielleicht sogar am Hof, immerhin ist es der Stein des Königs.«

»Lange werden sie uns nicht feiern, wenn überhaupt«, sagte Milan. »In ihren Augen sind wir nur Torfstecher, weniger wert als Handwerker.«

»Aber Handwerker haben sie in der Hauptstadt genug, wir dagegen sind ein Kuriosum. Einen Tag lang werden sie uns begaffen, bevor sie etwas Neues finden. An diesem einen Tag kannst du einen Bildhauer für dich einnehmen und ich den Hafenmeister oder einen Schiffbauer; ich kann ein Boot lenken und anpacken. Diesen einen Tag haben wir, um uns ein neues Leben zu verschaffen.«

Er schmunzelte. »Das klingt, als hättest du lange darüber nachgedacht.«

»Die halbe Nacht.«

Würde einer von uns einen Moordiamanten finden, könnten wir vielleicht sogar bleiben, dachte er, aber zugleich war ihm klar, dass ihrer beider Vergangenheit nie vollständig vergangen sein würde, sie würde immer unter der Oberfläche des Jubels und des Schulterklopfens lauern. Die Freifrau würde nicht vergessen, dass er das Irrlicht an den Alchymisten verkauft hatte, und niemand würde vergessen, dass Khyra möglicherweise von einem Moorelfen abstammte. Einer von ihnen wäre vielleicht ein Held, aber der oder die andere würde als seiner nicht würdig gelten; das würden sie immer zu spüren bekommen.

»Würdest du auch bleiben, wenn du einen findest?«, fragte er.

»Nein«, erwiderte sie ohne Zögern. »Du?«

»Nein. Vielleicht, wenn wir beide zeitgleich einen Moordiamanten finden, aber das wird nicht passieren.«

»Nein, sicher nicht.« Sie schüttelte den Kopf und sah ihn an. »Ist das verrückt?«

»Was?«

»Dass wir uns erst so kurz kennen und trotzdem planen, gemeinsam fortzugehen, alles hinter uns zu lassen, Familie, Freunde?«

»Ablehnung und Beschimpfungen, das Verbot, uns zu sehen?«

»Das auch.« Sie grinste. »Trotzdem.«

»Ja, vielleicht ist es verrückt.« Er zuckte mit den Schultern. »Aber ich will es nicht anders. Du?«

»Nein.«

»Dann werde ich jetzt nach einem Moordiamanten suchen«, sagte er und erzählte ihr von dem vielversprechenden Torfgebiet, das er gefunden und nicht gemeldet hatte, um die Torfstecher nicht so weit hinauszujagen, denn von dort würden sie nie vor Einbruch der Nacht zurückkehren. Und der Nachtwyrm umschlich die Stadt inzwischen in sehr engen Kreisen.

»Dann lass dich nicht von ihm erwischen.«

»Ich verschwinde vor der Dämmerung.«

»Bei dichtem Nebel soll er auch schon am Tag gesehen worden sein.«

Er schüttelte den Kopf. »Nein, ich bin seit Jahren im Moor, ohne ihm je am Tag begegnet zu sein. Mehr Sorgen macht mir, dass ein anderer Torfstecher mich sehen könnte. Niemand würde glauben, dass ich nach einem Moordiamanten suche, um ihn abzugeben. Ich, der Bruder der Diebin, der nicht einmal sein Irrlicht der Freifrau verkauft und ein Abbaugebiet verschweigt.«

»Heißt das, du suchst lieber nicht?«

»Nein, natürlich suche ich.«

Sie wollte ihm helfen, aber das ging nicht, das Gebiet war viel zu weit weg. Khyra würde es von dort nicht rechtzeitig zu ihrem Boot schaffen, und das würde zu großes Misstrauen wecken, zu viele Fragen aufwerfen. Und so träumten sie eng umschlungen und unter Küssen von einem Fund, bis Khyra aufbrechen musste.

Kaum war sie weg, lief Milan los, um sich das Nachttorfgebiet noch einmal anzusehen und zu überlegen, wo er am besten grub. Wenn er doch nur mit Elyn hätte reden, sie hätte fragen können, wo sie ihren Diamanten gefunden hatte und ob es im Torf Anzeichen gab, auf die man achten konnte. Aber Elyn war tot, sie würde ihm nie mehr eine Antwort geben.

Tief in ihm regten sich die alten Schuldgefühle, doch er schob sie fort und schrie laut hinaus: »Du bist selbst schuld, verdammt noch mal! Du allein! Hörst du? Du hättest doch sowieso nicht auf mich gehört!«

Vögel stoben meckernd davon, im Unterholz raschelte etwas, aber Elyn hörte ihn nicht, kein Mensch hörte ihn hier draußen.

Bald darauf kroch Nebel heran, und Milan machte sich auf den Weg zurück, auch wenn er nicht glaubte, dass der Nachtwyrm mit dem Nebel käme. Sicher war sicher. Er versteckte sich in der Nähe der Stadt und kehrte erst spät heim, später als an den Abenden zuvor. Der Soldat wartete auf ihn, sprach ihn jedoch nicht an, sondern verschwand einfach.

Während der nächsten Tage wechselten sich Sonne und Regen ab, wie im August üblich, die Tropfen verdampften rasch von den Blättern oder verschmolzen mit dem Boden. Milan nahm seinen Spaten und eine Axt mit ins Moor. Jeden Vormittag arbeitete er an dem Nachtwyrm, schlug mit der Axt den Drachenkörper aus dem alten Holz. Bei jedem zweiten Schlag dachte er an die Freifrau, daran, dass sie ihn nur ins Moor schickte, damit die Bestie ihn fraß.

Mittags wartete er auf Khyra, und wenn sie kam, küssten

sie sich und sprachen über ihre bevorstehende Moorweihe, und sie sagte, sollte sie ein Irrlicht fangen, werde sie es auf keinen Fall der Freifrau verkaufen.

»Damit riskierst du, dass sie dich allein ins Moor schickt wie mich«, sagte Milan. »Damit der Nachtwyrm dich frisst.«

»Wie kann ich ihr etwas überlassen, wenn sie dich so behandelt?«

»Sie hat die Macht.«

»Das hat dich auch nicht geschert.«

»Nein«, gestand er.

»Ich weiß noch nicht, was ich tun werde. Ich weiß nur, dass ich eins fangen will, um all den Schwätzern das Maul zu stopfen.«

»Dann wirst du eins fangen.«

Kam Khyra nicht, machte Milan sich auf, das Gebiet mit dem Nachttorf nach Moordiamanten zu durchpflügen. Am ersten Tag zog er sein Hemd über den Kopf und kroch so über den Torf, um herauszufinden, wo er am stärksten leuchtete. Er markierte die Stellen, indem er lange Stöcke in den Boden steckte. Dort grub er fortan; einen besseren Anhaltspunkt hatte er nicht.

Knietief grub er, dann hüfttief, und anschließend schüttete er das Loch wieder zu, um möglichst wenig Spuren zu hinterlassen. Er stieß auf Steine in allen Formen und Farben, doch auf einen Moordiamanten stieß er nicht. Einen flachen runden Stein fand er, größer als seine Faust, der schimmerte metallisch im Sonnenlicht. Den steckte er ein – ein Auge für seinen Nachtwyrm.

Beim Graben und selbst auf dem Weg achtete er stets auf Geräusche in der Ferne und sah sich immer wieder um, ob sich irgendwo ein Mensch näherte. Das wäre ihm beinahe zum Verhängnis geworden. Als er, bereits auf dem Heimweg, Wasser aus dem Fluss trank und dabei mehr auf den

Pfad achtete als auf den Fluss, schnellte plötzlich ein gut drei Schritt langer Sumpfkriecher aus dem Wasser, das Maul weit aufgerissen.

Irgendwie musste Milan die Bewegung aus dem Augenwinkel wahrgenommen haben, musste vielleicht doch geahnt haben, dass das, was da vorbeitrieb, kein Stück Holz war, denn er warf sich zur Seite und konnte den schnappenden Kiefern gerade so entgehen. Fauchend klatschte der Sumpfkriecher auf den Boden und renkte vergebens den Hals.

Fluchend rappelte Milan sich auf und riss den Spaten hoch. Als der Sumpfkriecher herumwirbelte, um erneut anzugreifen, schlug er mit aller Wucht zu, schmetterte die scharf geschliffene Kante wie eine Axt seitlich gegen das Maul des Tiers. Der Aufprall war so heftig, dass seine Arme bis zu den Schultern vibrierten und ihm das Werkzeug beinahe aus der Hand gefallen wäre. Der Oberkiefer des Sumpfkriechers platzte auf, Blut spritzte, Zähne brachen heraus, und das Tier brüllte vor Schmerz.

Milan trat zwei Schritte zurück, riss den Spaten hoch, um sich größer zu machen, und brüllte vor Triumph und Wut, vielleicht auch vor Angst. Der Sumpfkriecher zögerte und starrte ihn mit gelben Augen an, und Milan brüllte lauter und drosch den Spaten auf den Boden, dass Matsch klatschte und spritzte.

Der Sumpfkriecher fauchte und glitt blutend zurück in den Fluss, um leichterer Beute aufzulauern. Milan rannte davon und schwor sich, in Zukunft besser auf alles zu achten. Er erinnerte sich an Fajenna aus den Torfwerken und die Geschichte, wie sie den Arm verloren hatte. Wie hatte er nur so dumm sein können? Er beschloss, nie wieder dort am Fluss zu trinken.

An den nächsten beiden Sonntagen vermied er es, in die Nähe von Khyras Haus zu kommen. Morgens ging er in den Tempel und besah sich die Buchstaben unter den Bildern, um selbst herauszufinden, wie man Khyra schrieb, aber es gelang ihm nicht. Priesterin Celene fragen konnte er nicht, damit hätte er sich verraten. Den Rest des Tages verbrachte er teils mit seinen Eltern und ihren ewigen Vorwürfen, teils mit Pjer und anderen in ihrem Alter. Die jungen Männer tranken, alberten herum und machten den Mädchen in ihrer Nähe schöne Augen. Um nicht aufzufallen, schloss Milan sich an.

»Ich würde es gern mal mit der halben Moorelfe machen«, sagte irgendwann ein großer, beliebter Bursche namens Aylan. Er hatte schon einiges gebechert. »Ich will wissen, ob das was anderes ist.«

Milan hätte ihm gern eine aufs Maul gehauen, aber er durfte sich nicht verraten, also ballte er nur stumm die Faust. Pjer warf ihm einen prüfenden Blick zu, doch Milan versuchte zu lächeln und zuckte mit den Schultern.

»Und was, wenn du ihr ein Kind machst?«, fragte Thjery. »Noch ein Balg für die elenden Elfen?«

»Das tu ich nicht«, beteuerte Aylan, »ich zieh ihn vorher raus. Das mach ich immer.«

Es wurde laut gelacht, und Milan trank, um nicht zu schreien.

»Lass es«, meinte Pjer und sah Milan kurz von der Seite an, »das ist es nicht wert.«

Milan fragte sich, ob Pjer das wirklich meinte oder ob er es nur sagte, um ihm zu helfen. Wütend trank er noch einen Schluck und knurrte: »Wenn du wirklich etwas anderes versuchen willst, geh doch gleich ins Moor und such dir eine richtige Elfe.«

Viele lachten, auch Aylan. Dann fragte er: »Hast du es

schon ausprobiert, Moorläufer? Bist du deshalb immer dort draußen?«

»Ich habe nie einen Moorelfen gefunden, nur Schlangen, Mücken und Sumpfkriecher, und da habe ich nichts ausprobiert.«

Sie lachten wieder, lachten und tranken. Manch einer stieß mit Milan an, aber er fühlte sich hohl, als hätte er Khyra verraten, obwohl er genau das nicht getan hatte. Verzweifelt sehnte er den nächsten Tag herbei und dass sie mittags zu ihm kommen möge. Er wünschte, er würde einen Moordiamanten finden, damit sie endlich fortkonnten von hier.

Zehn Tage später hatte er noch immer keinen Moordiamanten gefunden, doch er hatte den Nachtwyrm fertiggestellt und führte Khyra zu ihm.

Als sie ihn sah, erstarrte sie. Das steinerne Auge der Kreatur glitzerte im Sonnenlicht, aus dem Maul quollen die unterschiedlichsten spitzen Zähne. »Er ist schrecklich.«

»Das ist er«, sagte Milan. »In meinen Träumen sieht er anders aus, aber trotzdem ist er genau so. Weißt du, was ich meine?«

Sie nickte zögerlich. »Warum hast du ihn gemacht? Und dann noch so riesig und lebendig?«

»Ich weiß es nicht, ich musste einfach.«

»Und was hast du jetzt mit ihm vor?«

»Nichts. Es war nur wichtig, ihn zu erschaffen. Soll er hier herumstehen und vermodern, das wäre doch ein gutes Omen.« Er hatte überlegt, die Figur eigenhändig in kleine Stücke zu hacken, aber das hatte er wieder verworfen. Warum, wusste er nicht, und er wollte auch nicht darüber nachdenken.

Gemeinsam kehrten sie seiner Bestie den Rücken und

gingen. Khyra nahm seine Hand, und Milan hoffte, er würde nun seltener von dem Ungetüm träumen.

Auch an diesem Abend zog dichter Nebel auf und legte sich über das Moor. Milan hielt sich nicht weit von Nebelbruch zwischen Bäumen versteckt und wartete darauf, dass er endlich heimkehren konnte. Er saß an eine krumme Sumpfzypresse gelehnt, und seine Gedanken glitten immer wieder zum Nachtwyrm – zu seiner Skulptur ebenso wie zu dem Ungetüm aus seinen Träumen und dem wahrhaftigen dort draußen. Mehrmals versuchte er, das alles abzuschütteln, aber es gelang ihm nicht.

Und plötzlich war ein Irrlicht da und schwebte auf ihn zu. Einen Schritt vor ihm verharrte es, wartend und drängend zugleich. Sein Licht erhellte die Nacht, und alles schien kalt und farblos, sogar die Insekten flohen.

Milan fluchte und klammerte sich an die nächstbeste Wurzel, die aus dem Boden ragte. »Nein, ich komm nicht mit!«

Langsam näherte sich das Irrlicht, und er wollte aufspringen und fortstürzen, aber die Angst, es zu berühren, hielt ihn fest; er wusste nicht, was dann geschehen würde. Für einen Moment war er überzeugt, dass der Tod nach ihm griff und ihm mit scharfen Klauen die Brust aufreißen wollte. Und während er das Irrlicht vor sich sah, sah er in seinem Kopf den gewaltigen Nachtwyrm, sah ihn ganz deutlich, geifernd und brüllend, das Maul mit den krummen Zähnen weit aufgerissen, und er schrie: »Nein!«

Das Irrlicht schwebte noch eine Handbreit näher, kam näher als in allen Geschichten und blendete ihn. Leuchtete so hell, dass seine Augen tränten, und die Angst vor dem Nachtwyrm schüttelte ihn.

»Hau ab!«, schrie Milan, dass sich seine Stimme überschlug, und tastete nach seinem Spaten. Damit hatte er den Sumpfkriecher vertrieben, und er würde auch nach dem Irrlicht schlagen, auch wenn man Licht nicht verletzen konnte. Er musste etwas tun, bevor es zu tief in seine Gedanken drang und ihn zum Mitkommen verleitete. »Geh weg! Hau ab! Ich komm nicht mit!«

Das Irrlicht flackerte, fast als würde es zögern.

Milan bekam den Spaten zu greifen, seine Hand umschloss den Griff. Er schwitzte. »Hau endlich ab!«

Und bevor er das Werkzeug hochreißen konnte, zog das Irrlicht sich tatsächlich ein Stück zurück. Flackernd blieb es noch einen Augenblick in der Luft hängen, dann schwebte es davon. Er hatte es angebrüllt wie den Sumpfkriecher, und es hatte sich zurückgezogen wie der. Verblüfft schaute Milan ihm hinterher und sah, wie sich in seinem Licht graue Bäume aus dem Nebel schälten.

Bevor es ganz aus seinem Sichtfeld verschwunden war, verharrte es wieder, und das Leuchten drang zu ihm herüber, lockend und fordernd, und Milan war, als höre er es in seinem Kopf: »Komm.«

»Nein!« Keuchend rappelte er sich auf und packte Spaten und Tasche.

»Komm!«

Nein!

Er drehte sich um und lief, so schnell der Weg es zuließ, rannte taumelnd Richtung Nebelbruch, bis er schließlich völlig außer Atem den Schritt verlangsamte. Bang blickte er über die Schulter und stellte erleichtert fest, dass das Irrlicht ihm nicht gefolgt war. Trotzdem kehrte er in die Stadt zurück, sollte der Soldat doch sagen, was er wollte.

In der Tat sprach der Soldat ihn an, doch aus anderen Gründen. »Du solltest bald etwas finden, soll ich dir ausrichten. Die Grube gibt nicht mehr viel her, sie erschöpft sich viel schneller als gedacht. Und wenn ihr nicht graben könnt, gibt es keinen Torf und ohne Torf keinen Lohn.«

»Ich kann keinen Nachttorf herbeizaubern.«

»Dann schaff ihn anders herbei! Bleib länger draußen, du bist der Moorläufer.«

Vom Moor kam Wind herein, und in dem Moment trug er die Ahnung eines Fauchens mit sich, ganz leise, kaum zu vernehmen. Selbst in der Dunkelheit konnte Milan sehen, wie der Soldat zusammenzuckte. Sie starrten einander an, und der Soldat sagte leiser: »Finde einfach ein Gebiet. Mir recht, wenn du es tagsüber schaffst, aber das ist nicht meine Entscheidung.«

Und damit machte er kehrt und verschwand.

6

Am nächsten Tag ging Milan wieder hinaus zu dem Nachttorfgebiet, das er den anderen verschwieg. Noch beim Frühstück hatte sein Vater geraunzt, wie lange er noch vergebens dort draußen herumstolpern wolle und warum er die Freifrau immer wieder enttäuschen müsse. »Und damit auch uns! Früher waren wir angesehen, und dann habt ihr Kinder unseren Ruf zerstört!«

»Ganz unabhängig von unserem Ruf brauchen wir alle eine neue Grube, wenn wir nicht hungern wollen«, hatte seine Mutter ergänzt. »Verstehst du das?«

Er hatte genickt und sich verkniffen zu sagen, dass er für den Notfall längst ein Gebiet hatte. Dass niemand seinetwegen werde hungern müssen. Und nun stand er hier und ließ den Blick schweifen. Es war verdammt weit draußen, die Freifrau würde sich freuen, aber die Torfstecher würden mit den Zähnen knirschen und die Wege durch die Dämmerung verfluchen. Warum war er nicht näher an der Stadt auf Nachttorf gestoßen?

Weil du nicht gesucht hast – so wie alle es dir geraten haben.

Daran konnte er nichts mehr ändern, und er wies die Schuld von sich. Wenn es tatsächlich so drängte, hätten sie zwei, drei weitere Sucher aussenden können.

Sein Blick fiel auf eine Unebenheit im Boden, dann auf eine weitere, und mit einem Mal wurde ihm klar, dass er niemanden hierherführen konnte. Jeder würde sofort erkennen, dass hier gegraben worden war, und jedem wäre sofort klar, weshalb. Und von wem. Wie entschieden er es auch leugnen würde, die Freifrau würde ihn mit Vergnügen und ohne jede Verhandlung zu den Irrlichtern in den Kerker werfen und dort verrotten lassen. Sofern sie ihn nicht doch lieber öffentlich wegen versuchten Moordiamantendiebstahls hinrichten ließ. *Wie die Schwester, so der Bruder.*

»Verdammt!«

Er musste unbedingt ein anderes Gebiet mit Nachttorf finden, und das, bevor die alte Grube erschöpft war. Nicht allein des Hungerns wegen – denn fand er nichts, würden alle Torfstecher ausschwärmen, um zu suchen, und irgendwer würde unweigerlich auch dieses Feld mit den Grabungsspuren aufspüren, und das würde der Freifrau zu Ohren kommen, und …

»Verdammt! Verdammt! Verdammt!«

Er warf sich neben einer Erhebung auf die Knie, um den Boden glatt zu klopfen, merkte aber rasch, dass er nicht alle Spuren würde beseitigen können. Nicht gründlich genug, um sicher zu sein.

Und so erhob er sich wieder und ging in die Bereiche des Moors, die näher an Nebelbruch lagen. Er suchte bis zum Anbruch der Dämmerung und dann noch weiter. Die Zeit lief ihm davon, und er lief, getrieben von der Angst vor Kerker und Galgen, verzweifelt hinterher.

Als am nächsten Tag Khyra zu ihm kam, küsste er sie leidenschaftlich und erzählte ihr alles, und sie küsste ihn und half bei der Suche, bis sie wieder aufbrechen musste. Doch sie fanden keinen Nachttorf, und er fand auch später allein keinen.

Ein gutes Stück weiter weg erwischte ein gewaltiger alter Sumpfkriecher einen übernächtigten Torfstecher aus der Kompanie von Khyras Eltern und zog ihn unter Wasser, seine Kumpane konnten ihm nicht rechtzeitig beispringen.

»Nun hat er Blut geleckt«, wusste Mutter beim Frühstück am nächsten Morgen, »jetzt macht er Jagd auf Menschen.«

Die Bestie hatte eine lange Narbe über dem Maul, das hatten die anderen aus der Kompanie gesehen, und die Freifrau sandte ein Dutzend Soldaten aus, um sie zu erlegen. Die Torfstecher blieben nahe beisammen und ermahnten sich gegenseitig, wachsam zu sein. Niemand schlug Milan vor, er solle seine Suche unterbrechen, und von selbst kam er auch nicht auf die Idee.

»Pass auf dich auf«, sagte Vater nur. »So ein narbiges Biest hat schon Menschen gejagt, als ich Kind war, und wer weiß, vielleicht ist es dasselbe?«

Milan nickte.

»Und find endlich eine neue Grube. Dann musst du nicht mehr allein raus.«

Doch er fand keine, auch nicht am nächsten und übernächsten Tag und nicht bis zum Vorabend von Khyras Moorweihe, und die Soldaten fanden den vernarbten Sumpfkriecher nicht.

In der Nacht durchstreifte ein einsames Irrlicht die äußeren Straßen Nebelbruchs und zog sich schließlich wieder ins Moor zurück. Milan, der hundemüde erst um Mitternacht heimgekehrt war, lag wach in seinem Bett und konnte trotz der Müdigkeit nicht schlafen. Ständig sah er die tote Elyn vor sich und dachte an Khyra, die während der nächsten Nacht ganz allein dort draußen sein würde.

Ich bin sowieso auch draußen, ich könnte sie einfach begleiten, schoss es ihm durch den Kopf, aber natürlich würde er das nicht tun. Sie war kein Kind, das beschützt werden musste, sondern klug und stark. Es war ihre Moorweihe – ihre Nacht und ihre Vision, die würde er ihr nicht nehmen, indem er verhinderte, dass sie sich ihr allein stellte.

Mühsam schüttelte er die Angst ab, doch sein Schlaf war unruhig, und er träumte von der toten Elyn und dem Nachtwyrm.

Trotz seines Entschlusses, Khyra nicht zu stören, schlich er am nächsten Abend zur letzten Brücke und beobachtete, wie ihre Verwandten sie verabschiedeten. Es waren weniger gekommen als bei ihm, und er war froh, dass er gekommen war, um wenigstens aus dem Schatten heraus bei ihr zu sein.

»Viel Glück«, murmelte er, als sie aufbrach. Anders als er wartete sie nicht an der Brücke, sondern verschwand bei nachlassendem Licht zwischen den Bäumen.

Viel Glück, wiederholte er in Gedanken, auch wenn er nicht wusste, was das in diesem Fall bedeutete. Sollte sie ein Irrlicht fangen oder nicht? Würde ihr das mehr Ansehen oder nur Ärger mit der Freifrau bringen, so wie es ihm ergangen war?

Schließlich wandte er sich ab und machte sich an seine eigene Suche. Viel Zeit blieb ihm nicht mehr, nur noch ein paar Tage, schätzte er, höchstens zwei, drei Wochen, und ohne Glück würde er es nicht schaffen. Er fragte sich, ob über die Jahrhunderte schon aller Nachttorf in der Nähe von Nebelbruch gefunden worden war und ob die Freifrau vielleicht recht hatte, wenn sie sagte, dass er tiefer drinnen suchen müsse, um Erfolg zu haben.

Nächste Woche, dachte er, *heute versuche ich es noch einmal hier am Rand.* Das schuldete er seinen Kumpanen. Während er im spärlichen Licht der Mondsichel durch die Nacht streifte, dachte er an Khyra und fragte sich, ob sie schon auf ein Irrlicht gestoßen war. Ob sie ihm widerstand und es fing oder ihm folgte. Er lauschte auf alle Geräusche ringsum, und das Fauchen des Nachtwyrms war glücklicherweise nicht zu hören.

Längst hatte er die angelegten Pfade verlassen und kämpfte sich, immer nach einem schwachen Leuchten über dem Boden suchend, querfeldein. Die Jahre im Moor hatten seinen Orientierungssinn geschärft, sodass er sicher war, sich nicht so leicht zu verlaufen. Auch war der Himmel wolkenfrei, sodass er die Richtungen mithilfe der Sterne bestimmen konnte.

Als er auf fließendes Wasser traf, drehte er lieber um; in der Dunkelheit waren lauernde Sumpfkriecher kaum zu erkennen. Er überquerte eine offene Fläche, und da bemerkte er vor sich zwischen den Bäumen einen Schimmer. *Endlich,* schoss es ihm durch den Kopf, doch schon im nächsten Moment erkannte er seinen Irrtum, denn das Leuchten kaum auf ihn zu – ein Irrlicht.

»Nein!« Verzweifelt blieb er stehen. *Ich brauche Nachttorf!*

Aber weder die Götter noch das Moor noch sonst wer scherte sich darum, was er brauchte.

Komm mit, drängte das Irrlicht, das nur wenige Schritt vor ihm schwebte, in seinem Kopf.

Nein. Entschlossen starrte er es an, als wäre es ein Gegner auf der Straße, vor dem man den Blick nicht senkte.

Komm.

Es kam näher.

Nein.

Er dachte an Elyn, an ihren Tod, und sah sie so deutlich vor sich wie lange nicht mehr. Plötzlich ergriff ihn der Schmerz wieder so heftig wie kurz nach ihrem Tod, und er erinnerte sich, dass Großmutter Yienne damals gesagt hatte: »Du wirst den Schmerz nie ganz verlieren, er kehrt wieder, wenn du es nicht mehr erwartest. Das macht die Schuld mit einem.«

Ich bin nicht schuld!

Wartend hing das Irrlicht vor ihm in der Luft, nur noch ein, zwei Schritt entfernt, und für einen Moment dachte Milan, es sei ihm freundlich gesinnt und vertraut, fast wie in einer Familie, die nicht vom Schmerz zerrissen war, er müsse ihm nur folgen und alles würde gut werden. Erleichterung machte sich in ihm breit, ein überraschender innerer Friede. Als hätte das Irrlicht ihm bestätigt, dass er nicht schuld sei, als könnte es das, als wäre es die einzige Stimme, die zähle. Hoffend starrte er in das farbverschlingende Traumlicht.

Ich kann dir helfen, ich weiß …

Nein! Entsetzt fuhr er zurück und riss den Blick mit aller Gewalt los. Er durfte sich nicht einlullen lassen, ihm nicht folgen, sonst wäre er verloren und würde enden wie Elyn. Er zwang sich, an sie zu denken, an den aufgerissenen Leichnam, und plötzlich erfasste ihn eine wilde Wut. Auf sie und auf das Irrlicht, auf den Nachtwyrm und auch auf Nebelbruch, die Eltern und die ganze Welt.

»Nein!«

Schreiend sprang er vor und schlug nach dem Irrlicht, als könnte er es mit bloßen Händen verletzen. Doch er traf es nicht einmal, vielleicht war es auch ausgewichen, er wusste es nicht. Noch einmal schlug er voller Wut zu, und wieder traf er nicht.

Lass das! Und komm mit, lockte es unbeeindruckt weiter.

Für einen Moment glaubte er bei dem Irrlicht Verärgerung oder Enttäuschung zu spüren, aber das musste Einbildung sein – Hoffnung.

»Nein!«

Er schlug und schlug und traf nur die Luft, wieder und wieder, bis er schließlich außer Atem aufgab.

Komm, es ist nicht weit.

Nicht weit? Das musste gelogen sein, er hatte das Fauchen des Nachtwyrms diese Nacht noch nicht gehört. Dann plötzlich griff wilde Angst nach ihm. Was, wenn die Bestie irgendwo still und leise wartete? Wenn sie sich gar schleichend näherte und das Irrlicht ihn hier einfach aufhielt, bis sie da war? Langsam wich er zurück.

Nicht da lang. Das Irrlicht umkreiste ihn und drängte: *Dorthin.*

»Nein!«, stieß er hervor. »Hau ab! Ich werde nicht sterben wie Elyn!«

Komm mit.

Irgendetwas in ihm wollte dem Irrlicht noch immer glauben, er merkte, wie seine Abwehr bröckelte. Ganz anders als in der Nacht, in der er das Irrlicht gefangen hatte, erreichte das Drängen dieses Irrlichts sein Herz. Er wusste genau, dass er ihm nicht trauen durfte, und trotzdem wollte er es. Wollte ihm folgen. Unsicher, wie lange er sich noch würde wehren können, starrte er angestrengt zu Boden, presste die Hände auf die Ohren und stolperte fort, nur fort.

Komm.

Es folgte ihm, umkreiste ihn wieder und wieder.

Nein!

Milan rannte längst und sang alte Kinderlieder, die ihm unvermittelt in den Kopf kamen, laut und falsch, nur um das Irrlicht und seine Gedanken zu übertönen. Er rannte und rannte, brachte Strophen und Lieder durcheinander, sang lauter und falscher, fing an zu japsen und lief immer schwerfälliger. Er rannte, bis er Seitenstechen bekam und ihm die Stimme versagte. Bis das Irrlicht irgendwann zurückblieb und dann noch ein Stück, bis er keuchend auf die Knie fiel, dankbar, entkommen zu sein. Dankbar, nicht in ein Moorloch gestürzt zu sein. Lange blieb er am Boden und versuchte, zu Atem zu kommen.

Als er den Blick hob, stellte er fest, dass er keine Ahnung hatte, wo er sich befand. Langsam rappelte er sich auf und sah nach den Sternen. Der Rand des Moors lag irgendwo im Norden, also machte er sich in diese Richtung auf.

Erst nach Mitternacht erreichte er den Hauptarm des Yssypy und damit das Ende des Moors. Trotz aller Erleichterung war er niedergedrückt. Noch immer hatte er keinen Nachttorf gefunden, und er wäre beinahe einem Irrlicht gefolgt. Wieso war es ihm so schwergefallen, sich zu lösen? Schwerer als jemals zuvor?

Er dachte an Khyra und hoffte, sie würde es besser machen als er. Außerdem hoffte er, er werde Teil ihrer Vision sein, ein schöner Teil, und die Vorstellung ließ ihn kurz lächeln. Dann folgte er dem Fluss stromabwärts; bis Nebelbruch war es noch weit.

Seine Gedanken sprangen von Elyn zu Khyra zu Irrlichtern zum Nachttorf und wieder zurück. Zu den Eltern, der Freifrau und den Torfstechern, und plötzlich durchfuhr es ihn: *Alle für einen, einer für alle, was für ein Unsinn!*

Einer für alle, das vielleicht, dachte er bitter, er rannte hier schließlich allein durchs Moor, um für alle die neue Grube zu finden. Aber alle für einen? Nicht für ihn, Milan, und auch nicht für Khyra, da hieß es höchstens alle gegen eine.

Nicht alle, widersprach er sich sofort selbst, doch die Bitterkeit des Gedankens blieb. Er beschrieb all die Einsamkeit und Verlorenheit, die er in den vergangenen Jahren erfahren hatte. Ein Teil davon war selbst gewählt, das wusste er, aber doch nur, weil sie ihm eine Mitschuld an den Taten seiner Schwester gegeben hatten. Wenn er jetzt keine neue Grube fand, würden sie wieder ihm die Schuld geben, wenn er eine Stelle weit draußen entdeckte, würden sie ihm die Schuld an den langen Wegen durch Dämmerung und Nacht geben, und wenn er eine nahe an Nebelbruch auftrieb, so wie sie es wünschten, und damit den Zorn der Freifrau auf sich zog, was würden sie tun? Für ihn einstehen? Er wusste es nicht, und hier draußen, in der Dunkelheit, allein und erschöpft, wollte er nicht darüber nachdenken. Trotzdem sagte er sich: *Es heißt, einer für alle, und ich bin der eine, der den Zorn ertragen musste, damit der Weg für alle anderen sicherer ist.*

Darum ging es doch immer: jeder Einzelne für alle, aber alle für den Einzelnen? Im Kampf auf der Straße gegen Felsenmenschen ja, aber nicht, wenn man sein Irrlicht an den Alchymisten verkaufte oder sonst wie Ärger mit der Freifrau bekam. Alle für einen, das bedeutete: alle für den König. Er war der Eine, und die anderen alle waren nichts als gewöhnliche Untergebene. Der ganze Stolz nur eine Fassade. Hatte Elyn das damals erkannt? Hatte sie die Ehre deshalb so entschieden abgelehnt?

Das würde er nie erfahren, und erneut wallte Trauer in ihm auf. Ihm kamen die Tränen, und er ließ sie laufen, es war niemand hier, der sie sah, und im Augenblick wäre ihm das auch egal gewesen.

»Ich vermisse dich«, murmelte er. Er hätte gern mit ihr über Ehre und Stolz gesprochen, und diesmal hätte er länger zugehört und nicht so schnell Vaters Worte und die allgemeine Überzeugung dagegengehalten.

Ohne auf weitere Irrlichter oder Sumpfkriecher zu stoßen, erreichte er Nebelbruch. Es war tief in der Nacht, und von dem Soldaten am oberen Ende der Rampe fehlte jede Spur. Dort saß und trank Khyras Familie, aber es war keine laute Feier, und das bedeutete, sie war noch nicht zurück.

Als Milan näher kam, sprangen zwei oder drei Gestalten auf und riefen: »Khyra?«

»Nein. Milan«, gab er sich zu erkennen, während er weiter die Rampe hinaufstieg.

»Wer?«

»Der Moorläufer«, erklärte Khyras Mutter, und ihre Abneigung war deutlich herauszuhören. Im Feuerschein wirkte ihr Gesicht noch schmaler und fahler als sonst.

»Der? Was tust du hier?« Ein großer, kräftiger Mann stellte sich ihm breitbeinig in den Weg, vermutlich ein Verwandter oder Freund, der sich mit der Mutter gut stellen wollte. Oder Cholan, der Nachbar. »Das ist Khyras Nacht, und du gehörst bestimmt nicht zur Familie.«

»Ich suche eine neue Grube.«

»So spät?« Der Mann schnaubte, sein Atem roch nach Alkohol. »Wenn ihr etwas passiert ist, mache ich dich dafür verantwortlich. Ich habe gehört, du zeigst mehr Interesse an ihr, als dir zusteht.«

Müde sah Milan ihn an. Er wusste nicht, was für eine Antwort die Ehre von ihm verlangt hätte, und in dem Moment war es ihm auch egal. Er trat einen Schritt zur Seite und drängte sich an dem Hünen vorbei. »Ich hab sie dort draußen nicht gesehen, aber ich wünsche ihr, dass sie gesund und mit einer guten Vision heimkehrt.«

Weder der Hüne noch Khyras Mutter erwiderte etwas darauf, nur eine Frau am Feuer sagte laut: »Danke, junger Mann. Und dir eine sichere Suche nach der Grube.«

Milan dankte ihr und ging nach Hause, um noch ein paar Stunden zu schlafen, bevor er die Suche am nächsten Morgen fortsetzte.

7

Endlich!«, empfing ihn Mutter, als er die Tür öffnete. Sie sprang vom Tisch auf, an dem sie im Schein einer Lampe gesessen hatte, unter ihren geröteten Augen lagen dunkle Ringe. Sie kam auf ihn zu und schlug ihm mit der flachen Hand ins Gesicht.

»Au!«

»Ich dachte, du bist tot! Wie Elyn!«, spie sie aus, dann umarmte sie ihn, hielt ihn fest und fing an zu weinen. Die Flasche auf dem Tisch war halb leer.

»Bin ich nicht«, versicherte Milan, müde und überrumpelt. Zaghaft erwiderte er die Umarmung.

»Jetzt sehe ich es.« Schluchzend umklammerte sie ihn, bis die Tränen langsam versiegten. Dann löste sie sich von ihm, noch immer zitternd, und stieß ihm die Fäuste gegen die Brust, wenn auch nicht fest. »Wo warst du so lange?«

»Im Moor.«

»Bis jetzt?«

»Es bleibt nicht mehr viel Zeit, ein neues Abbaugebiet zu finden.«

»Ich habe dir gesagt, du sollst nicht so spät heimkommen.«

»Und der Soldat der Freifrau sagt, ich soll nicht zu früh kommen.«

»Der Kotkopf hat bestimmt keine Kinder!« Sie schnaubte wütend.

Ein Lächeln huschte über seine Züge, dann wurde er wieder ernst. »Der hat nichts zu entscheiden, es ist der Befehl der Freifrau. Und Vater sagt, ich soll sie nicht noch einmal enttäuschen.«

»Sie hat dir aber nicht verboten, das Gebiet bei Tag zu finden!«

»Ja, solange ich mich nachts fressen lasse, ist ihr alles recht.«

Mutter schüttelte den Kopf. »Dein Tod würde ihr nichts bringen. Sie will nur, dass du gehorchst und zeigst, dass du bereit bist zu sterben. Du musst es nicht tatsächlich tun.«

»Na, da habe ich ja noch mal Glück gehabt.« Er unterdrückte ein Gähnen.

»Hast du Hunger?« Sie deutete auf den Topf. »Es ist noch etwas übrig.«

»Ja.« Er wollte sich etwas holen, aber Mutter hielt ihn zurück.

»Setz dich«, sagte sie.

Er widersprach nicht, die Muskeln in seinen Beinen zitterten. »Wo ist Vater?«

»Er schläft.« Sie stellte ihm einen Teller Fischsuppe hin.

Milan nickte und löffelte. Die Suppe war kalt, aber das war nicht wichtig. »Danke.«

Schweigend sah sie ihm zu. Es war so friedlich wie schon lange nicht mehr, und beinahe wäre Milan einfach sitzen geblieben und hätte ihr von dem Irrlicht erzählt und seinen Gedanken, aber das hätte Streit bedeutet, das wusste er, und er wollte keinen Streit, nicht in dem Moment.

Als er fertig war, wusch er den Teller sauber und trank einen großen Becher Wasser. Er wünschte Mutter eine gute Nacht und ging ins Bett, in Gedanken bei Khyra, die irgendwo dort draußen war.

»Schlaf gut«, sagte Mutter. »Und lass dich nicht umbringen. Für niemanden.«

Als Milan erwachte, war die Sonne längst aufgegangen. Rasch stand er auf und zog sich an. Obwohl es Sonntag war, wollte er ins Moor hinaus, doch zunächst musste er nachsehen, ob Khyra bereits zurückgekehrt war. Der Gedanke, sie könnte noch im Moor stecken, machte ihn unruhig. Hastig schlang er das Frühstück herunter und ging zur Tür.

Mutter sagte: »Pass auf dich auf. Und komm nicht so spät zurück.«

»Ich bleibe, solange ich muss.«

Vater brummte: »Wärst du früher losgegangen, müsstest du nicht so lange drinbleiben.«

»Wenn du alles besser weißt, hättest du mich wecken sollen.« Wütend schlug Milan die Tür hinter sich zu, ohne auf eine Antwort zu warten. Doch weit kam er nicht. Direkt vorm Haus traf er auf zwei Soldaten, die ihn sofort ins Visier nahmen. Den älteren erkannte er sofort, der hatte fast jede Nacht am Stadtrand auf seine Rückkehr gewartet. Bei dem jüngeren dauerte es einen Augenblick, dann wusste er, wen er vor sich hatte: Thomma, den Jungen, der ihn einst mit dem Messer hatte aufschlitzen wollen. Der Totenschädel, den Pjer und die anderen ihm in die Stirn geritzt hatten, war noch immer als verblasster roter Striemen zu erkennen. Warum hatte ausgerechnet er die Uniform bekommen? Milan starrte ihn an, Thomma starrte zurück.

Der ältere sagte: »Zu dir wollten wir.«

»Warum?«

»Um dir etwas auszurichten. Wenn du in den nächsten drei Tagen nicht endlich ein neues Nachttorfgebiet findest, wird dein Versagen Folgen haben. Dann wirst du deiner Aufgabe entbunden, es werden andere ausgeschickt, und du landest im Kerker.«

»Im Kerker?« Zorn und Angst stiegen in ihm auf. »Weshalb?«

»Weil die Freifrau dir eine Aufgabe übertragen hat und du sie nicht erfüllst. Du kennst das Moor, wenn du uns nicht zum Nachttorf führst, dann willst du nicht, das ist entweder

Nachlässigkeit oder Verrat, und beides kann sie nicht dulden.«

Thomma grinste breit und legte die Hand auf den Griff seines Rapiers, so wie er sie damals auf den Dolch gelegt hatte.

Milan bemühte sich, keine Miene zu verziehen, weder seine Angst noch den Zorn zu zeigen. »Dann finde ich es in den drei Tagen.«

»Gut.« Der Soldat nickte und wandte sich ab.

Thomma sagte noch immer nichts, er sah Milan nur noch einen Moment länger an und fuhr sich mit dem Zeigefinger über die Kehle. Dann folgte er dem anderen.

Innerlich fluchend eilte Milan zum Stadtrand, wo Khyras Familie auf deren Rückkehr gewartet hatte. Auch wenn die Zeit nun noch viel mehr drängte, musste er als Erstes wissen, ob Khyra heimgekehrt war. Und noch bevor er sie sah, hörte er Lachen und Singen, die Töne einer Feier, und wusste, alles war gut.

Er bog um die letzte Ecke, und dann sah er sie, von oben bis unten mit Schlamm beschmiert, inmitten der Familie sitzen. Mit gemäßigtem Schritt ging er hinüber, um zu gratulieren, doch der Hüne bemerkte ihn und baute sich vor ihm auf.

»Was willst du schon wieder?«, blaffte er.

»Khyra gratulieren.«

»Warum?«

»Weil ich jedem gratuliere, der erfolgreich von der Moorweihe heimkehrt. Das tun Torfstecher.«

Der Mann starrte ihn aus kleinen Augen an. Er schien nachzudenken und wankte leicht von zu viel Wein und zu wenig Schlaf.

»Ihr ist nichts passiert, oder? Also habe ich ihr auch nichts getan.«

Im Kopf des Mannes arbeitete es sichtlich, und schließlich gab er den Weg frei.

Khyra sah ihn kommen und stand auf. Ihre Augen strahlten, doch ansonsten zeigte sie keine Regung und behandelte ihn wie jemanden, den sie nur flüchtig kannte.

»Hast du ein Irrlicht gesehen?«, fragte Milan.

»Zwei«, sagte sie, »und ich hatte zwei Visionen.«

Er wollte sie umarmen und küssen, sie hochwerfen und mit ihr lachen, aber er verriet sich ebenso wenig wie sie. »Das ist ungewöhnlich. Ich gratuliere.«

»Danke. Jetzt warten wir auf die Priesterin, um die Visionen zu deuten. Wir sind uns uneins.«

»Sind wir nicht«, widersprach ihre Mutter, die plötzlich neben ihnen stand. »Nur bei ein paar Kleinigkeiten.«

»Nun, das wird die Priesterin leicht klären«, sagte Milan im Plauderton.

»Das wird sie.« Khyra lächelte und sah ihn eindringlich an, als wollte sie ihm etwas mitteilen, das sie nicht aussprechen konnte. »Gefangen, so wie du, habe ich keins. Aber ich habe irgendwann die Pfade verlassen und bin so erst auf das eine und auf dem Rückweg auch auf das andere gestoßen.«

»Willst du einen Wein?«, fragte ihre Mutter ohne das geringste Lächeln. Sie fragte, weil es sich so gehörte, aber Milan lehnte ab, und sie nickte zufrieden.

»Ich muss hinaus, ein neues Abbaugebiet finden.«

»Es ist Sonntag«, sagte Khyra.

Er zuckte mit den Schultern. »Die Zeit drängt. Mehr, als ich dachte.«

»Dann viel Erfolg«, wünschte sie. »Vielleicht hilft dir ja unerwartet jemand.«

»Ja, vielleicht«, erwiderte er und verabschiedete sich. Während er ins Moor hinausstapfte, dachte er: *Aber das tut niemand.* Kein einziger Torfstecher hatte sich angeboten, dabei hatten sie heute Zeit, und es ging um ihre gemeinsame Grube, ihrer aller Einkünfte. Er fragte sich, warum nicht einmal seine Eltern mitgekommen waren, aber dann verwarf er den Gedanken. War das ein Befehl der Freifrau, oder wollten sie alle nicht?

Als er an einer Weggabelung noch vor der letzten Brücke stand und überlegte, ob er einen der beiden Wege einschlagen oder schon hier querfeldein laufen sollte, drehte er sich kurz um und erkannte Meister Athan, der ihm offenbar folgte. Er trug eine dunkle Tasche über der Schulter und Rapier und Dolch am Gürtel und hatte einen Stab in der Hand. Einen verrückten Moment lang dachte Milan, der Alchymist sei gekommen, ihm zu helfen.

Doch natürlich war er das nicht. Im Näherkommen musterte er Milan, dann erkannte er ihn. Milan grüßte, und Athan blieb stehen.

»Der Irrlichtfänger. Was tust du hier an einem Sonntag?«

»Ich suche frischen Nachttorf.«

»Gut, sehr gut, fleißig.« Er nickte. »Wenn du damit fertig bist und noch ein Irrlicht fängst, würdest du es mir wieder verkaufen?«

Milan zwinkerte. Wusste der Meister nicht, dass jeder Torfstecher nur einmal im Leben freiwillig einem Irrlicht folgte? Jedes weitere Mal war gefährlich und dumm. Da er nicht vorhatte, dumm zu sein, konnte er ihm keine Versprechungen machen. »Das würde ich gern, aber ich fürchte, dann wirft die Freifrau mich in den Kerker.«

»Schade.« Der Alchymist wollte sich schon abwenden, zögerte aber noch. »Wenn du es dir anders überlegst, wird es mich freuen. Und wenn du den neuen Fang geheim halten kannst – von mir erfährt sie nicht, woher ich das Irrlicht habe.«

Damit machte er sich wieder auf den Weg tiefer ins Moor

hinein. Milan hätte ihn gern gefragt, was er dort wolle, aber er wusste, dass ihm eine solche Frage nicht zustand, und auf keinen Fall würde er auch noch den Alchymisten verärgern. Vermutlich suchte er nach der Zutat für ein alchymistisches Werk.

Zum fünfzigsten Geburtstag des Königs vor beinahe zehn Jahren hatte der Alchymist zum Fest ein Feuerwerk beigetragen, das Milan bis heute im Gedächtnis war. Damals noch ein Kind, hatte er mit offenem Mund in der Menge gestanden und nach oben gedeutet auf die explodierenden Sterne und platzenden Lichtfrösche, auf die jaulenden Raketen und das funkelnde Bild einer goldenen Krone über dem Schloss der Freifrau. Und mit allen auf dem Marktplatz hatte er den König hochleben lassen – und mit ihm auch die Freifrau. Noch wochenlang hatte er den scharfen Geruch des Feuerwerks in der Nase gehabt, das kam ihm plötzlich wieder in den Sinn, so lebhaft, dass er dem Meister beinahe nachgerufen hätte: »Danke für das Feuerwerk!«

Das war gewesen, bevor die Frau des Alchymisten gestorben war, bevor er sich ganz zurückgezogen hatte, wie die Erwachsenen erzählten, und Milan fragte sich, ob es jemals wieder solch ein Feuerwerk geben würde. Gelegenheiten waren seit damals viele verstrichen.

Lass die Erinnerungen, ermahnte er sich und wählte den Pfad, den Meister Athan nicht genommen hatte; er sollte nicht den Eindruck gewinnen, dass Milan ihn verfolgte.

Nach wenigen Schritten verließ er den Pfad und lief kreuz und quer durchs Moor, da wo er noch nie gewesen war. Schon bald hatte er die Begegnung mit Meister Athan vergessen, zu viel anderes beherrschte sein Denken und Fühlen. Khyra und die Angst vor dem drohenden Kerker. Mutters überraschende Umarmung letzte Nacht, der kurze Frieden zu Hause und die Enttäuschung darüber, dass niemand ihm half.

Noch drei Tage!

Die Angst trieb ihn voran. Ohne klares Ziel stolperte er zwischen den Bäumen hindurch und überlegte, was er tun sollte, wenn er in den nächsten beiden Tagen nichts fand. Sollte er die Torfstecher zu dem Gebiet weit draußen führen und hoffen, dass niemand die zugeschütteten Löcher bemerkte? Doch taten sie es, endete er wohl am Galgen.

Verdammt!

Sie hatten ihm nicht gesagt, wie lange er in den Kerker sollte, falls er nichts fand. Er glaubte nicht an eine milde Bestrafung.

Am Ende blieb ihm nur die Flucht. Den Gedanken hatte er im Gespräch mit Khyra verworfen, aber da war die Alternative nicht Kerker oder Tod gewesen. Natürlich würde die Freifrau ihn mit Hunden und Soldaten jagen lassen, aber vielleicht gelang es ihm zu entkommen. Vielleicht ja, aber sehr wahrscheinlich war es nicht. Nein, er musste Nachttorf finden, er musste einfach.

Doch so weit er auch lief und sosehr er sich mühte, bis zum Abend hatte er nichts gefunden. Er suchte weiter bis beinahe Mitternacht – vergebens. Mit hängenden Schultern schlurfte er nach Hause, bevor er womöglich im Moor zusammenbrach.

Früh am nächsten Tag weckte ihn sein Vater und knurrte: »Du hast es so gewollt.«

Müde kroch Milan aus dem Bett und verließ das Haus zur selben Zeit wie die Eltern. Schlafen konnte er noch, wenn er etwas gefunden hatte. Er sehnte sich nach Khyra, konnte die Suche aber nicht unterbrechen, um am Treffpunkt zu warten. *Sie wird es verstehen,* dachte er, und dann fiel ihm ein, dass sie nun Torfstecherin war. Sie fuhr nicht länger auf einem Boot, sie war in der Grube und würde nie wieder mittags zu ihrem Ahorn kommen.

So weit er auch lief, so wenige Pausen er auch machte, auch an diesem Tag fand er keinen Nachttorf. Vormittags nicht, nachmittags nicht, abends nicht und auch nicht in der Nacht. Laut schrie er seine Verzweiflung in die Dunkelheit. Was sollte er tun? Kerker, Galgen, Flucht. Was konnte er riskieren?

»Nichts!«, schrie er und: »Warum?«

Weil das Schicksal uns Torfstecher immer am härtesten trifft, hörte er in Gedanken seinen Vater reden, aber das war kein Schicksal, keine Bürde der Götter. Es war das, was die Freifrau ihnen aufbürdete – im Namen des Königs oder in ihrem eigenen, das spielte keine Rolle.

Ich entscheide morgen, was ich tue, jetzt bin ich zu müde, dachte Milan und machte sich auf den Weg nach Hause. Morgen war sein letzter Tag.

Elyn hatte ihre Flucht vorbereitet, sie war nicht überstürzt weggerannt, sondern hatte sich Vorräte besorgt. Das würde er morgen früh sicherheitshalber auch tun, egal, wie er sich letztlich entschied. Brot und Dörrfleisch, Geld hatte er genug.

Schönes Vorbild, schoss es ihm durch den Kopf, *Elyn ist gestorben!*

Nicht wegen der Vorräte, sondern obwohl sie sie hatte!

Wenn er floh, würde er Khyra nie wiedersehen, und das zerriss ihn; er war nicht bereit, sie zu verlassen. Auch durfte er ihr den Plan nicht verraten, sonst würde sie versuchen, ihn davon abzuhalten, oder sie würde ihn begleiten wollen, und das konnte er nicht zulassen. Wenn sie erwischt würden, wäre er schuld an ihrem Tod – und es war sehr wahrscheinlich, dass sie erwischt würden.

»Verdammt!«

Nein, eine Flucht war zu riskant, lieber führte er die Torfstecher zu dem Gebiet ganz draußen im Moor und hoffte, dass niemand auf die Löcher dort achtete. Er würde seinen ganzen letzten Tag darauf verwenden, sie zu tarnen, und hoffen, dass das reichte.

Galgen oder Held, dachte er. Bei einer Flucht hießen die Alternativen: Galgen, auf der Straße erschossen oder allein in der Fremde.

Ausgelaugt und niedergeschlagen erreichte er Nebelbruch, während sich hinter ihm über dem Moor weißer Nebel bildete. Oben an der Rampe erwartete ihn der Soldat. Noch immer kannte Milan seinen Namen nicht.

»Hast du etwas gefunden?«, wollte er wissen.

»Sehe ich so aus?«, hielt Milan dagegen.

»Dann finde morgen etwas.« Ohne ein weiteres Wort wandte der Soldat sich um und ging davon. Erste Nebelschwaden erreichten die Stadt und krochen durch die Straßen, und Milan schlich nach Hause.

Kurz bevor er dort ankam, tauchte plötzlich aus dem Schatten einer Seitenstraße eine Gestalt auf, so schnell, dass er an einen Überfall glaubte und die Fäuste hochriss. An sein Messer kam er nicht heran, es steckte tief in der Tasche.

»He!«, rief die Gestalt und wich zurück, und da hatte er sie auch schon erkannt und öffnete verblüfft die Fäuste.

»Khyra. Was tust du hier?«

»Komm mit.« Sie nahm ihn an der Hand und zog ihn in die nächste Gasse.

»Wohin?«, fragte er, folgte ihr aber ohne Zögern.

»Ist eine Überraschung!« Sie klang aufgekratzt. »Ich muss dir etwas zeigen.«

Hatte sie die Irrlichter etwa doch gefangen und draußen im Moor versteckt, damit die Freifrau nichts erfuhr? Dann würden sie sie tatsächlich an den Alchymisten verkaufen können; und wenn Milan den Handel abwickelte, würde niemand Khyra damit in Verbindung bringen, und sie bekäme keine Schwierigkeiten. Wenigstens das konnte er morgen noch erledigen, bevor sich entschied, ob er doch am Galgen oder im Kerker endete.

Sie führte ihn an den Rand der Plattform und an der Rückseite der Häuser entlang zu einer Stelle, wo ein Seil von der Plattform ans Flussufer hinabhing. Das hatten vor Jahren Kinder befestigt, um sich raus übers Wasser schwingen zu können. Die mutigsten taten das auch, wenn ein Sumpfkriecher vorbeitrieb, Pjer hatte einmal sogar auf einen hinabgespuckt, aber er hatte ihn verfehlt. Angeblich hatte auch einmal ein Sumpfkriecher nach einem schwingenden Jungen geschnappt, aber das war lange her, und die Geschichten schwankten, ob der Junge gefressen worden war oder nicht – oder ob es auch ein Mädchen gewesen war.

»Wohin gehen wir?«, wiederholte Milan, als Khyra sich daranmachte, das Seil hinabzuklettern.

»Ich sagte doch, es ist eine Überraschung.« Sie lachte leise. »Auf der Rampe werden wir viel leichter gesehen als hier.«

»Also gut.« Wieder folgte er ihr. Morgen konnte sein letzter Tag in Freiheit sein, also würde er von jetzt an jeden Augenblick genießen. Er war froh, dass sie zu ihm gekommen war, auch wenn er nicht wusste, wie er ihr erzählen sollte, dass morgen sein letzter Tag war. Sie schien so glücklich, wie konnte er das mit der Nachricht zerstören, dass er vielleicht hingerichtet würde? Und so beschloss er zu schweigen.

Unten angekommen, nahm sie ihn wieder an der Hand und zog ihn ins Moor, und Milan glaubte nun endgültig, dass es um die Irrlichter ging. Der Nebel wurde immer dichter. Sie konnten nur hoffen, dass der Nachtwyrm sich nicht zeigte.

Khyra führte ihn ein gutes Stück ins Moor hinaus, bis beinahe zur letzten Brücke, und dort einen halb überwucherten Pfad entlang, der sich, wie er wusste, irgendwann wieder Richtung Rand des Moores wandte und sich dann zwischen gefährlichen Moorflächen verlor. Kurz vor diesen gefährlichen Flächen, zwischen gewaltigen alten Sumpfzypressen und wucherndem Gesträuch, blieb sie stehen und legte ihm die Arme um den Hals. Plötzlich ernst, sah sie ihn an und sagte: »Ich liebe dich, Moorläufer.«

Er umfasste sie. »Ich liebe dich, Moorelfe.«

Sie küssten sich, und dann lachte sie wieder und verlangte: »Komm.«

Sie verließen den Pfad und kämpften sich in das dichte Unterholz zwischen den Sumpfzypressen. Ästchen verfingen sich in Milans Haar und zerkratzten ihm die Haut, und er hoffte, dass hier keine Schlangen lauerten. Warum nur hatte sie die Irrlichter so tief drinnen versteckt?

Irgendwann lichtete sich das Unterholz, und plötzlich sah er einen schwachen Schimmer vor sich. Einen Schimmer, der nicht in einen kleinen Käfig gesperrt war. Einen Schimmer, der auf dem Boden lag, fast vom Nebel verschluckt.

»Nachttorf«, hauchte er.

»Ja.« Sie strahlte. »Für dich.«

»Das …« Er brachte kein Wort heraus. Tränen der Erleichterung stiegen ihm in die Augen, er konnte es nicht verhindern. Am ganzen Körper zitternd, umarmte er sie. »Danke. Wie hast du …?«

»Glück. Das Irrlicht ist hier herein, und ich bin ihm gefolgt. Ich weiß nicht, wohin es mich locken wollte, denn als ich das hier gesehen habe, bin ich sofort stehen geblieben. Ich war so glücklich, weil du es brauchst, darüber habe ich ganz vergessen, das Irrlicht zu fangen.« Sie lachte. »Ich hab niemandem davon erzählt, damit du es als deinen Fund ausgeben kannst. Weil ich seit heute in der Grube arbeite, konnte ich nicht zum Treffpunkt kommen, und so habe ich abends auf dich gewartet. Aber du warst sehr spät dran.«

»Das war ich. Und du weißt gar nicht, wie wichtig dein Fund ist.« Er erzählte ihr von dem Ultimatum, und Khyra verfluchte die Freifrau und umarmte ihn. Sie küssten sich in dem Wissen, dass sie einander beinahe verloren hätten, und dann schworen sie sich, dass niemand je zwischen sie kommen sollte, dass niemand ihnen ihre Liebe und ihre Freiheit nehmen sollte. Was auch immer die Freifrau oder sonst wer, selbst die Götter, ihnen in den Weg legte, sie würden sich nicht brechen lassen. Sie zogen sich aus und schliefen miteinander, und der Nachttorf um sie her schimmerte.

IV
ALCHYMIE

September
im Jahre 1612 des Drachentöters

1

Die Torfstecher brachen in Jubel aus, als Milan sie zum Nachttorf führte, und viele klopften ihm auf die Schulter. Das Feld lag nicht zu weit draußen, und auch Sumpfkriecher waren dort, so schien es, selten. Zunächst musste der alte Pfad wieder freigelegt werden, dann galt es, einen neuen durchs Unterholz zu schlagen, aber das war beides leicht zu erledigen.

Die Freifrau zeigte sich weniger beeindruckt.

»Es ist nicht so weit draußen wie erhofft«, ließ sie Milan durch den Grubenmeister ausrichten. Der Grubenmeister sah ihn bedauernd an. »Dennoch will sie die Grube dort einrichten, um Nachttorf zu fördern. Währenddessen sollst du aber nach weiteren Abbaugebieten suchen – und jetzt endgültig weit draußen im Moor. Sie sagt, du hättest bewiesen, dass du eine Nase dafür hast, außerdem sei es besser, wenn du nicht gräbst. Dann kannst du nicht in Versuchung kommen, falls du auf einen Moordiamanten stoßen solltest.«

»Ich kann was?«, brauste Milan auf.

»Nun, nach dem, was Elyn getan hat, glaubt sie …«

»Ich weiß, was Elyn getan hat! Und was sie mir unterstellt! Aber was denkst du? Glaubst du, ich würde einen Moordiamanten stehlen?«

»Nein.«

»Und hast du ihr das gesagt?«

»Sie ist die Freifrau, sie entscheidet.«

»Das hab ich nicht gefragt. Hast du es ihr gesagt oder nicht?«

Die Züge des Grubenmeisters versteinerten. »Hör zu, Junge, heute lass ich dir das durchgehen, weil du uns eine gute Grube gefunden hast. Aber ich bin der Grubenmeister, du schreibst mir nicht vor, was ich zu wem zu sagen habe. Ich weiß, was ich tu, und auch wenn es dir vielleicht nicht passt, beim Graben bist du nur einer von vielen. Im Moor dagegen kennst du dich aus wie kein anderer. Ich habe der Freifrau nicht widersprochen, weil niemand außer dir dieses Feld gefunden hat. Ich weiß nicht, wie du es machst, und es ist mir egal, ob dir das passt, aber du bist nun mal der Moorläufer, und als der bist du für uns alle am nützlichsten. Das ist nun mal meine Verantwortung. Also lass dich heute feiern, und ab morgen suchst du weiter!«

Einer für alle, dachte Milan, *nur warum bin immer ich der Eine? Dabei habe ich das Feld nicht einmal gefunden.* Aber den Irrtum klärte er natürlich nicht auf; sie hielten ihn für den Moorläufer, und sie wollten ihn dafür halten.

Auch wenn nur der Grubenmeister mit ihm gesprochen hatte und er nicht wusste, was die anderen dachten, fühlte er sich von allen verraten. Dank Khyra hatte er ihnen genau die Grube verschafft, die sie gewollt hatten, doch das änderte nichts. Er blieb der Eine, der für alle dran glauben musste.

Mutter hatte ihn umarmt, als er ihnen das Gebiet zeigte, und selbst Vater hatte ihm die Hand auf die Schulter gelegt. Milan hatte an Khyra gedacht, die ihn gerettet hatte. Ohne das geringste Zögern oder Bedauern. Dabei hätte ein solcher Fund auch ihr gutgetan, denn in der Nacht der Moorweihe wäre es nicht nur einfach ein Fund gewesen, sondern auch ein Zeichen der Götter, eine Wirklichkeit gewordene Vision. Jeder hätte das als Zeichen ausgelegt, dass sie zu den Torfstechern gehörte, niemand hätte mehr behauptet, sie sei die Tochter eines Moorelfen – bis auf die ewig Verbissenen, die es immer gab. Dass sie das Gebiet gefunden hatte, hätte ihr Leben verändert, das musste ihr bewusst gewesen sein, als sie den Fund für ihn aufgab.

Während die Arbeiten an der neuen Grube und dem Weg dahin ihren Lauf nahmen, streifte Milan wieder durchs Moor. Dabei war er einsamer als je zuvor; Khyra war nun eine Torfstecherin, sie konnte sich nicht unbemerkt von der Grube entfernen und ihn besuchen. Tag um Tag verbrachte er allein, und er wusste nicht, wann das ein Ende haben würde. Er war der Willkür der Freifrau ausgeliefert, und sie schien nicht bereit, ihm zu vergeben. Im Gegenteil, sie benutzte ihn, um den Torfstechern ihre Macht aufzuzeigen, und sie sonderte ihn von ihnen ab.

Wenigstens musste er nicht mehr bis nach Sonnenuntergang im Moor bleiben, sondern kehrte heim wie alle. Er aß mit den Eltern zu Abend, und es gab nur noch selten Vorwürfe. Doch Milan glaubte nicht, dass es lange so bleiben würde. Die Vorwürfe würden zurückkehren, und die Freifrau würde ihn, wenn ihr der Sinn danach stand, wieder nachts hinausschicken.

Warum habt ihr mir nicht geholfen?

Diese Frage wurde er nicht los, sie verfolgte ihn während der langen Stunden im Moor, aber er stellte sie den Eltern nicht. Khyra hatte ihm geholfen, sie nicht, und dennoch glaubten sie, Khyra sei unter seiner Würde. Sie machten ihm vielleicht keine Vorwürfe, er ihnen aber schon, wenn auch stumm.

Am zweiten Tag ging er hinaus zu dem fernen Nachttorffeld, das er bislang geheim gehalten hatte, und ließ den Blick schweifen. Er konnte weiter versuchen, alle Grabungsspuren zu tilgen, und dann abwarten. Irgendwann würden der Regen und die Zeit alles begradigt haben, dann konnte er auch diese Fundstelle den anderen zeigen. Er musste keine neue finden. Natürlich würden die Torfstecher stöhnen, aber er fühlte sich ihnen nicht mehr verpflichtet. Einzelnen wie seiner Familie – trotz allem – und Pjer, aber eben nicht allen, und schon gar nicht dem Grubenmeister, der in ihm nur den Moorläufer sah. Da konnte er auch der Freifrau geben, was sie von ihm verlangte.

Oder nicht?

Er dachte an Khyra und daran, wie gern er das alles mit ihr besprochen hatte. In der Einsamkeit des Moors drehte er sich gedanklich im Kreis, er hatte seine Ziele verloren. Plötzlich sehnte er sich danach, mit ihr fortzugehen, vielleicht wirklich nach Parouge, über das Wunderdinge erzählt wurden. Einmal den Palast des Königs sehen, die viel besungenen Brücken und die Tempel mit den bunten Fenstern. Und was musste es dort zum Geburtstag des Königs für ein Feuerwerk geben, in einer Stadt, in der mehr als nur ein Alchymist lebte!

Aber da er selbst keinen Moordiamanten finden konnte, weil er nicht in die Grube durfte, musste er auf Khyras Glück hoffen. Sie hatte den Nachttorf gefunden, sie würde auch noch ein weiteres Mal Glück haben.

Vielleicht, dachte er, aber er wollte helfen, wollte sich nicht nutzlos fühlen. Hier draußen sei die Chance, einen Moordiamanten zu finden, größer, hatte die Freifrau gesagt, und jeder Torfstecher wusste, dass es noch keine Grube gegeben hatte, in der nicht wenigstens einer versteckt gewesen wäre. Es war niemand hier, der ihm den Fund hätte streitig machen können, also trat er kurz entschlossen auf das Feld mit dem Nachttorf hinaus, kniete sich aufs Geratewohl hin und fing an, den Boden mit bloßen Händen aufzuwühlen. Er brauchte einfach ein wenig Glück.

Wenn er einen Königsstein fand, wollte er ihn Khyra zustecken, dann konnte sie so tun, als hätte sie ihn gefunden. Dann konnte sie mit dem ganzen Moordiamanten-Trupp in die Hauptstadt aufbrechen, so wie sie es sich schon vor einer Weile ausgemalt hatten, und er konnte sie begleiten, ohne der Flucht verdächtigt zu werden. Nachdem sie schon seinen Nachttorf gefunden hatte, verlangte sein Stolz, dass er sich mit dem Moordiamanten revanchierte.

Weil er seinen Spaten nicht hatte mitnehmen können, ohne dass es aufgefallen wäre, fertigte er mit dem Messer ein behelfsmäßiges Werkzeug aus Holz, mit dem er tiefer graben konnte. Doch bis zum Abend fand er nichts und ebenso wenig am nächsten und übernächsten Tag.

Am Donnerstag richtete er es so ein, dass er unter den letzten Bäumen vor Nebelbruch wartete und, als Khyras Kompanie aus dem Moor kam, hinaustrat. Wie zufällig rempelte er sie kurz vor der Rampe an und murmelte: »Sonntagmittag.«

Sie knurrte: »He! Pass doch auf.«

»Ja, schon gut.« Er ließ sich zurückfallen. Er wusste, sie hatte ihn verstanden.

Auch am Freitag hatte er kein Glück, und als er mittags hüfttief in einem Loch stand und sich umblickte, ergriff ihn Mutlosigkeit. Das Feld erstreckte sich weit in alle Richtungen, und er wusste nicht, wie tief es hinabging, wusste nur, die Suche konnte Monate, vielleicht Jahre dauern – oder länger. So lange würde er nicht unbehelligt bleiben, so lange hielt er die Einsamkeit nicht aus. Und was, wenn die Freifrau ihn wieder nachts hinausjagte? Irgendwann würde ihn ein Sumpfkriecher überraschen, oder ein Irrlicht erwischte ihn unvorbereitet und schlug ihn in seinen Bann und führte ihn zum Nachtwyrm. Oder seine Löcher wurden gefunden. Er würde nicht immer Glück haben.

Warum denn nicht? Trotzig grub er schneller, aber ganz wurde er die Mutlosigkeit und die aufsteigende Angst nicht los.

Als er abends nach dem Essen noch am Tisch saß und einen neuen Becher für Großmutter Elyn schnitzte, klopfte es an der Tür.

»Wenn das wieder das Mädchen ist …«, fing Vater an und öffnete mit grimmiger Miene, aber dann neigte er rasch den Kopf. »Meister Athan.«

»Ist dein Junge zu sprechen?«

»Hat er was angestellt?«, fragte Vater, während Mutter Milan zuzischte: »Räum die Späne vom Tisch. Schnell!«

»Nein«, sagte der Alchymist. »Ich möchte ihn nur kurz sprechen.«

Hastig wischte Milan die Späne in den angefangenen Becher, doch die Hälfte fiel zu Boden.

»Natürlich.« Vater gab die Tür frei. »Tretet ein.«

»Mir wäre es lieber, er kommt nach draußen.«

Milan ging und sah noch, wie Mutter ihm fragend hinterhersah.

Der Alchymist war in Begleitung zweier Gehilfen, doch die hielten sich im Hintergrund, und Milan achtete nicht auf sie. Athan nahm ihn ein paar Schritt beiseite, brachte sein Gesicht nahe an Milans und sah ihn scharf an. »Ich habe in den letzten Jahren mehrere kleine Nachtwyrm-Statuen im Moor gesehen. Waren die von dir?«

Milan, der erwartet hatte, es ginge erneut um ein Irrlicht, wurde von der Frage völlig überrascht und wusste nicht, was der Alchymist hören wollte. Glaubte er etwa, er würde den Drachen anbeten? Aber unter dem forschenden Blick konnte er nicht lügen, also nickte er zögerlich. »Ja.«

»Jetzt habe ich noch eine Frauenfigur gesehen. Sie ist größer, lebensgroß sogar und … Ist die auch von dir?«

Wieder nickte er. Warum sollte er das auch leugnen? Meister Athan würde ihm schon nicht vorwerfen, eine Frau anzubeten.

»Hast du sie allein gemacht? Auch das Gesicht?«

»Ja.«

»Sie ist gut. Sehr gut sogar.« Der Meister nickte, und in seinen Augen glomm es. »Du bist zwar ein ungewöhnlicher Kandidat, und ob du die Gabe zur Alchymie hast, weiß ich nicht, aber dennoch: Willst du mein Schüler und Gehilfe sein? Bei mir arbeiten und lernen?«

Völlig überrumpelt starrte Milan ihn an. Ein Gehilfe? Er brachte kein Wort heraus, und Meister Athan wartete auf Antwort, und so schwiegen sie sich einen Moment lang an und dann noch einen.

»Hast du mich verstanden?«

Milan nickte langsam. Noch immer versuchte er, das Gesagte zu begreifen. War das ein Scherz? Ein Alchymist war doch kein Bildhauer, was scherte den Meister also, was er mit dem Schnitzmesser konnte? »Warum ich? Ich bin Torfstecher.«

»Ich weiß. Aber du könntest etwas viel Angeseheneres sein: mein Gehilfe. Viele Möglichkeiten für einen solchen Aufstieg wirst du nicht bekommen.«

Beinahe hätte Milan protestiert, weil sein Torfstecherstolz es gebot, gegen eine solche Herabwürdigung aufzubegehren, aber dann dachte er, dass es letztlich stimmte – ob ihm das gefiel oder nicht. Auch wenn sie sich ähnlich abseits der meisten Menschen hielten wie die Torfstecher, verkehrten Alchymisten in höheren Kreisen, und wenn sie durch die Stadt gingen, wurden sie nicht schief angesehen, sondern gegrüßt; und die Kinder der Felsenmenschen lauerten ihnen nicht auf. Zugleich kamen ihm die Geschichten in den Sinn, die über Alchymisten im Umlauf waren, und gleich darauf die Stimmen, die er im Turm gehört oder sich eingebildet hatte. All das ging in seinem Kopf durcheinander, und er fragte sich, was ein solcher Schritt für ihn und Khyra bedeuten würde, was für sein ganzes Leben? Es war unmöglich vorherzusagen, und das ließ ihn zögern. *Zumindest könnte die Freifrau mich dann nicht mehr ins Moor schicken,* dachte er. Er würde auch nicht mehr zu Hause leben, es wäre ein gewaltiger Aufstieg, ja, und sogar einer, der für Torfstecher nicht vorgesehen war. Verwirrt stammelte er: »Seid Ihr sicher, Meister? Ich kann gar nicht lesen.«

Der Alchymist lachte und schüttelte den Kopf. »Das habe ich auch nicht angenommen. Du kannst vieles nicht, was du als mein Gehilfe können musst, aber das bringen dir die anderen bei. Du hast ein Talent, das wir brauchen.« Er zwinkerte. »Und du hast mir ein Irrlicht gebracht, das habe ich nicht vergessen.«

Noch immer überrumpelt, war Milan unfähig, seine Gedanken zu ordnen. Einerseits hätte er jubeln müssen, denn Meister Athan bot ihm einen Ausweg aus seiner Einsamkeit im Moor. Andererseits war das Moor das Einzige, was er kannte. Alles würde sich ändern, er würde alles Vertraute hinter sich lassen und in dem Turm leben müssen, den aufzusuchen eine Mutprobe war. »Ich weiß nicht, ob die Freifrau mich gehen lässt. Und meine Eltern …«

»Um die Freifrau mach dir keine Sorgen, ein Alchymist darf sich seine Gehilfen frei im einfachen Volk suchen, der Adel darf ihm seine Wahl nicht streitig machen. Und mit deinen Eltern kann ich gleich reden.«

Plötzlich fragte sich Milan, ob er die Anfrage überhaupt ablehnen durfte, wenn ein Alchymist sich seine Gehilfen frei wählen durfte. Hatte er das Recht? Und falls ja, sollte er es in Anspruch nehmen? Nachdem er schon die Freifrau vor den Kopf gestoßen hatte, konnte er das schlecht auch noch mit

Meister Athan tun. Wie nachtragend mochte der sein? Und warum sollte er auch ablehnen? Es würde sich alles ändern, ja, aber schlimmer konnte es schließlich kaum werden.

Du wirst lesen lernen, sagte eine Stimme in seinem Innern, *und vieles mehr,* und das ließ ihn kurz lächeln. Er zuckte mit den Schultern. »Also gut, ich mach es. Aber meinen Eltern möchte ich es selbst sagen.«

»Sehr schön!« Der Alchymist klatschte in die Hände. »Dann sei am Montagmorgen am Turm. Und bring mit, was du brauchst.«

Damit drehte er sich ohne ein weiteres Wort um und schritt beschwingt davon. Die beiden Gehilfen folgten ihm, und Milan fragte sich, was damit gemeint war: *was du brauchst.* Dann zuckte er mit den Schultern; er würde es schon herausfinden. Er sah dem Alchymisten nach, bis er verschwunden war, und war froh, dass es mit ihm neben der Freifrau eine zweite Macht in Nebelbruch gab. Jemanden, der ihr etwas entgegensetzen konnte.

»Du bist was?« Fassungslos starrte Vater ihn an. »Kein Torfstecher hat das je getan.«

Sie saßen zu dritt am leeren Tisch, selbst das Messer und der halb geschnitzte Becher waren abgeräumt.

»Wie kommt er auf dich?«, fragte Mutter. Ihre Hände suchten unruhig nach einer Beschäftigung, fanden jedoch keine. »War es das Irrlicht?«

»Auch«, erwiderte Milan. »Und weil ich gut schnitzen kann.«

»Schnitzen?« Vater lachte. »Das ist ein schlechter Scherz auf unsere Kosten, im besten Fall ein Irrtum.« Er schüttelte den Kopf. »Kein Alchymist schert sich um einen Torfstecher.«

»Meister Athan eben doch, er schert sich um mich«, gab

Milan zurück. Den Gedanken, es könnte ein Scherz sein, durfte er gar nicht erst zulassen.

»Willst du das denn?«, fragte Mutter. »Willst du dorthin?«

»Ich weiß es nicht«, gab er zu. »Aber habe ich denn eine Wahl? Hätte ich Nein sagen können?«

Die Eltern schwiegen.

»Jedenfalls weiß ich, was ich nicht will. Ich will nicht mehr allein ins Moor hinaus.«

Mutter sah ihn traurig an und nickte langsam. Ihre Hände hielten sich gegenseitig fest.

»Die sind anders als wir«, brummte Vater. »Du wirst dich da nicht wohlfühlen.«

»Das wird er sehen«, widersprach Mutter, bevor er etwas sagen konnte, und holte die drei guten Becher aus dem Schrank. Langsam schenkte sie jedem zwei Fingerbreit Nachtbrannt ein. »Jetzt trinken wir darauf. Und darauf, dass er es gut machen wird.«

»Ich glaube nicht, dass er die Stelle bekommt.« Vater schüttelte den Kopf. »Das muss einfach ein Scherz sein, oder der Alchymist hat getrunken. Ich glaube es erst, wenn Milan dort ist.«

»Jetzt heb den Becher, und trink mit uns!«, fuhr Mutter ihn an. »Vielleicht passiert endlich mal etwas Gutes! Er hätte es verdient, er hat nichts gestohlen, er hat das neue Abbaugebiet gefunden und …« Sie brach ab und hob den Becher. In ihrem Gesicht stand Stolz. »Auf den ersten Alchymistengehilfen der Familie.«

Sie stießen an und tranken, und Milan nickte Mutter zu. »Danke.«

»Ich werde dich vermissen.« Sie nahm seine Hand.

»Ich bin nicht weit weg, direkt vor der Stadt.«

»Aber wie oft wirst du herkommen?«

Er zuckte mit den Schultern. »Ich weiß es nicht. Ich weiß nicht, wie oft ich dort fortkann, aber an Sonntagen arbeitet niemand, oder?«

Sie schenkte allen nach, und sie blieben sitzen, um in guten Erinnerungen zu schwelgen. Vater schüttelte immer wieder den Kopf. »Ich begreife das nicht. Gehilfe des Alchymisten.«

»Sagt es noch nicht weiter«, bat Milan.

»Natürlich nicht. Erst wenn ich es selbst glaube«, brummte Vater. Und viel später, nach weiteren Erinnerungen und weiterem Nachtbrannt, sagte er: »Vergiss nie, woher du kommst, Junge. Einmal Torfstecher, immer Torfstecher. Ja?«

Milan nickte. Den ganzen Abend hatten sie über ihn geredet, über die Veränderungen, die für ihn bevorstanden. Erst jetzt begriff er, dass Vater, dem es immer um die Ehre der Torfstecher gegangen war, nun kein Kind mehr hatte, das in seine Fußstapfen treten würde. Das musste hart sein für ihn.

»Ich werde es nicht vergessen«, versprach er noch einmal mit Nachdruck.

Den Samstag verbrachte Milan draußen im Nachttorffeld, um die Spuren seiner Grabungen so weit wie möglich zu beseitigen. Den halben Tag regnete es in Strömen, und das half und machte zugleich die Arbeit schwieriger, denn der Boden war schwer und klebrig. Am Abend war er von oben bis unten verdreckt. Abschließend ließ er den Blick noch einmal schweifen. Besser ging es nicht, den Rest musste er dem Moor selbst und der Zeit überlassen, und er konnte nur hoffen, dass alle Spuren getilgt waren, bevor jemand auf den Nachttorf stieß und die falschen Überlegungen anstellte. Vielleicht regnete es ja eine ganze Woche, das würde helfen.

Am Sonntag, seinem letzten freien Tag zu Hause, schien

wieder die Sonne. Früh am Morgen ging er mit den Eltern in den Tempel, um von Priesterin Celene für sein neues Leben den Segen der Götter zu erbitten. Am späten Vormittag machte er sich allein auf ins Moor.

»Ausgerechnet heute?«, fragte Mutter.

»Ja. Ich muss.«

»Ist es ein Mädchen?« Sie musterte ihn misstrauisch, und auch wenn sie »ein Mädchen« sagte, war klar, wen sie meinte.

»Nein«, log Milan. »Ein Versprechen, das ich halten muss.«

Vater nickte, denn das Halten von Versprechen unterstützte er immer.

Mutter zog eine Augenbraue hoch.

»Mehr kann ich nicht sagen. Ich hab es versprochen.«

Sie drangen nicht weiter in ihn, und er lief hinaus. Mehrmals drehte er sich um, wollte sehen, ob er verfolgt würde, aber natürlich wurde er das nicht.

Khyra war schon da, als er den Ahorn erreichte, und sie küssten und umschlangen sich. Es dauerte lange, bis sie sich voneinander lösten, und auch dann ließen sie nicht ganz voneinander.

»Ich habe dich vermisst«, sagte Milan.

»Das habe ich gemerkt.« Sie schmunzelte. »Ich dich aber auch.«

Sie setzten sich an den Ahorn, wo sie immer gesessen hatten, und Khyra erzählte von ihrer ersten Woche in der Grube und dass sie einen Platz am Rand zugeteilt bekommen hatte. Ganz außen, wo noch nie ein Moordiamant gefunden worden war. »Aber warum soll es mir nicht trotzdem gelingen? Bei der Moorweihe habe ich zwei Irrlichter gesehen, und die Priesterin meint, das bringt Glück. Und sie sagt, es ist ein Zeichen, dass mir etwas Unwahrscheinliches widerfährt.«

»Dann hätte ich eigentlich auch zwei sehen müssen«, sagte Milan und erzählte, was ihm widerfahren war.

Khyra sah ihn unergründlich an. Sie sagte nichts dazu, sondern fragte nur: »Bist du damit glücklich?«

»Wenn ich dich weiterhin sehen kann, ja. Aber warum sollte das nicht möglich sein? Sonntags hat jeder frei, da kann ich weiterhin herkommen. Vielleicht können wir dann sogar mit der Geheimniskrämerei aufhören, weil ich nicht mehr nur der Moorläufer bin und deine Mutter mich nicht mehr so verachtet.«

»Vielleicht«, sagte Khyra, doch es klang zweifelnd. »Deine Eltern werden jedenfalls weiter auf mich herabsehen und dir in den Ohren liegen, dass du etwas Besseres verdient hast. Besonders jetzt, da du der Gehilfe eines Alchymisten bist.«

Er zuckte mit den Schultern. »Es gibt niemanden, der besser ist für mich, das müssen sie endlich begreifen. Ich wohne dann ja auch nicht mehr zu Hause, sie können sich nicht überall einmischen.«

»Sie sind deine Eltern, das ist nicht so einfach.«

»Und du bist meine Liebe, das ist einfach.«

Sie küsste seine Schulter, auf der ihr Kopf lag, dann saßen sie eine Weile einfach nur da, lehnten sich schweigend aneinander und blickten in den Himmel. Helle Wolken zogen langsam vorbei, und Milan hoffte, dass sich alles zum Besseren wenden werde. »Ich schaue, dass ich nächsten Sonntag herkommen kann. Aber was tun wir, wenn nicht?«

»Dann übernächsten Sonntag. Ich bin einfach hier und warte, wie du so oft gewartet hast. Und wenn es da auch nicht geht, finde ich einen Grund, zum Alchymistenturm zu kommen.«

Er nickte, er hatte keinen Zweifel, dass sie sich weiterhin sehen würden. Mochte sich auch alles ändern – das nicht.

2

Nebel lag auf den Wiesen, als Milan sich dem großen Turm mit den vier kauernden Anbauten näherte. Eine Nachtmöwe flog in Richtung Moor, vor der Anlage saßen mehrere Krähen.

Totenvögel, schoss es Milan durch den Kopf, aber das hatte nichts zu bedeuten, sie waren ja überall.

Am Morgen hatte er seine Eltern umarmt, und keiner von ihnen hatte viel gesagt, keiner hatte geweint. Am Ende war er sogar noch vor ihnen aufgebrochen. Vater hatte an der Tür gestanden und ihm nachgerufen: »Mal sehen, ob er dich reinlässt.« Aber es hatte mehr nach einem Scherz als nach wahrem Zweifel geklungen.

Unterwegs hatte Milan dann selbst gezweifelt. Was, wenn es wirklich nur ein Scherz gewesen war? Wenn er kein Gehilfe werden sollte, sondern der Stallbursche? Nun, dann wäre er eben der Stallbursche und würde sich um die Pferde kümmern, vielleicht auch um Kühe, Ziegen und Hühner, aber auch dann wäre er dem Einfluss der Freifrau entkommen.

Doch jetzt, als er den großen Steinkreis erreichte, dessen Felsen Pjer Dracheneier genannt hatte und in dessen Innerem diesmal keine Tiere grasten, überfiel ihn eine ganz andere Angst: Was, wenn er zu dumm war?

Unvermittelt blieb er stehen und sah hinüber zum Turm. Eine einsame Krähe saß auf dem Dach und krächzte. Meister Athan hatte versprochen, ihm das Lesen beizubringen, aber das hatte Priesterin Celene auch schon versucht, und da hatte er kaum etwas gelernt. Obendrein hatte er das meiste wieder vergessen. Was, wenn der Alchymist ihn nach einem Monat hinauswarf, weil er die Bücher, die sich in den Regalen stapelten, nicht lesen konnte? Den Spott der anderen würde er ertragen, das hatte er immer, wobei der Spott in dem Fall wohl größer ausfallen würde. Aber was würde die Freifrau tun, nachdem er vergebens versucht hatte, sich ihrem Einfluss zu entziehen? Er dachte an Khyras Vermutung, dass ihr das Strafen Vergnügen bereite, und atmete tief durch.

Reiß dich zusammen, ermahnte er sich. *Du bist nicht zu dumm. Wo ist dein Stolz?* Entschlossen betrat er den Kreis und musterte beiläufig den nächsten Felsen; es zeigte sich noch immer kein Riss. Langsam schritt Milan auf den Turm zu. Eine Krähe erhob sich und flog davon.

Die Tür in der Schutzmauer zur Straße hin stand wieder offen, und Milan betrat den Hof zwischen dem Turm und zwei Anbauten. Wie beim letzten Mal staksten eine Handvoll Hühner pickend und gackernd herum. Menschen waren nicht zu sehen.

»Hallo?«, rief Milan.

Er erhielt keine Antwort.

»Hallo?«, wiederholte er, aber niemand erschien. Irgendwo rief eine Kuh. Milan trat an die Tür des rechten Gebäudes, durch die er beim Verkauf des Irrlichts hereingebeten worden war. Er klopfte zaghaft und wartete – vergebens. Nach einer Weile klopfte er erneut, fester diesmal, und kurz darauf wurde die Tür aufgezogen. Es erschien einer der Gehilfen, die Meister Athan zum Haus der Eltern begleitet hatten. Sein dünnes schwarzes Haar war zerzaust, das rundliche Gesicht voller Staub. Er nickte Milan zu und trat heraus. »Gut, dass du schon da bist. Komm mit.«

Erleichtert atmete Milan aus. Es war wohl tatsächlich kein Scherz gewesen. Sie gingen nebeneinanderher zum Turm und bogen dort nacheinander in den schmalen Gang ein, der in den nächsten Innenhof führte. Diesen durchquerten sie in Richtung der Tür zum nächsten Anbau.

»Ich bin Milan«, sagte er.

»Ich weiß.« Der Gehilfe warf ihm einen kurzen Blick zu und öffnete die Tür. »Ich bin Julyan. Und das hier ist der Osttrakt.«

Milan folgte ihm durch einen Flur, und diesmal hörte er keine Stimme in den Wänden – natürlich nicht. Sie stiegen eine schmale gewundene Treppe hinauf ins Dachgeschoss, wo von einem weiteren Flur auf jeder Seite vier Türen abgingen. Julyan öffnete die letzte auf der rechten Seite. Dahinter befand sich ein schmales Zimmer mit Dachschräge und einem einzigen Gaubenfenster. An der linken Wand stand ein gemachtes Bett samt Truhe am Fußende, an der rechten ein schmaler hoher Schrank mit schiefen Türen, daneben ein kleiner Tisch mit Stuhl. Auf dem Tisch thronte eine dicke Kerze mit angebranntem Docht. Wände und Decke waren mit verschiedenen Symbolen bemalt, die denen am Turm ähnelten, wenn er sich recht erinnerte. Auf jeden Fall handelte es sich nicht um Buchstaben.

»Das ist deine Kammer«, erklärte Julyan. »Lass deine Sachen hier, und komm mit.«

Milan lud den Rucksack ab. »Wohin gehen wir?«

»In den Stall.«

War er doch für die Tiere angestellt worden? Er fragte nicht nach, weil er seine Enttäuschung nicht zeigen wollte. Die Kammer mit all den Symbolen hatte ihn hoffen lassen, dass er – wie versprochen – ein Gehilfe sein würde.

Der Stall befand sich in dem Gebäude, das sich an den hinteren Hof von Milans neuer Unterkunft anschloss, dem Nordtrakt, wie Julyan erklärte. »Alle Anbauten sind nach der Himmelsrichtung benannt.«

Neben dem Stall lagen eine kleine Scheune mit Stroh und Heu sowie ein Schuppen mit Brennholz und verschiedenen Geräten; der Nachttorf lagerte nicht hier.

Im Stall standen eine vollkommen schwarze Kuh, eine weiße und zwei gescheckte sowie ein brauner Stier. Dazu zwei weiße Pferde mit langer Mähne und zwei schwarze, eine schwarze Ziege, eine weiße und ein halbes Dutzend bunt gescheckter.

»Bevor wir dich aufnehmen, hast du noch eine Aufgabe zu erfüllen. Bring dem Meister zu seiner nächsten Mahlzeit Milch. Wofür entscheidest du dich? Kuh oder Ziege, schwarz oder weiß? Wähle weise – und melk selbst.« Lächelnd drückte er ihm einen Eimer in die Hand.

Eine Prüfung! Panik ergriff Milan, er hatte doch keine Ahnung von Alchymie! Was bedeutete Schwarz, was Weiß? Für was standen die Tiere? Schwarz konnte die Nacht sein, und das hätte den alchymistischen Nachttorf wie den furchtbaren Nachtwyrm umfasst, Gutes wie Schlechtes. Aber war Weiß dann der Tag, der doch eigentlich alle Farben zeigte, oder der Nebel, aber der wiederum kam oft nachts? Die Angst, zu dumm zu sein, wallte kurz wieder auf, dann muhte eine gescheckte Kuh, und er dachte, dass die Milch doch immer gleich schmeckte, ganz unabhängig von der Farbe des Fells.

»Da ich nicht weiß, ob Meister Athan lieber Ziegen- oder lieber Kuhmilch trinkt, muss ich raten. Also würde ich einfach das Tier nehmen, das als Nächstes gemolken werden muss. Von der Dicke des Euters her würde ich auf die gescheckte Kuh da drüben tippen, aber ich bin kein Bauer, ich weiß es nicht, ich kann es nur bald lernen.«

Julyan nickte. »Wenn du dir sicher bist, dann los.«

Vor Jahren hatte Milan hin und wieder eine Kuh gemolken, wenn er mit Pjer bei einem Bauern Milch stehlen war, dessen Kinder ihnen aufgelauert hatten. Jetzt musste er sich mühsam erinnern, zog zunächst ungeschickt an den Zitzen, aber dann spritzte die Milch in den Eimer.

»Gut«, sagte Julyan nach einer Weile. »Das reicht sogar für uns alle. Und heute Abend darfst du die Ställe ausmisten.«

»Bin ich der Stallbursche?«, fragte Milan nun doch, weil er es nicht begriff.

Verdutzt sah Julyan ihn an, dann lachte er. »Nein, du wirst ein Gehilfe, wie der Meister es gesagt hat. Bis du so weit bist, bist du sein Schüler. Doch Schüler oder Gehilfe, das spielt keine Rolle; zu unseren Aufgaben gehört auch, alles am Laufen zu halten. Und weil niemand freiwillig die Ställe ausmisten will, fällt das immer den Neuen zu. Also denk immer daran: In etwa einem Jahr bist du das Misten wieder los.«

»In einem Jahr?«

»Keine Angst. Du wirst in dem Jahr noch viel mehr zu tun bekommen als Ausmisten. Und jetzt bring dem Meister seine Milch.«

»Für welche Farbe hat er sich entschieden?«, fragte Meister Athan, als sie das Speisezimmer neben der großen Küche betraten.

An den Wänden hingen Schaubilder von Pilzen, Bäumen und Früchten, und mitten im Raum stand ein langer Esstisch mit vier schlichten Stühlen an jeder Seite und einem kunstvoll verziertem am Kopfende. Dort saß Athan. Fünf junge Männer und Frauen, die weiteren Gehilfen, hatten sich an den Längsseiten verteilt. Alle wandten sich Milan zu, und er las Neugier in den Gesichtern, vielleicht auch Ablehnung und Belustigung, ganz war er sich nicht sicher. Er wich den Blicken aus und sah zu Julyan, gespannt, was der antworten würde. Hatte er die Prüfung bestanden?

»Gescheckt«, antwortete Julyan ohne jede weitere Erklärung.

»Interessant.« Der Alchymist musterte Milan, und ein Lächeln umspielte seine Lippen. »Das Vermeiden einer klaren Entscheidung.«

Unwillkürlich schüttelte Milan den Kopf, doch da sprang Julyan ihm schon bei.

»Nein, das nicht«, sagte er schmunzelnd. »Er meinte, die gescheckte Kuh müsste wohl als Nächste gemolken werden, und das hat für ihn den Ausschlag gegeben, er fand es bedeutsamer als die Farbe des Fells. Es war also eine sehr bewusste Entscheidung, und die Wahl hätte auf jede Farbe fallen können.«

Es wurde laut gelacht, und Milan presste die Lippen aufeinander, um nicht aufzubrausen. Wie hätte er diese dumme Aufgabe denn lösen sollen? Sollte der Meister doch eindeutig sagen, was er wollte!

Während Milan überzeugt war, versagt zu haben, und das nur langsam verklingende Lachen über sich ergehen ließ, nahm ihm Julyan den Eimer aus der Hand und füllte die Milch in zwei leere Karaffen. Dann ließ er sich auf dem Stuhl rechts neben dem Meister nieder und deutete auf den freien Platz am anderen Ende: »Setz dich, Milan.«

Zögernd tat er wie geheißen, und der Alchymist verkündete: »Nun denn, einen guten Appetit.«

»Guten Appetit.« Hungrig füllten die Gehilfen ihre Teller mit Brot, Honig, Früchten, Käse oder Haferbrei und begannen zu essen.

»Meister?«, fragte Milan, dessen Magen sich verkrampfte. »Darf ich fragen, was bei meiner Aufgabe die richtige Antwort gewesen wäre?«

»Du darfst.« Er nickte und sprach mit vollem Mund. »Aber die gibt es nicht.«

»Es gibt keine richtige Antwort?«

»Oder vielmehr viele.« Meister Athan hob die Hand und trank einen Schluck, bevor er fortfuhr. »Ich wollte Milch, und du hast mir Milch gebracht – wenn auch weder schwarz noch weiß. Hättest du dich aber zu gar nichts durchgerungen, aus Angst, das Falsche zu tun, dann wäre es falsch gewesen.«

Milan runzelte die Stirn. »Was wäre dann geschehen?«

»Ich weiß es nicht, das ist noch nie vorgekommen. Ich hätte auf jeden Fall keine Milch bekommen.« Um seine Mundwinkel zuckte es. »Nun, die meisten überlegen sehr lange und präsentieren mir eine noch längere Begründung, warum gerade dieses Tier und jene Farbe für mich gedacht war. Du warst schnell und hast mehr an die Tiere gedacht als an mich, das ist unüblich.«

»Und was bedeutet das?«, hakte Milan nach, weil die Ungewissheit ihn verrückt machte. »Habe ich bestanden – oder nicht?«

»Es gab nichts zu bestehen. Ich will immer nur wissen, wie ein Neuer ein Problem angeht.« Vergnügt biss der Meister von einer geräucherten Hartwurst ab. »Und jetzt lass es dir schmecken. Wir stellen uns gegenseitig beim Essen vor, das ist angenehmer als bei der Arbeit.«

Neben Milan saß Lycille, die junge Frau, die ihn bei seinem letzten Besuch empfangen und ihm das Geld für das Irrlicht gegeben hatte. Sie wirkte viel freundlicher als damals und fragte grinsend: »Magst du von der Milch? Immerhin hast du sie ausgewählt.«

Er grinste zurück und trank. Dann griff er auch beim Essen herzhaft zu, das Frühstück zu Hause war schon eine Weile her. Er aß und trank, erzählte zurückhaltend und hörte viel zu, und so lernte er die anderen Gehilfen kennen.

Vlaho stammte als Einziger auch aus der Gegend hier, er

war der Sohn eines Bauern östlich von Nebelbruch und hatte breite Schultern und ein dröhnendes Lachen. Er beglückwünschte Milan noch einmal zu seiner Wahl der Milch, weil er an die Tiere gedacht hatte.

Lycille war die Tochter einer Alchymistin aus der Hauptstadt, aber da nach den Regeln der Alchymistengilde niemand als Gehilfe bei den eigenen Eltern arbeiten durfte, war sie hergeschickt worden. »Ans Moor am Rand des Reichs, weit weg von allem, weil meine Eltern dachten, hier würde es weniger Ablenkung geben, weniger Verehrer, weniger Feiern und Glanz. Sie dachten, hier würde ich mich mehr auf die Ausbildung konzentrieren.«

»Außerdem ist Athan ein meisterhafter Alchymist«, ergänzte Ysthiano, der ihr gegenübersaß, ein großer hagerer Bursche mit unruhigen Fingern und struppigem Haar. »So wie es alle Alchymisten von Nebelbruch waren.«

»Ja, das Ende der Welt muss immer in guten Händen sein«, spöttelte Lycille, doch dann bestätigte sie in Milans Richtung: »Meister Athan verfügt in der Tat über herausragende Fähigkeiten.«

Der Alchymist tat so, als hätte er das nicht gehört.

Norena zur linken Hand des Meisters musterte Milan nur kurz und kaum freundlich; sie war die uneheliche Tochter eines unbedeutenden Adligen aus dem nordwestlichen Grenzgebiet Juwarens, stolz und hübsch mit vollen Lippen und blauen Augen, aber nicht sonderlich groß.

Der kräftige Eystache, der fünftgeborene Sohn eines Bildhauers aus der Hauptstadt, war nach Jeannyne und Milan der Jüngste. Er hatte seinen spärlichen Flaum auf der Oberlippe mit Ruß geschwärzt, um älter zu wirken. Beim Reden gestikulierte er ausholend und nahm ständig Besteck und Geschirr zu Hilfe, um das Gesagte zu verdeutlichen.

Jeannyne sprach während des Essens noch weniger als

Milan und kaute jeden Bissen gründlich. Sie stammte aus einer Gelehrtenfamilie, aber ihre Eltern waren auf einer Reise ermordet worden. Sie hatte ein schmales, blasses Gesicht mit Sommersprossen und einer alten langen Narbe auf der rechten Wange; die dichten blonden Locken fielen ihr bis weit über die Schultern. Zur Begrüßung verkündete sie lächelnd: »Ich bin froh, dass du da bist, Milan. Dank dir bin ich endlich den Stalldienst los.«

Eystache lachte und deutete mit der Gabel auf ihn. »Ja, ja, der Stalldienst.«

Auch wenn die Stimmung am Tisch freundlich war und er willkommen geheißen wurde, fühlte Milan sich fremd – so wie Vater es vorhergesagt hatte. Vieles von dem, was sie sagten, verstand er nicht, und wenn sie lachten, wusste er nicht immer den Grund. Oder er wusste ihn, begriff aber nicht, was daran lustig sein sollte. Doch so leicht durfte Vater nicht recht behalten. Milan würde lernen, was zu lernen war, und er würde sich hier, so gut es ging, zu Hause fühlen. Denn dass man sich hier zu Hause fühlen konnte, sah er an den anderen.

3

Nach dem Essen gingen alle gemeinsam hinüber in den Turm, den Milan nun zum ersten Mal betrat. Das Erdgeschoss bestand aus einem einzigen großen, kreisrunden Raum, von dem an der hinteren Wand eine breite Steintreppe mit flachen Stufen nach oben führte und vor einer dunklen Tür endete. Erst als Milan weiter in den Raum hineintrat, sah er, dass auch eine Treppe abwärtsführte; diese war schmaler und steiler. *Der Turm hat also einen Keller,* schoss es ihm durch den Kopf, aber das bedeutete natürlich nicht, dass Athan dort in die Tiefe grub. Weder Schaufeln noch Schubkarren noch irgendein Aushub waren zu entdecken.

Hohe massive Regale ragten weit in den Raum hinein, und auf ihnen reihten sich Fläschchen, Phiolen und Krüge, Kästchen und Kisten, Bücher und Pergamentrollen aneinander. In der Mitte des Raums erhob sich ein wuchtiger quadratischer Marmortisch, auf dem ein silberner Becher stand. Zur Linken fand sich ein verrußter Kamin, in dem jedoch kein Feuer brannte; daneben waren zahlreiche Barren gepressten Nachttorfs gestapelt. Von der Decke baumelte ein ausgestopfter vier Schritt langer Sumpfkriecher mit glänzenden Bernsteinaugen, und auf einem Holztisch rechts lagen unterschiedliche Werkzeuge und Messer, getrocknete Blumen, Knochen und ein menschlicher Schädel; an der Wand hingen weitere Werkzeuge für Arbeiten mit Stein und Holz – und was auch sonst immer. Es roch verbrannt und frisch zugleich, wie am Lagerfeuer nach einem Frühlingsregen.

Julyan führte Milan bis zwei Schritt vor den Marmortisch, während die anderen Gehilfen in der Nähe des Eingangs zurückblieben. Milan sah in dem Becher eine dunkelrote Flüssigkeit und dachte an Wein. Währenddessen verschwand Meister Athan kurz hinter einem langen Regal, und als er wieder zum Vorschein kam und sich neben den Marmortisch stellte, trug er einen weiten purpurroten Mantel, der mit zahlreichen goldenen Symbolen bestickt war.

»Milan, tritt zu mir«, intonierte er lauter, als es nötig gewesen wäre, und Milan begriff, dass seine Aufnahmezeremonie begonnen hatte. Möglichst würdevoll trat er an den Tisch, und Julyan nahm neben ihm Aufstellung.

»Bist du bereit, dich fortan mit ganzem Herzen der Alchymie zu widmen?«, fragte Meister Athan. »Wirst du dich für sie einsetzen und ihre Geheimnisse vor Außenstehenden bewahren, sodass nichts davon diesen Turm verlässt, so sprich laut Ja und trink.«

»Ja«, sagte Milan, aber seine Stimme klang dünn.

Julyan überreichte ihm den Becher und wies ihn leise an: »Nur einen Schluck. Aber einen großen.«

Und Milan trank. Es war nicht der vermutete Wein, stieg aber dennoch zu Kopf. Es schmeckte bitter und süß zugleich, nach Zwiebel, Zitronen, Essig und Zucker, nach Frucht und Erde und Alkohol. Was war das?

»Bist du bereit, nach der Wahrheit zu streben, auch wenn sie dir nicht gefällt, und den Schutzbefohlenen deines Alchymisten, ohne zu zögern, beizustehen, wenn sie des Beistands bedürfen?«

Er wusste nicht, wer diese Schutzbefohlenen waren, ob die Gehilfen oder ganz Nebelbruch, aber es war nicht der passende Zeitpunkt für Fragen. Er fühlte sich durch die Zeremonie überrumpelt, doch es klang auch richtig, also sagte er mit voller Stimme: »Ja.« Und auf Julyans Nicken hin trank er noch einen Schluck. Wieder stieg ihm das Getränk zu Kopf, er fühlte sich leicht und frei wie selten zuvor.

»Bist du bereit, ebenso zu gehorchen wie Verantwortung zu tragen? Zu handeln wie zu überlegen?«

»Ja.« Auch das bekräftigte er mit einem Schluck, und auf seine Zunge legte sich ein Kribbeln.

»Und bist du bereit, bedingungslos für deine Schwestern und Brüder einzutreten und sie für dich eintreten zu lassen? Bist du bereit, mich, Athan, als deinen Alchymisten und Meister zu akzeptieren, bis deine Zeit als Gehilfe endet? Mir treu zu sein und meinem Willen zu dienen, sei er ausgesprochen oder unausgesprochen? Dann leere nun den Becher in einem Zug.«

Einen winzigen Augenblick zögerte Milan, weil er dachte, danach gebe es kein Zurück mehr – aber das gab es sowieso schon lange nicht mehr. Auch wollte er nicht zurück, sondern weiter. Er dachte: *Für dich trete ich bedingungslos ein, Khyra, dir bin ich treu.* Dann setzte er den Becher an die Lippen und trank.

Das Getränk schien mit jedem Schluck schärfer zu werden, es brannte in der gesamten Mundhöhle, bis hinauf in die Nase und weiter zur Schädeldecke, aber er trank und trank, ohne abzusetzen. Der Stolz verbot es ihm, Schwäche zu zeigen, und er würde sich nicht im letzten Moment abweisen lassen, weil er nicht getrunken hatte. Nadelstiche drangen in seine Zunge, der Rachen brannte, als schütte er sich flüssiges Wachs hinein, und die Nasenwände juckten wie verrückt. Ihm wurde schwindlig, der Raum begann sich zu drehen, der Tisch, die Regale und die Treppe. Er hörte undeutliche Stimmen wispern, und sie schienen von überallher zu kommen. Vor seinem geistigen Auge sah er wieder den dünnen Mann sterben, dazu stapfte der Nachtwyrm durch seinen Kopf. In seinem Magen rumorte es, er wollte aufstoßen und sich übergeben, aber das tat er nicht, er leerte den Becher bis zur Neige. Als er ihn keuchend und wankend abstellte, jubelten die anderen Gehilfen, und Athan nickte ihm respektvoll zu.

»Jetzt bist du einer von uns«, sagte der Alchymist bedeutungsschwer. »Mein Schüler Milan.«

Fast erwartete Milan, dass er sich hinknien sollte, aber das musste er nicht. Julyan reichte ihm einen weiteren Becher, diesmal mit kaltem klarem Wasser, und hastig leerte Milan auch den. Beinahe augenblicklich verschwanden das Brennen und das Jucken und alle Schmerzen, und der Magen beruhigte sich.

Alle kamen zu ihm, umarmten ihn und nannten ihn einen Bruder. Unbeholfen erwiderte er die Umarmungen und murmelte abwechselnd »Bruder« und »Schwester«.

Anschließend gingen die anderen an die Arbeit, und Julyan führte ihn aus dem Turm und in der gesamten Anlage herum; diese Aufgabe oblag ihm, weil er unter den Gehilfen der Älteste war.

»Wie lange bist du schon im Dienst des Meisters?«, fragte Milan.

»Bald elf Jahre.«

»Elf Jahre?«, entfuhr es Milan. »Wie lange ist man denn Gehilfe?«

Julyan lächelte. »Mindestens sieben Jahre. Drei als Schüler, dann vier als Gehilfe, dann steht es dir frei zu gehen. Oder du bleibst als sogenannter Altgehilfe und gehst deinem Meister weiter zur Hand. Wenn er dich behält.«

»Und wann wird man Alchymist?«

Julyan lächelte. »Nun, das weiß man nicht. Erst nach den sieben Jahren stellt sich heraus, ob man die besondere Gabe hat. Ob man Alchymie nicht nur gelernt hat und begreift, sondern auch tatsächlich ausüben kann. Wenige Glückliche bekommen dann einen eigenen Turm übertragen, sollte einer frei sein oder neu errichtet werden. Andere besetzen die Position eines Hofalchymisten, die besten beim König, doch auch Herzöge und Grafen, die es sich leisten können, beschäftigen Alchymisten oder auch mal einen Altgesellen, der ein paar Tricks zur Unterhaltung beherrscht. Oder du gehst – als Alchymist oder Altgeselle – zum Militär und unterstützt den Stab und die Artillerie. Das ist nicht ungefährlich, aber wenn du es geschickt anstellst, kannst du dir dort einen großen Namen machen und reich werden.«

Milan nickte. »Sieben Jahre? Dauert es immer so lange?«

Julyan blieb stehen und sah ihn eindringlich an. »Wenn du nicht hättest bleiben wollen, hättest du nicht kommen sollen.«

»Nein, ich wollte kommen.« Milan hielt dem Blick stand, obwohl es ihm schwerfiel. »Ich dachte nur, die Lehrzeit ist kürzer, so wie bei anderen Berufen.«

»Das sind eben andere Berufe.« Julyan grinste. »Du weißt nicht sonderlich viel von der Alchymie, oder?«

»Gar nichts«, gab Milan zu. »Der Meister hat mich mit seiner Frage überrascht.«

»Nun, dein Schwur bindet dich für sieben Jahre, und du hast ihn mit dem Trank der Elemente besiegelt. Und der Alchymist, der in der Zeremonie nie selbst schwört, sondern nur einen Schwur entgegennimmt, wird dadurch in die Verantwortung dem Schwörenden gegenüber gezwungen. Vor Ablauf der sieben Jahre darf er dich nicht entlassen.«

Hatte er wirklich einen Schwur geleistet? Auf was? Stattdessen fragte er: »Was, wenn sich herausstellt, dass ich gar kein Talent zur Alchymie habe? Oder so wenig, dass ich nicht einmal einen ordentlichen Gehilfen abgebe?«

»Das ändert nichts. Er ist dein Lehrmeister, und er hat dich ausgewählt. Damit muss er zu dir halten.«

»Aber er kennt mich nicht.«

»Er wusste, was er tat.« Julyan legte ihm die Hand auf die Schulter. »Die Regelung verhindert, dass ein Alchymist sich seine Gehilfen gedankenlos aussucht. Und bislang hat sich gezeigt, dass er wieder einmal recht hatte. Du wirst ein guter Gehilfe, das weiß ich.«

Milan, der eigentlich nur eine Zuflucht gesucht hatte, um der Freifrau zu entgehen, der nur die Zeit hatte überbrücken wollen, bis er mit Khyra fortgehen konnte, staunte über das Kompliment. Er hatte die letzten beiden Tage nur gehofft, dass er sich nicht allzu ungeschickt anstellen würde; daran, gut zu sein, hatte er nie gedacht. Wenn das stimmte, konnte er vielleicht sogar irgendwann reich werden und Ansehen erringen. Konnte er gar ein Alchymist werden? Doch dann verlor sich der Gedanke schon wieder. Bei der Auswahl der Milch hatte er Glück gehabt, aber das änderte nichts daran, dass er sich fremd und unbeholfen fühlte, wenn auch immer mehr willkommen.

Sieben Jahre. Das war lang.

Julyan zeigte ihm alle vier Gebäude rund um den Turm, die große Küche und die zwei Vorratskammern, die Bibliothek, den Leseraum, die Schmiede, die Studierzimmer von Meister Athan, die Labore der Gehilfen, die fensterlose Kammer, in der der größte Teil des Nachttorfs gelagert wurde, den Werkraum und die Ställe, auch wenn Milan dort schon gewesen war. Julyan erzählte ihm, dass alle Gehilfen auf demselben Flur schliefen, jeder in einer eigenen Kammer, und dass der Turm überwiegend dem Meister vorbehalten war.

»Im Erdgeschoss dürfen wir arbeiten, aber alles darüber ist tabu, es sei denn, der Meister bittet dich ausdrücklich nach oben. Aber das geschieht selten und im ersten Jahr eigentlich nie.«

»Und der Keller?«, fragte Milan.

»Welcher Keller?«

»Ich dachte, ich hätte vorhin im Turm eine Treppe nach unten gesehen.«

»Das stimmt. Ja, der ist auch tabu.«

Mehr war Julyan nicht zu entlocken, aber so wie er schmunzelte, kannte er die Gerüchte. Wahrscheinlich lagerten dort unten nur Äpfel und Wein, und er genoss es, Milan im Unsicheren zu halten.

Mittags gab es nur einen kalten Happen zu essen, und anschließend kümmerte sich Milan um die Tiere.

»Gib den Hühnern ruhig eine Handvoll Körner, aber eigentlich finden sie von selbst Würmer, Käfer und mehr«, sagte Julyan. »Alles andere erklärt dir Jeannyne, sie kommt gleich.« Damit ließ er ihn allein.

Milan verstreute die Körner, dachte über den Vormittag nach und versuchte, alles, was Julyan ihm gezeigt hatte, zu behalten. Er mochte Julyan, seine freundliche Art. Doch plötzlich fiel ihm auf, dass Julyan der einzige Gehilfe war, von dem er weder wusste, woher er kam, noch, was seine Familie machte.

Kaum hatte er die Hühner gefüttert, tauchte Vlaho auf, um ihm zu helfen. »Eigentlich wäre das Jeannynes Aufgabe, aber sie war froh, die Arbeit los zu sein, und ich mache es gern.«

Er zeigte Milan, wie man den Kühen, Ziegen und Pferden eine Schlinge um den Hals legte und wie man sie vor die Mauern hinausführte. »Eigentlich machst du das am Morgen, aber heute ist es wegen der Zeremonie später.«

Auf der Wiese innerhalb des Steinkreises ließen sie die Tiere frei.

»Einfach so?«, staunte Milan, der sich erinnerte, sie so gesehen zu haben. »Laufen sie nicht weg?«

Vlaho zuckte mit den Schultern. »Normalerweise müssten sie das. Aber wenn man sie nicht mit Gewalt rauszieht, verlassen sie den Kreis nicht.«

»Ist das Alchymie?«

»Wer weiß? Aber wenn, dann keine von Meister Athan. Die Steine sind uralt.«

»Und wenn jemand kommt und sie stiehlt?«

»Die Steine?« Vlaho lachte.

»Die Tiere.«

»Wer bestiehlt schon einen Alchymisten? Kühe und Ziegen gibt es bei beinahe allen Bauern, und vor denen haben Diebe weniger Angst.« Wieder lachte er und zog Milan nach drinnen, um weitere Tiere zu holen. »Tiere werden selbst auf den Höfen nur selten gestohlen, aber unser Nachbar hat geschworen, dass zu ihm regelmäßig Milchdiebe kommen. Wenn du also jemanden mit Hocker und Eimer anrücken siehst, bring die Kühe rein.«

Nur mit Mühe unterdrückte Milan ein Lachen. »Hat er auch gesagt, wie die Diebe aussehen?«

»Nein.« Unbehaglich sah er Milan an. »Er sagte nur, es müssen Torfstecher sein, weil die alle nichts taugen.«

»Und was hast du geantwortet?«

Vlaho zuckte mit den Schultern. »Hier sind wir nicht Torfstecher und Bauer, sondern Brüder, ja?«

»Ja.«

»Ich habe ihm nicht widersprochen, und meine Eltern haben zugestimmt. Er war unser Nachbar, mit ihm mussten wir auskommen, die Torfstecher waren im Moor und fern.«

Milan schnaubte, aber mehr konnte er schlecht sagen; Pjer und er hatten ja selbst Milch gestohlen.

»Er ist wohl an einem Markttag mal mit einem aneinandergeraten, und das ist zu einer wilden Schlägerei ausgeartet«, fuhr Vlaho fort. »Sein Bruder hat dabei ein Auge verloren. Ab da hat er sich an jedem Markttag mit Torfstechern angelegt. Er hat ihnen die Schuld an allem gegeben, ihm wegen ein wenig Milch zu widersprechen hätte daran nichts geändert.« Er schüttelte den Kopf. »Gut möglich, dass er sich das alles nur ausgedacht hatte, weil seine Kuh immer weniger Milch gab und irgendwer daran schuld sein musste. Er hat immer gern anderen die Schuld gegeben.«

Milan sagte dazu nichts.

Unter Vlahos Anleitung sah er im Hühnerstall nach frischen Eiern und mistete den Stall aus, überprüfte die Scharniere an den Türen und die Futtervorräte.

»Spätestens nächste Woche geht es schneller, und nach den Scharnieren musst du natürlich auch nicht jeden Tag schauen. Jetzt geht es nur darum, dass ich dir einen Überblick über alle Aufgaben verschaffe«, sagte Vlaho und zeigte ihm, wo die Mistgabel, die Eimer und alles andere aufbewahrt wurden. Schließlich erklärte er ihm, wann ein Tier gemolken werden musste und wie man Krankheiten erkannte, und zeigte ihm den Brunnen und die Tränke im Hof, aber die hatte Milan längst selbst entdeckt.

Am Abend war Milan geschafft von der ungewohnten Arbeit, und beim Essen sprach er wieder nicht viel. Danach zog Meister Athan sich zurück, und Julyan fragte Milan, ob er ihm beibringen solle, seinen Namen zu schreiben.

»Danke, aber der ist das Einzige, das ich schon schreiben kann.«

Vlaho lachte. »Mehr als ich an meinem ersten Tag.«

»Aber weniger als die meisten«, versetzte Eystache mit einem Grinsen.

Also lernten sie nicht, sondern spielten Karten, und Norena setzte sich daneben und musizierte leise auf der Laute.

Milan zog sich bald zurück, um zu schlafen, aber er lag lange wach. Das Bett war weicher als zu Hause, die Geräusche vor dem Fenster waren fremd, und er fragte sich, was die Symbole an seinen Wänden und der Decke bedeuteten. Sollten sie das Zimmer schützen oder etwas herbeirufen, Geister oder Tote oder sonst etwas? Und taten Alchymisten das überhaupt?

Er wusste nicht, was er erwartet hatte, aber die Zeremonie hatte ihn überrascht. Sie hatte alles bedeutsamer gemacht, er war nun tatsächlich der Gehilfe eines Alchymisten – und nicht einmal der erste, der nicht schreiben konnte.

Sieben Jahre.

Er dachte an Khyra und hätte gern gewusst, ob sie auch wach lag und ihn vermisste. Liebten die anderen Gehilfen auch jemanden? Dazu hatte niemand etwas gesagt, aber er hatte ja auch nicht von Khyra erzählt. Plötzlich war er unsicher, ob Gehilfen jemanden lieben und treffen durften. Auch wenn er sich nicht mehr an jedes Wort erinnerte, das während der Zeremonie gefallen war, wusste er, dass er nicht versprochen hatte, niemanden zu sehen; das hätte er verweigert.

Meister Athan hatte eine Frau gehabt, das war bekannt, aber Gehilfen mussten einem Meister nicht gleichgestellt sein, das waren sie kaum irgendwo. Sollte er Julyan fragen? Oder sollte er schweigen? Wenn es verboten war, würde eine solche Frage es nur noch schwerer machen, Khyra zu sehen.

Selbst wenn es erlaubt wäre, würde er sich weiter im Geheimen mit Khyra treffen, damit ihre Mutter nichts erfuhr. Abgesehen davon war es sicherlich schwieriger, einen Alchymisten und seine Gehilfen zu täuschen als nur die Eltern.

Plötzlich fragte er sich, was Athan bereits wusste. Er war im Moor auf seine Khyrastatue gestoßen. Sollte er sie erkannt haben, musste er von Milans Gefühlen für sie wissen. Doch woher sollte der Alchymist Khyra kennen?

Er musste einfach abwarten, die Woche würde schon vergehen, und dann konnte er behaupten, er wolle am Sonntag seine Familie besuchen. Vielleicht konnte er bis dahin das Gespräch vorsichtig darauf lenken, ob jemand unter den Gehilfen nicht allein war, nur um vorzufühlen. So oder so, er würde einen Weg finden, Khyra zu treffen.

Müde drehte er sich auf die Seite und schlief endlich ein.

4

Milans erste Woche als Gehilfe verging rasch. Er stellte fest, dass er ein Händchen für Tiere hatte, und jeden Tag ging ihm die Arbeit schneller von der Hand. Vlaho half ihm weiterhin, aber Jeannyne kam nicht einmal vorbei.

Wenn Milan sich nicht um die Tiere kümmerte, brachte ihm Julyan das Schreiben und Lesen bei. Zumindest versuchte er es.

»Was ist mit den Zeichen, die hier überall an den Wänden prangen?«, fragte Milan. »Wann lerne ich die?«

»Nur Geduld. Erst die allgemeine Schrift, dann alchymistische Symbole.«

Am Mittwoch bat Meister Athan ihn in die Bibliothek zum Unterricht, aber er lehrte ihn nichts, er stellte nur Fragen.

»Wie heißt die Hauptstadt, und wo liegt sie?«

»Wie heißt unser König?«

»Welches Land grenzt jenseits der Schwarzmoore an das Königreich?«

»Welches Holz ist heller, Knotenahorn oder Sumpfzypresse? Und welches lässt sich leichter bearbeiten?«

»Was ergibt sechshundertzweiundsiebzig minus zweihundertdreizehn?«

»Wie orientierst du dich im Moor? Tagsüber und nachts?«

»Wie würdest du den Schein eines Irrlichts beschreiben?«

»Wie hast du deins damals gefangen?«

»Wie sieht das Wappen derer zu Nebelbruch aus und wie das des Königs?«

»Wenn du die Farben Blau und Rot im gleichen Verhältnis mischst, was erhältst du?«

»Wie viele Drachen hat der Drachentöter überwunden – und wie heißen sie?«

»Welche Wiesenkräuter kennst du? Und welche haben eine heilende Wirkung?«

»Wie viele Zähne hat ein Sumpfkriecher?«

Milan kannte bei Weitem nicht alle Antworten, und er wusste auch nicht, was das alles mit Alchymie zu tun haben sollte, aber er gab sich Mühe, und der Meister schien einigermaßen zufrieden und erklärte, er habe sich nur einen Überblick verschaffen wollen, was Milan wisse.

»Morgen wird es anders«, verkündete er zum Abschied. »Morgen schnitzen wir.«

Als Milan am nächsten Tag den Werkraum betrat, wartete Meister Athan nicht allein. Eystache war bei ihm und musterte Milan geringschätzig; Milan war sicher, dass er etwas gegen Torfstecher hatte.

»Ich möchte, dass ihr beide euch gegenseitig schnitzt«, verkündete Meister Athan und überließ jedem ein kopfgroßes Stück aus dem Ast eines Knotenahorns. »Jeder das Gesicht des anderen. In der Wahl des Werkzeugs seid ihr frei.«

Auf der langen Werkbank lagen unterschiedliche Messer, eine Handvoll Beitel, zwei Holzhammer und zwei kleine Handbeile bereit. Wie selbstverständlich griff Milan zu dem Messer ganz links, das seinem eigenen ähnelte. Das eigene hatte er oben im Zimmer vergessen. Er setzte sich auf den nächsten Stuhl und betrachtete abwechselnd Eystache und das Holz in seinem Schoß. Langsam drehte er es hin und her, um irgendwo die Ansätze eines menschlichen Gesichts zu finden, Eystaches Gesicht, doch das fiel schwer, er verspürte keinen Drang, ihn zu schnitzen.

Mitleidig beobachtete Eystache einen Augenblick sein Tun, dann klemmte er kopfschüttelnd sein Holz in einen

Schraubstock und schlug mit einem breiten Beitel die grobe Form eines Gesichts aus dem Ahorn. Es waren die schnellen routinierten Schläge eines Bildhauersohns.

»Willst du nicht auch anfangen?«, spottete er. »Oder weißt du nicht, wie du das Messer anfassen sollst?«

»Noch sehe ich dich nicht«, erwiderte Milan ruhig.

»Ich bin vor dir.«

»Im Holz.«

»Da bin ich erst, wenn du mich hineinschneidest.«

Milan vergaß, etwas zu erwidern, denn plötzlich erkannte er in einer Wulst der Rinde eine spöttisch hochgezogene Augenbraue. Beinahe sofort sah er das gesamte Gesicht vor sich, die von Geringschätzung verzogenen Züge und die hochnäsige Kopfhaltung. Lächelnd begann er mit der Arbeit.

Bis zum Mittag dauerte es, dann war Eystache fertig, und der Kopf ähnelte Milan in allen Einzelheiten, in den Haaren, der Größe der Ohren, dem Schwung der Nase, dem Kinn. Und doch erkannte Milan sich nicht sofort darin wieder, er war es und war es doch nicht. Warum das so war, hätte er nicht in Worte fassen können.

Milan, der keinen Beitel verwendet hatte, weil ihm der Umgang damit fremd war, brauchte noch eine halbe Stunde länger. Er hatte die linke Wange verhunzt, und das rechte Auge war kleiner als das andere, doch Eystaches spöttischen Blick hatte er eingefangen.

»Wer soll das sein? Meine Augen zumindest sind gleich groß«, bemerkte Eystache, aber es klang nicht so spitz wie frühere Bemerkungen.

»Dafür sind meine Augen nicht leblos«, erwiderte Milan.

Sie starrten einander an, Eystache schien seine Wut nur mühsam unterdrücken zu können.

»Ich danke euch«, sagte Meister Athan vernehmlich. »Ihr werdet gut zusammenarbeiten.«

»Meister!«, stieß Eystache aus.

Milan zuckte mit den Schultern. Wenn er schnitzen durfte, statt den Stall auszumisten, sollte es ihm recht sein.

»Ja, Gehilfe?« Athan sah Eystache an und hob die Brauen. »Willst du etwas sagen?«

Eystache zwinkerte, dann schüttelte er schnell den Kopf. »Nein, Meister.«

»Gut. Dann lass uns kurz allein.«

Schweigend, die Lippen fest aufeinandergepresst, ging Eystache hinaus. Milans Abbild klemmte noch immer im Schraubstock.

»Und nun zu dir, Milan.« Athan wandte sich ihm zu. »Du hast von euch beiden das größere Talent zur Bildhauerei, das habe ich schon draußen im Moor gesehen. Du kannst das Wesen von Menschen einfangen, ebenso das des Nachtwyrms, aber dir fehlt noch ein Teil des Handwerks. Der letzte Schliff, wenn man so will. Willst du es lernen?«

»Ja.«

»Dann versuch, mit Eystache auszukommen. Er ist nun mal der beste Lehrer, den du hier dafür bekommen kannst.«

»Ich will mit ihm auskommen, aber er …« Milan verstummte.

»Er muss sich noch damit abfinden, dass du hier bist. Seine Sorge ist, dass er seinen Platz an dich verlieren könnte.« Der Alchymist warf einen Blick zu den beiden Holzköpfen hinüber. »Und das zu Recht.«

»Den Platz verlieren?« Milan war verwirrt. »Muss er denn gehen?«

»Gehen? Nein.« Lachend schüttelte der Alchymist den Kopf. »Niemand wird gezwungen zu gehen. Er verliert nur die Aufgabe, für die ich ihn ursprünglich vorgesehen hatte. Die eine Aufgabe, für die er meinem Ruf gefolgt ist und die ihm den so sehr begehrten Stolz seiner Eltern einbringen sollte.«

Milan verstand kein Wort. »Welche Aufgabe?«

Athan schürzte die Lippen. »Das wirst du rechtzeitig erfahren. Noch ist es nicht so weit.«

Milan wollte nachhaken, aber dann tat er es doch nicht, denn er brauchte den Alchymisten bei guter Laune, und die war gerade da. »Meister, kann ich am Sonntag in die Stadt, um meine Eltern zu besuchen? Sie wollen sicher wissen, wie es mir ergeht.«

Athan schüttelte den Kopf. »Das glaube ich gern, aber es tut mir leid. Als Jüngster bist du für die Tiere verantwortlich, und die müssen jeden Tag versorgt werden, auch sonntags.«

»Heißt das, ich habe nie frei?«

»Nicht zu Beginn und auch keinen ganzen Tag. Du wirst freie Stunden haben, aber die darfst du zunächst hier verbringen.«

»Meine Eltern würden sich sehr freuen.«

»Sie freuen sich auch noch in einigen Wochen, oder nicht? Und wenn ihre Neugier übermächtig wird, wissen sie, wo sie dich finden.«

»Ja, Meister.«

Geknickt verließ Milan den Werkraum. Er aß nach den anderen und mühte sich unter Julyans Aufsicht stundenlang mit alten und neuen Buchstaben ab, bevor er die Tiere versorgte und endlich müde die Abendmahlzeit zu sich nahm.

Auf diese Weise vergingen die nächsten Tage mit Schnitzen, Lernen und dem Versorgen der Tiere. Julyan bemühte sich redlich, ihm das Lesen und Schreiben beizubringen, aber Milan konnte die Buchstaben beim besten Willen nicht behalten, und manchmal schrieb er sie spiegelverkehrt.

Viel mehr war er an dem interessiert, was Eystache ihn

lehren konnte, aber dessen Anweisungen und Hinweise waren äußerst knapp. Sie beschränkten sich auf ein einfaches: »Nimm den Beitel.«

Und: »Halt ihn schräger.«

Und immer wieder: »Mach es einfach richtig.«

Eystache sagte nie, wie es richtig war, und trotzdem bekam Milan langsam ein Gefühl dafür, wie er einen Beitel zu verwenden hatte; wie Holz reagierte, wusste er zur Genüge. Doch je schneller er Fortschritte machte, desto weniger wollte Eystache ihm zeigen.

Am Sonntagnachmittag hatte Milan frei, doch er konnte nicht ins Moor. Also ging er nach dem Essen in sein Zimmer, stieg über das Fenster aufs Dach hinaus und setzte sich, den Blick auf die Schwarzmoore gerichtet, in die Sonne. Es war Oktober, der Monat mit den wenigsten Regentagen, und noch war es warm, auch wenn man manchmal schon im Wind die kalten Tage ahnte.

Seit einer Woche war er nicht im Moor gewesen, so lange wie nie, seit er denken konnte. Er träumte sich hin und zu Khyra, die jetzt am gestürzten Ahorn auf ihn wartete. Er dachte daran, wie er selbst Tag um Tag dort gewartet hatte, bei Sonne wie Regen, wie er sich nach ihr gesehnt hatte, nach ihren Berührungen und danach, ihr erzählen zu können, was er erlebt hatte, und sei es noch so banal. Und jetzt, da sich alles geändert hatte, da er Neues um Neues erlebte, konnte er sie nicht teilhaben lassen. Er wusste nicht, wann er sie wiedersehen durfte, und das zerriss ihn. Am liebsten hätte er geschrien und die Dachschindeln mit den Fäusten bearbeitet.

Aber er tat es nicht.

Er blieb sitzen und stellte sich vor, wie sie den vergessenen Pfad auf und ab lief, hoffend, dass er käme, neugierig, was er zu erzählen hätte, und voller Vorfreude, ihm ihrerseits von allem zu berichten, was ihr widerfahren war. Von ihren Bemühungen, einen Moordiamanten zu finden. Er stellte sich ihre Ungeduld vor und ihre wachsende Enttäuschung, weil er nicht kam.

»Es tut mir leid«, murmelte er, auch wenn er es nicht ändern konnte. Mühsam hielt er sich davon ab, vom Dach zu springen und zu ihr zu rennen.

Die zweite Woche verging wie die erste, und auch am zweiten Sonntag saß er auf dem Dach, blickte zum Moor und dachte an Khyra. Er fragte sich, ob er am nächsten Sonntag Vlaho bitten konnte, einmal für ihn die Tiere zu übernehmen, damit er ins Moor kam, aber dann fiel ihm ein, dass Khyra gesagt hatte, sie wolle versuchen, selbst zu kommen, wenn ihr ein guter Grund einfiele.

Sie ist schlau, dachte er, *ihr fällt etwas ein.* Was also, wenn sie käme, und er wäre im Moor? Das konnte er nicht riskieren.

Und so verlief auch die dritte Woche wie die vorigen, er zählte die Tage bis zum Sonntag und versorgte die Tiere. Manchmal hörte er leise Geräusche aus dem Turm und hätte gern gewusst, woran der Meister arbeitete, aber er wusste noch immer viel zu wenig über Alchymie und fragte nicht nach, nicht einmal, als irgendetwas im Turm lautstark zu Bruch ging.

Tagsüber lernte Milan lesen, und nach dem Abendessen schnitzte er, um besser zu werden. Meister Athan hatte verkündet, nächstes Jahr würden überall im Land Feierlichkeiten zum sechzigsten Geburtstag des Königs abgehalten und er wolle dafür eine hölzerne Figur des Herrschers haben, die er mit den besten Glückwünschen in den Palast senden könne.

»Wer von euch bis zum Jahresende am besten ist, wird sie anfertigen«, sagte er zu den Gehilfen.

»Woher wissen wir, wie der König aussieht?«, fragte Eystache.

»In der Bibliothek haben wir einen Stich von ihm. Und du kennst die Statue in der Stadt.«

»Der Stich ist klein, und das Gesicht der Statue habe ich mir nie genau angesehen.«

Der Meister lächelte. »Ein guter Alchymist achtet auf alles in seiner Umgebung, aber meinetwegen kann derjenige, der die Statue letztlich anfertigt, in die Stadt gehen und dort arbeiten, wenn das hilft.«

Nun wollte Milan die Aufgabe unbedingt übertragen bekommen, denn er hoffte, so Khyra sehen zu können. Vielleicht auch Pjer und seine Eltern. Vielleicht wurde er doch noch ein Bildhauer, wie Khyra gesagt hatte.

»Ich werde den König machen«, verkündete im selben Moment Eystache. Seine Miene war angespannt, die Augen funkelten. »Das bin ich meiner Familie schuldig.«

Mehr sagte er nicht, doch fortan brachte er Milan noch weniger bei als zuvor, im Gegenteil, er meckerte an allem herum, nannte ihn dumm und ungeschickt und sagte ständig: »Mach es anders, das ist falsch.«

Milan ließ ihn reden, beschwerte sich nicht und brachte sich, so gut es ging, selbst alles bei.

Julyan dagegen war ein ganz anderer Lehrer. Er hatte Geduld und vermittelte Milan von Anfang an Begeisterung fürs Lesen. Es war offensichtlich, dass er ihm etwas beibringen wollte. In der Bibliothek zog er dieses und jenes Buch aus dem Regal, um Milan zu zeigen, was alles mit Schrift festgehalten werden konnte.

Und Milan, dessen Familie nie ein Buch besessen hatte, begriff langsam. Die Bilder im Tempel hatten ihm Ereignisse gezeigt, die er oft schon aus Erzählungen kannte, während die Schrift im Rahmen nur eine Ergänzung war, die einem Betrachter lediglich den Namen einer dargestellten Figur oder den jeweiligen Ort verriet. Die Gemälde konnten allein bestehen, und sie hatten Milan die alten Drachen sehen lassen, wie es der Name der Ungeheuer allein nie vermocht hätte.

Bei den Büchern war es genau umgekehrt. Auch in ihnen gab es bildliche Darstellungen, wenn auch nicht in den Farben der Gemälde, sondern häufig Zeichnungen mit schwarzem Strich. Und sie zeigten alles Mögliche, Könige und Kessel, Drachen und Schmetterlinge, Schwerter und Pflanzen. Auf einer Seite sah Milan sogar einen brennenden Mann mit aufgerissenem Mund, aber er kannte die Geschichte dazu nicht, und so wusste er nicht, wer der Mann war, warum er brannte, warum ihm niemand half, wo seine Familie war, einfach nichts.

»Das Bild zeigt dir nur den Moment«, erklärte Julyan. »Alles andere versteckt sich im Text, das Davor, das Danach und die Begründung für alles.«

»Und was ist die Begründung?«

»Ich weiß es nicht. Das Buch habe ich noch nicht gelesen. Sobald du lesen kannst, kannst du es herausfinden.«

Und er erklärte ihm, dass es in der Alchymie häufig darum ging, Zusammenhänge herauszufinden, Wissen zu sammeln, Erkenntnisse und Dinge, die sonst kaum jemand verband, miteinander zu verknüpfen. »Aber das wird dir der Meister beibringen, nicht ich. Oder du findest es in Büchern.«

Milan nickte und setzte sich wieder an seine Schreibaufgaben. Längst war es nicht mehr nur eine Notwendigkeit, sondern seine Neugier verlangte, dass er das Lesen lernte. Und es würde ihm gelingen, er war nicht zu dumm.

Am Donnerstagabend, nachdem er die Tiere zurück in

den Stall gebracht hatte, entdeckte er die Überreste des hölzernen Kopfs, den Eystache angefertigt hatte, ganz oben auf dem Stapel Feuerholz. Er war mit einem Beil in drei Scheite gespalten worden. Was sollte das? Dass Eystache ihn nicht unterrichtete, nahm er hin, aber das? Wütend stapfte er nach draußen. Dem würde er es zeigen!

Doch im Hof blieb er stehen und überlegte. Eystache konnte ihn nicht leiden, das war klar, aber hätte er ihm eine Drohung schicken wollen, hätte er ihm den Kopf mitsamt Beil in der Stirn ins Bett gelegt. Wahrscheinlich hatte Eystache nur nicht ständig in sein Gesicht blicken wollen, noch dazu, da er mit der Arbeit eine Niederlage erlitten hatte.

Er ist sauer, weil ich ihm etwas wegnehme. Aber dann soll er es sich eben nicht wegnehmen lassen.

Trotzdem ging Milan nicht sofort zum Abendessen, er musste allein sein, um sich zu beruhigen. In Stallnähe setzte er sich auf einen hockergroßen Holzklotz an der Turmwand, wo die letzten Sonnenstrahlen auf ihn fallen konnten. Unvermittelt kam ihm der dünne Mann in den Sinn, der im Moor ertrunken war, auch wenn er nicht wusste, weshalb. *Kalt,* dachte er, obwohl die Sonne ihn wärmte, und kopfschüttelnd vertrieb er den Gedanken. Warum war ihm gerade jetzt der Ertrinkende in den Sinn gekommen?

Er ist deine Vision! Und du weißt noch immer nicht, was er bedeutet.

Vielleicht, ja, doch was sollte er bedeuten?

Noch während er grübelte, wurde die Erinnerung an den Ertrinkenden fortgeschwemmt, und das Bild des brüllenden Nachtwyrms füllte seinen Kopf.

Verdammt.

Er stand auf, er würde keine Ruhe finden, der nächste Gedanke würde unweigerlich der an Elyn sein, und das wollte er nicht. Sowieso knurrte sein Magen, also ging er hinein und aß mit den anderen. Eystache beachtete ihn nicht, blickte nicht einmal verstohlen zu ihm herüber. Es wirkte nicht, als habe er ihm mit dem gespalteten Kopf etwas mitteilen wollen.

Du denkst zu oft an den Tod, ermahnte Milan sich selbst und beschloss, das zu ändern.

Doch nach dem Essen fragte ihn Meister Athan, ob er in nächster Zeit nicht einmal einen menschlichen Schädel zeichnen wolle.

»Warum das?«

»Weil du auch lebende Gesichter besser verstehst, wenn du weißt, wie es darunter aussieht.«

»Gut«, versprach Milan. »Aber wann lerne ich etwas Alchymie?«

Athan lächelte. »Das tust du, seit du hier bist. Alles hier dient ihr.«

5

Am Sonntagmorgen beeilte sich Milan mit dem Frühstück und den Tieren, und dann setzte er sich zu ihnen in den Steinkreis vor die Tür, um es als Erster zu sehen, falls Khyra käme.

Wenn sie kommt, korrigierte er sich, denn dass sie kommen würde, davon war er überzeugt. Er hatte sein Messer dabei, setzte sich ins Gras und beobachtete die Tiere. Die meisten grasten oder trotteten gemächlich hierhin und dahin, nur eine junge Ziege hüpfte übermütig zwischen den Kühen umher. Lächelnd beobachtete er sie eine Weile, dann begann er, sie zu schnitzen.

»Hast du Heimweh?«, fragte Julyan, der plötzlich neben ihm auftauchte und sich zu ihm setzte. Es klang freundlich, nicht nach einem Angriff. »Oder ist sonst etwas?«

»Nein«, antwortete Milan, »wieso?«

»Weil du freihast und trotzdem lieber bei den Tieren bist als bei uns. Und dabei starrst du in Richtung Nebelbruch.«

»Ja, vielleicht«, wich er aus. Besser, sie glaubten, er habe Heimweh, als dass sie von Khyra erfuhren. »Aber eigentlich will ich nur wissen, wie es meinen Eltern geht, und sie wissen lassen, wie es mir geht.«

»Und wie geht es dir?«

»Gut.« Er sagte es leichthin, weil er sowieso nichts anderes sagen würde, weder zu Julyan noch zu den Eltern. Er dachte an Mutters letzte Umarmung, daran, dass sie mit den guten Bechern hatte anstoßen wollen, und an ihren Stolz, der wiedererwacht schien. Daran würde er nicht kratzen.

Außerdem stimmte es, es ging ihm gut – abgesehen davon, dass er Khyra nicht sah.

»Und das Heimweh?«

»Davon würde ich ihnen nichts erzählen.« *Insbesondere Vater nicht.* Er schmunzelte.

»Wenn du magst, gehe ich nachher in die Stadt und sage ihnen, dass es dir gut geht.«

Überrascht sah Milan ihn an. »Das würdest du tun?«

Julyan grinste. »Natürlich. Wenn du mir schnitzen beibringst.«

»Abgemacht.« Er hielt ihm die Hand hin, und Julyan schlug ein. Dann fragte Milan: »Hast du auch Heimweh gehabt, als du neu warst?«

»Nein.«

»Kein bisschen?«

»Nein.« Während er das sagte, sah Julyan in die Ferne. Dann wandte er sich wieder Milan zu. »Du solltest dich deswegen aber nicht von uns fernhalten. Würfel mit uns, dann vergisst du die trüben Gedanken.«

Milan zuckte mit den Schultern. »So hat es mein Vater immer gemacht. Aber ich war jahrelang viel allein, ich bin es gewohnt. Und manchmal vermisse ich die Einsamkeit, die Ruhe – vielleicht sogar mehr als mein Zuhause.«

»Dann will ich dir die Ruhe nicht länger nehmen.« Julyan erhob sich, und Milan war froh. Er wollte allein sein, wenn Khyra kam.

Eine Stunde blieb er sitzen, dann war die Ziege fertig. Er schlenderte bis zum Rand des Steinkreises, beschattete mit der Hand die Augen und spähte Richtung Nebelbruch. Noch immer näherte sich niemand von dort. Die Brust wurde ihm eng, und er hoffte, dass Khyra nicht von irgendwem zurückgehalten wurde. Hoffte, dass es ihr gut ging.

Die Stadt selbst lag hinter den Bäumen des angrenzenden

Gehölzes verborgen, doch der Rauch aus den Torfwerken stieg gut sichtbar über den Wipfeln auf und verlor sich im Himmel. Milan fragte sich, wie es Fajenna und den anderen dort ging, und er dachte an Pjer und die Eltern. Und daran, dass sich bislang keiner von ihnen zu ihm auf den Weg gemacht hatte, obwohl es ihnen nicht untersagt war. Was hielt sie ab? Gerüchte über den Alchymisten? Oder wollten sie ihn nicht sehen?

Auch als es Mittagessen gab, blieb er draußen, weil sie sich immer mittags getroffen hatten. Für Oktober brannte die Sonne unerwartet heiß herab, deshalb verzog er sich in den Schatten eines Felsens. Julyan brachte ihm ein Stück Brot und Käse heraus.

»Bleib meinetwegen allein, wenn du magst, aber hungere deswegen nicht«, sagte er. »Ich geh jetzt in die Stadt. Soll ich deinen Eltern noch etwas ausrichten?«

»Ja.« Es fiel ihm spontan ein. »Sag ihnen, dass ich lesen und schreiben lerne. Sie meinen, ein Torfstecher muss das nicht können.«

»Nun, du bist kein Torfstecher mehr.«

»Ich weiß das, aber mein Vater sagt, einmal Torfstecher, immer Torfstecher.«

Julyan hob eine Augenbraue. »Und sonst?«

»Sag ihnen, dass ich hier dazugehöre, dass ich kein Fremder bin.«

Lächelnd klopfte Julyan ihm auf die Schulter, und dann ging er. Nach einigen Schritten winkte er noch einmal, jedoch ohne sich umzudrehen.

»Bringst du mir auch das Schnitzen bei?«, fragte Lycille, die sich eine Stunde später zu Milan gesellte. Sie setzte sich, ohne zu fragen.

»Wieso wollt ihr das alle lernen?« Milan schüttelte den Kopf. »Willst du den König machen?«

Sie lachte. »Ich glaube nicht, dass ich so schnell so gut werde.« Sie deutete auf die Schnitzerei im Gras neben Milan. »Wenn ich das irgendwann kann, bin ich glücklich. Die Ziege ist schön.«

»Danke. Hast du ein Messer dabei?«

Sie nickte, und so begannen sie mit dem Unterricht. In der Tat war Lycille nicht besonders gut, aber lernwillig. Milan erinnerte sich an die Zeit, als der Großvater ihm die Grundlagen beigebracht hatte, und um mehr ging es hier nicht. Sie waren so vertieft in die Arbeit, dass er Khyra erst bemerkte, als sie den Steinkreis beinahe erreicht hatte.

Hastig sprang er auf. Sein Herz drohte zu zerspringen. »Hallo.«

»Hallo.« Fragend und strahlend zugleich sah sie ihn an.

Auch Lycille erhob sich. »Was willst du hier, Mädchen?«

»Ich kenne sie aus Nebelbruch«, sagte Milan lahm. Er hätte sie gern umarmt, aber vor Lycille konnte er das nicht. Noch nicht einmal sagen konnte er es Khyra, auch nicht, dass er sie liebte und alles.

»Ich habe etwas für Meister Athan.«

Lycille seufzte. »Ist es Blut? Oder Haar?«

»Nein. Ein Irrlicht.« Sie klopfte auf die Tasche, die sie über der Schulter trug.

»Was?« Milan klappte der Kiefer herunter. Sein Kopf wurde von Bildern aus dem nächtlichen Moor überflutet, dem Geräusch durch den Matsch rennender Füße, fern von allen Wegen, dem Brüllen des Nachtwyrms, und dann sah er, wie die Bestie mit erhobenen Klauen auf ihn zusprang, wie sie ihn umriss und unter sich begrub, fast spürte er, wie seine Rippen barsten, aber vermutlich war das nur die Angst, was Khyra alles hätte zustoßen können.

»Nun, das ist etwas anderes«, sagte Lycille freundlich.

»Dann gebe ich dem Meister Bescheid, er wird sich freuen. Warte hier bei Milan.«

Kaum war sie außer Hörweite, raunte Milan: »Du hast ein Irrlicht gefangen?«

»Eigentlich wollte ich mich dumm stellen und sagen, ich bringe Blut, weil du erzählt hast, dass sie das befürchten, aber dann bin ich beim Graben auf einen alten Irrlichtkäfig gestoßen. Den muss jemand verloren haben, der nicht von der Moorweihe heimgekehrt ist. Ich dachte, das ist ein Zeichen.«

»Ein Zeichen? Aber …?«

»Ich hatte bei meiner Vision zwei Irrlichter, ich war sicher, dass mir nichts passiert. Wir müssen gerade jeden Tag bis nach Sonnenuntergang im Moor bleiben, und … kurz gesagt, ich habe es gefangen. Aber niemand weiß davon, schon gar nicht die Freifrau, mach dir also keine Sorgen. Erzähl mir lieber, wie es dir geht, bevor sie zurückkommt.«

Er sagte: »Ich liebe dich.«

»Ich weiß.« Sie lächelte. »Ich dich auch.«

Dann fasste er kurz zusammen, warum er nicht hatte kommen können und dass es noch eine Weile so sein würde, dass er womöglich sieben Jahre bleiben musste, dass dann alles gut werden würde, vielleicht auch schon vorher, ja, hoffentlich bereits nach einem Jahr, wenn ein anderer sich um die Tiere kümmern musste und sie zumindest ihre Sonntage zurückbekamen.

»Oder ich finde vorher einen Moordiamanten«, sagte sie.

»Oder das.« Er nickte. »Ich hoffe, ich kann dann trotz des Schwurs gehen.«

Weiter kamen sie nicht, denn Lycille kehrte zurück.

»Wann sehen wir uns wieder?«, fragte Khyra, Sehnsucht im Blick.

»Ich weiß es nicht. Vielleicht darf ich irgendwann zum Marktplatz, aber …«

Nun war Lycille da. »Der Meister empfängt dich.«

Alles in Milan drängte danach, mitzugehen, aber er wollte nicht zeigen, was er fühlte. »Vielleicht können wir noch kurz reden, wenn du rauskommst?«, sagte er möglichst beiläufig. »Damit du mir berichtest, was in Nebelbruch los ist?«

Sie lächelte ihn an. »Das tue ich gern. Meine Mutter erwartet mich nicht vor dem Abend zurück.«

Ein Irrlicht!

Er starrte ihr hinterher, wie sie im Tor verschwand. Vision oder nicht, sie hätte sterben können. Und wofür? Um ihn kurz zu sehen – und nicht einmal unbeobachtet?

Mit zusammengebissenen Zähnen verfluchte er die Freifrau, die die Torfstecher noch nach Anbruch der Dunkelheit graben ließ. Weshalb? Wollte sie die anderen dafür bestrafen, dass er beim Alchymisten Unterschlupf gefunden hatte? Das ergab keinen Sinn. Das letzte Mal, dass die Torfstecher bis tief in die Nacht im Moor hatten graben müssen und die Torfwerke durchgehend in Betrieb gewesen waren, war damals gewesen, als es Krieg gegeben hatte. Drohte auch jetzt Krieg? Unruhig lief Milan vor dem Felsen, der kein Drachenei war, auf und ab, und die junge Ziege kam, die Hörner neckisch gesenkt, zu ihm getippelt. Er verscheuchte sie unwirsch. »Nicht jetzt!«

Angespannt wartete er, und als Khyra endlich zurückkam, war sie allein. Lycille hatte wohl begriffen, dass Milan die Neuigkeiten aus Nebelbruch allein hören wollte.

»Du hättest sterben können«, sagte er.

»Bin ich aber nicht. Ich bin hier.« Herausfordernd sah sie ihn an. »Und habe hundert Yhld'or für uns. Nur für uns, weil niemand sonst davon weiß.«

Er sah sie an, wollte sie küssen, ihr Gesicht berühren, das Haar, alles, aber das durfte er nicht, sie konnten jederzeit beobachtet werden. Also setzten sie sich an den nächsten

Stein und ließen die Hände voneinander, nur manchmal berührten sich ihre Knie wie zufällig.

»Letzte Woche ist Vian verschollen«, berichtete sie. »Die Sonne war gerade untergegangen, und wir waren auf dem Weg nach Hause. Irgendwer rief: *Da links ist ein Irrlicht, nicht hinsehen!* Alle sind schneller gelaufen und hielten den Kopf gesenkt, aber als wir in der Stadt waren, fehlte Vian. Er war groß und hatte den Kopf immer voll verrückter Ideen, vermutlich ist er dem Irrlicht gefolgt.«

»Und danach hast du beschlossen, eins zu jagen wäre eine gute Idee?«

»Nein, ich habe es gestern, als ich mich beim Aufbruch noch einmal umgedreht habe, zufällig zwischen den Bäumen bemerkt. Das war ein Zeichen, und da bin ich kurz zurückgeblieben. Ich wusste, ich würde ihm nicht weit folgen, und ich hatte den Käfig. Außerdem hatte ich erst neulich dem Locken zweier Irrlichter widerstanden, das konnte ich wieder. Und ich wusste, dass ich es brauchte, es konnte mich nicht verwirren. Und ich habe es auch gleich erwischt.«

Milan seufzte. »Aber wieso müsst ihr so spät hinaus? Ich verstehe das nicht. Wird es Krieg geben?«

»Krieg? Nein.« Lachend schüttelte sie den Kopf. »Ganz im Gegenteil. Die Freifrau sagt, die Alchymisten brauchen mehr Nachttorf für die Feierlichkeiten zum sechzigsten Geburtstag des Königs nächstes Jahr. Sie sagt, es sei eine Frage der Ehre, für den König und den Stolz unseres Landes.«

»Den Stolz unseres Landes?«, echote er, weil er nicht wusste, was er darauf erwidern sollte. Fast hätte er gelacht. »Und damit meint sie die Feierlichkeiten zum Geburtstag?«

Sie nickte.

»Das ist verrückt!«

»Oh, ja. Sie sagt, es gilt, die Feiern zum fünfzigsten Geburtstag zu überbieten, weil zahlreiche Gesandte aus der ganzen Welt am Hof zu Gast sein werden. Und wenn der Hof so ausgelassen feiert, soll das ganze Land feiern, damit jeder Untertan etwas davon hat.«

Milan schnaubte grimmig. »Außer den Torfstechern, die dafür im Moor bleiben.«

»Wen schert das schon?«, erwiderte sie bitter. »Jeder in Nebelbruch erinnert sich an das Feuerwerk vom fünfzigsten Geburtstag, ich auch. Aber wer weiß noch, ob damals mehr Torfstecher gestorben sind als sonst? Mutter sagt, damals hat irgendwo Krieg geherrscht, da waren sowieso viele nachts im Moor. Doch niemand weiß, ob das in diesem Jahr der König selbst angeordnet hat oder die Freifrau oder ob die Gilde der Alchymisten dahintersteckt. Ob die Feier für den König seinem Ruhm dient oder ihrem.«

»Ich rede mit Meister Athan. Vielleicht kann er bei der Gilde etwas erreichen.«

»Glaubst du, das kann er?«

»Ich weiß es nicht, aber ich glaube nicht, dass er den Tod von Torfstechern will. Vielleicht weiß die Gilde nicht, welche Folgen ihr Wunsch hat.«

»Vielleicht.« Sie klang nicht sehr hoffnungsvoll und wechselte das Thema. »Nachdem du weg warst, dachte ich zwei Tage lang, ich könnte meine Mutter vielleicht davon überzeugen, dass du nun eine gute Partie bist, ich habe nur überlegt, wie ich es am geschicktesten anstellen sollte. Dann wurde uns befohlen, länger im Moor zu bleiben, und Mutter verfluchte alle Alchymisten. Sie hat sogar laut darüber spekuliert, ob du an allem schuld bist, weil die Idee, uns noch nach Sonnenuntergang schuften zu lassen, genau dann aufkam, als du einer von ihnen …«

»Was?«, fuhr Milan auf. »Wie kann sie …?«

»Ich habe sie ausgelacht und gesagt, dass die mächtigen Alchymisten am Königshof sicher nicht auf den neuesten

Gehilfen vom Arsch des Landes hören. Und dass du ganz sicher nicht alle Torfstecher verraten würdest, weil du schließlich selbst einer bist.«

»Und was hat sie gesagt?«

Sie sah ihn entschuldigend an. »Sie meinte, dass du die Deinen doch schon verraten hast, als du gegangen bist. Dass deine Schwester alle verraten hat und dass du der Moorläufer bist, der sich sowieso immer abgesondert hat. Dass das deine Rache an denen ist, die ihre Ehre immer behalten haben.«

Milan starrte sie mit offenem Mund an, fassungslos und unfähig, etwas zu sagen.

»Und dass sie deine Eltern bedauert.« Sie zuckte mit den Schultern. »Da habe ich aufgegeben. Ich weiß jetzt, dass wir ihren Segen nie bekommen werden, aber ich habe mich damit abgefunden.«

»Aber warum?« Er begriff es noch immer nicht.

»Ich weiß es nicht. Weil du nicht bist, wie ein Torfstecher zu sein hat.«

Er nickte. »Und was bedeutet das für uns? Dass wir alles weiter geheim halten?«

»Ja. Solange du hier bist und wir nicht zusammenleben können. Im schlimmsten Fall müssen wir die sieben Jahre abwarten.«

Sieben Jahre. Das war eine Ewigkeit. »Uns fällt etwas ein, dass es nicht so lange dauert. Vielleicht werde ich ja Bildhauer.« Und er erzählte von der Statue für den König. »Wenn sie ihn begeistert, lässt er mich vielleicht an den Hof rufen.«

Sie grinste. »Und als ich das gesagt habe, wolltest du es nicht glauben.«

»Ich weiß.« Er erwiderte ihr Grinsen und erkundigte sich nach seinen Eltern, aber sie wusste nicht viel. Nur dass ihre Kompanie wie alle bis in die Nacht im Moor war und dass bei ihnen noch niemand verloren gegangen war. Milan seufzte erleichtert.

Sie sprachen noch eine Weile über dies und das, bis Milan sich wieder um die Tiere kümmern musste und Khyra nach Hause. Als sie auseinandergingen, wussten sie nicht, wann sie sich wiedersehen würden.

Julyan kehrte erst zum Abendessen zurück. Danach nahm er Milan zur Seite.

»Es tut mir leid, deine Eltern wollten kaum mit mir reden«, sagte er. »Sie meinten, sie müssten sich entscheiden, und sie würden für immer Torfstecher sein. Du wärst zwar auch für immer ihr Sohn, hat deine Mutter gesagt, und sie würde dich lieben, aber du wärst jetzt eben ein Alchymist, du könntest nicht mehr heimkommen. Und dann hat sie gesagt, sie wären dankbar, wenn ich auch nicht mehr käme, weil sie keinen Ärger wollen.« Er runzelte die Stirn. »Verstehst du das?«

»Ja.« Milan atmete durch.

»Und was willst du tun?«

»Ihren Wunsch respektieren.« Damit zog er sich früh in sein Zimmer zurück, um allein zu sein.

In der Nacht träumte er, wie er durchs Moor floh, verfolgt von Torfstechern, der Freifrau und Soldaten, alle kaum mehr als Schatten. Er konnte entkommen, doch dann war der Nachtwyrm da und warf ihn zu Boden und zerquetschte seine Brust mit einer hinteren Klaue. Eine krumme Kralle spießte sein Herz auf, und er schrie und schrie und schrie. Es dauerte ewig, bis er erwachte.

6

Am nächsten Tag, kaum dass die Tiere versorgt waren, rief Meister Athan Milan zu sich. Vor der Tür atmete Milan tief durch und rief sich noch einmal die Worte in Erinnerung, mit denen er um das Wohlergehen der Torfstecher bitten wollte.

»Du weißt, wir haben ein neues Irrlicht«, verkündete Meister Athan mit leuchtenden Augen, ohne Milan richtig zu begrüßen, geschweige denn, ihn zu Wort kommen zu lassen. Tiefe Ringe lagen unter seinen Augen, als hätte er kaum geschlafen. »Und das bedeutet, ich werde dich früher als gedacht und üblich in ein Teilgebiet der Alchymie einführen. Wir müssen die Gelegenheit einfach nutzen. Bist du bereit?«

»Das bin ich, Meister«, fing Milan an, »aber dürfte ich Euch zuvor noch etwas fragen?«

»Sicher, sicher«, sagte der Alchymist, »wenn es nicht zu lange dauert.«

»Es geht um die Torfstecher. Ihr wisst, dass ich selbst einer war und dass meine ganze Familie zu ihnen gehört. Gestern habe ich nun erfahren, dass sie bis nach Einbruch der Dunkelheit im Moor bleiben müssen, um Nachttorf zu fördern, der für die Feierlichkeiten zum Geburtstag des Königs gebraucht wird. Ihr, wie jeder in Nebelbruch, wisst, wie gefährlich das ist. Nachts kommen die Irrlichter, und ein Mann ist aufgrund der längeren Arbeitszeit bereits verschollen, weitere werden sterben, Dutzende bis nächstes Jahr, vielleicht mehr. Und das alles für eine Geburtstagsfeier?«

Der Alchymist sah ihn eine Weile an, dann fragte er: »Und was erwartest du von mir?«

»Ich weiß es nicht«, bekannte Milan. »Vielleicht ist den Alchymisten in der Hauptstadt nicht bewusst, was der Wunsch nach mehr Nachttorf für die Menschen hier bedeutet. Vielleicht könntet Ihr …« Er brach ab, um keinen direkten Wunsch zu formulieren.

Meister Athan seufzte. »Ich verstehe. Darf ich dir eine Gegenfrage stellen? Ist dir bewusst, welche Auswirkungen ein Ausfallen der Feierlichkeiten auf uns alle hätte?«

»Ausfallen?« Milan war verdattert. »Wieso Ausfallen? Das meine ich nicht! Aber Tanz und Torten und Wein und all das gibt es auch ohne Alchymie, nur das Feuerwerk nicht.«

»Ja, aber Torten, Tanz und all das gibt es auch in jedem anderen Land.« Athan zeigte ein dünnes Lächeln. »Und der König ist nicht nur unser König, er repräsentiert unser Land – und damit uns alle. Wenn wir ihn nun kleiner feiern als vor zehn Jahren, dann werden das die Gäste aus den anderen Ländern bemerken. Und sie werden denken, wir werden schwach, und lächelnd tanzen und trinken, während ihre Depeschen mit genau diesem Inhalt schon eilends in ihr jeweiliges Land getragen werden. Und irgendwo sitzt ein junger König auf einem Thron, der ihm zu klein düngt, eine Königin, die sich unter den Herrschern einen Namen machen und ihre Eltern übertrumpfen will. Und einer von ihnen wird beschließen, uns anzugreifen, um unsere angebliche Schwäche auszunutzen, bevor es ein anderer tut.«

Ungläubig starrte Milan ihn an, aber der Alchymist wirkte ernst, das war kein Scherz.

»Ja, deine Feier, meine Feier, selbst der Geburtstag der Freifrau sind einfach nur Feiern, egal, ob klein oder prächtig, aber der Tag des Königs ist eine Botschaft an alle. Eine Demonstration von Reichtum und Überfluss, ein Zeichen, das unsere Vorherrschaft auf dem Kontinent festigt. Wenn ich nun in die Hauptstadt schreibe, dass dafür ein Mann gestorben ist, weil er aus eigenem Antrieb einem Irrlicht folgte, wird es heißen, dass er besser hätte aufpassen sollen. Und wenn ich schreibe, es könnten hundert sterben, senden sie uns hundert Sträflinge, die wir als Ersatz hinausschicken sollen, und hundert Soldaten, um sicherzugehen, dass es nicht zu Unruhen kommt. Und die Torfstecher erhalten keinen Lohn und hungern.«

Milan wollte protestieren, aber Meister Athan hob die Hand.

»Ich weiß, das klingt hart, und vielleicht antworten sie auch gar nicht oder mit der hämischen Gegenfrage, ob ich denn wüsste, wie viele Tote ein Krieg kostet. Das ist letztlich unwichtig. Der König möchte und braucht diese Feiern, das kann ich nicht ändern. Es liegt bei der Freifrau, die Wünsche des Königs so zu erfüllen, dass ihre Untertanen möglichst wenig zu Schaden kommen. Und die doch zu Schaden kommen, tun es für das ganze Land, ob es uns gefällt oder nicht.«

Milan wusste nichts zu erwidern. Nichts von alledem hatte er auch nur geahnt. So seltsam und verkehrt es ihm auch schien, er kannte nur das Leben als Torfstecher, schon manches in Nebelbruch war ihm fremd, alles, was weiter weg war, sowieso.

Athan hob bedauernd die Hände. »Du weißt, dass ich dir den Gefallen täte, wenn ich könnte?«

Milan nickte. Er hatte es nicht als einen Gefallen für sich selbst begriffen, aber er widersprach nicht. Weil er sich den Torfstechern trotz allem verpflichtet fühlte, fragte er: »Könntet Ihr dann mit der Freifrau reden?«

Athan hob eine Augenbraue. »Und was sollte ich ihr deiner Meinung nach mitteilen, was sie nicht schon weiß?«

Milan öffnete den Mund und schloss ihn wieder. Er wusste es nicht.

»Dann wenden wir uns also der Alchymie zu.«

Bis zum Mittagessen gab Meister Athan ihm einen knappen Überblick über die verschiedenen Teilbereiche der Alchymie und wie sie sich jeweils entwickelt hatten. Die meisten Namen früher Meister vergaß Milan beinahe sofort wieder, er konzentrierte sich auf das, was die Alchymie erreichen konnte. Vor allen Dingen kümmerte sie sich um die Reinheit, Konzentration und Verwandlung verschiedener Substanzen.

So wurden aus Heilpflanzen Elixiere mit der zehnfachen Heilwirkung gewonnen, und durch Vermischen derselben konnten noch wirksamere Tinkturen hergestellt werden. Aus der Konzentration bestimmter betörender Düfte ließ sich ein Parfüm gewinnen, dessen Wirkung der eines Liebestranks entsprach, ohne dass es einem einzelnen konkreten Menschen eingeflößt wurde. Auch der Duft sorgte dafür, dass einem andere verfielen, doch wehte er frei durch die Luft.

»Dieses Parfüm ist jedoch mit äußerster Vorsicht zu genießen«, warnte Athan. »Es sind Fälle bekannt, da eine aufgebrachte Menge in liebestoller Raserei über den Begehrten herfiel und ihn in ihrer Mitte zerquetschte, oder von Menschen, die in blinder Wut auf vermeintliche Nebenbuhler eindroschen; so war zuletzt der Marktplatz von Necya mit Dutzenden Toten übersät.«

Seit über tausend Jahren gab es zahllose Versuche, die unterschiedlichsten Metalle in reines Gold zu verwandeln – bislang vergebens.

Die Alchymie hatte nicht nur das Feuerwerk erfunden, sondern auch das Schießpulver und so den Bau von Musketen und Kanonen ermöglicht. Auch wenn das Schwarzpulver von anderen Menschen hergestellt werden konnte, sorgte die alchymistische Methode für eine viel größere Reichweite der Waffen, denn wie auf vielen anderen Gebieten galt auch hier: Die Alchymie konnte alles verstärken. Sie nahm den verwendeten Materialien ihre Verunreinigung, brachte ihr eigentliches Wesen hervor und potenzierte damit ihre Wirkung im Vergleich zu jener herkömmlich gewonnener Stoffe.

Die sogenannte Große Transformation ließ den Alchymisten für eine Nacht eine höhere Wahrnehmung gewinnen; wurde sie bei Neumond auf einem Friedhof durchgeführt, konnte er mit Toten reden.

Doch die größte Herausforderung für einen Alchymisten, das unerreichbare und dennoch anvisierte Ziel seiner Kunst, war das Elixier des Weisen, welches ewiges Leben versprach.

»Kein Alchymist hat je die Formel dafür gefunden, auch wenn manche es behauptet haben. Am Ende enthielten ihre Formeln stets Zutaten, die nur als Idee oder Vorstellung existierten. Jeder weiß, dass das Elixier nie in Reinform existieren wird – und nicht einmal zwingend in Form eines Elixiers. Vielleicht ist es auch ein Stein, ein Kuchen oder etwas ganz anderes. Es geht lediglich darum, sich ihm anzunähern – einem unmöglichen Ideal«, führte Meister Athan aus. »Denn auch wenn die Seele unsterblich ist, bleibt ein Körper stets dem Verfall ausgesetzt. Jeder Mensch altert, jedes Tier tut es, und auch die Drachen sollen es getan haben, bevor sie überwunden wurden.«

»Nicht der Nachtwyrm«, bemerkte Milan.

Athan lächelte. »Richtig, der Nachtwyrm bildet die eine Ausnahme, aber auch er ist nicht unsterblich, denn auch er besitzt einen Körper. Selbst die härtesten Materialien der Natur können der Zeit nicht trotzen. Eisen rostet, Felsen werden durch Wurzeln von Bäumen gesprengt, die ihrerseits umstürzen und verfaulen, wenn ihre Zeit gekommen ist. Ewig ist nur der Tod, aber manchmal kann man ihn austricksen, und damit ist nicht nur die Heilung eigentlich Sterbenskranker gemeint.«

Den Tod austricksen, das klang noch in Milans Kopf nach, als er längst in der Küche saß und das übliche einfache Mittagsmahl einnahm. Meister Athan hatte gedrängt, sodass Milan der Erste war und seinen Haferschleim, in den er sich einen Apfel geschnitten hatte, allein löffelte. Der Alchymist war bereits vorausgegangen und erwartete ihn im Turm.

Den Tod austricksen. War es das, was er hier tat, weil er nun nicht nachts mit den anderen ins Moor musste? Nein, das war damit nicht gemeint, auch wenn er Meister Athan im Stillen dafür dankte, dass er hier sicher war; eine Dankbarkeit, für die er sich zugleich schämte, weil er sich feige vorkam, nicht mit draußen zu sein.

Das ist nicht feige, du gehörst nicht mehr zu ihnen, zwang er sich zu denken, und trotzdem fühlte er sich schuldig.

Den Tod austricksen. Hätte ein Alchymist Elyn retten können, ging es ihm durch den Kopf, *ihren Tod verhindern oder ungeschehen machen?* Er dachte an ihre aufgerissene Leiche und Athans Worte, ein Körper sei stets dem Verfall ausgesetzt, und konnte sich nicht vorstellen, wie das in ihrem Fall hätte gelingen sollen.

Die Seele ist unsterblich.

Er zuckte mit den Schultern. Das spielte keine Rolle, denn was war eine Seele ohne Körper? Sie war im Jenseits, und das war für Lebende nicht zu erreichen. Oder war doch etwas dran an den Gerüchten, Athan suche einen Weg ins Totenreich? Das Elixier der Weisen musste kein Elixier sein, hatte er gesagt; war es für ihn also ein Schacht? Eine Treppe in die Tiefe? Eine Tür?

»Woran denkst du?«, fragte plötzlich Julyan und setzte

sich zu ihm. Milan war so in Gedanken gewesen, dass er nicht bemerkt hatte, wie er die Küche betreten hatte.

»An meine Schwester«, antwortete er überrumpelt.

»Meinst du, sie will dich auch nicht sehen, so wie deine Eltern?«

»Nein, sie würde es wollen«, sagte er, davon war er fest überzeugt. »Aber das spielt keine Rolle. Sie ist tot.«

»Oh, das tut mir leid.«

Milan nickte, und sie aßen eine Weile schweigend. Dann ergänzte er: »Sie ist vor fünf Jahren gestorben, aber ich vermisse sie noch immer.«

»Das verstehe ich«, sagte Julyan, und über sein Gesicht huschte ein Schatten.

In dem Moment kamen schwatzend und lachend die anderen herein. Laut riefen sie: »Guten Appetit!«

»Euch auch.«

Milan kratzte den letzten Rest aus seiner Schüssel und stand auf. »Der Meister wartet im Turm auf mich, ich sollte mich beeilen.«

»Weißt du, was dich erwartet?«, fragte Julyan. Der Schatten hatte sich von seinem Gesicht verzogen.

»Nein. Was?«

Julyan zwinkerte ihm zu. »Du wirst es sehen. Die wahre Meisterschaft des Alchymisten von Nebelbruch.«

Milan klopfte an das Tor des Turms, und von drinnen klang es: »Herein.«

Als er eintrat, stand Meister Athan lächelnd am Tisch, an seiner Seite die lebensgroße Figur einer Frau, die bei der Aufnahmezeremonie noch nicht hier gewesen war. Die Figur trug ein sauberes grünes Kleid mit glänzenden Knöpfen und eine dunkle Perücke. Das hölzerne Gesicht wirkte ähnlich leblos wie das, das Eystache von Milan angefertigt hatte, und doch anders. Detaillierter und feiner – und es strahlte etwas aus, das Milan nicht fassen konnte.

»Es wird Zeit, dass du die Macht der Alchymie erkennst«, sagte Meister Athan, und in seiner Stimme lag ebenso viel Stolz wie Schmerz. »Hier siehst du meine bescheidenen, noch nicht vollendeten Versuche, das Elixier der Weisen zu finden.«

Mit einer ausholenden Geste umfasste er den gesamten Raum, und Milan bemerkte vier weitere Frauenfiguren, alle mit der gleichen dunklen Perücke, den annähernd gleichen Gesichtszügen und vergleichbar gekleidet. Eine schien aus Ton zu bestehen, eine aus Metall, eine aus Holz, und bei der letzten war Milan unsicher.

Ein Körper ist stets dem Verfall ausgesetzt, schoss es ihm durch den Kopf, obwohl das keine Körper waren. Ohne dass er gewusst hätte, weshalb, dachte er an den hungrigen Nachtwyrm und an den dünnen Mann, der elend im Moor ertrank, und die Hilfeschreie des Mannes hallten ihm durch den Kopf. Andere Schreie gesellten sich dazu, er wusste nicht, woher und weshalb, und ihm war, als würde ihm von hinten ein glühender Dolch ins Herz gestoßen. Ihm entfuhr ein Keuchen, doch im selben Moment war das alles unwichtig, denn die Figur neben dem Alchymisten begann sich zu bewegen. Mit abgehackten hölzernen Schritten stakste sie auf Milan zu.

Hilfe, erklang es leise in seinem Hinterkopf. Er sah keine Schnüre, die die Figur hielten, keine Räder oder Stangen, die sie stützten, sie machte richtige Schritte wie ein Mensch.

Nur wie?

Hilfe!

»Wie …?« Stammelnd wich Milan einen Schritt zurück.

Die Figur trat zwei Schritte näher.

»Was ist das?«

»Der letzte Versuch, meine Frau zurückzuholen. Die Liebe meines Lebens, mein Alles.« Athans Züge verzerrten sich leidvoll. »Ich war nicht hier, als sie starb, ich … ich hätte da sein sollen. Aber ich werde es wiedergutmachen. Ich brauche sie.«

Die Figur, die nicht Athans Frau war, drehte sich zu ihm um, es wirkte liebevoll, aber das Gesicht zeigte keine Regung. Aus dem Augenwinkel nahm Milan wahr, dass sich inzwischen auch die anderen Figuren bewegten. Eine hängte verschiedenes Werkzeug auf, eine andere kehrte den Dreck vom Boden zusammen, mit einer Selbstverständlichkeit, als täte sie das jeden Tag.

Vielleicht tut sie das ja, dachte Milan und wollte schreien und fortlaufen. Das alles war ihm unheimlich wie nichts zuvor in seinem Leben. Natürlich hatte er im Moor schon größere Angst empfunden, natürlich fürchtete er den gewaltigen Nachtwyrm, aber das hier erschütterte ihn auf eine ganz andere Art. Er hatte dem Alchymisten alles Mögliche zugetraut – das jedoch nicht. Es widersprach allem, was er von der Welt zu wissen geglaubt hatte. Der Nachtwyrm, so schrecklich er auch sein mochte, war ein Lebewesen, aber die Figuren hier? Die durften nicht sein. Er verspürte eine tiefe Abneigung, beinahe Abscheu, doch das zeigte er nicht. Er wich auch nicht weiter zurück, er war ein Torfstecher.

Noch immer hallten die Schreie des dünnen Mannes in seinem Kopf, jetzt wieder lauter, und der Nachtwyrm fauchte. Etwas Großes patschte durch das Moor, und Milan schrie lautlos: *Seid doch endlich still!* Es war ein verzweifelter Versuch, sich zusammenzureißen, denn er brauchte einen klaren Kopf. Und es half, die Schreie verstummten.

»Im ersten Moment kann es erschreckend sein«, gestand der Alchymist. »Aber eigentlich ist es ein Wunder. Ich bin weiter gekommen als andere, und auch wenn sie alle noch plump sind – wenn erst die Seele meiner Liebe ihren Platz in der richtigen Skulptur eingenommen hat, wenn die Skulptur nicht mehr nur Mechanik ist, sondern sich in einen wirklichen Körper transformiert, dann wird sie auch wieder reden und sich geschmeidig bewegen können. Dann wird sie wieder sie selbst sein. Sie wird die Meine sein und ich der Ihre. Ich werde der Welt zeigen, wie die Liebe den Tod überwinden kann. Liebe währt ewig, und das ist es, was das Elixier der Weisen als Zutat benötigt.« Hell glomm es in seinen Augen, doch Milan glaubte nicht, dass das Liebe war; er hielt es für Besessenheit. »Ich brauche nur endlich einen Körper, der ihr ähnlicher ist. Ein Gesicht, das lebendiger ist. Das von jemandem mit dem richtigen Talent geschaffen wurde. Von dir, Milan.«

7

N*ein!*

V
HERZEN

Oktober
im Jahre 1612 des Drachentöters

1

Nein, dachte Milan mit aller Inbrunst, und in seinem Inneren hallte es wider wie ein vielstimmiger Schrei. Für einen winzigen Moment schien die Zeit stillzustehen, als könnte er dem allen entkommen, als könnte er mit einem Nein zurückkehren zu dem Tag, bevor er sich dem Alchymisten verpflichtet hatte. Als könnte er die Figuren in die Starre zurückversetzen, als könnte er sich weigern, ihm zu helfen, wie er es verlangte.

Sein Meister.

Was hatte er geschworen? Er wusste es nicht mehr wortwörtlich, seine Erinnerung daran war verschwommen, er wusste nur noch, dass er sich in dem Moment nicht einmal sicher gewesen war, dass er überhaupt etwas schwor. Aber selbstverständlich verlangte eine solche Zeremonie einen Schwur, wenn auch nicht im Namen der Götter, nicht auf das Leben eines Verwandten und nicht beim Gedenken an einen Toten. Besiegelt hatte den Schwur ein alchymistischer Trank, und das Werk eines Alchymisten erschien ihm nun bindender als alles andere. Jemand, der tote Dinge laufen lassen konnte, verfügte über eine Macht, der sich ein einfacher Torfstecher oder Gehilfe nicht verweigern konnte; so viel wusste Milan. Auch wenn sich alles in ihm dagegen sträubte.

Sieben Jahre.

So lange hatte er ihm Treue geschworen, und bei der Vorstellung, wie lange das war, wurde ihm schwindlig, aber er würde nicht fallen. Mühsam hielt er sich aufrecht und zeigte keine Schwäche, wie er es als Torfstecher gelernt hatte.

»Wenn es uns gelingt, ändert das alles.« Meister Athan lächelte versonnen, als habe er nichts von Milans innerem Kampf mitbekommen. »Und mit deiner Hilfe wird es gelingen.«

Nur weil er das Gesicht schnitzte? Das begriff er nicht. Die falsche Frau, die eben noch an Athans Seite gestanden hatte, ging nach hinten und stieg langsam, ohne zu wanken, die Treppe hinauf. Die aus Metall folgte ihr, während die anderen beiden weiter stumm die Werkstatt aufräumten. Milan war, als würden sie ihm trotz ihres reglosen Gesichts einen kurzen Blick zuwerfen.

»Aber wie können sie überhaupt laufen und alles?«

»Dank der Alchymie. Du musst den Körper mit bestimmten Ritualen schaffen und die verwendeten Stoffe präparieren, so wie du es noch lernen wirst. Und dann brauchen wir eben das.« Athan deutete auf den Käfig mit dem Irrlicht. »In anderen Regionen gab es einst Versuche, Unbelebtes mit der Energie von Blitzen zu beleben, insbesondere eine fähige Alchymistin, die an einem abgelegenen Bergsee lebte, hat sich hier hervorgetan. Allerdings hat sie keine Skulpturen verwendet, sondern frisch verstorbene Tiere und Menschen, und es gibt Gerüchte, sie hätte etwas erreicht und die von ihr belegten Kreaturen lebten nun im ewigen Eis der Gletscher. Aber ich bezweifle das – und schweife ab. Sowieso bin ich überzeugt, dass dies ein Irrweg ist, denn ein Blitz zerstört, er trägt keinen Lebensfunken in sich, sondern verzehrendes Feuer. Er tötet.«

»Irrlichter töten auch«, warf Milan ein; er wollte ihm unbedingt widersprechen. »Sie führen Menschen in den Tod.«

»Das stimmt zwar, ist aus alchymistischer Sicht jedoch etwas völlig anderes, denn wir nutzen nicht ihren Willen, im Gegenteil, den unterdrücken wir. Wenn wir ein Irrlicht in einen Körper transformieren, dann nutzen wir lediglich das

Leben, das in ihm steckt.« Er musterte Milan. »Weißt du, was Irrlichter sind?«

»Diener des Nachtwyrms?«, antwortete er unsicher. »Verbündete der grausamen Moorelfen?«

»Nein, das ist ein verbreiteter Aberglaube. In Wahrheit handelt es sich um ruhelose Seelen.«

»Um Seelen?«, entfuhr es Milan.

»Ja, aber nicht um das, was man sich gemeinhin darunter vorstellt. Irrlichter sind das letzte Flackern rachedurstiger Toter, die nicht vergehen und nun blindwütig andere ins Verderben stürzen wollen. Sie haben längst vergessen, wer sie einst waren, was sie wollten und fühlten, und trotzdem klammern sie sich verzweifelt an den Lebensfunken, der in jedem von uns flackert, das Herz der Seele, wenn man so will. Sie haben ihren Geist und ihren Willen verloren, sind nur noch dumpfe Schatten ihrer selbst, auch wenn das für Licht ein verwirrendes Bild ist.« Er lächelte schief. »Bisher ist es keinem Alchymisten gelungen, einen solchen Lebensfunken einfach herzustellen, wir können ihn uns lediglich zunutze machen, wenn wir ihn in die Hände bekommen. Es gibt Alchymisten, die suchen am Ende eines Kampfes das Schlachtfeld auf, um die Funken der Sterbenden einzufangen, aber meist verlischt der Funke mit dem Tod des Menschen; er fährt mit der Seele ins Totenreich. Einer von uns, ein Fehlgeleiteter, der vor Jahrzehnten aus der Gilde verstoßen und hingerichtet wurde, hat auf die unterschiedlichste Weise unschuldige Menschen ermordet, grausamer und grausamer, um ihren Rachedurst zu wecken, weil er glaubte, dies würde ihre Seele in die Nähe von Irrlichtern rücken, aber vielleicht hatte er auch nur Freude am Morden und … Ich schweife schon wieder ab. Jedenfalls ist es auch ihm nicht gelungen, den Lebensfunken eines Sterbenden zu extrahieren. Nur hier, in den Schwarzmooren, erhalten solche

Funken sich in den Irrlichtern. Und weil die Irrlichter von hier nicht fortgeschafft werden dürfen, weil sie ins Moor gehören, verfügt allein der Alchymist von Nebelbruch über sie.«

Ruhelose Seelen, die ihren Geist und Willen verloren haben, dachte Milan und merkte, dass seine Abneigung gegenüber den Figuren zwar nicht verschwunden war, nun aber von Neugier überlagert wurde. Er fragte sich, ob die Freifrau das wusste und was sie mit Seelen wollte, aber dann fiel ihm ein, dass die Irrlichter wohl trotz allem Pech brachten, und darum ging es ihr schließlich. Vielleicht erklärte das einfach nur die Ursache des Pechs.

Als er das laut vermutete, lachte der Alchymist. »Auch das ist Aberglaube, sie haben nichts mit Glück oder Pech zu tun. Und ich werde es dir beweisen. Nimm das Irrlicht mit in dein Zimmer, stell es neben dein Bett, deck es meinetwegen mit einem Tuch ab, damit sein Schein dich nicht beim Schlafen stört. Du wirst sehen, dass dir in den nächsten Tagen nichts Schreckliches passiert, du wirst kein außergewöhnliches Pech erleiden.«

»Und wenn doch?«

»Dann nehme ich es dir sofort wieder ab und stelle es in mein eigenes Zimmer, um zu beweisen, dass du dich irrst. Sie bringen kein Pech, sie versetzen bloß alle, die an den Unsinn glauben, in Sorge und Unruhe.«

Die beiden lebenden Skulpturen hatten inzwischen ihre Arbeit beendet und setzten sich nebeneinander auf die hohe Werkbank. Reglos sahen sie zu ihnen herüber, als würden sie zuhören. Kein Fuß wippte, keine Hand fuhr durchs künstliche Haar, nichts zuckte, kein Lid zwinkerte. Hätte Milan es nicht anders gewusst, er hätte sie für Statuen gehalten.

Hundert Fragen gingen ihm durch den Kopf, er wusste

nicht, welche zuerst stellen und ob sie nicht vielleicht doch alle ein und dieselbe waren. »Aber selbst wenn Ihr eine Figur erschafft, die Eurer Frau bis aufs Haar gleicht, so ist sie doch noch immer eine Figur? Sie ist …«

»Skulptur«, fiel Meister Athan ihm ins Wort. »In der Alchymie verwenden wir den Begriff der Skulptur.«

Milan zwinkerte verwirrt, das war doch unwichtig! Trotzdem sagte er: »Gut, ja, Skulptur. Aber sie ist nicht sie selbst, sie trägt nicht ihre eigene Seele in sich, sondern den rachedurstigen Lebensfunken eines Fremden. Ihr wisst nicht einmal, wessen!«

Athan lächelte. »Du denkst wie ein Alchymist und stellst die richtigen Fragen, Junge. Ich bin beeindruckt. Wird sie zu meiner Frau, nur weil ich sie in ihr sehe und sie wie sie behandele?«

Milan blinzelte. Das war Unsinn, und das hatte er nicht gefragt. Oder hatte er?

»Natürlich nicht«, beantwortete der Meister die Frage selbst. »Damit würde ich nur versuchen, meinen eigenen Schmerz zu stillen. Aber wenn die Skulptur ihrem Körper weit genug gleicht, kann ich ihn als eine Art Magnet für ihre Seele verwenden und diese zurückrufen. Das ist ein komplizierter Vorgang, es ist auch nicht ungefährlich, falls die falschen Seelen erreicht werden, aber ich werde nicht ruhen, bis ich sie zurückhabe. Ich werde die Skulptur in ihr wahres Selbst transformieren.« Seine Augen leuchteten.

Die beiden Skulpturen, die nicht zu seiner Frau geworden waren, saßen weiter reglos hinten im Saal, der Alchymist würdigte sie keines Blicks.

»Und jetzt lass uns in die Bibliothek gehen«, sagte er zu Milan. »Heute unterrichte ich dich selbst im Schreiben. Ich möchte sehen, welche Fortschritte du machst, denn wenn du meine Frau formst, musst du schreiben können.«

Näher erklärte er das nicht. Doch sosehr Milan sich auch anstrengte, Athan war enttäuscht davon, wie ungeschickt er sich immer noch mit der Feder anstellte.

Am Abend führte Milan die Tiere wie jeden Tag hinein, und Vlaho half ihm, obwohl er längst keine Hilfe mehr benötigte.

»Das weiß ich doch.« Vlaho winkte ab. »Aber der Meister hat dir endlich mitgeteilt, weshalb du ausgewählt worden bist, und da wollte ich wissen, ob du glaubst, dass du es schaffen wirst?«

»Du wusstest die ganze Zeit, was er von mir will?«

»Natürlich, wir alle wussten es. Also, wirst du es hinbekommen, das Gesicht seiner Frau zu erschaffen?«

»Ich weiß es nicht, ich habe sie nie gesehen.«

»Keiner von uns außer Julyan hat das. Aber es gibt Zeichnungen, und … der Meister wird dir helfen. Als er deine Schnitzarbeiten im Moor gefunden hatte, war er so hoffnungsvoll wie lange nicht.«

Ungläubig sah Milan ihn über den Rücken der schwarzen Stute Neumond hinweg an.

»Doch, glaub mir. Du bist seine größte Hoffnung, seit er das Werk begonnen hat.«

Milan klopfte Neumond aufmunternd gegen die Flanke, und sie lief das letzte Stück in den Stall allein. Dann wandte er sich Vlaho zu, der eben die Tür hinter Knochen schloss, dem weißen Hengst. »Kommt es dir nicht seltsam vor, was er tut?«

»Die Liebe seines Lebens zurückholen? Würdest du das nicht tun, wenn du es könntest?« Vlaho legte ihm die Rechte auf die Schulter und sah ihn eindringlich an. »Oder deine Schwester? Sie hat gestohlen, ich weiß, aber sie ist deine Schwester. Ich würde meinen Bruder sofort zurückholen, wenn ich das könnte.«

»Ist doch egal, ich kann es jedenfalls nicht«, entgegnete Milan scharf. Daran wollte er nicht einmal denken. Nicht an die Möglichkeit, Elyn als Skulptur zurückzuholen, und schon gar nicht daran, dass Khyra sterben könnte. Beides machte ihm Angst.

»Nun, wenn du dem Meister hilfst, hilft er sicher auch dir. Am Können sollte es nicht scheitern.«

Milan trat einen Schritt zurück und vergrub die Hände im Haar. »Aber es sind Skulpturen, die kein Herz in der Brust tragen, sondern ein Irrlicht! Wie kann das gut sein?«

»Ja, ich weiß. Es ist seltsam und unheimlich – aber auch wundervoll. Du bist noch nicht lange hier, du wirst dich an alles gewöhnen und alte Vorstellungen über den Haufen werfen. Du wirst die Welt neu entdecken, sie neu erfahren, und du wirst dich freier fühlen. Mir ist am Anfang auch vieles schwergefallen. Ich bin ein einfacher Bauer, so wie du ein Torfstecher bist, und wir sind beide von hier. Sonst haben wir nichts gesehen, keine Schlösser von innen, keine anderen Städte, keine Künstler, keine Gasthäuser an der Fernstraße. Die meisten anderen kannten irgendetwas davon, bevor sie hierherkamen. Manche konnten lesen, und Lycille war bereits eine halbe Alchymistin. Sie hätten ihren Platz schon gefunden, aber wir beide, du und ich, wir verdanken Meister Athan unser neues Leben, wir werden nie wieder hungern, wir werden nicht mehr nur von früh bis spät schuften, wir werden Dinge erfahren und tun, von denen andere kaum träumen, und wir werden anders angesehen. Du wirst es merken, wenn du zum ersten Mal wieder nach Nebelbruch kommst. Die Leute grüßen dich anders.«

Oh ja, dachte Milan bitter, *die Torfstecher werden mich ganz sicher anders grüßen, die verleugnen mich jetzt schon, selbst meine Eltern.*

»Und jetzt stell dir vor, was erst passiert, wenn du dabei

hilfst, den Tod zu überwinden! Die letzte Grenze. Jeder wird deinen Namen kennen, gleich nach dem des Meisters. Ja, jeder Dritte wird sogar meinen Namen kennen, die Namen von uns allen hier, einfach weil wir die Gehilfen des Meisters sind – und dabei waren.« Er lachte. Ein Pferdehuf pochte gegen die Stallwand, eine Kuh muhte. »Könige werden bei dir vorsprechen, und sie werden dir jeden Wunsch von den Augen ablesen, damit du, wenn es so weit ist, eine Skulptur von ihnen anfertigst. Oder schon vorher, damit sie im Falle des Todes vorbereitet sind.«

Ein wildes Lachen stieg in Milan auf, aber es brach nicht hervor. Nach allem, was er gesehen hatte, schien diese Vorstellung ihm plötzlich nicht einmal so lachhaft. War es tatsächlich möglich, den Tod zu besiegen? Bei dem Gedanken erfasste ihn Schwindel. Und dann dachte er, was er in dem Fall Khyra für ein Leben würde bieten können. Sie würden plötzlich reich sein, niemand würde sie nachts ins Moor befehlen können.

Er ging mit Vlaho hinaus, um auch noch die Ziegen zu holen, und Vlaho legte ihm den Arm um die Schultern. »Du wirst dich noch richtig einleben. Und dann wirst du nie wieder woanders sein wollen. Die Alchymie verändert alles, sie holt das Beste aus dir heraus.«

Das bezweifelte Milan, aber er nickte. Zu vieles ging ihm im Kopf herum, er wollte nicht reden.

Beim Abendessen fehlte der Meister. Julyan sagte, der sei in die Stadt gegangen.

»Allein?«

»Das ist er meist, wenn er zur Freifrau geht.«

2

Milan starrte auf das gefangene Irrlicht und hatte den Eindruck, es starre zurück. Der Käfig stand mitten auf dem Tisch, und er saß auf dem Stuhl davor, noch nicht bereit zu schlafen, noch nicht bereit, es abzudecken und damit das merkwürdige Traumlicht zu löschen. Die Sonne war längst untergegangen, der Vorhang vor dem Fenster war zu.

Wirst du das Herz der Skulptur, die ich schnitzen darf?

Milan wusste es nicht. Er wusste nicht, ob der Meister warten wollte, bis er das Schreiben und die nötige Alchymie gelernt hatte, oder ob er vorher noch Eystache einen letzten Versuch gönnen würde. Eystache, der danach lechzte, sich doch noch zu beweisen, schließlich war er, wie alle wussten, allein für diese Aufgabe zum Gehilfen ernannt worden.

So wie ich.

Beim Essen hatten alle über Milans Aufgabe geredet, hatten ihm auf die Schulter geklopft oder ihm Glück gewünscht.

»So geliebt zu werden wie von Athan muss ein Geschenk sein«, hatte Norena gesagt.

»So zu lieben mindestens ebenso«, hatte Lycille entgegnet.

Kauend hatten sich alle gegenseitig darin bestärkt, dass dies eine der größten Liebesgeschichten werden würde, die je in Liedern besungen worden waren. Dass sie besungen werden würde, darin waren sich jedenfalls alle einig – solange Milan nur nicht scheiterte. Eine Ballade vom Überwinden von Schmerz, Trennung und Tod, vom Überwinden aus eigener Kraft, nicht weil die Gnade der Götter es so gewollt hatte. Die Geschichte eines Menschen, der dank seines Willens und Wissens all die Grenzen, die als unüberwindlich galten, überschritt. Die Geschichte von einem Akt der Selbstbefreiung, der Entdeckung des Feuers.

»Dank der Alchymie. Prost!«

Sie hatten angestoßen und getrunken, auch Milan, und aus ihren Reden hatte ein Stolz gesprochen, wie er ihn von den Torfstechern kannte. Die sich feierten, weil sie die Einzigen waren, die sich ins Moor hinaustrauten.

Das hatte er getan, allein, und vielleicht hatte er sich weiter hinausgewagt als alle anderen, also warum war er nicht bereit, der Alchymie über Grenzen hinaus zu folgen?

Habe ich einfach Angst, obwohl ich doch ein Torfstecher bin? Angst vor dem Neuen, Fremden, Ungewohnten?

Er wusste es nicht. Da war noch etwas anderes, das er nicht fassen konnte. Gedanklich sprang er zu Meister Athan und fragte sich, ob der wirklich von Liebe getrieben wurde – oder doch eher von Schuldgefühlen, weil er nicht da gewesen war, als seine Frau krank darniederlag? Schuldgefühle, wie sie Milan selbst vor Jahren ins Moor getrieben hatten – und doch wieder anders. Denn nicht er hatte sich die Schuld an Elyns Tod und allem gegeben, das war zunächst sein Vater gewesen. Und dann seine Mutter, und dann waren es andere gewesen – und ja, irgendwann auch er selbst.

Plötzlich hatte er Bilder von einer Flucht durchs Moor im Kopf, aber er konnte nicht erkennen, wo er entlangrannte, die Umgebung schien ihm fremd. Er hörte das Fauchen des Nachtwyrms und schwere Schritte, die rasch näher kamen, doch er erinnerte sich nicht, wann er das erlebt hatte. Aber wie sonst hätten die Bilder in seinen Kopf kommen sollen?

Versuchst du, mir Angst zu machen? Er starrte das Irrlicht an. *Das wird dir nicht gelingen.*

Nein, die Bilder mussten aus seiner eigenen Vorstellung kommen, nicht von dem Irrlicht. So etwas taten Irrlichter nicht, sie lockten einen höchstens. War es also seine Angst, die hier neue Bilder formte, eine Mischung aus Erinnerungen, die er von sich wies, und der Angst um Khyra, die nun jeden Abend nach Sonnenuntergang im Moor verharren musste?

Noch während er darüber nachdachte, verblassten die Bilder. Er legte eine dicke Decke über den Käfig, und das Zimmer versank in Dunkelheit. Den Kopf noch voller Gedanken, legte er sich ins Bett. Er musste schneller schreiben und lesen lernen. Er würde dem Meister helfen, was blieb ihm auch übrig? Vielleicht hatte Vlaho recht, und es brauchte nur, bis er das alles hier begriff. Vielleicht verschaffte das, was er hier tat, Khyra und ihm ein gutes Leben, und ein gutes Leben zu haben war besser, als es nicht zu haben. Ob es ihm gefiel oder nicht, er war ein Gefangener des Schwurs. Sollte er den Wunsch des Meisters nicht erfüllen, musste er vielleicht länger bleiben als die sieben Jahre. Gelang es ihm aber, durfte er möglicherweise vorher gehen. Oder auch hier Khyra heiraten, weil er selbst am Königshof gerühmt wurde und der König ihm jeden Wunsch erfüllen wollte. Dann würde auch Khyras Mutter sich nicht mehr gegen ihn sträuben, dann wäre er nicht mehr nur der Moorläufer. Mit dem Gedanken, er könnte am Hof gefeiert werden, schlief er ein.

Seine Träume führten ihn jedoch nicht zum Königsschloss, sondern sofort wieder ins Moor. Er sah eine ihm fremde Frau, die ein kleines Buch in der Hand hielt und darin etwas notierte. Sie lief durchs Moor, blieb hin und wieder stehen und schrieb Dinge auf. Das tat sie, bis die Sonne unterging. In der Dunkelheit stieß sie auf ein Irrlicht und folgte ihm tiefer und tiefer ins Moor hinein. Dorthin, wo der Nachtwyrm lauerte, wo er immer gelauert hatte.

Bevor sie jedoch mit ihm zusammentraf und zerfetzt werden konnte, löste das Moor sich auf, und die Frau saß in einer Bibliothek mit hohen dunklen Regalen an einem Pult aus hellem Holz und schrieb und schrieb, als würde sie nie etwas anderes tun. Und Milan blickte ihr über die Schulter und las und las, ohne das Geringste zu verstehen. Aber er konnte den Blick nicht von den Seiten nehmen, er dachte stets: *Das nächste Wort verstehe ich.*

Er tat es nie.

Aber ich ahne.

Doch wenn er ahnte, dann vergaß er auch wieder.

Als er am Morgen erwachte, fragte er sich, ob die Frau aus seinem Traum die Frau des Alchymisten hatte sein sollen. Von welcher anderen gelehrten Frau sollte er träumen? Er kannte keine und hatte nie über eine nachgedacht.

Doch dann wurde ihm bewusst, dass die Frau im Traum blonde Haare gehabt hatte, während sämtliche lebenden Skulpturen im Turm dunkle Perücken trugen. Hätte Meister Athan ihnen nicht die Haarfarbe seiner Frau gegeben? Andererseits waren sie nicht seine Frau, sie waren missglückt – hatte er ihnen deshalb vielleicht ganz bewusst eine andere Haarfarbe zugeteilt? Und ließ er sie wie Dienerinnen das große Labor im Turm aufräumen, weil sie nicht seine Frau geworden waren – oder weil sie es sein sollten?

»Lass das Denken am Morgen«, brummte er und stand auf. Er zog den Vorhang zur Seite und hob die Decke vom Käfig. Das Irrlicht schwebte an den vorderen Stangen, als habe es ihn erwartet, doch sein Leuchten wurde von der Sonne überstrahlt.

Milan ging frühstücken und dann zu den Tieren, um sie zu versorgen. Die junge Ziege sprang ihm schmerzhaft auf den Fuß, und als er sie schimpfend wegstieß, schlug er sich die Hand im Türrahmen an, wo er sich gleich einen Splitter einzog.

»Elendes Pech!«, fluchte er, und dann zuckte er zusammen. War daran das Irrlicht schuld? Brachte es etwa doch Pech wie befürchtet?

Doch alle weiteren Tiere versorgte er ohne Zwischenfälle, und so verwarf er den Gedanken wieder.

Als er später zu Julyan ging, um schreiben und lesen zu üben, fragte er ihn, bevor sie anfingen, ob Irrlichter Pech brächten, aber Julyan lachte nur wie Athan und schüttelte den Kopf.

»Und welche Haarfarbe hatte die Frau des Alchymisten?«

»Dunkel, beinahe schwarz«, antwortete Julyan. »Warum fragst du? Du hast die Skulpturen doch gesehen.«

»Sie sind ihr nachempfunden, obwohl sie missglückt sind?«

»Der Meister hofft trotz allem, dass sie vielleicht noch zu ihr werden können. Er kann nicht anders. Und letzten Endes dienen sie ihm als Mahnung und Ansporn, es besser zu machen.«

»Kannst du mir von ihr erzählen? Du hast sie gekannt.«

»Das habe ich. Aber da du sie für ihn erschaffen sollst, frag besser ihn. Er kannte sie besser, und ich will dir kein falsches Bild vermitteln.«

Dann lernten sie, und es fiel Milan leichter als an allen Tagen zuvor. So als hätte er nur den richtigen Ansporn gebraucht. Vielleicht gab sich auch Julyan mehr Mühe, denn auch er wünschte dem Meister, dass er seine Frau zurückbekäme, und träumte vom Überwinden des Todes. Kein einziger der Gehilfen hatte auch nur angedeutet, dass er oder sie die Skulpturen unheimlich fand, und so schwieg Milan dazu, wenngleich er seine Abneigung nicht loswurde.

Auch in den nächsten Tagen lernte er viel, und in den

Nächten träumte er von der blonden Frau. Sie schrieb und sie las viel, und manchmal hielt sie das Buch hoch, als würde sie es jemandem zeigen. Doch Milan bemerkte nie jemanden im Raum, so als wäre der, dem sie das Buch zeigte, unsichtbar. Nach dem Erwachen überlegte er eine Weile, wer der Unsichtbare sein mochte, aber ihm fiel niemand ein. Woher auch, schließlich kannte er die Frau nicht.

Später erteilte der Meister ihm die Erlaubnis, fortan den unteren Raum im Turm auch allein zu betreten, das große Labor. Wann immer seine Zeit es zuließ, ging Milan kurz hinüber, um nach den lebenden Skulpturen zu sehen. Er dachte, er müsste sich einfach an den Anblick gewöhnen, dann würde seine Abneigung schon verschwinden. Doch es gelang ihm nicht, nichts änderte sich an seinem Gefühl, das alles sei falsch. Dieses Gefühl wurde in der Nähe der Skulpturen eher noch stärker als schwächer. Sie waren ihm nicht einfach unheimlich, er verspürte auch Mitleid mit ihnen, obwohl er nicht begriff, weshalb.

Manchmal hörte er in seinem Kopf Schreie, und es schienen jedes Mal die gleichen zu sein. Er hörte den Nachtwyrm fauchen, und er sah den dünnen Mann im Moor sterben. Ihm war, als fühle er die Kälte des Moors in den Knochen, und er bekam eine Gänsehaut.

Einmal traf er im Turm auch auf Eystache, der eine der lebenden Skulpturen auf der Werkbank festgebunden hatte, den Kopf in den Schraubstock geklemmt, und konzentriert an dem Gesicht herumschliff, so als könnte er durch die Korrekturen noch etwas retten.

Der Meister stand daneben und schnitt Kräuter für einen Trank, und plötzlich erkannte Milan die Skulptur; Athan hatte sie den letzten Versuch genannt.

»Wann hast du mit der Skulptur angefangen?«, wandte sich Milan an Eystache.

»Was geht's dich an?«, fauchte Eystache und schliff weiter.

»Kurz nachdem du uns das Irrlicht gebracht hast«, beantwortete Meister Athan die Frage. Er lächelte. »Ja, es ist in ihrer Brust, ihr Lebensfunke. Da habt ihr also schon zusammengearbeitet, wenn man so will.«

In Milans Kopf dröhnte es.

Hilfe.

Hilfe.

Hilfe.

Und er sah den dünnen Mann sterben, sah, wie er verzweifelt im Moor strampelte und dass er nicht entkommen konnte, dass er gefangen war. Plötzlich kam Milan ein seltsamer Verdacht. »Ist es möglich, dass in den Irrlichtern noch Erinnerungen an ihr altes Leben stecken? Dass sie …?« Er wusste nicht, wie er es richtig formulieren sollte, aber Eystache schnaubte nur abschätzig, und Meister Athan kam ihm mit der Antwort zuvor.

»Möglich wäre das«, sagte er, »vielleicht ist es sogar wahrscheinlich, wenn man bedenkt, dass sie aus Rachsucht Menschen ins Moor locken. Und irgendwo müssen sie den Grund für ihren Hass und die Wut in sich tragen, es kann also nicht alles vergessen sein. Aber da wir nicht mit ihnen reden können, bleibt das alles Spekulation. Viel an Erinnerung wird es im Übrigen nicht sein, denn sie locken stets wahllos Menschen hinaus, anstatt den zu suchen, der ihren Zorn entfacht hat.«

Milan öffnete den Mund, und dann schloss er ihn wieder, ohne etwas gesagt zu haben. Konnte es sein, dass das Irrlicht in der hölzernen Brust vor ihm der Lebensfunke des dünnen Mannes war? Zum ersten Mal hatte er von dem Mann geträumt, als er auf ebendieses Irrlicht gestoßen war. Die sterblichen Überreste hatte er dort im Moor vergebens gesucht, vielleicht waren sie nie dort gewesen, sondern immer nur das Irrlicht, von dem auch die Gedanken stammten. Oder nicht?

Er war mit solchen Überlegungen nicht vertraut, wusste nicht, wie er sie angehen sollte, und wollte schon fragen, ob es Menschen gebe, die die Erinnerungen eines Irrlichts aufnehmen könnten, wollte von den ewig gleichen Bildern erzählen, die ihn heimsuchten, aber dann schreckte er im letzten Moment davor zurück. Wenn das niemand außer ihm konnte, würde Meister Athan ihn niemals gehen lassen, auch nicht nach den sieben Jahren. Dann würde er unverzichtbar sein und ihm bis in alle Ewigkeit als Gehilfe dienen müssen, davon war er überzeugt. Er würde nie frei sein für Khyra.

»Finden sie irgendwann Ruhe?«, fragte er stattdessen.

»Ja. Wenn ihr Rachedurst nach Jahren oder vielleicht auch Jahrhunderten erlischt, sterben sie. Dann verblasst ihr Licht und fällt ins Moor und verwandelt sich in einen glänzenden Königsstein, während die Seele sich davon löst und frei ist, ins Totenreich zu fahren.« Der Alchymist zuckte mit den Schultern. »Zumindest ist das die allgemeine Auffassung, und ich habe in all den Jahren nichts gefunden, das dem widersprechen würde.«

Beim Abendessen erzählte Norena, dass weitere Torfstecher gestorben waren, und Milan packte die Angst, dass Khyra darunter war. Wären es seine Eltern oder andere Verwandte oder Pjer gewesen, hätte man ihn sicher benachrichtigt.

»Weißt du, wer die beiden waren? Wie sie heißen?«, fragte er hastig.

»Nein. Aber die Freifrau nimmt sich nun der Sache an. Sie schickt Soldaten aus, die Sumpfkriecher zu töten.«

»Sumpfkriecher?« Milan schnaubte. »Und was ist mit den Irrlichtern?«

»Die letzten beiden Toten sind wohl von Sumpfkriechern angefallen worden.«

»Verdammt.« Milan raufte sich das Haar. »Weißt du, von welcher Grube die Toten waren?«

Verständnislos sah sie ihn an. »Grube?«

»Von welcher Kompanie?«

»Es gibt unterschiedliche Kompanien? Das wusste ich nicht. Es klingt immer so, als wären die Torstecher eine große Einheit.«

»Das sind sie auch. Sie sind beides«, sagte Milan und setzte zu einer Erklärung an, aber die wollte niemand hören. Trotzdem begriffen sie.

»Ich hoffe, es war niemand, den du kennst«, sagte Julyan, und die anderen nickten, selbst Norena und Eystache.

Vlaho versprach, sich nach den Namen zu erkundigen, und Milan hoffte stumm: *Bitte nicht Khyra.*

3

Wer warst du? Milan saß vor dem Irrlicht in seiner Kammer und starrte es an. Nicht so misstrauisch wie zuvor, nicht mit dem Gedanken, es auf keinen Fall in seinen Kopf zu lassen. »Oder wer bist du?«

Sofort dachte er an die blonde Frau, die durchs Moor gelaufen war und in der Bibliothek am Pult gesessen hatte, und er fragte sich, ob diese Bilder aus ihm selbst entsprangen oder ob das Irrlicht sie ihm eingegeben hatte.

»Verdammt!«

Wie sollte er das je entscheiden können? Allerdings hatte er, bevor er im Moor auf jenes Irrlicht getroffen war, nie an den dünnen Mann gedacht, und die blonde Frau hatte er zum ersten Mal gesehen, als er diesem Irrlicht begegnet war. Und die Bilder und Träume waren jedes Mal so unvermittelt gekommen, so klar und lebhaft, dass sie etwas anderes sein mussten als ein beiläufiger Gedanke oder ein beliebiger Traum.

Aber wenn du mir solche Gedanken schickst, steckt dann nicht noch immer viel mehr von deinem ursprünglichen Selbst in dir?

Beinahe hätte er angesichts dieser Überlegungen gelächelt, denn sie zeugten davon, wie sehr er bereits hier angekommen und zu einem Gehilfen des Alchymisten geworden war. Doch dann überfiel ihn ein anderer Gedanke, und der wischte jedes Lächeln fort.

Elyn!

In der Nacht nach ihrem Tod hatte er intensiv von ihr geträumt. Hatte an sie gedacht, als das Irrlicht vor seinem

Fenster aufgetaucht war. Hatte sie vor seinem inneren Auge sterben sehen.

Elyn.

Warst das damals du? War das deine Seele, die versucht hat, mit mir zu reden?

Und er hatte sich in der Ecke verkrochen, hatte das Fenster verhängt und sie ausgesperrt!

»Entschuldige«, murmelte er und kämpfte mit den Tränen. *Entschuldige.*

Entschuldige.

Aber wie hätte er das wissen können? Er hatte über Irrlichter das geglaubt, was alle glaubten.

Elyn.

Vielleicht irrte er sich auch, aber das bezweifelte er. Er erinnerte sich an ihre Beerdigung, bei der er nichts von ihr gespürt hatte, nicht das Geringste. Anders als bei Großvater Erique, der mit ihm gesprochen hatte. Niemand hatte es geglaubt, er selbst auch nur zur Hälfte, aber tief im Innern hatte er gewusst, dass das die Worte seines Großvaters gewesen waren. Nun fragte er sich, ob er vielleicht Tote hören konnte, nicht nur Irrlichter; ob er vielleicht sogar mit ihnen reden konnte.

Dich habe ich nicht gespürt, Elyn, nicht weil du mir die Schuld gegeben hast, sondern weil du gar nicht da gewesen bist. Er fühlte unerwartete Erleichterung, als fielen schwere Eisenketten von seinem Herzen ab, und zugleich packte ihn Entsetzen. Ein Zittern befiel ihn, und er weinte hemmungslos. Sie hatte ihm nicht die Schuld gegeben, doch ihre Seele war ein Irrlicht, für Jahre oder Jahrhunderte dazu verdammt, ruhelos durchs Moor zu wandern und Menschen ins Verderben zu führen. Sie war nicht im Totenreich, sondern verflucht. Weinend vergrub er den Kopf in den Händen.

Kurz darauf wollte er aufspringen und in die Nacht hinauseilen, um sie zu suchen. Er musste sie finden, musste ihr sagen, dass es ihm leidtat, dass er sie liebte. Musste sie fragen, warum sie den Moordiamanten gestohlen hatte, und ihr sagen, dass sie sich ins Moor sinken lassen solle, um ihre Seele zu befreien. Sie musste alle Rachegedanken fallen lassen und …

Er blieb sitzen, weil er nicht wusste, wie er das bewerkstelligen, wie er sie überhaupt in den gewaltigen Schwarzmooren finden sollte, ohne dass der Nachtwyrm ihn vorher zerfleischte und ihn am Ende selbst zum Irrlicht machte. Bei dem Gedanken grub sich die Angst tief in seine Eingeweide, und er betrachtete das Irrlicht im Käfig mit neuem Mitleid.

Wer bist du?

Wieder dachte er an die blonde Frau, und in seinen Gedanken sah sie ihn direkt an und sagte etwas, aber er konnte es nicht verstehen. Dann schrieb sie etwas auf ein Pergament und hielt es hoch, doch die Buchstaben kamen ihm nur vertraut vor, lesen konnte er keinen einzigen, obwohl er doch lesen lernte. Malte er sich das alles aus, oder versuchte sie, mit ihm zu sprechen? War der Unsichtbare, an den sie sich in seinen Träumen gewandt hatte, schon immer er selbst gewesen?

Er wusste es nicht, er wusste so vieles nicht.

Und so vieles stürmte auf ihn ein. Plötzlich begriff er seine Abneigung gegen die lebenden Skulpturen. Sie kam nicht aus ihm, sondern er hatte sie von den Irrlichtern aufgeschnappt, die in der Brust der Skulpturen gefangen waren. Aufschreie, die sich in ihm festgesetzt und ihn dazu gebracht hatten, die Abneigung gegen ihr Gefängnis zu übernehmen. Jetzt, da er glaubte, zu wissen, woher diese Abneigung kam, wurde sie nur umso größer.

Doch wenn sie das Gefängnis als Gefängnis wahrnahmen, wenn die Schreie eine Antwort darauf waren, dann empfanden sie etwas, dann waren die Irrlichter nicht nur von Rache getriebene Funken mit Resten von Erinnerung, dann waren sie unerlöste menschliche Seelen. Und obwohl das zunächst nur ein Gedanke war, hatte er nicht den geringsten Zweifel daran, dass es genauso war.

Er dachte an die lebenden Skulpturen aus Holz und Ton und Bronze. Missglückte Versuche, die zu nichts weiter nütze waren als dazu, das Labor aufzuräumen; stumme, tote Sklaven, die statt eines Herzens das Gefängnis einer verlorenen Seele in sich trugen. Und das, wenn es nach dem Alchymisten ging, für alle Ewigkeit. Denn aus ihrem Gefängnis heraus würden sie nie ins Moor sinken und zu Diamanten werden können, diese Seelen würden nie frei werden. Und das wusste auch Athan, das nahm er in Kauf für den Versuch, seine Frau zurückzuholen.

Und er, Milan, würde ihm dabei helfen. Er musste, und das nicht nur, weil er es geschworen hatte. Meister Athan würde nicht aufhören, bis er es endlich geschafft hatte, und bis dahin würde er Seele um Seele in einer Skulptur einkerkern. Wenn er, Milan, das beenden konnte, indem er Athan half, würde er es tun. Und er würde alles daransetzen, es zu beenden, solange Elyns Seele noch frei durch das Moor irrte. Was, wenn sie gefangen wurde, um der nächsten Skulptur eingepflanzt zu werden – und er musste wegen seines Schwurs tatenlos zusehen, ja sogar helfen? Bei dem Gedanken wurde ihm flau im Magen, und er schüttelte ihn schnell ab. Er hoffte, er konnte Meister Athan dazu bringen, die anderen Irrlichter freizulassen, sobald er seine Frau zurückhatte. Er hoffte, der Meister würde ihm dann so dankbar sein, dass er ihm diesen Wunsch erfüllte, denn wozu brauchte er die anderen Skulpturen dann noch?

Und wenn ihm der Wunsch nicht erfüllt wurde? Er musste Elyn warnen, das schuldete er ihr. Ohne länger darüber nachzudenken, knotete er ein Laken, eine Hose und einen Gürtel zu einem Seil zusammen und stieg durchs Fenster hinaus aufs Dach. Dort balancierte er vor zur Mauer, band das Seil um eine Zinne und kletterte an der Außenseite der gesamten Anlage hinab.

Du bist verrückt, dachte er, und schon war er auf dem Boden angekommen und lief los, raus aus dem Steinkreis und vorbei an dem Gehölz auf direktem Weg zum Yssypy, über den hier eine schmale Brücke mit wackligem Geländer ins Moor führte; der Weg des Alchymisten. Mit jedem Schritt ballte sich der Nebel dichter und dichter.

Er war noch nicht weit gekommen, als er Lichter zwischen den Bäumen vor sich auftauchen sah. Es dauerte einen Moment, bis er begriff, dass das keine Irrlichter waren, nicht Elyn, sondern die Fackeln heimkehrender Torfstecher. Er versteckte sich hinter dem nächsten Baum und ließ sie passieren, seine Hand schloss sich um die kleine Schnitzerei von der Ziege, die er als Glücksbringer eingesteckt hatte. Als er aus seinem Versteck lugte, sah er hängende Köpfe und erschöpfte und verdreckte Gesichter, nirgendwo ein Lächeln.

»Geh schneller«, murrte jemand, »der Nebel drückt mir schon das Herz zusammen.«

»Sei doch ruhig«, motzte ein anderer, aber alle schritten weiter aus.

Als sie vorbei waren und die Fackeln sich in der Ferne verloren, berührte Milan noch einmal sanft die Schnitzerei in seiner Tasche und trat auf den Pfad hinaus. Kurz dachte er zurück an die Tage vor fünfeinhalb Jahren, als dies alles begonnen hatte, dann drang er tiefer ins Moor vor.

Du bist verrückt, dachte er noch einmal, doch er lief weiter.

»Elyn!«, schrie er irgendwann, aber niemand antwortete.

»Elyn!«

Etwa eine Stunde ging das schon so, als er in der Ferne das Fauchen des Nachtwyrms vernahm und ihn ein Schauer überlief. Und endlich begriff er, was er hier tat. Die Schwarzmoore waren gewaltig, wie sollte er ein bestimmtes Irrlicht finden, bevor der Nachtwyrm ihn fand? Er wusste es nicht, wusste nicht, ob Elyn ihn überhaupt verstehen würde, wusste nur, dass der Nachtwyrm ihn zerfleischen würde.

Das Fauchen erklang erneut, und er war überzeugt, dass es näher kam. Er schimpfte sich einen Trottel und eilte zurück. Nur seinem Glück war es zu verdanken, dass er weder dem Nachtwyrm noch einem hungrigen Sumpfkriecher begegnete und dass obendrein sein Verschwinden unbemerkt geblieben war. In dieser Hinsicht hatte Meister Athan also recht, Irrlichter brachten kein Pech.

Acht Wochen lang lernte er weiterhin lesen und schreiben und machte erstaunlich rasch Fortschritte; plötzlich erschien ihm alles leicht und selbstverständlich. Athan nannte ihn ein außergewöhnliches Talent, aber er selbst führte seinen Erfolg darauf zurück, dass er auch nachts im Traum unterrichtet wurde, selbst wenn er da nie einen einzigen Buchstaben erfasste.

Auch die Symbole an den Wänden seiner Kammer konnte er nicht entziffern, aber sie wurden ihm vertraut, die Kammer wurde immer mehr zu seiner Kammer, seinem Zuhause.

Er kümmerte sich weiterhin um die Tiere, übte sich im Schnitzen und brachte es, wie versprochen, anderen bei. Sosehr sich das Leben hier auch von seinem bisherigen unterschied – der Alltag ebenso wie der Umgang miteinander, die Arbeit, die Ziele und Träume –, er lebte sich trotzdem Tag für Tag weiter ein. Zwar ignorierte Nolena ihn nach wie vor, und Eystache konnte die bissigen Bemerkungen nicht lassen, doch wurde er nicht offen angefeindet oder mit Schuld beladen. Er musste nicht ständig auf der Hut sein – auch wenn er es gewohnheitsmäßig oft war –, und wenn er am Feierabend nicht schnitzte, würfelte er, meist mit Julyan, Lycille oder Vlaho, mit denen er sich trotz der unterschiedlichen Ansichten zu den lebenden Skulpturen anfreundete. Sie sprachen über alles Mögliche, tranken und lachten, und beinahe dachte Milan manchmal, er gehöre zu ihnen und dies sei von nun an sein Leben.

Es wäre kein schlechtes Leben gewesen, aber er vermisste Khyra, manchmal so sehr, dass es wehtat.

Hin und wieder kamen Leute aus Nebelbruch, um Heilsalben, andere Tinkturen oder Amulette zu kaufen. Andere suchten Rat oder baten um die Verzauberung eines Gegenstandes, sei es ein Messer, eine Feldhacke oder eine Angel. Sie kamen mit Verletzungen oder kranken Tieren, unglücklich verliebt oder voller Wut, und Meister Athan konnte den meisten helfen.

Zweimal kam auch die Freifrau zum Turm, doch was sie wollte, erfuhr Milan nicht. Sie traf sich allein mit dem Meister, ihre Soldaten und seine Gehilfen blieben draußen.

»Sie haben Dinge zu besprechen«, erklärte Julyan, »sie und die Priester sind schließlich die Mächtigsten hier.«

Trotzdem fand Meister Athan Zeit, Milan verschiedene alchymistische Gedanken zu lehren, und Milan hörte aufmerksam zu, denn er merkte, dass ihn das alles tatsächlich interessierte. Er war neugierig und wollte lernen; wie es schon Fajenna in den Torfwerken gesagt hatte: Er stellte viele Fragen. Wenn er in die Bibliothek kam, ertappte er sich manchmal dabei, wie sein Blick über die Buchrücken glitt und er sich vorstellte, die Bände selbst zu lesen. Doch anwenden würde er all das Wissen noch lange nicht können, denn im ersten Jahr der Ausbildung durfte ein Gehilfe noch kein alchymistisches Werk anfertigen, so lautete die Regel der Gilde.

»Also wird Eystache die nächste Skulptur auch noch machen, und du wirst ihm helfen«, entschied Athan eines Tages, weil er nicht so lange warten wollte. »Vielleicht reicht deine Unterstützung aus. Zeig ihm, wie man schnitzt, und überlass die Arbeit ihm.«

»Und wenn es nicht gelingt?«, fragte Milan.

»Gelingt es beim nächsten oder übernächsten Mal. Wer sich an ein großes Werk wagt, muss mit Rückschlägen und Fehlversuchen rechnen. Verwerflich ist nur, es aus Angst vor dem Scheitern gar nicht erst zu versuchen.«

Milan, der das Irrlicht noch immer in seinem Zimmer aufbewahrte, hatte sich jeden Abend davorgesetzt und die blonde Frau in seinen Kopf gelassen. Nach wie vor hörte er sie nicht, wenn sie sprach, aber er hatte begonnen, sich auf andere Weise mit ihr zu verständigen – oder bildete es sich ein. Jede Nacht träumte er von ihr, lebhaft und ausführlich, und er war überzeugt, dass sie ihm auf diese Weise ihr Leben erzählt hatte. Sie hatte verschiedene Bibliotheken aufgesucht und dort gelesen und geschrieben, hatte Bücher umsortiert und sich von anderen Menschen in Diskussionen verstricken lassen. In einem großen Saal mit ansteigenden Sitzreihen hatte sie von einem Pult aus zu jungen Männern und Frauen geredet, und sie hatte sich mit einer höhergestellten Frau getroffen, die ihr Geld überreicht hatte. Sie war weit übers Land gefahren und hatte schließlich die Schwarzmoore erreicht, jedoch ein gutes Stück von Nebelbruch entfernt. Er hatte sie im Moor umherstreifen sehen, Bäume und Tiere zeichnend und in ein Notizbuch schreibend. Er hatte gesehen, wie sie Irrlichtern gefolgt war, bis sie ihr grausiges Ende gefunden hatte, gejagt und zerquetscht vom Nachtwyrm. Längst war ihm, als würde er sie kennen, als wären sie Freunde. Wenn er mit ihr sprach, schien sie ihn zu verstehen, doch er konnte nicht einmal ihre Lippen lesen. Trotzdem hatte er den Eindruck, dass es besser wurde. Jeden Tag erwartete er, sie endlich verstehen zu können.

Und ausgerechnet jetzt sollte Eystache eine neue Skulptur anfertigen. Das Irrlicht, das Milan für die Seele der blonden Frau hielt, würde dieser Figur in die Brust gesetzt werden, und damit würde es ihm genommen. Als er das dem Irrlicht erzählte, schrie es, und den Schrei verstand er wie so viele Schreie. Allein Angst und Wut schienen laut genug, um von ihm gehört zu werden.

Nein!

»Ich kann es nicht verhindern«, sagte Milan verzweifelt, aber sie hörte es nicht.

Nein!

In der Nacht zeigte die blonde Frau ihm wieder und wieder Bilder von ihrem Tod, als wollte sie ihn damit quälen – oder ihm zeigen, dass sie schon genug ertragen hatte. Und er schreckte wieder und wieder hoch, weil sich das Maul des Nachtwyrms mit gewaltigen Zähnen über ihn beugte.

»Lass es«, knurrte er das Irrlicht an, aber dann träumte er wieder von ihrem Tod.

Am nächsten Abend, es war der 21. Dezember, und die längste Nacht des Jahres stand kurz bevor, klopfte es lange nach Einbruch der Dunkelheit an der Tür, erst zaghaft, dann fester. Julyan ging öffnen und rief gleich darauf nach Milan. »Für dich!«

Verwundert trat Milan hinaus. Da stand Pjer, beschienen von dem Licht, das aus der Tür und den nächsten Fenstern fiel. Er sah müde aus, die Augen lagen tief in ihren Höhlen.

»Du?«, rief Milan, überrascht und froh, den Freund zu sehen. »Willst du reinkommen?«

Pjer senkte den Blick und schüttelte den Kopf.

»Was ist los?«

»Ich dürfte eigentlich nicht hier sein«, sagte Pjer. Er sprach leise und undeutlich. »Aber ich finde, du solltest es trotzdem wissen.«

»Was denn?« Die Brust wurde ihm eng. Nebel kroch über die nächtlichen Wiesen, es schien eine kalte Nacht zu werden. Frierend legte er die Arme übereinander.

»Dein Onkel Harlh ist gestorben.« Pjer blickte ihn an und fügte mit festerer Stimme hinzu: »Mein Beileid.«

Es war wie ein Schlag in den Magen. Harlh, der ihm, als er ein Kind gewesen war, beigebracht hatte, Steine übers Wasser flitzen zu lassen und beim Würfeln zu betrügen – »aber mach das nur beim Spiel mit Felsenmenschen«. Der ihn in den Fluss geworfen hatte, damit er schwimmen lernte, und der ihn auch wieder rausgefischt hatte, als das nicht klappte. Der deshalb Ärger mit Vater bekommen hatte, weil Vater das Recht für sich beansprucht hatte, seine Kinder ins Wasser zu werfen. Der sich beim Schnitzen ein Stück vom Daumen abgeschnitten hatte, der auf Großvaters Beerdigung fluchend geweint und der ihn, Milan, im Auftrag der Freifrau ins Moor geschickt hatte. Das alles und vieles mehr kam ihm in den Kopf, und für einen langen Augenblick brachte er kein Wort heraus. Bis eben hatte er Harlh übel genommen, dass er als Grubensprecher nicht zu ihm gehalten hatte, doch nun fühlte er nur noch Schmerz. Wieso konnte Harlh einfach so fort sein? Mühsam fragte er: »Wie?«

»Der Nachtwyrm hat ihn geholt. Er muss einem Irrlicht gefolgt sein, oder er hat sich einfach so verlaufen. Er hatte getrunken.«

»Und niemand hat auf ihn geachtet?«

Pjer zuckte mit den Schultern. »Ich war nicht dabei.«

Milan nickte und wollte schon mitgehen, die Leiche sehen, fragte sich, wo sie ihn wohl gefunden hatten, doch dann stutzte er. »Du hast gesagt, ich sollte es nicht wissen …«

»Ja.« Pjers Züge waren verkniffen. »Weißt du, wie viele von uns sterben? Fünf aus unserer Grube allein im November, im Dezember sind es schon vier. Neun zusammen. Neun! In anderthalb Monaten. Wie soll das weitergehen?«

»Neun?«, entfuhr es Milan. »Wer?«

Pjer nannte die Namen, aber es war kein weiterer Verwandter oder enger Freund darunter. Für einen Moment spürte Milan Erleichterung, und zugleich schämte er sich, denn er hatte mehr als die Hälfte der Leute gekannt.

»Niemand wollte dir etwas sagen«, sagte Pjer. »Deine Eltern erzählen überall, du gehörst nicht mehr zur Familie, und sie wollen dich auch nicht bei der Beerdigung haben. Sie haben allen verboten, es dir zu sagen, aber ich dachte, du sollst es wissen. Sie ist am Sonntagmorgen.« Damit wandte er sich ab.

»Pjer.« Milan hielt ihn an der Schulter fest. Fast hätte er ihn stellvertretend für seine Eltern und alle in Nebelbruch angeschrien, aber er sagte nur: »Danke.« Plötzlich wollte er ihn umarmen, aber auch das tat er nicht.

»Schon gut. Komm trotzdem nicht hin. Und wenn doch, dann verrate nicht, dass du es von mir weißt.«

»Ich verrate nichts.« Milan ließ seine Schulter los. »Wie geht es dir?«

»Was glaubst du denn?« Wütend funkelte Pjer ihn an. »Du sitzt jetzt hier im Turm, fern vom Moor, aber wir sterben dort draußen wie die Fliegen. Für euch!«

Milan wollte etwas erwidern. Dass kein Torfstecher für ihn starb, dass er das ganz sicher nicht wollte, dass es die

Schuld der Freifrau war, aber er konnte nicht, er brachte kein Wort heraus. Stumm schüttelte er den Kopf, wütend, dass selbst Pjer ihm das unterstellte.

»Werde nicht einer von denen. Wenn du es nicht schon bist.« Erneut wandte Pjer sich ab, und diesmal hielt Milan ihn nicht auf. Stattdessen sah er ihm nach und spürte einen Stich. War es das? Zerbrach so leicht eine Freundschaft, von der man geglaubt hatte, sie werde ewig halten? Und wann und woran war sie letztlich zerbrochen? Er konnte es nicht an einer Sache oder einem Moment festmachen.

Am nächsten Sonntag machte Milan sich bei Sonnenaufgang auf den Weg. Er hatte dem Meister gesagt, sein Onkel werde beerdigt und er wolle hingehen, und Athan hatte es erlaubt. Vlaho und Lycille würden für ihn die Tiere übernehmen. Noch war es kühl, doch es würde vergleichsweise warm werden, die Kälte und Nässe der letzten Tage waren vergangen.

Vorsichtig näherte er sich dem Friedhof, aber er betrat ihn nicht. Er kletterte auf einen Baum ganz in der Nähe und sah von oben zu, wie die Trauernden eintrafen. Es kamen sogar mehr als bei Großvater, wenn die Erinnerung ihn nicht trog, aber das war lange her.

Zahlreiche Köpfe waren gesenkt, als die Prozession sich zum Grab bewegte, eine schwerfällige schwarze Schlange aus Menschenleibern. Die Eltern stellten sich mit hängenden Schultern weit vorn am Grab auf, zu weit weg, als dass er ihre Gesichtszüge hätte erkennen können. Milan richtete den Blick auf den Leichnam und versuchte, etwas von Harlh zu spüren, seine Anwesenheit, irgendeine Ahnung seiner Seele, aber da war nichts, gar nichts, so wie bei Elyn. Lag das an der großen Entfernung – oder war auch Harlhs Seele zu einem Irrlicht geworden? Ein weiteres Opfer des Nachtwyrms. Warum nur hatte der Onkel nicht besser aufgepasst? Warum war er nicht bei den anderen geblieben?

Ein Ast bohrte sich in Milans Rücken, und er setzte sich vorsichtig um. Das rechte Bein schlief ein, aber er blieb. Er wartete bis zum Ende der Zeremonie, bis alle gegangen waren. Dann stieg er vom Baum und hinkte, während sein Bein kribbelnd erwachte, hinüber zum Grab. Dort angekommen, ging er in die Hocke und murmelte: »Onkel Harlh?«

Er bekam keine Antwort, sosehr er auch an den Onkel dachte und die guten Erinnerungen heraufbeschwor; hier war nichts und niemand. Ganz am anderen Ende des Friedhofs krächzte eine Krähe.

»Onkel Harlh?«

Nichts.

»Onkel?«

Aber auch auf das dritte Fragen erhielt er keine Antwort. Es schnürte ihm die Kehle zu, und er nahm den gezinkten Würfel, den er mitgebracht hatte, und drückte ihn in die Erde. So, dass die Seite mit den sechs Augen nach oben zeigte.

»Viel Glück«, flüsterte er, »wo immer du jetzt auch bist.«

Dann erhob er sich und ging langsam davon.

Als er den Friedhof verließ, trafen neue Trauernde ein, aber er kannte keinen von ihnen – sie mussten von einer anderen Grube stammen. Sie wanderten auch nicht zu Harlhs Grab, sondern versammelten sich vor dem kleinen Tempel und warteten auf die nächste Trauerfeier. Bedrückt ging Milan weiter. Einen Moment lang hatte er den Eindruck, beobachtet zu werden, aber als er sich umsah, entdeckte er niemanden, der zu ihm geblickt hätte.

Langsam machte er sich auf den Weg ins Moor. Viel Hoffnung hatte er nicht, dass Khyra bei ihrem Treffpunkt wäre, aber es war Sonntag, und er war hier, da musste er es versuchen. Um keinen Ärger zu bekommen, nahm er einen Weg, der ihn um das Viertel der Torfstecher herumführte, und das machte ihm das Herz schwer.

Milan hatte noch nicht lange an ihrem Ahorn gewartet, als Khyra auftauchte. Sie rannten nicht aufeinander zu wie früher, sondern sahen einander erst an, offen und nicht mit gespielter Fremdheit wie zuletzt. Dann umarmten sie sich langsam und lange, zärtlich und fest und schließlich leidenschaftlich. Sie roch, schmeckte und küsste noch immer so, wie er es in Erinnerung hatte.

Und ohne ein einziges Wort verloren zu haben – es gab kein Wort, das ihr Wiedersehen hätte angemessen begleiten können, außerdem hätte das erste Wort zum zweiten und zum nächsten und immer weiter geführt, und es gab Wichtigeres –, schliefen sie miteinander.

Danach hielten sie sich weiter im Arm, und Milan sprach als Erster. »Ich liebe dich.«

Auch Khyra sagte es, im selben Moment, und das brachte sie beide zum Lachen.

Noch immer lachend, rappelten sie sich auf, ließen einander aber nicht los.

»Ich kann nicht verhindern, dass ihr nachts hinausmüsst. Ich …« Er wollte sagen: »… habe es versucht und versuche es weiter«, brachte es aber nicht heraus.

»Ich weiß«, erwiderte sie trotzdem.

»Warst du jeden Sonntag hier?«

Sie schüttelte den Kopf. »Du hattest gesagt, dass du nicht kannst, nur heute war ich sicher, dass du kommst. Ich habe die Beerdigung beobachtet, aber du warst nicht dort. Erst später habe ich dich auf dem Friedhof gesehen, und da wusste ich es.«

»Auf der Beerdigung war ich nicht erwünscht.«

Sie hob verwirrt die Augenbrauen.

»Für meine Eltern gehöre ich nicht mehr zur Familie, sondern zu den Alchymisten. Beides zugleich scheint nicht möglich zu sein.« Er verzog den Mund. »Pjer hat es mir erzählt, aber auch der weiß nicht recht, zu wem ich gehöre.«

»Und weißt du es? Gehörst du zu ihnen?«

»Ich gehör zu dir.«

»Trottel!« Sie lachte. »Bist du dort zu Hause?«

»Ich hab ein eigenes Zimmer und …« Er wollte ihr erzählen, wie es ihm ergangen war, aber seine Worte verhedderten sich, es war einfach nicht möglich, er bekam nichts Zusammenhängendes zustande. Er wollte ihr erklären, dass er hatte schwören müssen, nichts zu erzählen, aber auch das brachte er nicht über die Lippen. Hilflos sagte er: »Ich kümmere mich um die Tiere. Und das Essen ist reichlich und gut.«

Verdutzt sah sie ihn an, dann lachte sie wieder. Vielleicht über seine Grimasse, vielleicht, weil sie das für einen Scherz hielt. »Soso, Tiere. Und sonst?«

»Ich … lerne.« Verzweifelt löste er sich von ihr, um ihr notfalls mit Händen und Füßen begreiflich zu machen, warum er so wenig erzählte, aber nicht einmal das klappte.

Nun lachte sie nicht mehr, sie musste erkannt haben, dass seine Verzweiflung echt war.

»Geht es dir gut?«, fragte sie.

»Ja, nein, ich … Was meinst du?«

»Bist du in Gefahr? Bedrohen sie dich, gibt es …?«

»Nein«, unterbrach er sie. »Sie mögen mich, Meister Athan vertraut mir, er … Ich … Verdammt.«

Sie sah ihn groß an. »Willst du mir nicht mehr sagen? Darfst du nicht? Kannst du nicht?«

Er nickte; wenigstens das schaffte er.

»Aber du bist nicht in Gefahr?« Scharf sah sie ihn an, als könnte sie die Antwort in seinen Augen lesen.

Er lächelte und hielt ihre Hände. »Viel weniger als du. Wieso sterben so viele im Moor?«

»Alle sind nervös. Die Freifrau hat eine Belohnung auf Irrlichter ausgesetzt und gibt an die, die welche jagen wollen, Käfige aus. Fünfzig Yhld'or – die Hälfte von dem, was der Alchymist bezahlt. Jetzt rennt jeder los, der ein Irrlicht sieht, aber nicht jeder kehrt zurück. Und die Sumpfkriecher sind hungrig.«

»Ihr jagt Irrlichter?«

»Wir haben schon vier gefangen, aber es scheinen trotzdem immer mehr zu werden.«

Milan fluchte. Und verfluchte lautlos den Schwur, der ihn zum Schweigen zwang. Er hoffte, Elyn war nicht unter den gefangenen Irrlichtern. »Was macht die Freifrau mit ihnen?«

»Sie sperrt sie in den Kerker, was sonst?«

»Jagst du auch?«

»Ich habe mir einen Käfig geben lassen, aber ich stürme nicht blindlings ins Moor. Trotzdem ist es besser, einen zu haben; falls sie kommen.«

»Wenn du eins fängst, kannst du es dann bitte im Moor verstecken und mir zeigen, bevor du es verkaufst?«

»Verstecken und dir zeigen?« Verwirrt sah sie ihn an. »Ist es nicht einfacher, ich bringe es dir vorbei?«

»Nein!«, rief er schnell. »Versteck es! Bitte! Ich kann dir nicht mehr sagen, aber es ist wichtig. Vertraust du mir?«

»Natürlich.«

»Also zeigst du es mir, bevor du es verkaufst?«

»Wenn ich kann. Wenn ich mit anderen zusammen eins fange, geht das nicht. Das würde niemand verstehen.«

Milan nickte, dann zog er sie wieder an sich. Er wollte ihr von der Königsstatue erzählen, dass er sie vielleicht machen dürfte, dass er dann in die Stadt käme und vielleicht auch ins Moor kommen könnte, aber auch das brachte er nicht über die Lippen. Er musste darauf hoffen, dass sie es von sich aus mitbekam. Zugleich fragte er sich, was noch alles passieren würde, wenn er allein auf dem Marktplatz saß, gut sichtbar für alle Torfstecher, die ihn für einen Verräter hielten.

Khyra erzählte von den Torfstechern, davon, wie die Angst um sich griff, obwohl alle zu stolz waren, es Angst zu nennen, und dass es immer wieder zu Streit und Prügeleien kam. Wie manche Jagd auf Sumpfkriecher machten und dass nicht alle das unversehrt überstanden. Wie ihre Mutter weiter auf Milan schimpfte – und auf andere. Dass die Kämpfe auf der Straße härter wurden, Soldatenkinder gegen Torfstecherkinder, weil Soldaten gestorben waren, um Torfstecher vor Sumpfkriechern zu beschützen, und Torfstecherkinder gegen alle, weil das schon immer so gewesen war.

»Wenn der Geburtstag des Königs vorbei ist, wird sich das auch wieder ändern«, sagte Milan, weil er sich selbst beruhigen musste. »Dann seid ihr bei Sonnenuntergang wieder daheim.«

»Ja. Aber bis dahin ist es noch lang.«

Dann küssten sie sich und schliefen noch einmal auf dem kalten Boden miteinander, langsamer und zärtlicher diesmal, und dann gingen sie auf getrennten Wegen auseinander, ohne zu wissen, wann sie sich wiedersehen würden.

4

Am Montag trafen Milan und Eystache im Labor aufeinander, und auch Meister Athan war dabei. Auf dem Tisch lagen verschiedene Stücke Holz und das Werkzeug bereit. Von den lebenden Skulpturen fehlte jede Spur, und Meister Athan erklärte: »Ich dachte, sie lenken nur ab, es sind schließlich Fehlschläge.«

»Nun, eine wäre hilfreich«, wandte Milan ein, »oder auch ein Bild Eurer Frau. Ich weiß nicht, wie sie ausgesehen hat, ich weiß sowieso viel zu wenig.«

»Du musst es auch nicht wissen«, sagte Eystache. »Ich fertige die Skulptur. Du hilfst mir nur.«

»Wie du meinst ...« Dann sah er wieder zu Meister Athan. »Ich verstehe nur nicht, was genau ich tun soll. Mein Großvater hat mir das Schnitzen beigebracht, aber das war etwas anderes, weil ich ein Kind war. Eystache muss ich nicht erklären, wie er ein Messer zu halten hat, und die anderen Werkzeuge beherrscht er sowieso besser als ich. Sicherlich auch jede Methode, ein Gesicht im Holz zu finden, und mehr habe ich nie gelernt.«

»Ich finde es nicht«, brummte Eystache widerwillig. »Es ist erst da, wenn ich es reinschneide. Ich bin schließlich der Bildhauer.«

»Klugscheißer, du weißt, was ich meine!«

»Wie nennst du mich, Moorkriecher?« Eystache baute sich drohend vor ihm auf, aber Milan wich nicht eine Handbreit zurück.

»He, ihr zwei!« Meister Athan sah sie beide scharf an, und sie ließen voneinander ab. Er blickte von Milan zu Eystache und dann zurück. »Arbeitet ihr jetzt zusammen, wie ich es verlange?«

Sie senkten beide den Kopf. »Ja, Meister.«

»Gut.« Nun wandte er sich an Milan. »Ich glaube nicht, dass wir wissen, was du meinst.«

»Aber er muss doch daheim alles gelernt haben, seine Eltern wussten viel mehr …«

»Warum sind dann deine Skulpturen besser?«

Eystache wollte aufbegehren, biss sich aber auf die Zunge.

Milan zuckte mit den Schultern. »Ich weiß nicht, ob sie das sind.«

Eystache zwinkerte überrascht.

»Doch, sind sie«, beharrte Meister Athan. »Sie haben das, was denen von Eystache fehlt.«

Milan widersprach nicht weiter, um Eystache nicht unnötig zu demütigen. »Ich kann nur wiederholen, was mein Großvater mir beigebracht hat. Das Messer richtig zu halten und nicht überstürzt anzufangen. Immer zu wissen, warum man etwas schnitzt und warum man genau das schnitzt und nichts anderes. Selbst dann, wenn man es auf den Wunsch eines anderen tut.

Er hat gern erzählt, dass mein Vater als Kind einmal unbedingt ein Pferd geschnitzt haben wollte und dass er daraufhin zum Schloss der Freifrau gegangen ist, um sich ein Pferd anzusehen. Er hat sich das ausgesucht, das ihm am besten gefallen hat. Das Tier war angebunden und tänzelte unruhig auf der Stelle, sodass Großvater dachte, es würde sich gleich losreißen, und dann hat er sich vorgestellt, wie es davonrennt, wiehernd und frei, und wie der halbe Hof fluchend hinterherstürzt. Darüber musste er lächeln, und so hat er dieses Pferd geschnitzt: galoppierend, mit wehendem Schweif und weit ausholenden Hufen, obwohl er es nur angebunden gesehen hat. Er hat gesagt, dass er zwei Dinge herausfinden musste: erstens, was er selbst an dem Pferd mochte, und zweitens, wonach das Pferd sich sehnte. Da beides dasselbe war, ist es ihm nicht schwergefallen, das Pferd im Holz zu finden.

Natürlich hätte er einfach irgendein Pferd schnitzen können, und es wäre schön geworden, er konnte schließlich schnitzen. Vier Beine, langer Schweif, aufgestellte Ohren, stehend oder laufend, aber es wäre eben nur irgendein Pferd geworden. Dem einen, das galoppierte, sah man dagegen an, dass er es hatte schnitzen wollen, denn er hatte nicht nur das Pferd geschnitzt, sondern auch die Liebe zum Laufen. Mein Vater hat das Pferd heute noch, und als Kind habe ich es geliebt und gedacht, eines Tages will ich ebenso frei sein.«

Bei der Erinnerung daran lächelte Milan, dann fuhr er fort.

»Wenn man weiß, was man will, muss man es im Holz finden, hat mein Großvater gesagt, oder zumindest einen Ansatz davon. Ein Astloch, eine Linie in der Maserung, irgendwas. Holz lebt, jedes Stück ist anders, und es geht darum, etwas darin zu sehen. Kann man das nicht, soll man zu einem anderen Stück greifen, hat Großvater gesagt, denn dann ist es nicht darin, und alle Versuche, es herauszuholen, müssen scheitern. Und dann hat er gesagt, das wäre fast schon alles, aber es wäre eben auch ziemlich viel. Als Kind habe ich nicht alles verstanden, bei Weitem nicht, aber ich habe mir seine Worte gemerkt, und viel später, nach Hunderten geschnitzter Figuren, habe ich begriffen, was er gemeint hat.«

»Und auf diese Weise hast du auch mich geschnitzt? Du hast rausgefunden, was du an mir so magst?« Eystache schnaubte verächtlich. »Dann ist mir klar, warum ich dich nicht hinbekommen habe.«

Die Bemerkung, auch wenn sie gegen ihn gerichtet war,

ließ Milan grinsen, er konnte nicht anders. »Nein, ich habe herausgefunden, was mich an dir so genervt hat. Ich habe mir nicht den Kopf darüber zerbrochen, ob deine Lippen schmal oder voll sind, ich habe nur festgehalten, wie du sie spöttisch verziehst. Weil mich das geärgert hat: deine elende Herablassung. Und Wut ist fast so gut wie Zuneigung. Auch das, was mich sauer macht, betrifft mich, und ich finde es im Holz.«

Eystache sah ihn an. »Und das glaubst du?«

»Ja.«

»Dann zeig mir, wo hier Frau Zanna zu finden ist.«

Milan sah ihn an. »Hast du mir überhaupt zugehört? Ich muss zunächst herausfinden, warum ich sie schnitzen will. Meister Athan sieht sie sicher in jeder Maserung, während ich sie nie kennengelernt habe.«

»Aber ich kann nicht schnitzen«, erklärte der Meister. »Ich habe es wieder und wieder versucht, doch das Messer will mir nicht gehorchen. Ich sehe sie ständig vor mir, aber es gelingt mir nicht, das Bild in irgendein Holz zu bannen.«

Das war nicht das, was Milan gesagt hatte, aber er wollte nicht widersprechen. »Dann müssen wir also Euren Blick für Eure Frau mit Eystaches Fähigkeit zu schnitzen zusammenbringen.«

»Dann tu das. Leite uns an.«

Milan versuchte es, doch die ersten Versuche schlugen furchtbar fehl. Während Meister Athan seine Frau zunächst tatsächlich überall entdeckte, in jeder Maserung und jeder Krümmung, konnte Eystache das nicht – er sah nicht, was der Meister sah, und konnte dessen Anweisungen nicht folgen, setzte das Messer immer zu zögerlich an. Andere Holzstücke, in denen Eystache etwas zu erkennen glaubte, wurden fortgeworfen, weil der Meister plötzlich abwehrte: »Nein! Das ist nicht ihr Gesicht!« Als dürfe niemand außer ihm sie erkennen.

Am Abend war der Haufen Brennholz deutlich gewachsen, und Milan war vom Versorgen der Tiere befreit, bis die Skulptur fertig wäre. Nur lernen musste er weiterhin.

Der Jahreswechsel kam, und sie feierten die halbe Nacht, mit einem kleinen Feuerwerk, gekochten Sumpfkriechereiern und viel Wein. Anders als bei den Torfstechern las niemand die Zukunft aus Torfasche.

Schon am Mittag des ersten Tages im Jahr 1613 scheuchte der Meister Milan und Eystache ungeduldig zurück an die Arbeit. Vier lange Wochen suchten und verwarfen sie, setzten das Messer an und wieder ab, schnitzten und korrigierten. Mit der Zeit gingen die beiden vertrauter miteinander um, doch unter der Oberfläche lauerten nach wie vor Neid, Abneigung und Misstrauen. Und das nicht nur auf Seiten Eystaches.

Sosehr Milan sich auch einredete, dass es keine Rolle spiele, wer die perfekte Skulptur erschuf, wenn es nur dazu beitrug, dass keine weiteren Seelen eingekerkert wurden, im Grunde wollte er seine Anerkennung. Er wollte sie, denn nur sie würde ihm das erträumte Leben mit Khyra ermöglichen, also durfte er nicht im Schatten von Eystache stehen. Mit dem konkurrierte er ohnehin um die Aufgabe, die Königsstatue zu fertigen. Außerdem gönnte er die Anerkennung nicht Eystache allein, er konnte ihn einfach nicht leiden.

Oft fielen bissige Bemerkungen, oft wechselten die beiden abfällige Blicke, aber der Meister schritt nicht ein. Lächelnd sah er zu und forderte sie heraus, den jeweils anderen zu übertreffen.

Als sie endlich einen Kopf gefertigt hatten, der alle bisherigen in den Schatten stellte und den Meister sichtlich rührte, wurde Milan aus dem Labor geschickt, denn nun sollte das alchymistische Werk beginnen, und dafür war er noch nicht weit genug. Eystache blickte ihm hämisch hinterher, während der Meister den geschnitzten Kopf in die Höhe hob, mit so selbstvergessenem Ausdruck, dass Milan schon glaubte, er werde ihn gleich an die Lippen drücken.

Aufgewühlt ging er in den Schuppen und griff sich das nächste Scheit, um den König zu schnitzen. Wenigstens darin musste er Eystache übertreffen, dann würde dem das höhnische Grinsen vergehen. Er selbst würde dann eben Bildhauer am Königshof werden; solange Khyra ihn dorthin begleitete, war ihm alles recht. Doch welches Scheit er auch in die Hand nahm, er sah nur sie, nie den König. Kopfschüttelnd brachte er eines auf sein Zimmer, um am Abend zu schnitzen, wenn er allein war und niemand mitbekam, wen er aus dem Holz holte.

Niemand außer dem Irrlicht, dessen Käfig noch immer auf dem Tisch stand. Seit jener Nacht hatte es ihm keine Albträume mehr gesandt, stattdessen träumte er wieder von Büchern und Bibliotheken, vom Lesen und Schreiben. Wieder und wieder hatte er erklärt, warum er Meister Athan half, und die Seele der blonden Frau schien ihm geglaubt zu haben.

Als er am Abend Khyra aus dem Holz schabte, hatte er plötzlich einen anderen Namen im Kopf: Potinya. *So ein Unsinn,* dachte er, *so einen Namen habe ich noch nie gehört.* Dann blickte er auf, hinüber zum Irrlicht.

»Potinya?«, fragte er.

Und plötzlich war die blonde Frau wieder in seinem Kopf und lachte und nickte.

Potinya.

»Ich bin Milan«, sagte er, obwohl sie das sicher längst wusste. Bedächtig legte er Holzstück und Messer zur Seite, um mit Potinya zu reden, mit ihrer Seele. Es gelang ihm nicht. Was auch immer sie sagte, er hörte es nicht. Aber er hatte ihren Namen erfahren, also würde er sicher irgendwann auch mehr verstehen.

Am nächsten Tag entschied Meister Athan, dass Milan die Statue des Königs anfertigen durfte, und Milan war glücklich.

Eystache dagegen keifte: »Warum der? Er liebt den König nicht, und er hasst ihn nicht, er weiß also gar nicht, was er tun soll. Er wird irgendein Holz anstarren und nichts sehen, so lange, bis der König hundert ist.«

»Auch wenn er nichts sieht, wird er etwas zustande bringen, und sei es mit Gleichmut oder aus Angst vor meinem Zorn, wenn er nicht rechtzeitig fertig wird«, erwiderte der Meister und sah Milan an. Ein Lächeln kräuselte seine Lippen, doch Milan war sich nicht sicher, ob er eher scherzte oder eher drohte.

»Aber ich bin der bessere Handwerker!«, ereiferte sich Eystache. »Ich bin der Bildhauer!«

»Du bist der Gehilfe, er der Schüler. Dich brauche ich hier, damit du den Rest meiner Frau anfertigst, das ist wichtiger. Für Torso und Gliedmaßen brauchen wir sein Sehen nicht, außerdem kann er die alchymistischen Runen nicht anbringen. Warum sollte ich also ihn hierbehalten und nicht dich?«

Was er sagte, gefiel weder Milan noch Eystache, aber sie schwiegen beide. Der Meister hatte entschieden.

Zu seiner großen Enttäuschung durfte Milan nicht gleich am nächsten Sonntag nach Nebelbruch aufbrechen, sondern erst am Montag darauf.

»Wenn die Torfstecher im Moor sind«, erklärte der Meister. »Sie sind nicht gut auf dich zu sprechen, höre ich, da müssen wir nichts riskieren. Trotzdem habe ich dir zur Sicherheit eine Bewachung organisiert. Und ausreichend Holz.«

»So schlimm ist es nicht«, wandte Milan ein.

»Sonntag ist Ruhetag. Da können wir zwar hier im Turm arbeiten, aber wir müssen es nicht auf dem Marktplatz tun, damit würden wir nur die Priester vor den Kopf stoßen.«

Und das war das letzte Wort.

Missmutig traf Milan am Montagmorgen auf dem Marktplatz ein, und dort standen bereits zwei Soldaten, die er kannte. Der, der ihn regelmäßig oberhalb der Rampe erwartet hatte, wenn er aus dem Moor kam, und der junge Thomma. Ersterer grüßte ihn etwa so wie damals, Thomma dagegen unterwürfig.

»Königsschnitzer«, sagte er und senkte kurz den Kopf. Milan kannte die Hierarchien unter den Soldaten ebenso wenig wie ihre Position gegenüber Gehilfen und anderen Zivilisten. Thommas Geste zeigte ihm, dass er über ihm stehen musste – und dass Thomma sich vor einer Vergeltung fürchtete. Ein Lächeln huschte über seine Lippen.

»Soldaten«, antwortete er knapp und nickte dem Älteren zu; Thomma ließ er schmoren. Dann begutachtete er das Holz, das für ihn bereitgelegt worden war. Es handelte sich um ein Dutzend Abschnitte, ausnahmslos trockene Sumpfzypresse ohne Rinde, ein jedes Stück gut zwei Schritt lang und einen knappen Schritt dick. Das bedeutete wohl, er sollte eine lebensgroße Statue ohne Pferd anfertigen.

Er legte den Kopf in den Nacken, um das Gesicht des Standbildes zu studieren, aber von hier unten gelang das nicht. Das Licht war trüb, der Himmel bewölkt. Also tat er etwas, das er schon als Kind immer hatte tun wollen: Mithilfe der Soldaten schleppte er eins der Holzstücke hinüber und lehnte es an das Podest; über diese Rampe kletterte er hinauf. Vom Podest stieg er weiter aufs Pferd, und dann saß er verkehrt herum vor dem König und blickte ihm direkt ins Gesicht, Nase an Nase. Langsam drang die Kälte des Metalls durch seine Hose.

Von unten tönte ein Lachen herauf, und eine Kinderstimme rief: »Schaut euch den Trottel an, verkehrt herum. Vielleicht fällt er gleich runter.«

Ein anderer rief: »Ich will auch da hoch.«

»Verzieh dich!«, blaffte Thomma.

»Warum? Er darf doch auch!«

»Weil er unser Geburtstagsgeschenk für den König erschafft und du nicht. Er vertritt Nebelbruch bei den Geschenken am Hof, aber was willst du da oben? Dir in die Hose machen?«

Ein paar Kinder lachten und griffen das auf. »Hosenkacker!«, riefen sie.

Das alles bekam Milan nur nebenbei mit. Er war damit beschäftigt, sich die Gesichtszüge der Statue einzuprägen. Sie waren ebenmäßig und stolz, und er fragte sich, ob irgendwer in diesem Land nicht stolz war. Die Ohrläppchen waren angewachsen, die Nase leicht gebogen, die Lippen voll und die Augen groß.

Als er jede Einzelheit des Gesichts kannte, stieg er wieder hinab und stellte fest, dass sich einige Zuschauer eingefunden hatten, hauptsächlich kleine Kinder. Torfstecher sah er nicht. Langsam wandte er sich dem Holz zu und versuchte zu vergessen, dass er beobachtet wurde. Er überlegte, warum er gerade den König abbilden wollte, so wie der Großvater es ihm geraten hatte, und seine einzige Antwort war: *für Khyra*. Sofort sah er ihr Gesicht in der Maserung, aber nicht das des Königs. Er trat zum zweiten Stück Holz und betrachtete es, rollte es hin und her und fand nichts.

»Langweilig«, sagte ein Mädchen und hüpfte davon, und nach und nach zerstreuten sich die Zuschauer.

Die ganze Zeit ging Milan durch den Kopf, dass der König für seine Geburtstagsfeier Torfstecher sterben ließ; und egal, was Meister Athan ihm zur Notwendigkeit von Prunk erklärt hatte, es änderte nichts daran, dass Onkel Harlh und viele andere gestorben waren, damit König Cylhan ein größeres Feuerwerk bekam. Und plötzlich erkannte Milan den Monarchen im fünften Stamm, und er war nicht einfach nur stolz, sondern hochnäsig, arrogant und rücksichtslos. Sein Blick war lauernd wie der eines hungrigen Sumpfkriechers.

Verdammt, dachte Milan. Das konnte er nicht schnitzen. In dem Moment wurde ihm bewusst, dass er, was die Ratschläge seines Großvaters anging, an seine Grenzen gekommen war. Großvater Erique hatte ihn ermutigt, über das, was man schnitzte, eine Wahrheit zu finden, das Geschenk für den König aber verlangte eine Lüge. Denn Milan fand keine Liebe und Verehrung, sondern nur Verachtung und Wut. Warum konnte der König die Größe des Reichs seinen Gästen nicht anders aufzeigen als durch solchen Prunk? Warum konnte er nicht auf andere Werke der Alchymie verzichten, sodass die Gilde anderswo Nachttorf einsparen konnte? Die Feier mochte wichtig sein, aber der Tod der Torfstecher schien dem König gleichgültig, und diese Gleichgültigkeit entfachte Milans Zorn.

Wie Eystache vorhergesagt hatte, saß er reglos vor dem Holz und tat nichts – wenn auch aus anderen Gründen als vermutet. *Es muss eine gute Statue werden, es muss,* beschwor er sich, *denk an Khyra.* Mit einer mittelmäßigen Arbeit würde er es nicht an den Hof bringen. Zwei Stunden lang grübelte er hin und her und ging von Stamm zu Stamm, und dann hatte er die Lösung. Er sah den König vor sich, wie er triumphierte, einen Fuß auf den zerfetzten

Leichnam eines Torfstechers gestellt wie auf eine Jagdbeute, die Brust stolz herausgereckt, auf dem Kopf die Krone mit all den Moordiamanten, die er allein den Torfstechern verdankte. Er sah einen König, der sich hinsichtlich seiner Größe selbst belog und selbstgefällig vor dem Spiegel posierte. Diesen König würde er schnitzen, nur dass er natürlich den Spiegel und den toten Torfstecher weglassen würde. Welche Jagdbeute er ihm stattdessen unter den Fuß legen würde, wusste er noch nicht – in seinem Kopf würden es immer Onkel Harlh und die anderen sein. Dafür, dass die Statue gut aufgenommen wurde, war das nicht wichtig, der König würde sowieso nur auf sich selbst achten. Und so begann Milan, eine Lüge zu schnitzen, die seine empfundene Wahrheit enthielt – oder seine Wahrheit, die sich in einer Lüge tarnte.

Tag für Tag kam er wieder, um auf dem Marktplatz zu arbeiten, und nachts bewachten Soldaten sein Werk. Häufig kamen Kinder vorbei, um ihm zuzusehen. Manche setzten sich in die Nähe und schnitzten selbst etwas, manche ahmten sogar seine Arbeit nach, und einige schenkten ihm, was sie gemacht hatten.

Hin und wieder kamen auch Erwachsene, und die unterhielten sich über andere Dinge. So erfuhr Milan, dass weiterhin regelmäßig Torfstecher starben. Einmal ging er auf dem Heimweg am Haus seiner Eltern vorbei, obwohl er wusste, dass sie, sofern sie noch lebten, im Moor sein mussten. Er sah zum Fenster hinein und stellte erleichtert fest, dass es bewohnt wurde; zwei Becher standen auf dem Tisch, da, wo Vater und Mutter immer zum Frühstück saßen. Sie lebten also. Einen Moment verharrte er und vermisste seinen Becher auf dem Tisch, dann löste er sich und kehrte zum Alchymistenturm zurück. Dort war jetzt sein Zuhause.

Vier Wochen dauerte es, bis der König fertig war. Unter

seinen Fuß setzte Milan einen Sumpfkriecher, weil der zu Nebelbruch passte und er damit Aufsehen erregen würde. Vielleicht hielt irgendwer am Hof das Tier sogar für einen Drachen. Viele gratulierten Milan zu der gelungenen Arbeit, auch die Soldaten, und Thomma zeigte sich weiter unterwürfig. Niemand nannte Milan mehr den Moorläufer, einen Torfstecher oder gar einen Morastfresser.

»Letzten Sonntag waren ein paar Torfstecher da, um zu gucken, aber keiner hat etwas gesagt«, teilte ihm Thomma mit.

Dann ließ die Freifrau die Statue abholen, und Milan begriff, dass er sie für sie gemacht hatte, nicht für Meister Athan. Im Stillen fluchte er, denn sie würde seinen Namen sicher nicht dem Hof nennen und er würde kein Bildhauer werden. Er würde nicht mit Khyra in die Hauptstadt gehen, der Traum war verloren.

Wütend kehrte er heim und wollte den Meister dazu befragen, aber der war nicht zu sprechen.

»Er hat sich mit der neuen Skulptur zurückgezogen«, erklärte Julyan.

»Sie ist fertig?«

»Ja.«

»Und?«

»Wenn wir Glück haben, kehrt die Seele von Frau Zanne diesmal zurück. Nun liegt es beim Meister, die Grenze zu durchbrechen.«

Eystache stand mit stolzgeschwellter Brust da. »Er hat gesagt, ich habe Großartiges geleistet.«

Milan wollte anmerken, dass Eystache das nicht allein vollbracht hatte, aber dann begriff er, was das bedeutete, und stürzte in sein Zimmer. Das Irrlicht war fort, wie befürchtet, und ohne den Käfig wirkte der Tisch verlassen. Milans Herz krampfte sich zusammen.

»Es tut mir leid«, murmelte er, aber niemand konnte ihn hören.

In dieser Nacht träumte er schlecht, auch wenn er sich am Morgen nicht an Einzelheiten erinnerte. Es hatte niemand zu ihm gesprochen, nur seine Einsamkeit und Angst.

VI
NACHTWYRM

März
im Jahre 1613 des Drachentöters

1

Für eine ganze Woche zog Meister Athan sich mit den Skulpturen in die oberen Räume des Turms zurück. Eine Woche, während der der Alltag der Gehilfen weiterging, Milan lernte, und Eystache platzte beinahe vor Stolz.

Als Milan am dritten Tag das Labor im Turm betrat, war niemand da, und er nutzte das. Kurz entschlossen eilte er die Treppe in den Keller hinab; er musste wissen, ob der Meister dort nach der Seele seiner Frau suchte. Doch hinter der Tür fanden sich lediglich Vorräte und ein Durcheinander unterschiedlichster Dinge, nirgendwo führte ein Schacht in die Tiefe, nirgendwo gab es einen Zugang zum Totenreich. Erleichtert stieg Milan wieder hinauf. Dabei fragte er sich: *Wo soll die Seele von Frau Zanne herkommen?*

Je länger die Tür zu den Gemächern des Meisters verschlossen blieb, desto unruhiger wurden die Gehilfen.

»So lange hat es noch nie gedauert«, sagte Julyan.

»Ist das ein gutes Zeichen?«

»Vielleicht. Zumindest glaubt er noch an die Skulptur.«

»Aber Frau Zanne seit Tagen nicht«, erwiderte Norena. »Sonst wäre sie doch gekommen.«

»Das wird sie noch«, behauptete Eystache, auch wenn sein Stolz in der langen Wartezeit gelitten hatte.

Endlich, am siebten Abend, kam der Meister zu ihnen. Er war niedergeschlagen, hatte dunkle Augenringe und schüttelte traurig den Kopf.

Eystache sah Milan an. »Das also sind deine Ratschläge wert.«

Milan musste nichts entgegnen, denn Vlaho lachte Eystache vorher aus. »Solange du dachtest, es hätte geklappt, war es dein Werk allein.«

»Nicht allein«, protestierte Eystache mit einem Seitenblick auf den Meister, aber der ignorierte ihn.

»Wir kommen dem großen Werk näher«, erklärte er stattdessen. »Ich spüre es, es kann nicht mehr lange dauern.« Dann wandte er sich an Milan. »Wie weit bist du mit dem König?«

»Fertig.«

»Gut, gut. Dann gehe ich morgen zur Freifrau. Jetzt schuldet sie uns etwas.«

Sie aßen zu Abend, und Milan stellte den Meister nicht zur Rede. Was hätte er auch anbringen sollen? Der König würde das Geschenk erhalten.

Es dauerte nicht lange, da kehrte der Meister pfeifend aus der Stadt zurück und verkündete, er werde in zehn Tagen ein neues Irrlicht haben. »Und dann beginnen wir mit der nächsten Skulptur.«

Daraufhin suchte Milan das Gespräch mit ihm und bat unter vier Augen darum, die neueste Skulptur mit in sein Zimmer nehmen zu dürfen; er wolle sie nach der Arbeit noch studieren, damit die nächste besser gelänge. Er war überzeugt, dass das helfen würde, doch vor allem wollte er Potinyas Seele um sich haben, wollte herausfinden, ob sie ihm auch als Herz einer Skulptur noch Bilder in den Kopf setzen würde.

Der Meister ließ ihn nicht ausreden, sondern fuhr ihn mit zornfunkelnden Augen an: »Du willst meine Frau auf dein Zimmer mitnehmen?« Das spie er so voller Eifersucht aus, dass es tatsächlich ernst gemeint sein musste.

»Was, nein …«, stammelte Milan und wich unwillkürlich zurück.

»Nun, genau das hast du gerade gesagt! Auf dein Zimmer. Deins!«

»Ja, das schon, aber … ich dachte, sie ist nicht Eure Frau.«

»Das ist sie auch nicht, doch sie könnte es noch immer werden. Und das soll ganz sicher nicht in deiner Kammer geschehen!«

»Nein, Meister«, versicherte er. »Ich dachte nur, es wäre hilfreich, wenn ich sie in Ruhe studieren könnte. Damit der nächste Versuch …«

»Studier sie meinetwegen im Labor, da hält sie sich oft genug auf. Das muss reichen!«

»Ja, Meister.«

»Und denk immer daran, dass sie noch meine Frau werden könnte. Behandel sie entsprechend!«

Milan verließ das Arbeitszimmer mit einer knappen Verbeugung und dachte: *Er wird verrückt.*

In den nächsten Tagen legte der Meister wieder die alte Freundlichkeit an den Tag, so als hätte es den Ausbruch nie gegeben, und Milan studierte die Skulptur im Labor. Dabei sprach er in Gedanken mit Potinyas Seele, und sie zeigte ihm weiterhin Bilder. Bilder, wie Meister Athan ihr mit den Fingerspitzen zärtlich übers Gesicht fuhr, mit ihr tanzte, sie küsste und an sich presste, die Hände fest auf ihrem Hintern, während ein Dutzend weiterer Skulpturen um sie herumstanden und sie beobachteten. Dazu flüsterte er ihr Dinge ins Ohr, die Milan nicht verstand.

Er wollte sie auch nicht verstehen, wollte das nicht sehen, alles in ihm sträubte sich gegen die Vorstellung, dass der Meister eine Skulptur begehrte. Aber dann dachte er, dass der Meister vielleicht nur irgendwelche Formeln flüsterte und versuchte, der Skulptur mit einem Kuss die Seele seiner Frau einzuhauchen. Das allerdings hätte bedeutet, dass er ihre Seele in sich trug, und wie konnte das sein?

Nein, Alchymie war Transformation, und vielleicht musste Athan der Seele seiner Frau ein annehmbares Gefäß vorspielen, ihr den neuen Körper aus Holz schmackhaft machen. Er musste so tun, als wäre sie die Skulptur oder die Skulptur sie. Plötzlich fragte sich Milan, ob Athan dies tatsächlich für die Seele seiner Frau tat – oder für sich selbst? War er dabei, die Alchymie für immer zu verändern, oder wurde er in der Verzweiflung über seinen Verlust einfach nur langsam verrückt?

Irgendwann fiel Milans Blick auf ein Buch, das aufgeschlagen auf der Werkbank lag, und wie nebenbei las er die ersten Zeilen. Er war schon fast bei der Seitenmitte, als ihm bewusst wurde, dass er viel flüssiger las als üblicherweise. Er las weiter und weiter und verstand Satz um Satz. Langsam hob er den Kopf.

Bist das du? Hilfst du mir?

Sie zuckte mit den Schultern.

Warte! Er stürmte hinüber in die Bibliothek, griff sich das nächstbeste Buch und schlug es auf, um zu lesen. Jedes dritte Wort war eine Qual, er verwechselte immer wieder die gleichen Buchstaben und musste bei seltenen Buchstabenkombinationen überlegen, wie man sie aussprach. Eilig klemmte er sich das Buch unter den Arm und trug es ins Labor. Kaum las er es dort neben Potinya, fiel ihm jedes Wort leicht.

Warum ist das so?

Sie deutete auf sich, und er verstand in der Geste: *Weil ich lesen kann.*

Er las noch einen Abschnitt und noch einen und noch einen. Auch wenn ihre Fähigkeiten im Spiel waren, merkte er doch, wie er selbst mit jeder Seite besser wurde. Wie sein

Geist sich die Fähigkeit durch die erfolgreiche Anwendung langsam aneignete, wie er sich eine immer größere Sicherheit im Lesen zulegte. Sofort griff er nach einer Feder, um zu schreiben, aber auch wenn er die Buchstaben nun sicher erkannte, war seine Schrift noch krakelig und fehlerhaft. Seine Hände konnten nicht umsetzen, was sein Kopf eigentlich wusste; das würde er weiterhin mühsam üben müssen.

In jeder freien Minute suchte er nun Potinyas Nähe, um zu lesen und sich mit ihr auszutauschen. Einmal brachte er ein Buch über die alten Drachen mit, um darin nach dem Nachtwyrm zu suchen, aber er fand nichts. Also holte er beim nächsten Mal zwei weitere Bücher, aber auch in ihnen wurde der Nachtwyrm nicht erwähnt. Konnte das sein?

In seinem Kopf zuckte Potinya mit den Schultern und sagte etwas, und er verstand: *Ich habe da auch nichts gefunden.*

Wo?

In den alten Drachengeschichten.

Genauer sagte sie es nicht, aber Milan begriff, dass er sich nicht nur das Lesen mit außergewöhnlicher Geschwindigkeit aneignete, sondern dass sie durch das gemeinsame Lesen auch eine Nähe aufbauten, die es ihnen immer besser ermöglichte, miteinander zu reden.

Nach einer Woche sah Milan nicht mehr nur einfache, stumme Bilder, sondern er hörte Worte dazu. Das hatte zur Folge, dass die Bilder teilweise verblassten, aber jetzt konnte er beinahe ein Gespräch mit der Seele führen, es war wie eine Mischung aus Gedanken, gesprochenen Worten, Traumbildern und Erinnerungen.

Auf diese Weise erzählte sie ihm, dass sie eine bekannte Gelehrte an der Universität von Fayette gewesen war, bewandert im Kartenzeichnen, in Mathematik, Gesteinskunde und Medizin, und dass die Herzogin Batona sie beauftragt hatte, über Moordiamanten zu forschen. Die Herzogin hatte gehofft, sie könnten noch an anderen Orten zu finden seien, an weniger gefährlichen Orten, möglicherweise sogar in ihrem Herrschaftsgebiet. Sie hatte gehofft, damit die damalige Königin zu beeindrucken, aber das war knapp hundert Jahre her, und es war schiefgegangen.

Seitdem bist du durchs Moor geirrt?

Nun, ich habe noch nie leicht Ruhe gefunden, erwiderte sie mit einem unbeholfenen Grinsen in Milans Kopf, während das geschnitzte Gesicht der Skulptur unbewegt blieb. Das war merkwürdig und verwirrend, aber das war ein Gespräch mit einer Toten in einem Körper aus Holz sowieso.

Der Nachtwyrm taucht nur in Schriften aus den letzten sieben Jahrhunderten auf, nie in jenen aus der Zeit der Drachen, fuhr sie fort, *ich habe mich über ihn schlaugemacht, da ich mich ja ins Moor hinauswagen musste. Eine Zeit lang habe ich ihn sogar für eine Erfindung gehalten, eine aufgebauschte Legende, mit der die Gefährlichkeit des Moors verdeutlicht werden sollte, eine Schreckgestalt, erfunden zu dem Zweck, alle Schatzsucher von den Moordiamanten fernzuhalten, aber dann musste ich lernen, dass es nicht so ist.*

Ja, den Nachwyrm gibt es, bestätigte Milan, und seine Gedanken wanderten zu Elyn und Onkel Harlh.

Am Morgen des 23. März war das neue Irrlicht endlich da, der Meister hatte es in der Nacht zuvor selbst geholt. Milan erkannte darin sofort die Seele eines Torfstechers, der ihm mitteilte, dass er etwa acht Jahre zuvor gestorben sei. Milan konnte ihn beinahe ebenso deutlich verstehen wie Potinya.

Auch dieser Mann war im Moor gestorben, allerdings hatte ihn ein anderer Moorläufer namens Xenthe aus Eifersucht hinterrücks erschlagen. Die Wut darüber überlagerte alles andere, und so konnte sich Milan mit ihm zwar verständigen, doch das Gespräch verlief einseitig und war von blinder Rachsucht geprägt.

Wir waren Freunde, verstehst du? Xenthe und ich! Freunde! Das wiederholte der Torfstecher wieder und wieder, und so kannte Milan den Namen des Mörders, nicht aber den des Irrlichts; denn den erwähnte es nicht, vielleicht hatte es ihn in seiner Besessenheit von Xenthe auch vergessen.

Ohne große Umschweife begann die Arbeit an der neuen Skulptur. Diesmal ließen sie sich mehr Zeit, und Milan war auch an Torso und Gliedmaßen beteiligt, nur nicht am eigentlichen alchymistischen Zauber. Sechs Wochen arbeiteten sie von früh bis spät, Milans Geburtstag am 7. April kam und ging, und sie feierten ihn eher nebenher, tranken aber alle auf sein Wohl.

Jeden Abend dachte er an Khyra, doch an diesem vermisste er sie noch mehr als sonst. Er hätte mit ihr feiern sollen. Und so nahm er noch einen Becher Wein mit ins Zimmer, als alle zu Bett gingen, stieg aufs Dach hinaus und hob ihn in Richtung Nebelbruch.

Ich wünschte, ich wäre bei dir.

Doch er war es nicht und wusste nicht, wann er es wieder sein würde.

Dann wurde es Mai, und die Tage waren wieder lang und heiß. Die Skulptur wurde fertig, und der Meister schloss sich anschließend für zwei Wochen ein.

Als er sich danach wieder zu ihnen gesellte, teilte er ihnen mit, dass es erneut nicht geklappt habe.

»Aber nach der Feier unseres Königs gehen wir frisch ans Werk!«

Das Feuerwerk, das zum Geburtstag des Königs in Nebelbruch gezündet wurde, war prächtig und erleuchtete den Nachthimmel mit funkensprühenden Bildern. Es überbot sogar das große Feuerwerk in Milans Erinnerung, und die Menge vor dem Schloss lachte und lärmte. Ganz Nebelbruch schien auf den Beinen zu sein, auch Meister Athan hatte sämtliche Gehilfen mitgenommen, damit sie das Schauspiel erleben konnten. Den Turm und die Tiere hatte er ausnahmsweise den Skulpturen überlassen.

Milan und die anderen verfolgten das Feuerwerk von Sitzen unweit der Freifrau aus, und manchmal linste er aus dem Augenwinkel hinüber, aber sie beachtete ihn nicht, so wie sie ihn bei keinem ihrer Besuche im Turm beachtet hatte.

Aus dunklen Fässern wurde kostenlos Wein ausgeschenkt, und die Leute prosteten dem König in der Ferne zu und tranken mit denen, die nahe bei ihnen standen. Sie dankten dem Herrscher für den Wein und feierten sich selbst.

Auch viele Torfstecher waren gekommen, sie soffen, hoben die Becher und riefen laut: »Auf das Leben! So kurz es auch sein mag!« Kein Prost für den König – und keinen Dank.

»Auf uns!«

Hier und da kam es zu kleineren Prügeleien, wenn Torstecher auf Felsenmenschen trafen, aber Schlimmeres wurde durch die Anwesenheit der bewaffneten Soldaten verhindert. Milan fragte sich, wie viele Torfstecher inzwischen gestorben sein mochten. Und warum feierten die Überlebenden nicht das Ende der nächtlichen Arbeiten im Moor – so wie Soldaten das Ende eines Kriegs? Doch dann sah er hier und da auch eine Handvoll Torfstecher lachen und war beruhigt.

Auf dem Heimweg bemerkte er Khyra unter den Feiernden und sie ihn, und er ließ sich unauffällig zurückfallen. Sie stolperte wie zufällig in ihn und murmelte: »Es ist nicht vorbei.«

»Was?«, flüsterte er und hielt sie kurz fest, weil er sie einfach berühren musste. Es war dunkel, und überall berührten Menschen einander, und Fremde lagen sich in den Armen, wankend und trunken, hungrig nach Nähe und aufgekratzt vom Feuerwerk.

»Die Freifrau schickt uns weiterhin auch nachts ins Moor. Der König heiratet nächstes Jahr neu und will dafür neuen Schmuck mit Moordiamanten.«

»Was?« Milan erstarrte.

»Wir graben jetzt bis Mitternacht.«

Nun hatten die anderen Gehilfen sein Fehlen bemerkt, drehten sich nach ihm um, riefen und winkten. Andere Feiernde kamen vorbei, und Khyra trieb mit ihnen fort. Zuvor raunte sie ihm noch zu: »Ich finde einen Stein, dann können wir hier fort. Bevor deine sieben Jahre vorbei sind. Bevor ich im Moor bleibe.«

Er sah ihr nur kurz hinterher, damit es nicht auffiel, aber sein Herz schlug laut.

Als sie die Stadt verließen, kamen sie an einer Gruppe Torfstecher vorbei, und Milan hörte, wie einer in Richtung Moor schrie: »Verdammte Moorelfen! Warum hetzt ihr die elenden Irrlichter auf uns?«

»Es ist der Nachtwyrm!«, rief ein anderer und schlug seinem Freund auf die Schulter. »Wann begreifst du das endlich?«

»Alles dasselbe! Alles keine Menschen!« In seiner Wut wankte der Mann, rutschte aus und fiel.

Die anderen lachten, aber Milan bekam plötzlich Angst, dass der Hass sich irgendwann gegen Khyra entladen könnte.

2

Nach der Feier widmete sich Milan weiter dem Lesen und Lernen; und Julyan überreichte ihm erste einfache Schriften, aus denen er sich selbst Grundlagen des alchymistischen Wissens aneignen sollte. Auch die Tiere versorgte er wieder.

»Nur bis wir neue Irrlichter haben«, betonte Meister Athan. »Das dauert nicht mehr lange.«

»Irrlichter?«, fragte Milan. »Mehrere?«

»Ja. Anders ist es einfach zu langwierig, wir müssen mehrere Versuche zeitgleich beginnen.« Die Arme hinter dem Rücken, den flackernden Blick in die Ferne gerichtet, lief Athan auf und ab. »Vier am besten … Ja, vier ist eine gute Zahl. Die Zahl der Himmelsrichtungen und Jahreszeiten, die Zahl der Allumfassendheit.«

Allumfassendheit, wiederholte Milan in Gedanken, *was soll das sein?* Aber er sagte nichts dazu, er dachte nur: *Was, wenn die Seele alle vier als Gefäß annimmt? Teilt sie sich dann auf, und haben wir dann vier Frau Zannas?*

Aber er wusste, dass Meister Athan das, wenn seine Liebe so groß war, wie alle sagten, niemals riskieren würde. Er dachte an Khyra und dass es ihm nie in den Sinn käme, ihre Seele zu zerstückeln. Aber er würde sie auch nicht in eine Holzfigur sperren, egal, wie groß sein Schmerz wäre und wie sehr er sie vermisste. Das wäre nicht sie, und wenn sie ihn nicht selbst darum bat, dann … Noch bevor er den Gedanken zu Ende gebracht hatte, war er plötzlich sicher, dass Frau Zannes Seele nie zurückkehren würde und dass Meister Athan das auch genau wusste. Das hätte ihm längst auffallen sollen, aber er hatte geglaubt, was die anderen sagten, was der Meister sagte. Immerhin kannten sie die Alchymie und er, der jüngste Schüler und Torfstecher, nicht. Doch er kannte die Irrlichter und die Toten, und er fragte sich, welche Seele einen Körper in Besitz nehmen würde, in dem bereits eine Seele wohnte?

Keine.

Die Irrlichter waren Seelen, und das musste Meister Athan, selbst wenn er sie nur für traurige Überreste ohne rechte Erinnerungen hielt, bewusst sein. Wenn er also tatsächlich darauf hoffte, dass seine Frau zurückkehrte, musste er ihr dann nicht einen leeren Körper zur Verfügung stellen und warten? Stattdessen belebte er die Skulpturen mit dem, was er für hilflos umherirrende Seelen hielt. Seelen, die er zu einer Kopie seiner Frau formen wollte, weil er wusste, dass es unmöglich war, sie selbst zurückzuholen. Festhalten konnte er nur Seelen, die die Welt noch nicht verlassen hatten.

Bislang hatte keine genug Ähnlichkeit mit seiner Frau entwickelt, keine Skulptur war zu etwas geworden, mit dem er sich im tiefsten Herzen belügen konnte. Zu jemandem. Sie waren allesamt verzweifelte Versuche, den Verlust zurückzuweisen, ein Dutzend Kerker für andere Seelen, aber keine Befreiung für die seiner Frau.

Athan war verrückt.

Dies alles ging Milan durch den Kopf, aber er wusste nicht, wie er es ändern sollte. Er wusste nicht, ob er mit einem der anderen Gehilfen darüber sprechen sollte; was würde er damit erreichen?

All die Monate hatte er geglaubt, sobald es ihm nur gelänge, die richtige Skulptur zu erschaffen, könnte er alles zum Guten wenden, könnte die Irrlichter befreien und als angesehener Mann mit Khyra an den Königshof gehen. Oder auch in Nebelbruch bleiben, letztlich waren sie beide hier zu Hause. Aber nun folgte er einem Alchymisten, dem er auf sieben Jahre Treue geschworen hatte, in den Wahnsinn.

Er durchforstete die Bibliothek nach einem Buch, in dem der Schwurtrank erwähnt wurde, um zu erfahren, wie er den Schwur brechen konnte und was ihn erwartete, sollte es ihm gelingen, aber er fand nichts. Er entdeckte lediglich einen Hinweis, dass solche Tränke jeder Meister selbst herstellte, und das hieß, dass alles Wesentliche in Athans Aufzeichnungen im Arbeitszimmer stand. Nur wo?

Zwei Wochen später kam wieder einmal die Freifrau zu Besuch, und Meister Athan empfing sie im Turm, nicht – wie für andere Gäste üblich – im Arbeitszimmer. Die Soldaten, die die Freifrau begleitet hatten, blieben draußen bei der Kutsche und den Pferden, und der Meister schickte sämtliche Gehilfen aus dem Labor. Milan sollte, bevor er ging, der Freifrau noch eine kleine Truhe hineintragen, doch die schien, dem Gewicht nach zu urteilen, nicht allzu viel zu enthalten.

Die Freifrau behandelte ihn gleichgültig wie stets, so wie sie jeden Diener behandelt hätte. Er gehörte nun dem Alchymisten, er war nicht mehr ihr Ärgernis, war aber auch nicht derjenige, der den König geschnitzt hatte. Was immer Milan gedacht hatte, dass sie ihm persönlich etwas verübelte – es spielte keine Rolle mehr. *Vielleicht,* dachte er, *sind Diener ihr auch so gleichgültig, dass sie mich nicht einmal erkannt hat.*

Kurz war ihm, als wollte sie oder Athan ihn ansprechen, doch als er aufsah, scherte sich keiner um ihn. Potinya stand hinten im Raum und blickte zu ihm herüber. Er verließ den Turm als letzter Gehilfe.

Vlaho brummte: »Vielleicht hat sich das mit den Skulpturen ja bald erledigt, wenn jetzt die beiden …«

Eystache fuhr auf: »He! Sag so etwas nicht!«

Und Norena ergänzte: »Das ist rein geschäftlich. Sie ist verheiratet, und seine Liebe zu Frau Zanne ist unerschütterlich!«

Vlaho hob die Hände und verdrehte die Augen. »Das war ein Scherz.«

»Kein guter!«

Milan sagte nichts.

Als die Tür nach einer halben Stunde noch immer verschlossen blieb, wandten alle sich wieder ihren Aufgaben zu. Abends klopfte es von innen, und der Meister rief: »Stellt uns das Essen vor die Tür.«

Das taten sie, dann aßen sie selbst und brachten den Soldaten etwas nach draußen. Die zeigten sich erfreut, doch sie wussten auch nicht, was die Freifrau hier wollte. Zumindest, wenn sie die Wahrheit sagten.

Später stellten die Gehilfen Spekulationen an. Natürlich hatten die beiden regelmäßig etwas zu besprechen, aber dass sie sich im Labor einsperrten, bedeutete, dass die Freifrau etwas wollte, das geheim bleiben sollte. Das forderte alle möglichen Überlegungen heraus, doch sie führten zu nichts.

Es war Mitternacht, als der Meister und die Freifrau den Turm verließen; sie wirkten erschöpft, aber sehr zufrieden. Alle Gehilfen waren noch wach.

»Hol ihren Koffer«, befahl Meister Athan, und Milan tat wie geheißen. Der Koffer war nun sehr viel schwerer, und er ächzte, als er ihn in die Kutsche lud. Niemand durfte ihm helfen. Das war vielleicht die kleine Rache der Freifrau, aber wenn das alles war – das hielt er aus.

Am nächsten Tag brach Meister Athan frühmorgens Richtung Moor auf. Milan stand im Steinkreis und sah ihm hinterher, während die jüngste Ziege ihm mehrmals herausfordernd mit der Stirn gegen das Knie stieß.

»He, was machst du da?« Kopfschüttelnd schob er sie weg, wusste aber selbst nicht, ob er mit der Frage überhaupt sie gemeint hatte.

Nachmittags fand er endlich Zeit, Potinya aufzusuchen und zu fragen, ob sie während des Besuchs der Freifrau zufällig im Turm gewesen sei. Und tatsächlich hatte sie dem Meister assistiert und war für das Aufräumen zuständig gewesen – wenn auch nicht zufällig.

Ich habe mich aufgedrängt, indem ich mich in der Nähe herumgetrieben habe, erklärte sie. *Ihm ist einfach nicht bewusst, was ich alles begreife. Und schon gar nicht, dass wir miteinander reden.*

Milan grinste.

Dann erzählte sie in der typischen flickenteppichhaften Mischung aus Sprache und bildhaften Eindrücken, was sie gesehen hatte, und Milan verging das Grinsen:

Die Freifrau hat dem König die Moordiamanten für den Schmuck wohl voreilig zugesichert, und der König hat deshalb um die doppelte Menge ersucht.

»Die Königin soll strahlen, schreibt er, doch das Moor gibt so schnell nicht genug her, der andere Weg muss endlich funktionieren«, drängt sie. »Wir suchen seit Jahren!«

Ich dachte, sie wollte das Gleiche wie meine Herzogin, *denkt Potinya,* aber dann habe ich gemerkt, dass ich mich geirrt hatte.

»Er wird«, versichert Meister Athan.

»Wann? Ihr habt die Aufzeichnungen, also tut es!« Ihre Augen blitzen, die Wangen sind rot. »Wenn es mir nicht gelingt, die Moordiamanten zu beschaffen, reiße ich Euch mit hinab!«

»Ihr müsst mir nicht drohen, ich weiß, dass unsere Schicksale miteinander verbunden sind.« Zusammengezogene Augenbrauen. »Doch was Ihr verlangt, ist schwierig und kompli-

ziert, ohne Aufzeichnungen geht es nicht, und die sind lückenhaft.«

In der offenen Truhe schweben acht Irrlichter in acht kleinen Käfigen, die Gitter glänzen matt im farbverschluckenden Schein.

»Überlasst mir vier«, verlangt Meister Athan, »ich brauche sie auch.«

»Wozu? Für den Nachtwyrm?«

»Natürlich nicht. Ich benötige sie für mich. Ihr werdet zahlreiche neue bekommen, schließlich verkaufen alle an euch. Und je mehr Menschen im Moor sterben, desto mehr entstehen. Je mehr sterben, desto mehr neue Torfstecher werden gebraucht, und jeder neue begibt sich bei der Moorweihe auf Irrlichtsuche. Setzt das Alter dafür doch auf fünfzehn herab, dann habt ihr einen ganzen Jahrgang gewonnen, der jubelnd und stolz hinausstürzt. Oder Ihr gestattet es den Alten, länger im Moor zu arbeiten, sie sind langsam und begreifen es als Ehre. Oder holt die Versehrten zurück, und ködert einfache Handwerker mit Gold und einer formalen Belobigung, erlaubt ihnen angesichts der Umstände, sich auf Irrlichtsuche zu begeben.«

»Viele Vorschläge.« Die Freifrau lacht. »Es scheint, Ihr habt so lange darüber nachgedacht wie ich über Eure Aufgabe mit den Moordiamanten.«

Ich begriff nicht, aber ich ahnte.

Vier der Irrlichter werden in eine Wanne aus nachtschwarzem Stahl gesteckt. Die Wanne wird von der Skulptur mit Moor gefüllt, und anderes wird zugegeben, Regenwasser und Sumpfkriechertränen, fein gesiebtes Knochenmehl und vier zerschlagene Sanduhren, zerbrochene Muschelschalen und anderes mehr. Die Masse wird verrührt, gepresst und anschließend über dem alchymistischen Feuer ausgehärtet.

Nachdem sie abgekühlt ist, wird das Stück mit den vier Irr-

lichtern ausgeschnitten. Mit einer silbernen Klinge werden alchymistische Symbole hineingekratzt – »damit der Funke darin gebannt bleibt« –, und der gesamte Block wird in die Truhe gehoben.

»Ihr müsst weiterhin Druck ausüben, am besten mit dem Grundstein des Friedhofstempels, den ich euch überlassen habe«, sagt Meister Athan, längst wieder selbstbewusst. »Eine volle Mondphase lang. Und dann müsst Ihr alles mit frischem Wasser aus dem Yssypy aufweichen – und notfalls weiter warten.«

»Wie lange?«

»Bis es so weit ist. Ihr werdet es merken.« Er riecht an den Abschnitten des getrockneten Moors. »Es sieht gut aus.«

»Das habt Ihr auch die letzten Male gesagt.« Trotzdem überlässt sie ihm die anderen vier Irrlichter kalt lächelnd. »Wenn es nicht gelingt, hole ich sie mir zurück. Oder Ihr besorgt mir höchstselbst vier andere aus dem Moor – und wenn Ihr dafür eigenhändig vier Menschen dort töten müsst.«

»Das muss ich nicht, es wird gelingen«, versichert er und nimmt die Irrlichter strahlend entgegen; er hat nur Augen für sie, sein Gesicht ist in ihrem Schein grau. »Nur haltet Euch an die Anweisungen.«

Wenn es nicht gelingt, wirst du es sein, Milan, den er ins Moor schickt, *denkt Potinya.* Er wird nicht selbst suchen, und du hast bewiesen, dass du es kannst.

Bevor Milan sich über das alles Gedanken machen und Potinya antworten konnte, wurde er zu Meister Athan gerufen. Der war aus dem Moor zurück, und die Arbeit an den neuen Skulpturen sollte unverzüglich beginnen. Nur mit Mühe unterdrückte Milan das Entsetzen und die Wut, die in ihm tobten. *Unser Tod ist ihnen gleichgültig, vollkommen gleichgültig,* dachte er wieder und wieder. *Sie arbeiten zusammen, es ist egal, an wen man verkauft.* Die Hoffnung, der Alchymist könnte, auch wenn er von seiner toten Frau besessen war, ein Gegengewicht zur Freifrau darstellen, war dahin.

»Wir werden die Skulpturen doch nacheinander erschaffen«, verkündete der Meister gut gelaunt. »Das erscheint mir das Beste. Sobald die erste fertiggestellt ist und ich darum kämpfe, Zannas Seele zurückzuholen, fangt ihr bereits mit der Arbeit an der zweiten an. So sparen wir Zeit, denn die Vorarbeiten können ohne mich stattfinden.«

Auf der Werkbank standen die Irrlichter aufgereiht, aber Elyn war zum Glück nicht darunter, das stellte Milan rasch fest. Überhaupt war niemand dabei, den er kannte; er sah nur den Tod und den Schmerz von Fremden vor seinem geistigen Auge – und das war schon schlimm genug. Er hoffte, dass Elyn auch nicht unter den Irrlichtern in der Truhe der Freifrau gewesen war, dass ihr nicht drohte, zu einem Moordiamanten gepresst zu werden, aber das glaubte er auch nicht. *Ich hätte sie gespürt, ganz bestimmt.* Er hatte beim Tragen der Truhe so gut wie nichts wahrgenommen, nur einmal hatte er das Gefühl gehabt, jemand wollte mit ihm reden, und seine Schwester hätte er sicherlich bemerkt.

Auch wird es nicht gelingen, sie zu Moordiamanten zu pressen, die Freifrau hat selbst gesagt, sie versuchen es seit Jahren vergebens, redete er sich im Stillen gut zu. Doch was geschah stattdessen mit den Irrlichtern?

Er musste schleunigst herausfinden, wie er den Schwur brechen konnte. Er musste sich ins Arbeitszimmer schleichen und die Notizen dazu finden. Oder würde er schon das nicht zuwege bringen, weil der Schwur ihn daran hinderte? Als er versucht hatte, Khyra etwas aus dem Turm zu erzählen, hatte er kein Wort herausgebracht, sosehr er es auch versucht hatte.

Da entdeckte er auf der Werkbank neben den Irrlichtern

vier fingernagellange schwarze Splitter, in denen sich der Schein der Seelen schimmernd brach.

»Was ist das?«, fragte er.

Eystache zog abschätzig eine Augenbraue hoch. »Du weißt echt nichts, oder? Starr sie doch mal eine Stunde an, vielleicht kommt dir dann eine Idee.«

»Schwarzer Moordiamant«, beantwortete Meister Athan die Frage.

»Es gibt schwarzen?«

»Es gab einen einzigen, und der ist zerstört worden. Aber ich weiß, wo die Splitter sind.«

»Sie sind entscheidend für diese Art von Alchymie«, ergänzte Eystache, um zu zeigen, wie viel mehr er wusste. »Damit beherrschen wir die Rachsucht der Irrlichter. Verhindern, dass sie uns ins Moor locken wollen. Kontrollieren sie.«

»Nun, nicht ganz, aber ungefähr.« Der Meister lächelte. »Für ein grobes Verständnis von ihrem Nutzen sollte das reichen.«

Und damit wandten sie sich wieder dem Holz und der Skulptur zu.

Zehn Tage lang verbrachte der Meister die Abende bis spät im Arbeitszimmer, und so konnte Milan sich nicht unbemerkt hineinschleichen. Am elften Abend jedoch ging Athan früh und schweigsam in den Turm hinüber und nahm Wein und Nachtbrannt mit, so viel er tragen konnte. Es war sein Hochzeitstag, und Milan wollte sich nicht ausmalen, wie er ihn wohl beging.

Er blieb im Dunkeln sitzen und wartete, bis alle anderen Gehilfen in ihren Kammern verschwunden waren, und noch eine ganze Weile darüber hinaus. Dann schlich er sich hinunter und in den Osttrakt hinüber. Die Tür des Arbeitszimmers war zum Glück nicht abgeschlossen. Da die vier Irrlichter inzwischen hier im Regal lagerten und alles in ihren Schein tauchten, brauchte er kein weiteres Licht. Sollte draußen jemand vorbeikommen, würde die Helligkeit im Türspalt kein Misstrauen erregen. Alles wirkte wie in einem Traum.

Milan ignorierte die Bilder und Gedanken, die die Irrlichter ihm in den Kopf setzten, Bilder von ihrem Sterben und vom Moor, und durchforstete stattdessen die verschiedensten Notizen. Da er nicht wusste, um welche Art von Hinweis es sich handeln könnte, suchte er eine volle Stunde lang vergebens und dann noch eine. Die Hoffnung, Genaueres über den Trank herauszufinden, schwand zusehends, doch dann fiel ihm ein altes Buch in die Hände, dessen schwarzer Lederumschlag weder Titel noch Verfasser noch sonst einen Hinweis auf den Inhalt preisgab. Als Milan es aufschlug, entdeckte er ganz vorn eine filigrane Zeichnung des Nachtwyrms.

Keine Zeit dafür, dachte er, und dann blätterte er doch kurz hinein; die Neugier war zu groß. Rasch begriff er, dass es sich nicht um den Nachtwyrm selbst handelte, sondern um eine lebensechte Skulptur, ähnlich der von Frau Zanna. *Wer sollte so etwas bauen?*, schoss es ihm durch den Kopf und: *Hat der Meister die Idee aus diesem Buch?* Hastig blätterte er weiter und stieß auf verschiedene Zeichnungen von Irrlichtern. Nicht von einem einzelnen, sondern von vielen, weit mehr als einem Dutzend. Eine weitere Illustration zeigte den Nachtwyrm und einen Menschen an seiner Seite. Der Mensch war winzig im Vergleich, bei ihm musste es sich um eine handgroße Puppe handeln.

Finde den Schwurtrank, ermahnte sich Milan, *lass dich nicht ablenken, wichtig ist jetzt der Trank.* Seufzend räumte er das Buch wieder fort und suchte weiter. Zwei, drei andere

Schriften besah er sich oberflächlich, dann bemerkte er ein dünnes dunkelrotes Buch, das ihm bekannt vorkam. Doch bevor er danach greifen konnte, erstarrte er.

Was, wer und wo war der echte Nachtwyrm?

Der tauchte in keiner alten Abhandlung über Drachen auf, das hatte ihm sogar eine Gelehrte bestätigt, und ebenso wenig in den Legenden über den Drachentöter. Nur hier kam er vor, als künstlich geschaffene, zum Leben erweckte Skulptur.

Verdammt.

Milan wurde übel, auf einen Schlag fiel ihm das Atmen schwer. Das, was er glaubte, durfte nicht sein.

Konnte nicht!

Mit zitternden Händen riss er das Buch über den Nachtwyrm noch einmal an sich und schlug es auf. Las vorn, las hinten, las quer und betrachtete jede Zeichnung und jede Skizze. Sein Mund wurde trocken, die Brust eng. Viele Begriffe und Vorgänge waren ihm fremd, die Formulierungen nicht vertraut oder zu verworren, aber er erfasste, dass er mit seinem Verdacht richtiglag – und dass der winzige Mensch auf der Abbildung keine Handpuppe war, sondern ein lebender Mensch. Der Nachtwyrm war eine gewaltige Skulptur.

Eine Bestie, künstlich belebt von Alchymie.

Dem Buch zufolge war er auf den Befehl von König Cylhan II. erschaffen worden, um das Moor zu schützen, ein gigantischer Wachhund für den Ort, von dem der Nachttorf und die Königssteine stammten. Eine Kreatur, erschaffen in sieben Jahren von einem Alchymisten und seinen sieben Gehilfen, um Räuber von außerhalb abzuschrecken, sämtliche Eindringlinge aus den Ländern jenseits der Schwarzmoore. Um Moorelfen und Vagabunden zu vertreiben, all jene, die auf eigene Faust nach Moordiamanten suchen wollten. Und um Diebe zur Strecke zu bringen, die vorhatten, mit einem gestohlenen Königsstein durchs Moor zu fliehen. Um sämtliche Bewohner Nebelbruchs mittels Angst gefügig zu halten.

Zusammengesetzt aus den alten Knochen und Zähnen verschiedener echter Drachen, dem versteinerten Herzen ihrer Mutter und anderen Dingen, die die Schwarzmoore hergegeben hatten. Belebt mit sechs Dutzend Irrlichtern, die in seinem Brustkasten gefangen gehalten wurden, von Drachenrippen, die mit alchymistischem Eisendraht umwickelt waren. In Bann geschlagen von den Splittern des einen schwarzen Moordiamanten.

»Die Splitter halten ihn tief im Moor fest, sie erhalten den Bann aufrecht, sonst würde die geballte Wut der Irrlichter ihn hinaus zu den Menschen treiben«, las Milan. »Die Splitter sind ebenso für die Kontrolle über ihn essenziell wie für seine glaubwürdige Belebung.«

Milan las und las und wollte nicht glauben.

Unvermittelt kam ihm eine Äußerung Julyans in den Kopf, etwas, das der gesagt hatte, kurz bevor Milan die Skulpturen zum ersten Mal sah: *die wahre Meisterschaft des Alchymisten von Nebelbruch.* Jetzt begriff er, dass Julyan damals nicht einfach Meister Athans Versuche gemeint hatte, sondern das hier.

Das, was draußen im Moor umging.

Nein, das kann nicht sein, dachte er, und alles in ihm sträubte sich, aber er glaubte es doch, und sein Herz verkrampfte sich erneut. Er fragte sich, ob alle Gehilfen Bescheid wussten – so wie Julyan. Oder wusste der es gar nicht? War das nur eine zufällige Bemerkung gewesen?

Hinten in dem Buch fanden sich zahlreiche Notizen in unterschiedlichsten Handschriften. Hier hatten mehrere Alchymisten jeweils die gleichen Punkte eingetragen und mit Datum und Namen versehen:

Transformation fortgeführt. (Nur auf den ersten drei Seiten.)

Bann erneuert.

Bann verstärkt.

Bann überprüft.

Der erste Eintrag stammte vom 19. Oktober 867. Auf der letzten Seite, auf der die Daten sich immer weiter dem gegenwärtigen Tag näherten und Meister Athans Name erschien, fand sich mehrmals die Eintragung: *Ausgebrannten Moordiamantsplitter entfernt.*

Und vor gerade einer Woche war vermerkt worden: *Vier beschädigte Moordiamantsplitter entfernt. Bann weiter intakt.*

Milan wollte schreien, aber er konnte nicht. Er wollte etwas tun, wusste aber nicht, was. Zitternd starrte er ins Leere und versuchte zu begreifen, was er längst begriffen hatte und was doch nicht zu begreifen war.

Seit Jahrhunderten dienten die Torfstecher dem König treu, und dabei war die Kreatur, die ihre Arbeit so gefährlich machte, von einem König erschaffen worden. Arbeit, die sie in seinem Namen und für ihn ausführten. Was für ein Hohn!

Und er, Milan, ein Torfstecher von Geburt, diente dem Alchymisten, dessen Vorgänger diese Kreatur zum Leben erweckt hatte und der sie seinerseits am Leben hielt. Vielleicht hielt er sie auch im Zaum, vielleicht erhielt er den Bann aufrecht und schützte damit die Torfstecher, aber Milan konnte den Unterschied nicht mehr sehen.

Bann weiter intakt.

Trotzdem hatte der Nachtwyrm Elyn getötet.

Vielleicht wusste der König nicht, was einer seiner Vorgänger auf dem Thron einst erschaffen hatte, aber er schickte die Torfstecher hinaus; er schickte keine Soldaten, die den letzten Drachen, den falschen Drachen, töten sollten.

Kein Mensch kann einen Drachen töten, der Drachentöter war ein Halbgott, und er ist tot.

Milan studierte die Zeichnungen erneut. In seinen Träumen, den Eingebungen der Irrlichter, hatte die Kreatur viel lebendiger gewirkt als auf den Zeichnungen, auf denen sie eindeutig als Skulptur zu erkennen war. Hatte sie sich verwandelt? Hatte ein toter Drache Besitz vom Nachtwyrm ergriffen? Besaßen Drachen überhaupt eine Seele?

Wem hatte er hier die Treue geschworen?

Er dachte an die vier schwarzen Splitter, die er zuvor gesehen hatte. Wie viele solche Splitter hatte Meister Athan insgesamt aus dem Nachtwyrm genommen, um seine Skulpturen zu bauen? Zehn, fünfzehn, zwanzig? Missglückte Kopien seiner Frau, von denen er sich in seiner Besessenheit doch nicht trennen konnte. Die nun die oberen Stockwerke seines Turms bevölkerten, die Bereiche, wo sonst niemand hinkam. Und er zerstörte die Skulpturen nicht einfach, um die Splitter wiederzuverwenden. Lieber hatte er den Bann des Nachtwyrms weiter geschwächt, als auf eine von ihnen zu verzichten. Was das genau bedeutete, verstand Milan nicht, er war kein Alchymist, aber es klang nicht gut.

Bann weiter intakt.

Eine Weile starrte er abwesend auf die Worte.

Aber wie lange noch?

Die Alten sagten, der Nachtwyrm komme immer näher an Nebelbruch heran. Benommen klappte Milan das Buch zu und räumte es weg. Er fühlte sich taub und bewegte sich wie im Traum. Unter Mühen machte er sich erneut auf die Suche nach Aufzeichnungen zum Schwurtrank, doch er fand nichts. Sein Kopf lief über vor Bildern vom Nachtwyrm und Leuten, die im Moor starben. Bildern von Elyns Leichnam.

Als draußen die Sterne verblassten, zog er sich in seine

Kammer zurück, um nicht im Arbeitszimmer entdeckt zu werden. Noch immer wusste er nicht, wie er den Schwur umgehen konnte, auch wenn das jetzt drängender schien als je. Hundemüde sank er ins Bett und fiel in einen traumlosen Schlaf, aus dem er viel zu früh geweckt wurde.

3

Den nächsten Tag brachte Milan mehr schlecht als recht hinter sich, aber da auch Meister Athan dunkle Augenringe hatte, fiel es kaum auf. Eystache spottete über ihn, doch das war zu ertragen, Milans Gedanken waren sowieso ganz woanders.

Was sollte er tun?

Was konnte er tun?

Mit den Menschen außerhalb des Turms zu reden war unmöglich, aber durfte er sich einem Gehilfen anvertrauen? Und wenn ja, welchem? Sie hatten alle geschworen, ihrem Meister zu dienen, und Milan war zu müde, um eine Entscheidung zu fällen. Beim Abendessen schlief er beinahe ein, und so ging er danach ins Bett, ohne mit jemandem gesprochen zu haben.

Als sie am nächsten Tag Feierabend machten, kam Potinya, um aufzuräumen, und Milan fragte sie in Gedanken: *Trägst du einen schwarzen Splitter in dir?*

Ja. Sie zeigte es ihm; der Splitter steckte tief im Schloss des Käfigs, der das Herz der Skulptur bildete.

Wusstest du, dass der Nachtwyrm kein echter Drache ist? Dass er erschaffen wurde?

Sie fragte: *Weißt du denn, was echte Drachen sind? Gewaltige jahrhundertealte todbringende Ungeheuer, die allein vom Drachentöter überwunden werden können und von niemandem sonst? Warum also sollte der Nachtwyrm keiner sein?*

Aber …

Ich weiß, was du meinst, doch spielt es eine Rolle, wie er entstanden ist? Und dass er die Menschen nur zerreißt, aber nicht frisst?

Darauf wusste Milan im ersten Moment nichts zu erwidern, also schwieg er.

Natürlich spielt es eine Rolle, sagte sie an seiner Stelle, *der Ursprung spielt immer eine Rolle.*

Warum fragst du dann …?

Sie lachte. *Ich wollte wissen, wie ernst es dir ist mit dem, was du sagst. Und ich wollte dir zeigen, wie gering die Unterschiede sein können, selbst dann, wenn sie riesig erscheinen.*

Milan protestierte: *Der Unterschied ist doch riesig! Der König hat das Ungeheuer erschaffen lassen!*

Sie lächelte, aber bevor sie etwas sagen konnte, wurde Milan von Meister Athan zum Abendessen gescheucht. Schweigend saß er am Tisch und brachte kaum etwas herunter, aber er zwang sich, um nicht aufzufallen.

Danach ging er hinaus in den Steinkreis, um auf den Sonnenuntergang zu warten. Kurz darauf trat Vlaho zu ihm. Er brachte zwei Becher Wein, von denen er Milan einen in die Hand drückte.

»Was bedrückt dich?«, fragte er.

»Nichts.«

»Ja, das kenne ich. Dieses Nichts kann ziemlich bedrückend sein, das beschäftigt viele«, sagte Vlaho ernst und nickte. Dann grinste er. »Zum Wohl.«

Sie tranken.

»Sind es die Skulpturen?«, fragte Vlaho nach.

»Nein.« Er zögerte kurz, dann sagte er doch: »Der Nachtwyrm.«

Vlaho sah ihn an und nickte erneut. »Du weißt es also.«

»Ja.« Milan trank noch einen Schluck, um nicht mit seiner Wut und allem herauszuplatzen. »Er hat meine Schwester getötet. Und meinen Onkel.«

»Ich weiß. Und ich glaube, der Meister, so klug er auch ist, hat nie verstanden, dass es für dich deshalb anders ist als für uns andere Gesellen. Ich bin zwar von hier, aber aus meiner Familie ist niemand von der Bestie getötet worden.«

»Bestie, ja!« Milan spuckte aus. »Keine Bestie, die einfach so aus einem Loch gekrochen ist, sondern eine, die von einem Alchymisten geschaffen worden ist! Vom Alchymisten von Nebelbruch, hier in diesem Turm!«

»Für einen grausamen König! Unter Zwang! Seitdem halten die Alchymisten von Nebelbruch die Kreatur zurück, so gut sie können. Es ist ihre vorrangige Aufgabe, die Menschen zu schützen. Und das tun sie seit Jahrhunderten, ohne dass du oder ich oder sonst wer je etwas davon mitbekommen hätte.«

Milan schnaubte. Konnte das wahr sein? »Warum sagt dann niemand den Leuten die Wahrheit?«

»Was denkst du, was dann passiert? Ein blindwütiger Haufen hängt uns alle auf und brennt den Turm nieder, und das, Jahrhunderte nachdem die Bestie erschaffen wurde. Daraufhin schickt der König Soldaten, weil er das nicht ungesühnt lassen darf, und neue Alchymisten, und es gibt weitere Tote. Und was hat es gebracht? Die Bücher und alles Wissen darin sind verbrannt, niemand beherrscht den Nachtwyrm mehr, und irgendwann bricht die blinde Wut aus ihm hervor, und er fällt über Nebelbruch her. Und niemand wird ihn aufhalten. Niemand.«

Milan schwieg. Dann fragte er: »Warum hat mir das keiner gesagt?«

»Das erfährt ein Gehilfe erst im zweiten Jahr.« Vlaho grinste. »Ich habe es aber auch früher rausgefunden.«

Schweigend leerten sie ihre Becher und sahen zu, wie die Sonne versank. Nach schwarzen Moordiamantsplittern fragte Milan nicht. Er wusste nicht, ob er auch davon wissen durfte.

Mehr als zwei Wochen vergingen, ohne dass Milan auch nur das Geringste über den Schwurtrank herausfand. Das Gesicht der nächsten Frau Zanna wurde fertig, und es war das schönste bisher. Diesmal schienen die Züge beinahe lebendig, und ihr Lächeln war so echt, dass es ansteckend wirkte. Meister Athans Augen strahlten.

Dann kam mittags ein Bote der Freifrau angeritten und verlangte atemlos, zum Meister vorgelassen zu werden. Als der Meister ihn auf dem Flur empfing, waren Milan und Eystache bei ihm, und der Bote verkündete: »Ich soll euch melden, es hatte Erfolg.«

»Erfolg?« Einen Moment lang wirkte der Alchymist verwirrt, vermutlich war er in Gedanken noch bei seiner Frau.

Milan dachte entsetzt: *Nein!*

»So ist es. Die Freifrau bittet euch, umgehend zu kommen.«

Da begriff er, was Milan sofort begriffen hatte, und seine Augen wurden groß. »Ich eile!« Und er stürmte los.

Nun war Eystache verwirrt. »Meister?«

»Wir machen morgen weiter!«, rief er noch, dann war er aus dem Haus.

Während die anderen rätselten, was Erfolg gehabt hatte, schwieg Milan und überlegte bei sich, was das für die Irrlichter und ihn und Nebelbruch und alle bedeutete.

Allzu lange musste er nicht überlegen, denn schon am frühen Nachmittag kam Khyra zum Turm und bat darum, ihn sprechen zu dürfen. In den vergangenen Monaten war sie schmaler geworden, und sie sah müde aus.

Besorgt trat er zu ihr ins Freie und führte sie ein paar Schritte vom Eingang fort, sodass sie außer Hörweite waren. »Was gibt es?«

»Die Freifrau hat uns vorhin bei der Arbeit aufgescheucht und allen Torfstechern befohlen, am Abend auf Irrlichtjagd zu gehen. Dafür hat sie uns sämtliche verfügbaren Käfige überlassen, und das sind weniger, als es Torfstecher gibt. Die, die keinen haben, sollen den anderen helfen, hat sie verlangt, sie will uns alle die ganze Nacht im Moor sehen. Wer sich weigert zu jagen, landet im Kerker, hat sie gerufen, aber wer ihr ein Irrlicht bringt, erhält hundert Yhld'or, der Erste sogar hundertfünfzig. Da haben viele gejubelt. Sogar einfachen Städtern hat sie erlaubt, sich an der Jagd zu beteiligen, und die Soldaten werden am Rand des Moors Wache halten, dass sich keiner drückt und vorzeitig heimkehrt. Sie hat uns die Treuesten des Königs genannt und geschrien, sie wolle ein für alle Mal Schluss machen mit der Irrlichtplage, es sei an der Zeit, dass wir uns das Moor endlich ganz aneignen. Oder wenigstens den Teil, in dem unsere Gruben liegen. Damit wir unsere Arbeit endlich ohne Gefahr verrichten können. Und da haben die Leute noch lauter gejubelt.«

Elyn war das Erste, was Milan dachte, und die Angst um sie griff nach ihm. Dann dachte er, dass jede Seele, die zu Stein gepresst wurde, für immer im Moordiamanten gefangen sein würde. Wenn sie nicht gegangen war, bevor das Licht freiwillig ins Moor sank, würde sie nie wieder herauskommen. Erlöst würde sie erst, wenn der Stein zerbrach. Aber wann zerbrachen Diamanten, deren Härte sprichwörtlich war?

»Dabei haben wir gestern erst den Nachtwyrm gehört. Er kam unserer Grube sehr nahe, sein Fauchen war eher ein Brüllen; es war furchtbar. Wir sind nach Hause gerannt, bevor irgendwer zum Feierabend gerufen hatte.«

»Verdammt!« Wenn alle dort draußen waren, würde die Bestie Dutzende zerfleischen. Dafür war sie erschaffen worden. »Und sie haben trotzdem gejubelt?«

»Ja. Manche haben gebrüllt, wir holen uns das Moor zurück, andere haben ganz ruhig behauptet, dass der Nachtwyrm nicht zwei Nächte in Folge so unruhig ist, dass das noch nie vorgekommen ist. Alle hatten bei dem Gedanken an hundert Yhld'or glänzende Augen! Sie wollen alle reich werden, und ein paar haben sich sogar um die Käfige geschlagen.«

»Und du? Was hast du gemacht?«

»Ich habe das Durcheinander genutzt, um mich fortzuschleichen, weil du so seltsam warst, als es um die Irrlichter ging. Ich sollte es dir zeigen, falls ich eins fange, das war dir unheimlich wichtig, auch wenn du nicht sagen wolltest, weshalb. Was also auch immer der Grund ist, heute Nacht wird mehr als eins gefangen, und ich dachte, das willst du wissen.«

Und der Nachtwyrm wird wiederkommen, das wusste er. Auch zwei oder mehr Nächte in Folge. Der Bann war nicht mehr intakt, egal, was Athan in das Buch geschrieben hatte. Aber vielleicht konnte er das wieder ändern. Die Zeichnungen des Nachtwyrms hatten sich ihm eingebrannt, er musste es versuchen. Weil es sonst niemand tun würde.

»Warte hier auf mich«, bat er und rannte in den Turm, bevor jemand fragen konnte, was er da wollte. Da er unten im Labor keine Skulptur sah, stürmte er, immer zwei Stufen auf einmal nehmend, die Treppe hinauf und trat die Tür am oberen Ende auf. Ohne auf irgendetwas anderes zu achten, drückte er die erstbeste Skulptur, die er sah, gegen die nächste Wand. Er spürte, dass in ihrem Herzen der dünne Mann brannte. Vergebens zappelte sie in seinem Griff, die Wut gab ihm Kraft. Er riss ihr die Kleidung herunter, öffnete die kleine Klappe in ihrer Brust, und das Zappeln wurde schwächer.

Halt still, befahl er, und der dünne Mann gehorchte tatsächlich. Die Skulptur erstarrte.

Mit spitzen Fingern zog Milan den schwarzen Splitter aus dem Käfigschloss. Doch als er nach dem Käfig selbst greifen wollte, konnte er es nicht, etwas hinderte ihn. Alchymie oder der elende Schwur.

Verdammt!

Dreimal versuchte er es, dann ließ er fluchend von der Skulptur ab, er hatte keine Zeit. Wahllos griff er sich die nächste und riss auch ihr den Splitter heraus und dann der nächsten. Sie wehrten sich kaum oder gar nicht, und er lief weiter, ohne sich groß umzusehen. Hier war er noch nie gewesen, und nur beiläufig nahm er wahr, dass es drei oder vier Räume waren, dazu ein kurzer Flur, von dem aus eine weitere Treppe nach oben führte. An den Wänden hingen Gemälde und anatomische Skizzen, hier und da auch große Spiegel. Ein breites Bett mit Baldachin beherrschte das eine Zimmer, in den anderen fanden sich gepolsterte Sitzmöbel, auch zwei oder drei Sitzliegen, daneben kleine Tische mit Schatullen darauf. Die Skulpturen, denen er den Splitter genommen hatte, standen nun herum und betasteten bedächtig ihre offene Brust. Milan bildete sich ein, sie seien verwirrt.

Was tust du?, fragte Potinya, die plötzlich in einem schweren blauen Kleid mit tiefem Ausschnitt vor ihm stand.

Wahrscheinlich sterben. Er zog auch ihr das Kleid herunter, und sie wehrte sich nicht. Vorsichtig griff er der Skulptur in die Brust.

Oh. Sie lächelte. *Das erscheint mir eine merkwürdige Art, den Tod zu suchen.*

Ich suche ihn auch nicht, ich will ihn verhindern. Bedauernd sah er sie an, weil er auch ihren Käfig nicht greifen konnte, die Finger wollten sich einfach nicht darum schließen. *Es tut mir leid, dass ich dich nicht mitnehmen kann.*

Sie sagte: *Ich weiß.* Dann lächelte sie. *Und stirb lieber nicht, das lohnt nicht, glaub mir, ich hab es in jungen Jahren getan.*

Er erwiderte das Lächeln. *Dann tu ich das nicht.* Er wollte noch etwas sagen, wusste aber nicht, was, und dann war es zu spät.

»Was machst du da?« Eystache war die Treppe heraufgekommen. Er keuchte, und sein Gesicht war rot vor Wut. »Du darfst hier nicht sein!«

»Du auch nicht!« Milan packte ihn am Hemd und zerrte ihn zum nächsten Zimmer.

»He!« Eystache versuchte, sich zu wehren, aber er war schwächer und das Kämpfen nicht gewohnt. Er trat und spuckte und wand sich in Milans Griff, aber Milan hielt ihn eisern fest und stieß ihn mit voller Wucht durch die offene Tür, sodass er fiel und hart auf den Boden prallte. Dann schlug er die Tür zu und verbarrikadierte sie mit einem Schrank, den er davorkippte.

»Lass mich raus!« Eystache hämmerte gegen die Tür.

Beeil dich, das übernehme ich. Potinya stapelte einen Tisch auf den Schrank, und andere Skulpturen mit offenem Herzen halfen ihr. Die Irrlichter in ihnen brannten hell.

Danke! Milan riss drei weitere Splitter an sich, während Eystache unaufhörlich gegen die Tür polterte, tobte und schließlich mit überschnappender Stimme um Hilfe schrie.

Das muss reichen, dachte Milan und eilte die Treppe hinunter, bevor ein weiterer Gehilfe auftauchte. Sollte er trotz der Gefahr, erwischt zu werden, das Buch zum Nachtwyrm holen?

Das dunkelrote, das mir letzte Nacht so bekannt vorgekommen ist! Als er die letzten drei Stufen mit einem Satz nahm, fiel ihm ein, wo er dieses Buch zuvor schon gesehen hatte – in seinem Kopf. Potinya hatte es ihm gezeigt. Es enthielt die Aufzeichnungen zum Erschaffen der Moordiamanten aus Irrlichtern, ohne sie bekam das nicht einmal der Meister hin; das hatte er in der Erinnerung selbst zugegeben. Brachte Milan das Buch an sich und nahm es mit, konnte die

Freifrau keine weiteren Moordiamanten herstellen. Konnte die Seelen der Irrlichter nicht vernichten. Dann hatte sie fortan keinen Grund mehr, Nacht für Nacht Menschen ins Moor zu jagen. Das Buch zu entwenden würde alles ändern.

Milan rannte ins Arbeitszimmer und wühlte sich durch den Stapel, in dem er es vermutete, doch er fand es nicht. Dann nahm er sich den Stoß rechts daneben vor, dann den links, und endlich entdeckte er es. Hastig schlug er es einmal auf, um sicherzugehen, dann klemmte er es sich unter den Arm.

Bevor er sich nach den Nachtwyrmaufzeichnungen umsehen konnte, hörte er aufgeregte Stimmen vor der Tür, Julyan und Norena und Lycille. »Wo ist Milan?«

»Im Arbeitszimmer!«

»Warum sollte er …?«

Ohne nachzudenken, sprang er aus dem Fenster. Für die Aufzeichnungen zum Nachtwyrm blieb keine Zeit. Als er draußen war, hörte er die Tür aufgehen und huschte seitwärts davon.

»Milan! Verdammt! Wo bist du?«

Er floh über die Mauer aus der Anlage. Draußen im Steinkreis rief er Khyra zu: »Lauf!«

Und sie lief. Folgte ihm auf den Weg Richtung Moor, den er einschlug, einen schmalen Pfad, der nicht durch Nebelbruch führte.

Kurz bevor sie ein Gehölz durchquerten, das sie, wenn sie auf der anderen Seite waren, decken würde, warf Milan einen Blick über die Schulter. Am Rand des Steinkreises stand Vlaho und blickte ihnen nach, ohne jedoch die Verfolgung aufzunehmen. Und in diesem Augenblick überfiel es Milan, dass er nie zurückkehren würde, dass es kein Zurück gab, dass der Meister ihm das nie verzeihen würde – *so wie ich ihm nicht verzeihe!* Er begriff, dass er nicht einmal in der

Nähe von Nebelbruch bleiben konnte, dass das hier ein Abschied war. Und ihm wurde bewusst, dass er Vlaho vermissen würde. Vlaho, der ihnen noch immer nicht folgte, sondern einfach zum Gruß den Arm hob; auch ihm musste klar geworden sein, dass er Milan nicht wiedersehen würde. Unbeholfen hob auch Milan den Arm zu einem kurzen Gruß, dann rannte er weiter.

»Was hast du getan?«, fragte Khyra, als sie den Yssypy erreichten. Da, wo die schmale Brücke mit wackligem Geländer hinüberführte, die Milan vor Monaten schon einmal genommen hatte, um Elyn zu suchen. Sie war gerade breit genug für einen Einzelnen. »Und was hast du vor?«

»Musst du zurück zu deiner Kompanie?«, wollte Milan wissen, bevor er antwortete, und setzte einen Fuß auf die Brücke.

»Ich müsste, aber ich sage morgen einfach, ich bin schon tagsüber ins Moor geeilt, weil ich die Freifrau missverstanden habe. Dann glauben sie, ich wollte nur einen Vorsprung, um die hundert Yhld'or zu verdienen, und das verstehen sie. Falls ich ein Irrlicht mitbringen sollte, wäre es natürlich erst recht glaubwürdig.«

»Du wirst vermutlich kein Irrlicht mitbringen«, sagte Milan, und im Weitergehen erzählte er ihr von der wahren Natur der Irrlichter und des Nachtwyrms, und erstaunlicherweise brachte er die Worte heraus, der Schwur hinderte ihn nicht – oder nicht an allem. Was er nicht aussprechen konnte, war, dass es Meister Athan gewesen war, der den Nachtwyrm über die letzten Jahre so gefährlich gemacht hatte.

Khyra hörte zu und fluchte. Sie konnte das alles nicht glauben und glaubte es doch, weil sie ihm eben glaubte. Dann nahm sie Milan das Buch aus der Hand und steckte es in ihre Tasche. »Du kannst das schlecht so herumtragen.«

»Ich will es gar nicht herumtragen, ich will es zerstören.« Aber er wusste nicht, wie. Musste das auf eine besondere Art geschehen?

»Wirf es in den Fluss«, schlug sie fort. »Oder verbrenn es.«

»Später vielleicht.« Er musste darüber nachdenken. Feuer klang gut, aber Alchymie war trickreich.

»Und was willst du jetzt tun?«

»Wir müssen den Nachtwyrm finden, bevor die Sonne untergeht. Wenn wir Glück haben, schläft er noch, und ich kann ihm die schwarzen Splitter in die Zacken auf dem Rücken stecken. Ich habe die alchymistischen Runen im Kopf, die den Zauber besiegeln. Danach steht er hoffentlich wieder unter dem Bann, der ihn von Nebelbruch fernhält.«

»Wieso wieder?«

»Weil das früher auch so war.«

Sie sah ihn kurz an, fragte aber nicht weiter nach. »Und wo schläft der Nachtwyrm?«

»Ich weiß es nicht«, gestand er. »Ich habe das nicht geplant. Wie gesagt, wir brauchen einfach ein wenig Glück.«

4

Sie hatten kein Glück.

5

Als die Sonne unterging, zog Nebel auf, und ein fernes, aber durchdringendes Fauchen verriet Milan, dass sie den Nachtwyrm nicht mehr schlafend antreffen würden. Suchend waren sie im Eilschritt so weit ins Moor vorgedrungen wie nie zuvor, aber es war vergebens. Diese Nacht würden sie ihn nicht aufhalten, diese Nacht, in der alle im Moor waren. Erschöpft orientierten sie sich Richtung Nebelbruch. Nun konnten sie nur noch versuchen, seine Schwester zu finden, bevor einer der Jäger es tat. Bald würden die Irrlichter herauskommen, und er wusste nun, dass er mit ihnen reden konnte. Auch wenn ihm nicht klar war, wie genau sie ihn verstanden. Er holte tief Luft und brüllte: »Elyn!«

Er brüllte so laut, dass Khyra neben ihm zusammenzuckte. »Au! Warn mich doch!«

»Entschuldige.«

»Meinst du, sie hört auch mich?«

»Versuchen wir es.«

Also schrie jetzt Khyra: »Elyn!« Holte Luft und schrie wieder und wieder.

Derweil versuchte Milan es mittels Gedanken. Er dachte an Elyn, so wie er sie am liebsten in Erinnerung hatte, die Schwester, die für ihn da gewesen war und sich nichts hatte gefallen lassen, die ihm übers Haar gestrichen hatte und mit ihm geschnitzt und gelacht hatte. *Elyn!* Er versuchte, brüllend zu denken, auch wenn er keine Ahnung hatte, wie und ob das ging.

Dann stellte er sich die Schwarzmoore in ihrer gesamten Ausdehnung vor, rief sich Bilder von den entlegensten Orten, die er je aufgesucht hatte, in Erinnerung und dachte: *Elyn*!

Er stellte sich vor, er würde aus vollem Hals schreien. *Elyn!*

Khyra schrie wirklich.

Dunkelheit senkte sich auf das Moor.

Rufend folgten sie überwucherten Pfaden, die sie kreuz und quer durch die Nacht führten. Der Nebel kam in dichten Schwaden, und wo er nicht war, leuchtete die Mondsichel kalt und silbern am Himmel. Immer größere Pausen traten zwischen ihre Rufe, weil die Stimmen immer öfter brachen und krächzten. In einem Flussarm, dem sie eine Weile folgten, bewegte sich etwas Großes, aber zum Glück kletterte es nicht heraus.

Und dann war sie plötzlich da, ein Irrlicht, das vor ihnen in der Luft schwebte und blieb. Bilder von Elyns Tod überfluteten Milan, und er spürte die alte Trauer und Erleichterung zugleich.

»Elyn!« Er lachte und fragte in Gedanken: *Verstehst du mich?*

Ja, entgegnete sie. *Du mich?*

Inzwischen ja. Er lächelte. *In der Nacht damals hast du mir nur Angst gemacht, ich habe dich nur sterben sehen, dazu die Bestie, und ich habe nicht begriffen, dass du das bist.*

Damals war ich nur Schmerz und Wut und Hass. Alles war so … Sie brach ab. *Aber beim zweiten Mal hast du mich auch nicht erkannt.*

Er stutzte. *Beim zweiten Mal?*

Du hast gedacht, du würdest ein Feld mit Nachttorf suchen, und ich wollte dich hinführen, aber du wolltest mir einfach nicht folgen, hast mich fortgescheucht. Dann habe ich sie dorthin gelockt – in der Hoffnung, dass sie es den anderen zeigt und du deine Pflicht los bist.

Sie? Er blickte kurz zu Khyra. *Khyra?*

Ja. Es war ihre Moorweihe, deshalb ist sie mir gefolgt, statt auszureißen.

Du hattest mich verstanden?, fragte er.

Ich habe dich immer verstanden, nur du mich nicht. Sie klang amüsiert, wurde jedoch schnell wieder ernst. *Aber warum verstehst du mich jetzt?*

Er zuckte mit den Schultern. *Ich weiß es nicht, ich tu es einfach. Es ist, als könnte ich mit Toten reden.*

Sie lächelte. *Dass du seltsam bist, wusste ich immer. Aber nicht, wie sehr.*

Es war beinahe wie früher, und er schmunzelte kurz. Dann dachte er: *Hör zu, du darfst dich nicht fangen lassen. Die Freifrau tötet Seelen und …* Er stockte, weil er einfach nicht über den Meister reden konnte; er war nicht in der Lage, sie vor ihm zu warnen.

Töten? Ich bin schon tot.

Ich weiß, das meine ich nicht. Sie verwandelt Irrlichter in Moordiamanten, sodass die Seelen niemals Ruhe finden – oder ausgelöscht werden, ohne ins Totenreich zu gelangen, ich weiß es nicht. Er dachte an das Buch in Khyras Tasche, das dem Alchymisten nun nicht mehr zur Verfügung stand. *Vielleicht kann sie es auch gar nicht mehr, aber sie wird es versuchen, und …*

Elyn nickte in seinem Kopf und sagte leise: *Ich will irgendwann Ruhe finden.*

Dann verschwinde tief ins Moor, dahin, wo kein Mensch hinkommt. Wo dich niemand finden und fangen kann.

Sie zögerte, als wollte sie sich nicht von ihm trennen; vielleicht brauchte sie als Irrlicht auch die Nähe von Menschen, wurde von ihnen angezogen wie eine Fliege vom Licht und die Menschen von ihr. *Und was tut ihr?*

Bevor Milan antworten konnte, erklang das Brüllen des

Nachtwyrms, und Milan begriff, was Khyra gemeint hatte. Dieses Brüllen hatte nichts mit dem vertrauten Fauchen zu tun, und schon das hatte einem vor Angst die Haare zu Berge stehen lassen. Das Brüllen aber fraß sich tief in einen hinein und verknotete die Eingeweide. Für einen ewigen Augenblick erstarrte Milan vor Angst.

»Lauf!«, schrie Khyra, als etwas Gewaltiges durch das nächtliche Gehölz brach und näher und näher kam. »Weg hier!«

Milan erwachte aus seiner Starre und floh mit ihr.

Sie stürmten durch die Nacht, nur fort von dem Brüllen und den schweren Schritten, dem schmatzenden Matsch und den knackenden Ästen. Aufgeschreckte Vögel schrien vor Angst und stoben flatternd davon, über den Boden flitzten Ratten und Schlangen.

Milan, der Moorläufer, übernahm die Führung und versuchte sich zu erinnern, welche Pfade nicht in Sackgassen endeten und wo keine Moorlöcher lauerten. Elyn flog an ihrer Seite, und Milan war froh darüber; ihr Schein tauchte alles in das vertraute traumgleiche Licht, und so sahen sie, wohin sie liefen, und stolperten nicht.

Sie rannten und rannten, und plötzlich wurde ihm bewusst, dass er unwillkürlich den Weg nach Nebelbruch eingeschlagen hatte. Immer näher kamen sie der Stadt – und der brüllende mordgierige Nachtwyrm folgte ihnen.

Sofort bog Milan ab, drängte weiter hinaus ins Moor und hoffte, die Bestie fortlocken zu können. Aber sie wich nicht von der eingeschlagenen Richtung ab, sondern stapfte schwerfällig weiter auf die Stadt zu. Fluchend blieb Milan stehen, wollte umkehren.

»Was tust du?«, schrie Khyra ihn an.

»Ich bin der Einzige, der ihn aufhalten kann, bevor er sie alle tötet. Meine Eltern, deine Mutter, alle!«

»Verdammt!« Sie trat gegen einen Stamm, aus Wut, vielleicht auch aus Angst. »Dann los. Ich komme mit!«

Ich kann ihn vielleicht ablenken, meinte Elyn zugleich.

»Nein! Zu gefährlich!«

Mir passiert nichts, versicherte Elyn, die Milans Worte fälschlicherweise auf sich bezog.

Dir nicht! Ihr!, stellte Milan in Gedanken richtig, während zugleich Khyra laut ihm widersprach: »Und allein ist es noch gefährlicher!« Dabei lief sie los. »Du brauchst Hilfe, also komm!«

Gemeinsam folgten sie der Schneise, die der Nachtwyrm in die Landschaft gerissen hatte, mal entlang der Pfade, mal quer zu ihnen, während Elyns Seele ihnen weiter den Weg leuchtete. Irgendwann hörten sie menschliche Schreie und liefen schneller. Unvermittelt brach die Schneise nach links weg, und schon bald entdeckten sie die Ursache: Neben der Schneise lag ein verrenkter Toter, und Milan erkannte Khyras alten Nachbarn, den Mann, der ihn damals angemotzt hatte, als er spät an die Tür gepocht hatte. Der rechte Arm war herausgerissen, die Augen vor Schreck weit offen, ein verbogener Irrlichtkäfig war ihm tief in die Brust gerammt.

Ohne anzuhalten, stürmten sie weiter, das Brüllen der Bestie war jetzt ganz nahe, sie mussten sie einholen. Khyra liefen Tränen über die Wangen. Nach einer weiteren Richtungsänderung führte die Spur wieder auf die Stadt zu.

Kurz darauf holten sie den Nachtwyrm ein, denn er hatte innegehalten und betrachtete einen weiteren Torfstecher, den er bereits erwischt haben musste. Wie eine Katze, die mit einer Maus spielte. Der Mann war blutüberströmt und versuchte krabbelnd zu fliehen, ein Bein zog er hilflos nach. Er brüllte vor Schmerz und Angst und suchte Deckung hinter einer gewaltigen umgestürzten Sumpfzypresse.

Der Nachtwyrm ließ ihn nicht aus den Augen. Er war wohl an die dreißig Schritt lang und sah aus wie in Milans Träumen, nur wirkte er in Wirklichkeit noch viel furchterregender. Er war keine Bestie aus der Vorzeit, kein menschenfressender Drache, sondern etwas, das ein Mensch aus Teilen all der alten Ungeheuer zusammengefügt hatte. Eine Kreatur, die von Menschen bis heute gehegt und nur halbwegs im Zaum gehalten worden war.

Der einzige Drache, den der Drachentöter nicht besiegt hat, ist der, den wir selbst aus den Überresten der anderen geschaffen haben, schoss es Milan unvermittelt durch den Kopf und dann sofort: *Ich muss auf seinen Rücken!*

Die Schulterhöhe des Nachtwyrms musste über vier Schritt betragen, doch gerade beugte er sich mit geöffnetem Maul zu seinem Opfer herab. Das war die Gelegenheit. Ohne zu zögern, schwang Milan sich am niedrigen Ende auf den Stamm der umgestürzten Zypresse und rannte darauf entlang bis dicht vor den Nachtwyrm, dessen ganze Aufmerksamkeit dem angstgebeutelten, sterbenden Mann galt. Aus vollem Lauf sprang Milan ab und riss die Arme so hoch er konnte. Hart prallte er zwischen zwei langen gewundenen Stacheln auf den Rücken der Bestie und klammerte sich fest. Brüllend riss der Nachtwyrm den Kopf in die Höhe, während Khyra hinter Milan landete. Der Nachtwyrm wirbelte herum, und um ein Haar wäre Khyra herabgestürzt. Blitzschnell griff sie nach dem nächstbesten Stachel und erwischte ihn gerade noch mit einer Hand. Milan packte ihre andere Hand und zog sie wieder hoch.

»Verdammt!«

Der Nachtwyrm wollte nach ihnen schnappen, doch er

konnte den massigen Kopf nicht weit genug nach hinten drehen. So wand er sich nach rechts und links, und Elyn umkreiste ihn, um ihn zu blenden und zu verwirren.

Mehr bekam Milan nicht mit, denn auf einmal bestürmten ihn Dutzende unterschiedliche Bilder vom Sterben. Sie überschwemmten seinen Kopf, und zugleich drangen sie in ihn, und ihr gesammelter Schmerz und Zorn traf ihn mit voller Wucht, ihr donnerndes Brüllen nach zielloser Rache und die seit Jahrhunderten nicht gestillte Sehnsucht nach Erlösung. Er sah den Tod der sechs Dutzend Menschen vor sich, der die Seelen zu den Irrlichtern im Herz der Bestie gemacht hatte, und dazwischen immer wieder den Tod, den sie als Nachtwyrm anderen, die durch das Moor liefen, gebracht hatten. Er sah das Blut und das Bersten der Knochen, spürte die Kälte, das Zittern und das Zucken, hörte das Schreien und Klagen. Alles war in seinem Kopf und überall, sein Herz raste, und er wollte sich nur noch zitternd zusammenkrümmen. Er hörte und sah sie alle auf einmal, viel zu viele, und sie verschmolzen zu einem großen Brennen, und er klammerte sich einfach nur fest und hoffte, es würde vorbeigehen.

»Milan!«, schrie Khyra. »Fang an mit deiner Alchymie!«

Er knirschte mit den Zähnen.

Elyn flog dem Nachtwyrm beinahe ins Auge, so als könnte sie ihn blenden.

Er brüllte und schnappte nach ihr, aber er war zu langsam. Dann schüttelte er sich, zermalmte den Mann auf dem Boden mit einem einzigen Tritt und stampfte los in Richtung Nebelbruch. Dahin, wo die menschlichen Rufe herkamen. Die beiden Menschen auf seinem Rücken ignorierte er, als wären sie lästige Fliegen.

Milan presste die Augen zusammen und knirschte: »Ich kann nicht!« Gebeutelt von den Bildern und der rasenden

Wut, klammerte er sich hilflos an den Rücken der Bestie und mühte sich, wieder Herr über sich selbst zu werden.

»Du musst!«, verlangte Khyra, und er versuchte es, aber er zitterte am ganzen Leib, wie im Fieber, nur schlimmer. Ihm war schwindlig, alles drehte sich.

»In die Stacheln«, keuchte er. »Du musst!«

Sie fischte die Splitter aus seiner Hosentasche und kletterte vorsichtig über den Drachenrücken. »Da ist ein kleines Loch.«

»Rein!« Noch immer musste er sich mit beiden Händen festkrallen, aber nun beugte er sich zur Seite und erbrach sich, als könnte er so auch die Bilder in seinem Innern loswerden, die dutzendfach aufgestaute Rachsucht, die sein Denken zu überschwemmen drohte. Es half nicht, der Hass tobte weiter in ihm, und er richtete sich auf Nebelbruch, auf die Menschen und das Leben dort. Nebelbruch, das dem mordgierigen Nachtwyrm über all die Jahrhunderte verboten gewesen war, aber ohne die Splitter des schwarzen Moordiamanten konnte das Verbot nicht aufrechterhalten werden. Nebelbruch, das endlich erreichbar war. Dorthin, in die Stadt voller Leben, wollten sie Tod und Schmerz bringen, vielleicht würde das endlich ihre Rachsucht stillen, ihre Sehnsucht nach dem Ende erfüllen. Und wenn es Nebelbruch nicht tat, dann würden sie weiterziehen, todbringend von Stadt zu Stadt.

»Da!«, rief Khyra kurz darauf, dann noch mal und noch mal.

Menschen stürzten schreiend davon, der Nachtwyrm schnappte und schlug um sich, brüllte und biss, und Elyn umkreiste ihn und blendete ihn wieder und wieder. Trotzdem holte er sich ein Opfer um das andere.

Milan rappelte sich auf, er musste. Würden sie Nebelbruch erreichen, gäbe es ein Gemetzel.

Irgendwer schrie: »Sie sind es! Der Moorläufer und die Moorelfe reiten den Nachtwyrm!«

Nein.

»Ich habe alle verteilt, aber da sind noch Löcher übrig!« In Khyras Stimme schwang Angst.

»Ich weiß.« Mühsam kroch Milan zum ersten erneuerten Splitter und ergänzte das beschädigte alchymistische Symbol, das auch so noch gut sichtbar in die Oberfläche gebrannt war.

Der Nachtwyrm stürmte ungerührt weiter.

Milan kämpfte sich zum nächsten Stachel und vervollständigte auch da das Symbol, dann tat er das Gleiche beim dritten und beim vierten. Alle Symbole sahen nun exakt so aus wie im Buch, doch nichts änderte sich, der Nachtwyrm wurde keinen Deut langsamer. Was hatte er sich nur gedacht? Er war kein Alchymist, er war Schüler, und auch das nur, weil er gut schnitzen konnte; und ausgewählt hatte ihn ein Besessener. Es war lächerlich gewesen, zu glauben, er könnte die nötige Magie weben, um den Bann zu erneuern. Er wusste ja nicht einmal genau, wozu genau der Bann nütze war oder wie ein Bann überhaupt wirkte.

Erst nach dem siebten Jahr stellt sich heraus, ob man die Begabung zum Alchymisten in sich trägt.

Oder auf dem Rücken eines falschen Drachen, dachte Milan bitter. Was tat er hier denn? Sterben, wie er es Potinya gesagt hatte? Sterben wie alle?

Noch immer war sein Kopf nicht klar, sondern voller Tod, doch als er ihn jetzt hob, sah er eine Handvoll Menschen, die vor dem Nachtwyrm flohen. Zwei von ihnen trugen ein Irrlicht im Käfig mit sich, und das half ihnen sehen. Im Schein der beiden Irrlichter eilten sie zurück in die Stadt, wo all die Felsenmenschen schliefen, die Kinder und Alten.

»Nein!«, schrie Milan, »zieht ihn fort! Lenkt ihn weg von

der Stadt!« Aber damit drang er nicht zu den Fliehenden durch, ihre Panik und das Brüllen des Nachtwyrms übertönten alles.

Wir müssen ihn aufhalten, dachte er, auch wenn er nicht wusste, wie. Er hatte alles versucht, und solange der fremde Tod in seinen Gedanken tobte, konnte er nicht klar denken und … *Ah! Verdammt!*

Mit aller hochkochenden Wut schrie er die Bilder in seinem Kopf an, sie sollten ihn endlich in Ruhe lassen.

Verpisst euch!

Sie flackerten und wichen tatsächlich ein Stück zurück. Und er dachte: *Das ist es!*

Mühsam siebte er die Namen einzelner Irrlichter aus der Masse, lauschte auf ihren Schmerz und sprach sie direkt an, versprach ihnen Erlösung, versuchte, sie vom Hass der anderen zu trennen, vom Brei der gemeinsamen Wut. *Es ändert nichts, wenn du eine Stadt auslöschst, es wird nur schlimmer.*

Aber wir …

Du bist kein Wir, du bist eine Seele, du bist allein und frei.

Das Irrlicht einer Torfstecherin namens Nathalye lachte höhnisch. *Frei?* Aber es sprach mit ihm, denn zum ersten Mal seit Ewigkeiten war sie mit dem eigenen Namen angesprochen worden, zum ersten Mal wieder als Mensch erkannt, nicht als Teil der mordenden Bestie.

Die Zahl der Fliehenden wuchs, sie alle wollten zurück in die Stadt, weil die Stadt immer Sicherheit geboten hatte. Dass sie das diesmal nicht tun würde, den Gedanken wollten sie nicht zulassen. Diesmal aber würde der Nachtwyrm das Moor verlassen, das wusste Milan.

Wenn du es willst, bist du es, Nathalye. Du kannst ins Moor gehen und dich von allem befreien. Solange deine Schuld nicht wächst!

Das Irrlicht erwiderte: *Die anderen sind schuld, die anderen!*

»Bohr ein Loch«, rief er Khyra zu, »zwischen die Rippen.«

Sie überlegte nicht lange, sondern tat wie geheißen, schnitt mit ihrem Messer Stück für Stück aus dem künstlichen Körper, und der Nachtwyrm brüllte, als fühle er trotz allem Schmerz. Aber er drehte sich nicht um, er war besessen von den unzähligen Opfern vor seiner Nase, und sie beide auf dem Rücken waren nur Winzlinge, lästig wie Stechmücken.

Nebelbruch kam immer näher.

Welche anderen, Nathalye?

Alle?

Nein, jeder trägt seine eigene Schuld. Manchmal auch die, die andere dir aufbürden, ich weiß. Aber wenn ihr tötet, dann tötest auch du. Dann tust du Familien das an, was dir angetan wurde! Die Aussage war viel zu simpel, aber er hatte nicht mehr Zeit, und er wusste zu wenig über die Torfstecherin. Und im Kern stimmte es ja.

Nein.

Doch.

»Fertig.« Khyra hatte neben einer Hornplatte ein handbreites Loch geschnitten, das bis zwischen die mit Draht umwickelten Rippen reichte. Hinter den Rippen befand sich ein Hohlraum, in dem ein riesiges Leuchten schwebte, ein Klumpen aus sechs Dutzend Irrlichtern.

Der Brustkasten ist euer Käfig, die Rippen sind das Gitter, das euch hält. Zusammen könnt ihr nicht heraus, aber du allein kannst es, für einen allein ist die Lücke groß genug. Die Stadt hat dir nichts getan. Die, die dich getötet haben, sind lange tot, ebenso die, die dich hier eingesperrt haben. Was also bezweckt deine Rache? Willst du Leid zufügen, weil dir Leid zugefügt wurde? Gerechtigkeit ist das nicht!

Ich will …

Was? Frieden? Ruhe? Freiheit?

Nein, ja, ich …

Und endlich hatte sie sich gefunden, war wieder sie selbst geworden. Vielleicht hatte der bröckelnde Bann seinen Teil dazu beigetragen, vielleicht Glück, vielleicht die lange Zeit, vielleicht hatte Milans Gabe, mit Toten zu reden, ihm auch dazu verholfen, überzeugend zu sein. Welche Elemente auch immer zusammengekommen waren, ein Irrlicht löste sich aus der Masse und schwebte heraus. Es verschwand hinter ihnen in der Nacht und sank zu Boden. Milan hörte: *Danke.*

Es klappte! Ein Irrlicht nach dem anderen sprach er an, und es wurde immer leichter. Er gab ihnen ihr Selbst zurück, weil er ihr eigenes Erleben verstand und darauf reagierte. Eins nach dem anderen verließen sie den Nachtwyrm, und er wurde langsamer und leiser, schwächer und zögerlicher. Irgendwann begann er zu wanken, und aus dem Brüllen war längst ein Seufzen geworden. Unweit von Nebelbruch, auf einer freien Ebene zwischen hohen Bäumen und einem schmalen Flussarm, brach er schließlich zusammen, und auch Milan und Khyra stürzten zu Boden. Während die Bestie in ihre Einzelteile zerfiel, befreiten sich die letzten Irrlichter aus den Überresten.

»Du hast es geschafft!« Khyra warf sich auf ihn und umarmte ihn.

»Nur dank deiner Hilfe.« Lachend erwiderte er die Umarmung und küsste sie. Dabei lagen sie im Dreck, und über ihnen zog Nebel dahin.

Die Menschen, die vor dem Nachtwyrm geflohen waren, brachen in ungläubigen Jubel aus, und Milan und Khyra begriffen, dass sie nicht allein waren, und rappelten sich auf.

Unzählige, die sie nicht oder kaum kannten, umarmten

sie. Irgendwer stürzte davon, um die gute Nachricht vom Tod des Nachtwyrms zu verbreiten und zu berichten, dass der Moorläufer und die Moorelfe ihn getötet hatten.

»Sie ist keine Moorelfe!«, rief Milan ihm hinterher, aber Khyra winkte nur ab.

»Was soll's, so kennen sie mich mehr als unter meinem Namen.«

6

Doch der Jubel über den Tod des Nachtwyrms hielt nicht lange an. Zahlreiche Soldaten stapften ins Moor und riefen: »Haltet den Moorläufer! Er hat Herrn Athan getötet, indem er lebende Skulpturen auf ihn gehetzt hat! Er muss hängen!«

Milan erstarrte, überrumpelt von den Vorwürfen, die er nicht begriff.

»Nein, er hat uns gerettet!«, riefen die Torfstecher um sie her und stellten sich vor sie.

»Er ist ein Mörder!«, beharrten die Soldaten. »Ein Verräter an seinem Lehrmeister und unserem Alchymisten! Er hängt!«

Und dann erkannten die Soldaten im Schein der Irrlichter die Überreste des Nachtwyrms, den riesigen Schädel und die gewaltigen Knochen, die Klauen und Hornplatten, von denen manche aus Schiefer bestanden, die Stacheln und Schuppen, und sie verstummten verblüfft. Für einen Moment stand alles still, und Milan, noch immer erschöpft vom Ritt auf der Bestie und aufgeputscht durch ihren Tod, dachte: *Wieso ist Athan tot? Das wollte ich nicht.*

Aber das hatte die Skulpturen nicht geschert, sie hatten sich gerächt, sobald sich die Möglichkeit ergeben hatte. Er hatte nicht bedacht, dass er durch das Entfernen der Splitter aus schwarzem Moordiamant den Bann der Skulpturen aufhob, hatte es nicht beabsichtigt, sondern nur daran gedacht, dass er die Splitter brauchte, um den Nachtwyrm aufzuhalten. *Dabei haben sie letztlich nichts bewirkt.* War er also ein Mörder oder nicht?

Der Hauptmann der Soldaten nickte; Milan kannte ihn nicht. »Wir werden das der Freifrau selbstverständlich berichten, vielleicht legt sie es zu seinen Gunsten aus. Aber er ist und bleibt ein Mörder, und wir haben den Befehl, ihn zu ihr zu bringen.«

»Nein«, wiederholte Pjers Onkel Ascal, der unter den Torfstechern war. Der Milan kannte, seit er klein war, der ihn jahrelang Moorläufer genannt hatte und sich jetzt doch vor ihn stellte.

Die Soldaten zogen ihre Rapiers. »Macht Platz. Das ist ein Mörder nicht wert.«

»Was geschieht mit ihm, wenn er mitgeht?«, fragte eine Frau bissig. »Ihr werdet ihm nichts von dem hier zugutehalten, ihr bringt ihn auf jeden Fall um! Der Freifrau ist unser Leben doch sowieso egal!«

»Das ist es nicht!«

»Was machen wir dann hier? Nachts im Moor? Wo das lauert!« Sie deutete auf den Schädel des Nachtwyrms. »Oder gelauert hat.«

»Sie ist die Freifrau!«

»Und wir sind Torfstecher des Königs!« Sie schlossen die Reihen, auch wenn sie nur Dolche bei sich trugen, keine Rapiers wie die Soldaten und schon gar keine Musketen. Aber sie hatten ihren Stolz wiedergefunden, und nachdem sie vor dem Nachtwyrm geflohen waren, würden sie nun nicht noch einmal zurückweichen. So wie es die Ehre verlangte. Einen, der ihr Leben gerettet hatte, würden sie nicht ausliefern. »Einer für alle, alle für einen!«

Da fiel Milan das Buch in Khyras Tasche ein. Er hatte es noch nicht vernichtet, und es durfte keinesfalls der Freifrau in die Hände fallen. Denn die würde auch mit dem nächsten Alchymisten Moordiamanten pressen, und die Seelen wären verloren. Die Torfstecher müssten weiter nachts hinaus, und auch wenn der Nachtwyrm keine Gefahr mehr darstellte, genug würden sterben. Weder die Freifrau noch der König würde je genug Moordiamanten haben.

»Gib mir das Buch«, raunte er Khyra zu.

»Jetzt?«

»Ja. Ich muss es fortschaffen.«

»Du willst fliehen?«

»Ja.«

»Nicht ohne mich.«

Und während Torfstecher und Soldaten einander drohend gegenüberstanden und keiner den Kampf beginnen wollte, rannten Milan und Khyra davon. Sie mussten fort, bevor es zu einem Blutvergießen kam. Sie mussten fort, um das Buch zu vernichten, und sie mussten fort, wenn sie ein gemeinsames Leben führen wollten, und das wollte Milan, und er wusste, das Khyra es auch wollte.

»Sie fliehen!«, rief ein Soldat.

»Ich seh nichts«, erwiderte Ascal, ohne sich umzudrehen, und die Torfstecher standen den Soldaten weiter im Weg.

»Weg da!«, erklang es hinter ihnen, aber Milan drehte sich nicht um, sondern rannte weiter, Khyra an seiner Seite. Elyn flog ein ganzes Stück rechts von ihnen im Zickzack übers Moor, um die Soldaten mit ihrem Leuchten irrezuführen, und es gelang.

Zwei Schüsse peitschten, aber es wurde niemand getroffen.

Während Milan und Khyra in die Nacht verschwanden, hörte er hinter sich das Fluchen der Soldaten, die sich im Moor nicht auskannten und ihnen nur zögerlich folgten, und das Lachen der Torfstecher.

»Ah, ich stecke fest!«

»Autsch!«

»Wo sind sie hin?«

Rasch wurden die Stimmen leiser, und irgendwann schloss Elyn zu ihnen auf, und in ihrem Schein kamen sie noch schneller voran. Nun waren sie sicher, dass sie entkommen würden.

Zwei Tage später, irgendwo tief drinnen im Moor, fanden sie zwei Feuersteine, und Khyra meinte, das sei ein Zeichen. Milan stimmte ihr zu, und sie verbrannten das Buch über das Pressen von Moordiamanten. Anschließend verteilten sie die Asche in verschiedenen Seitenarmen des Yssypy und im Wind.

Sie wussten nicht, ob sie die Grenze des Königreichs Juwaren bereits hinter sich gelassen hatten, vermutlich nicht. Aber das würden sie noch, denn sie würden die Ersten sein, die die Schwarzmoore durchquerten. Der Nachtwyrm war tot, nun war es möglich.

Mehrmals hatten sie Wasserläufe überquert oder waren in ihnen gewatet, um keine Spuren für Hunde zu hinterlassen. In der ersten Nacht hatten sie sich sogar eine ganze Weile auf einem Baumstamm treiben lassen, immer auf der Hut vor hungrigen Sumpfkriechern. Und es war gut gegangen; niemand hatte sie eingeholt, sie hatten kein Gebell vernommen.

Nirgendwo waren sie auf Moorelfen gestoßen.

»Wenn du eine von ihnen wärst, hätten sie uns sicher angesprochen«, vermutete Milan.

»Vielleicht leben sie auch in einem anderen Teil des Moors«, erwiderte Khyra. »Oder sie scheren sich nicht um mich, weil ich auch Mensch bin.«

Milan hatte Elyn gefragt, weshalb sie den Moordiamanten gestohlen hatte. Er hatte endlich eine Antwort auf die Frage gewollt, die ihn schon so lange quälte.

Aus Dummheit, hatte Elyn gesagt.

Dummheit?

Ja. Es tut mir leid.

Niemand hatte sie gezwungen, niemand sie angestiftet, sie hatte niemanden beeindrucken wollen. Sie hatte den Diamanten gefunden und einer Eingebung folgend versteckt, weil gerade niemand hergesehen hatte.

Weil ich mich über das ganze hohle Gerede von Stolz und Ehre geärgert habe. Ich wollte einfach etwas tun, das nicht ehrenhaft war. Ich habe nur daran gedacht, reich zu werden, nicht mehr zu den Torfstechern zu gehören, und ich dachte, ich könnte ja noch am nächsten Tag so tun, als hätte ich ihn eben gefunden.

»Und warum hast du nicht?«, fuhr Milan sie laut an.

Ich wusste nicht, wie! Du weißt, dass schon der Versuch zu stehlen strafbar ist. Ich hatte Angst, erwischt zu werden, und war so glücklich, weil ich dachte, jetzt könnte ich endlich fort. Fort von der ganzen Ehre und dem Stolz – darauf war ich *stolz, so albern das war. Und ich war so sicher, dass ich es schaffe. Ich wollte nie, dass ihr deswegen Ärger bekommt. Es tut mir leid.*

Auch wenn sie das noch ein Dutzend Mal durchkauten, es blieb bei der einfachen Antwort.

Hätte ich dich zurückhalten können?, fragte Milan.

Sie lächelte. *Nein.*

Und wenn ich es den Eltern gesagt hätte?

Auch von ihnen wollte ich fort, und wenn Vater wieder mit seinen leeren Drohungen angefangen hätte, wäre ich umso weiter geflohen.

Dann gibst du mir keine Schuld?

Dir? Wieso dir? Du warst immer auf meiner Seite. Die Frage ist nur, ob du mir vergibst?

Und das tat er.

Mit Khyra sprach er anfangs viel über seine Eltern und ihre Mutter, die sie ohne Abschiedsworte verlassen hatten.

»Wie Elyn«, sagte Milan, aber dann nahm er es zurück, denn sie waren nicht tot, und die Eltern wussten, weshalb sie gegangen waren. Sie wussten, dass sie den Nachtwyrm besiegt hatten.

»Wahrscheinlich wärst du jetzt gut genug für Mutter.« Khyra grinste.

»Obwohl ich kein Torfstecher mehr bin?«

»Ich glaube, für einen Drachentöter macht sie eine Ausnahme …«

Sie lachten und fragten sich, ob die Eltern wegen ihrer Tat Ärger bekamen. Vermutlich, aber vielleicht hatte sich nun auch alles geändert.

Milan erzählte von seiner Zeit bei Meister Athan, und je weiter sie sich vom Turm entfernten und je länger Athan tot war, desto leichter fiel es ihm, auch wenn er noch lange nicht über alles reden konnte. Vielleicht lag es auch daran, dass Khyra inzwischen manches, etwa die Wahrheit über den Nachtwyrm, selbst gesehen hatte und es für sie kein Geheimnis mehr war.

»Nun kann die Freifrau die Moordiamanten nicht mehr beschaffen. Vielleicht ist der König ja deshalb so wütend, dass er sie absetzt«, hoffte Khyra.

»Ich fürchte, das wird nicht passieren. Die Irrlichter aus dem Nachtwyrm sind wohl allesamt erlöst. Sie sind zu Boden gesunken, und damit entstehen dort in der Nähe sechs Dutzend neue Moordiamanten. Wird auch nur die Hälfte davon gefunden und bei ihr abgeliefert, ernennt der König sie zur Herzogin.«

»Vielleicht werden sie ja auch gestohlen und nicht abgeliefert. Immerhin gibt es keinen Nachtwyrm mehr, der Diebe daran hindert, das Moor zu durchqueren.«

Sie sprachen auch über Meister Athans Tod, und dabei begriff Milan, dass er im Grunde mehrere Schwüre geleistet hatte, die einander schließlich in die Quere gekommen waren. Sein Schwur, den Schutzbefohlenen zu helfen, hatte es ihm letztlich ermöglicht, die schwarzen Splitter aus den Skulpturen zu entfernen, denn er hatte geglaubt, nur so könne er Nebelbruch retten, die Stadt, für deren Wohlergehen der Alchymist sich hätte selbst verantwortlich fühlen sollen. Die Irrlichter in den Herzen der falschen Frauen dagegen waren dafür nicht notwendig gewesen, und so hatte der Schwur, dem Meister treu zu sein, verhindert, dass er sie an sich nahm.

»Hätte der Schwur es gestattet, hätte ich sie freigelassen, und der Meister wäre noch am Leben. Der Schwur, der ihn schützen sollte, hat ihn am Ende getötet.« Milan schüttelte den Kopf, weil das schwer zu fassen war.

»Dann trägt also der Schwur die Schuld, nicht du«, sagte Khyra.

»Ich weiß es nicht.«

»Doch. Wenn es im Schwur nicht vorausgesehen wurde, dann war das auch dir nicht möglich. Du trägst keine Verantwortung.«

Er nickte, war aber nicht sicher, ob es tatsächlich so einfach war. Er hatte den Meister nicht gemocht und für verrückt gehalten, aber er hatte nicht dazu beitragen wollen, dass er starb.

»Wieso kannst du mit den Toten reden?«, fragte Khyra, das jedoch konnte er nicht beantworten. Vielleicht hätte Meister Athan etwas gewusst, aber dem hatte Milan sich nicht anvertraut.

»Macht es dir Angst?«, wollte Khyra wissen.

»Nein. Dir?«

»Nein.« Sie schüttelte den Kopf.

Auch Elyn konnte ihnen nicht weiterhelfen, sie wusste nicht, woher eine solche Fähigkeit kam. Letztlich war es nicht wichtig. Wichtig war nur, dass er es konnte und dass sie damit den Nachtwyrm besiegt hatten.

Es dauerte eine Woche, bis sie das Moor endlich hinter sich ließen. In der letzten Nacht wurden sie von Albträumen verschont, und am Morgen, kurz vor Sonnenaufgang, verabschiedete Elyn sich von ihnen, denn sie würde im Moor bleiben.

»Ich hoffe, du findest bald deine Erlösung«, sagte Khyra, da sie wusste, dass Elyn sie verstand, und Milan wünschte es ihr in Gedanken.

Du hast mir vergeben, das hilft.

Sie hätten sich gern umarmt, aber das ging nicht.

Elyn flog zurück, und Milan und Khyra warteten auf die Dämmerung, um aufzubrechen. Als sie bald darauf zwischen den letzten Sumpfzypressen hervortraten, öffnete sich rechts vor ihnen eine Weite, wie sie sie noch nie gesehen hatten. Bis zum fernen Horizont erstreckte sich das Meer mit glitzernden Wellen, und darüber schrien Möwen voller Sehnsucht und jagten durch die Luft, getragen von frischen böigen Winden.

Eine ganze Weile blieben sie einfach stehen und sahen hinaus. Milan nahm Khyras Hand und war glücklich.

Dann schritten sie geradeaus am Wasser entlang, wo sich in der Ferne eine Landzunge ausmachen ließ, darauf eine Siedlung aus hellen Häusern mit flachen Dächern. Am Strand lagen kleine Boote, manche fuhren auch über die sanften Wellen, und Milan erkannte die Heimat eines der Irrlichter, die bei Meister Athan gefangen gewesen waren. Er wusste, dass es dort friedlich zuging. Vielleicht würden sie dortbleiben, vielleicht zogen sie weiter, das würde sich ergeben. Zusammen mit Khyra ging er ihrem neuen, gemeinsamen Leben entgegen.

In diesem Moment waren sie frei, und sie würden alles daransetzen, dass es so blieb.

DANKSAGUNG

Meine Danksagung beginnt diesmal da, wo viele Geschichten ihren Ursprung haben, nämlich bei einem Erlebnis, lange bevor auch nur der Gedanke, es könnte irgendwann einmal ein Roman werden, existiert. Lange vor dem eigentlichen Schreiben, der Recherche und allem anderen.

Ich war noch ein Kind, und wir waren als Familie an einem Moorsee. Mein Bruder und ich rannten durch den Schlamm am Ufer, und ich erinnere mich grob (und vielleicht auch falsch, wie es mit Erinnerungen so ist …) an verschiedene verschlungene matschige Pfade. Irgendwann rutschte ich in ein Loch im Boden und steckte plötzlich bis zur Brust im Schlamm. Tiefer ging es nicht, es war auch nicht gefährlich, trotzdem bekam ich einen riesigen Schreck, und all die Warnungen, ein Moor gebe einen nicht mehr her, schossen mir durch den Kopf. Aber da war schon mein Vater bei mir und zog mich heraus. Danke also dafür.

Aber vor allem gilt mein Dank ihm und meiner Mutter dafür, dass wir an diesen See gefahren sind, dass wir in Museen waren (wo ich unter anderem Moorleichen gesehen habe …), dass sie mir ganz allgemein Dinge gezeigt haben und mir Interesse an der Welt und Freude an Büchern vermittelt haben, denn ohne all das wären meine Bücher nicht das, was sie sind.

Danke euch auch fürs Lesen der Bücher und für die Anmerkungen zu meinem Schreiben von Anfang an. Und für alles andere.

Darüber hinaus dürfen natürlich auch nicht die Menschen vergessen werden, die da waren, als nun der Roman entstand.

Danke an Maria Weber von Knaur, die sich von Anfang an von der Idee begeistert zeigte und meinem Schreiben sehr viel Vertrauen entgegenbrachte.

Danke an meine Lektorin Susanne Wallbaum, die sich wieder mit großer Akribie auf meine Sätze stürzte und ihnen den nötigen Feinschliff verpasste. Oder auch gröbere Vertipper und grammatikalische Schnitzer entfernte …

Dank geht an meine Agentur Agence Hoffman für den Einsatz und das Aushandeln des Vertrags. Und an alle Veranstalter, die schon Lesungen buchten, bevor das Buch fertig war.

Ein besonderer Dank geht – wie immer – an Kathleen Weise, selbst Autorin, für wertvolle Hinweise zum Manuskript, für die Gespräche über das Exposé und ganz allgemein über das Schreiben und Literatur an sich.

Boris Koch, im Dezember 2022

Atmosphärisch, sprachgewaltig,fesselnd:
die düstere Neuinterpretation von »Dornröschen«

BORIS KOCH

DORNENTHRON

ROMAN

Das Königreich Lathien, einst Teil eines mächtigen Kaiserreichs, wird von Dürre und König Tiban beherrscht, einem grausamen Tyrannen. Die Menschen hungern, Räuberbanden ziehen durch das Land, Kinder werden verstoßen und Rebellion liegt in der Luft.
Ukalion, der illegitime Bastard des Königs, möchte seinen verhassten Vater stürzen und begibt sich in die ehemalige Kaiserstadt Ycena. Einst war sie prunkvoll und voller Leben, nun stehen nur von alter Hexerei verseuchte Ruinen – und der alptraumhafte Palast, in dem noch immer die Kaisertochter schlafen soll. Den Legenden zufolge wird ihr Retter die dreizehn Königreiche wieder vereinen und Kaiser werden.
Auch Tyra, die ehemalige Duftfinderin, hat die Fährte aufgenommen. Sie jagt den rätselhaften Mann, der ihren Sohn entführt hat und allem Anschein nach ein Hexer ist – oder etwas noch Schlimmeres. Welche Pläne hat er mit dem kleinen Jungen? Und Tyras Kind ist nicht das einzige, das er in seine Gewalt bringt …

Eine der beliebtesten Geschichten aller Zeiten raffiniert neu erzählt

KNAUR

Die Fortsetzung zu »Dornenthron«
und der krönende Abschluss

BORIS KOCH
NARRENKRONE

ROMAN

Der alte Palast in der Ruinenstadt Ycena ist seit Jahrhunderten von einer Dornenhecke überwuchert. Es heißt, in ihm schlafe die Kaisertochter und warte darauf, mit einem Kuss gerettet zu werden. Wer sie erweckt, soll Kaiser werden. Tausende haben versucht, an der Hecke vorbei in den Palast zu gelangen und sind gescheitert. Doch nun ist die Magie der Hecke geschwächt.
Während der Narr Arlac am fernen Königshof des Tyrannen Tiban seine derben Scherze treibt, sucht Ukalion, Tibans Bastard, einen Weg in den verwunschenen Palast, um seinen grausamen Vater zu stürzen und seine große Liebe zu rächen. Doch auch die hartgesottenen Sucher Parikles und Levith streben nach dem Kuss der Kaisertochter und damit der Kaiserkrone. Die junge Perle, Trägerin der Klinge Ungehorsam, hingegen ist mit ihrem Bruder nur wegen der Schätze nach Ycena gekommen. Anders Anthia, die Schwester eines gehenkten Räubers: Sie glaubt nicht daran, dass nur Männer die Kaisertochter küssen dürfen, das hat ihr der gelehrte Schreiber Inrico aus der Schwebenden Bibliothek versichert.

KNAUR